劉以鬯

酒徒

•

술꾼

창 비 세 계 문 학

38

•

술꾼

•

류이창

김혜준 옮김

창비

차례

•

일러두기

1. 이 책은 劉以鬯『酒徒』(香港: 獲益出版事業有限公司 2003)를 번역 저본으로 삼았다.

2. 본문 중의 각주는 옮긴이의 것이다.

3. 홍콩문학의 특징을 살리기 위해 홍콩과 직접적으로 관련된 인명·지명 등은 홍콩 발음(광둥어 발음)으로 표기하고 나머지는 표준 중국어 발음으로 표기했다.

4. 본문 중 영문을 그대로 노출한 곳이나 마침표와 쉼표가 없는 부분은 원문을 그대로 따른 것이다.

5. 외국어는 가급적 현지 발음에 준하여 표기하되, 일부 우리말로 굳어진 것은 관용을 따랐다.

저자 서문

인류의 생활이 어떻게 바뀌든 간에 예술형식으로서의 소설은, 비록 짧은 역사에도 불구하고, 여전히 그 존재가치가 있을 것이다. 다만 영화와 텔레비전 사업이 급속도로 발전하고 있으므로 소설가는 필히 새로운 길을 찾아야 한다.

19세기의 소설가들은 '뿌리에서부터 이파리까지'라는 방식을 사용하여 한가지 '스토리'를 분명하게 전달하기만 하면 뛰어난 작품이 되었다. 그렇지만 현대인의 시각에서 보자면 이는 그저 나무껍질만 썼을 뿐 나이테는 등한시한 것이어서 깊이가 결여되어 있을 뿐만 아니라 매우 비과학적이기도 했다. E. M. 포스터는 말했다. "디킨스가 묘사한 인물은 전부 평면적이다.""데이비드 코퍼필드에 대해서는 입체적으로 만들고자 했던 것 같다. 그렇지만 이 인물은 사람들에게 고체가 아니라 거품이라는 느낌을 줄 정도로 너무나 쉽사리 용해되어버렸다." 디킨스는 『데이비드 코퍼필드』를 쓰면서 많은 힘을 기울였고, 종종 자신이 지닌 활력으로 작중인물을 뒤흔들어놓았다. 그 결과 부지불식간에 자신의 생명력을 데이비드에게 빌려주었다. 다만 그렇다고 하더라도 데이비드 코퍼필드라는 이 인물은 여전히 평면적이다. 독자들은 표면적인 세밀함은 볼 수 있지만 그외의 각도에서 '그'의 영혼을 관찰할 방법은 없다.

디킨스는 의심의 여지 없이 위대한 소설가이다. 그러나 '뿌리에서부터 이파리까지'라는 단선적인 서술로는 복잡하게 뒤얽혀 있는 현대사회와 현대인을 결코 완벽하게 표현할 수는 없다.

금세기 초에 이르러서 쇼펜하우어·니체·프로이트 등의 새로운 학설은 소설가에게 표현기법 면에서 엄청난 변화를 가져오게 했다. 특히 프로이트의 심리학은 소설가의 작업을 더욱 까다롭게 만들었다. 소설가는 '스토리'를 있는 그대로 직설적으로 서술하는 것만으로는 끝낼 수 없게 되었다. 소설가는 새로운 씨스템을 만들어내야 했다. 토마스 만은 철학적인 상징주의를 폭넓게 운용하여 20세기 산업사회의 쇠퇴를 비정상적인 탈선현상으로 간주했다. 그의 『부덴브로크 가의 사람들』에는 이런 관점이 대단히 중요한 위치를 점하고 있다. 그러나 복잡한 심리과정을 완벽하게 묘사해낼 수 있었던 사람은 M. 프루스뜨였다. 그의 『잃어버린 시간을 찾아서』는 아주 긴 소설로 모두 일곱권으로 되어 있는데, 인물 묘사의 세밀함은 사람을 놀라 마지않게 만든다. 어떤 사람은 이렇게 말했다. "이 책은 무질서한 책이다. 구성이 아주 엉망이며 외재적인 틀도 없다. 그러나 내재적인 조화가 그 혼란함을 하나로 합치되게끔 만든다." 이 말에서 알 수 있듯이, 내재적 진실의 탐구가 소설가의 중요한 목적이 된 것은 이미 필연적인 일이었다. J. 조이스의 『율리시스』는 전적으로 반전통적인 면모를 통해서 독서계로 하여금 새로운 방향을 보도록 만들었다. 이 작품은 의식의 흐름 기법을 위주로 한 장편소설로, 1904년 6월 16일 하루 동안에 더블린에서 일어난 일을 아주 긴 분량으로 쓰고 있다.

의식의 흐름이라는 이 용어는 심리학자인 W. 제임스(소설가인 헨리 제임스의 동생)의 글에서 처음 제시되었다. 그러나 소설에서 제일 먼저 의식의 흐름을 사용한 사람은 E. 뒤자르댕이었다. 뒤자르댕의 방법은 후일 V. 울프가 『파도』에서 보여준 '내적 독백'과 극히 유사했다. '내적 독백'은 의식의 흐름 자체와 사상적인 묵독, 지각, 감각 면에서 다소 다르다.

'내적 독백'과 '의식의 흐름'은 모두 소설 창작의 기법이지 유파는 아니다. 소설가가 내재적 진실을 탐구할 때 반드시 이런 기법을 사용해야 하는 것은 아니다. 다만 현대의 소설가라면 시대를 따라가고 심지어 시대를 초월하기 위해서 새로운 기법과 표현방법을 창조해내고 실험해보는 용기를 지니고 있어야 할 것이다.

많은 사람들은 내재적 진실을 탐구하는 것이 하나의 새롭고 특이한 주장일 따름이라고 생각하지만 사실 이는 역사의 필연적인 발전이다. 리얼리즘의 몰락은 이미 일반적인 현상이다.

리얼리즘은 작가에게 그의 펜을 통해 "사회환경의 진면목을 완벽하게 재현할 것"을 요구한다. 이렇게 하면 그 효과는 사진기가 표현할 수 있는 것에도 훨씬 못 미친다. 현대사회는 복잡하게 뒤얽혀 있다. 횡적 단면을 보여주는 방법을 사용하여 개인의 정신적 유동, 심리적 변환을 탐구하고 사고의 이미지를 포착해야만 비로소 참되고 완벽하며 확실하게 사회환경과 시대정신을 표현할 수 있다. 리얼리즘이 사용하는 기법과 표현방법으로는 완벽한 경지에 도달할 수 없다. 비록 사실과 배치되는 것은 아니지만 외재적이고 표면적인 묘사에 머무를 뿐이다.

우리가 현재 처해 있는 시대는 고뇌의 시대이다. 인생은 '선과 악의 전장'으로 변해버렸고, 잠재의식이 각자의 사고와 행동에 끼치는 영향은 외재적 환경이 그 사람에게 미치는 영향보다 훨씬 크다.

'5·4' 이래 사람들은 소설에 대해 고집스럽고 피상적인 관점을 유지하고 있다. 자연을 모사하는 리얼리즘 소설이야말로 '정통' 소설이며, 그와 다르면 새롭고 특이한 것으로 간주하는 것이다. 내가 직설적으로 지적하는 것을 양해해주기 바란다. 이런 관점은 사실 틀린 것이다.

문학사에 기록되어 있는 것은 갖가지 '사조'가 생겨나고 소멸하는 변천에 다름 아니다. 만일 '새로운 것'이 '옛것'을 대체하지 않는다면 문학 자체는 영원히 어떤 특정 단계의 수준에 머무르고 말 것이다. 물론 우리는 어떤 작품이 그 시대에 가지고 있던 특수한 의의 및 전체 문학사에서 그것이 점하고 있는 특정한 지위를 부정해서는 안된다. 그렇지만 우리는 또 모든 새로운, 창조성을 가지고 있는 작품의 출현을 반대할 이유도 없는 것이다.

이 작품 『술꾼』은 이 고뇌의 시대 속에서 마음이 아주 온전하지만은 않은 어느 지식인이 어떻게 자기학대의 방식으로 생존을 계속 추구해가는지를 쓴 것이다.

만일 누군가가 이 소설을 읽고서 불안을 느낀다면 그것은 당연히 내가 예상하지 못했던 일은 아니다.

이 몇년 동안 나는 생활을 위해서 줄곧 '남들을 즐겁게 해왔는데' 이번에는 '자기 자신을 즐겁게 하고' 싶다.

1962년 10월 16일 홍콩 노스포인트에서

술꾼

1

　녹슨 감정이 또다시 비 오는 날과 맞닥뜨렸다. 잡념이 담배 연기의 동그라미 속에서 숨바꼭질을 한다. 창문을 여니 창밖 나뭇가지에 빗방울이 흩내리고 있다. 빗물은 이파리 위에서 댄서의 발걸음처럼 미끄러져 내린다. 라디오를 틀자 갑자기 하느님의 목소리가 들려온다. 나는 깨달았다. 좀 나돌아다녀야 한다는 걸. 나중에 흰 유니폼을 입은 여종업원이 술을 들고 왔다. 나는 해맑은 두 눈동자를 보았다. (나는 생각했다. 이거 '사십전 소설四毫小說'에 쓸 만한 소잰걸. 그녀를 황비홍의 정부로 만들고는, 퀸스로드의 빌딩에 '거꾸로 매달리기'를 한 채 황비홍의 허벅지에 여비서가 앉아 있는 걸 훔쳐보도록 하는 거야.) 잡념이 다시 담배 연기의 동그라미 속에서 숨바꼭질을 한다. 담배 연기가 바람을 따라 스러진다. 방 한구석의 공간에 한병의 우울과 한자락의 공기가 펼쳐져 있다. 두잔의 브랜디 사이에서 연뿌리의 실이 엉키기 시작한다. 시간은 영원히 지칠 줄 모른다. 가망없음 속에서도 긴 침은 짧은 침을 뒤쫓는다. 행복은 유랑자처럼 방정식의 '등호' 뒤편에서 배회한다.

음표가 보병의 걸음걸이로 귓속에 들어온다. 고체의 웃음이 등장한다. 어제 해 질 녘에, 그리고 지금. 거짓말은 흰색이다. 그건 거짓말이기 때문이다. 내면의 우울은 얼굴의 기쁨이다. 기쁨과 우울은 별개의 것이 아닌 듯하다.

—보드까. 그녀가 말했다.

—왜 그렇게 독한 술을? 내가 물었다.

—고체의 웃음을 취하게 만들고 싶어서요. 그녀가 답했다.

나는 종업원에게 보드까 두잔을 시켰다. (이 여자는 취해서 깰 줄 모르는 위를 갖고 있군. 나처럼 말이야.)

눈이 빛의 도형 속을 여행하기 시작한다. 철학가의 탐험도 인체의 내부에서 보물을 찾아낼 수는 없다. 음표가 다시 보병의 걸음걸이로 귓속에 들어온다. "연기가 당신 눈을 가린답니다."[1] 흑인의 목소리에는 자석 같은 매력이 있다. 만일 제임스 딘이 살아 있다면 자동차 경주 대신 트위스트를 출까?

—늘 혼자 와서 술을 마시죠? 그녀가 물었다.

—그렇소.

—고통스러운 기억을 잊어버리고 싶어서요?

—기억 속의 기쁨을 잊어버리고 싶어서요.

고체의 웃음이 얼음처럼 술잔 속에서 헤엄친다. 상상해볼 필요

---

1 1950~60년대에 활동한 미국의 혼성 그룹 플래터스(The Platters)의 노래 「Smoke Gets in Your Eyes」.

도 없다. 그녀는 나의 유치함을 비웃고 있는 것이다.

사냥꾼이 꼭 모두 용감해야 하는 것은 아니다. 더구나 네온사인의 숲 속에서 그네에 매달린 순결이란 이미 진귀한 것이 되어버렸다.

한잔. 두잔. 석잔. 넉잔. 다섯잔.

나는 취했다. 머릿속에는 고체의 웃음뿐이다.

2

수없이 많은 기기묘묘한 꿈을 꾸었다. 우주인이 금성에서 노래하는 꿈을 꾸었다. 포커 카드의 '킹'이 '손가락 댄스홀'[2]의 어둠속에서 더듬기를 하는 꿈을 꾸었다. 개떼 한무리가 뼈다귀를 놓고 싸우는 꿈을 꾸었다. 임대옥[3]이 공장에서 인조 꽃을 만드는 꿈을 꾸었다. 홍콩이 가라앉는 꿈을 꾸었다. 그녀가 내 꿈속에서 꿈을 꾸다가 나를 쳐다보는 꿈을 꾸었다.

내가 마권에 당첨되는 꿈을 꾸었다.

나는 만년필을 내던져버린 뒤 날 세운 양복을 빼입고 완자이에 있는 어느 '손가락 댄스홀'에 가서 댄서들을 모조리 내 곁에 앉혀놓고 돈으로 으스댄다

그후 나는 육층짜리 새 건물을 산다

내가 한층을 쓴다

....
2 홍콩의 일부 댄스홀은 남자 손님들이 여종업원들과 노닥거리는 장소로 변질되었는데, 이런 곳을 속칭 '손가락 댄스홀(手指舞廳)'이라고 했다.
3 『홍루몽』의 여주인공.

나머지는 모두 임대를 준다

이제부턴 재임대인의 낯짝을 볼 필요도 없고 집주인이 집세 올리는 걸 걱정할 필요도 없다

그다음에 나는 차를 타고 찌우찌유를 찾아간다

찌우찌유는 인색한 놈이다

내가 돈이 없을 때 이십 위안만 빌려달라고 한 적이 있는데 입을 삐죽거리며 고개를 돌려버렸다

이젠 내게 돈이 있다

나는 그의 얼굴에 지폐를 내던져버린다

그다음에 나는 차를 타고 젱라이라이를 찾아간다

젱라이라이는 약삭빠른 여자다

내가 돈이 없을 때 구애한 적이 있는데 입을 삐죽거리며 고개를 돌려버렸다

이젠 내게 돈이 있다

나는 그녀의 얼굴에 지폐를 내던져버린다

그다음에 나는 차를 타고 친씨푸를 찾아간다

친씨푸는 출판사 사장이다

내가 돈이 없을 때 내 소설을 사달라고 한 적이 있는데 입을 삐죽거리며 고개를 돌려버렸다

이젠 내게 돈이 있다

나는 그의 얼굴에 지폐를 내던져버린다

그다음에 나는 차를 타고 퀸스로드를 지나가는데 남들이 나를 흠모의 눈길로 쳐다보는 걸 좋아하기 때문이다

그다음에 나는 잠이 깬다

진짜로 잠이 깼다. 머리가 아주 아프다. 곁눈으로 보았다가 곯아

떨어진 여자가 전혀 예쁘지 않다는 걸 발견했다. 아니, 예쁘지 않은 정도가 아니라 상당히 못생겼다. 그녀의 머리는 산발이 되어 있었고, 떨어져나온 머리카락들이 베개에 잔뜩 들러붙어 있었다. 눈썹은 듬성듬성했다. 아이라이너로 그린 두 눈썹은 밤새 엎치락뒤치락해서 각기 반쪽만 남아 있었다.

피부도 꽤 거칠었고 땀구멍도 아주 컸다. (어제 까페에서 그녀를 보았을 때는 피부가 아주 하얗고 부드러워 보였는데 지금은 완전히 딴판이다. 도대체 어떻게 된 걸까? 어쩌면 그때 불빛이 아주 어두웠기 때문일까? 어쩌면 화장을 아주 진하게 했기 때문일까? 어쩌면 내가 술에 취했기 때문일까? 어쩌면…… 어쨌든 지금은 완전히 딴판이다.) 그녀의 코만큼은 서양 사람의 분위기가 난다. 사실 그녀의 얼굴 전체에서 코만 예쁘다. 그녀의 입술에는 아직도 루주 자국이 남아 있다. 자세히 들여다보니 통조림 속에 담긴 채 색깔이 퇴색해버린 앵두와 정말 닮았다. 하지만 이런 것들이 아직 최악은 아니다. 최악은 어렴풋하게 눈가에 몇가닥 잔주름이 드러나 있는데 분칠이 지워져서 감출 수가 없게 된 것이다. 그녀는 젊은 나이가 아니었다. 아마도 마흔은 넘었을 것이다. 그런데 짙은 화장을 한데다가 어둑어둑한 불빛 아래에서 취한 눈으로 보다보니 여전히 활짝 핀 한송이 꽃 같았던 것이다.

그녀는 아주 달콤하게 잠자고 있었다. 가끔 몽롱한 상태에서 입가를 움찔거렸다. 나는 그녀가 무슨 꿈을 꾸는지 알 수 없었다. 하지만 그녀가 꿈을 꾸고 있다는 것은 알 수 있었다. 그녀가 몸을 뒤척이며 숨을 내쉴 때 너무 비리고 역겨워서 그만 토하고 싶었다. (술을 그토록 많이 마시지 않았더라면 절대로 그녀와 같이 자진 않았을 것이다.) 나는 후다닥 침대에서 일어나 이를 닦고 세수를 한다음 옷을 입고 어제 오후 신문사에서 받은 원고료의 절반을 그녀의 핸드백 속에 쑤셔넣었다. 나의 원고료는 많지 않았지만 나는 그처럼 아낌없었다. 나는 늘 정신이 들 때마다 나 자신을 불쌍하게 여겼지만 지금은 오히려 그녀가 나보다 더 불쌍하게 느껴졌다. 나는 반달 치의 노동을 그녀의 핸드백 속에 쑤셔넣었다. 이때 나는 이미 머리가 맑아졌기 때문이다. 여관을 나서자 제일 먼저 든 생각은 술을 마시고 싶다는 것이었다. 나는 스토어에 들어가서 위스키 한병을 샀다. 하지만 막상 집에 돌아와서는 감히 마시질 못했다. 신문사 두곳에 연재 중인 무협소설을 써야 했다. 25×20=500자인 원고지를 펼치자 마음속에는 말할 수 없는 답답함뿐이었다. (이 두편의 무협소설은 이미 일년여를 써왔는데 내가 생활을 위해서 자신의 재능을 포기하고 이런 글이나 쓰다니 정말 놀랄 일이다. 더욱 놀라운 것은 독자들이 작가의 상상을 따라 허무맹랑한 세계에 노닐면서도 아무렇지 않게 여긴다는 것이다.) 나는 웃음이 나왔고, 술병의 뚜껑을 따서 한잔 따랐다. (만일 가능하다면 나는 '홍콩의 헤밍웨이'라는 제목의 중편소설을 쓰는 거다. 헤밍웨이는 돈과 병으로 고통받는 가난뱅이 문인이다. 날마다 설탕물에 적신 빵으로 끼니를 때우며 다듬고 다듬은 끝에 『무기여 잘 있어라』를 완성한다. 온갖 곳을 다 찾아다녀보지만 내주겠다는 출판사는 없다. 출판사는 헤밍웨이더러 무협소설로 고쳐쓰라고 한다. 말인즉슨 독자들의 요구에 맞추기 위해서란다. 만일 일반 독자들의 입맛에 맞기만 하면 설탕물에 적신 빵으로 끼니를 때울 필요도 없을 뿐만 아니라 금세 집도 사고 차도 살 수 있단다. 헤밍웨이는 이를 거절한다. 출판사는 그더러 바보라고 한다. 집으로 돌아온 후 그는 계속 전념하여 『누구를 위하여 종은 울리나』를 완성하지만 이제 빵 살 돈조차 없게 된다. 주인 여자는 그를 쫓아내버리고 그가 자던 곳을 싸우께 이완 길거리에서 '신장병 알약'을 파는 노점상에게 세를 준다. 헤밍웨이는 그래도 꿈을 깨지 못하고 『누구를 위하여 종은 울리나』를 들고서 온갖 곳을 다 찾아다녀본다. 하지만 결과는 마찬가지로 크나큰 실망뿐이다. 하는 수 없이 겨우 남아 있는 외투를 잡혀서 밥 몇끼와 원고지 몇뭉치를 사고는 남의 집 계단 밑에 쪼그려앉아 글쓰기를 계속한다. 날씨가 추워졌지만 그의 창작욕은 여전히 가슴속에서 불덩이처럼 활활 타오른다. 어느날 아침 이층에 사는 댄서가 차를 타고 돌아오다가 계단 밑에 시체가 너부러져 있는 것을 발견하고 비명을 지른다. 행인들이 속속 모여들어 살펴보지만 아무도 그가 누구인지를 알아보지 못한다. 경찰이 올 때까지 죽은 자의 손에는 여전히 소설 원고가 꽉 쥐어져 있다. 제목은 『노인과 바다』이다.) 나는 다시 웃음이 나왔다. 이 아이디어가 제법 쓸 만하다고 느껴졌다. 나는 술을 한모금 마신 뒤 무협소설을 쓰기 시작했다. (어저께 통천도인이 애제자인 항우정을 위해 복수하려는 것까지 썼는데 원수인 철산자는 멀리 백리 밖에 있으니 어떻게 써야 하나?) 나는 술잔을 들어 단숨에 들이켰다. (그렇지! 통천도인이 손가락으로 젓가락을 집어들고 진기를 불어넣어 공중으로 내던지면 젓가락이 쏜살같이 피용 하는 소리와 함께 산을 넘어 날아가서 한치도 어긋남 없이 철산자의 태양혈에 명중하는 거야!)

한잔. 두잔. 석잔. 넉잔.

펜을 내려놓았다. 비는 여전히 그치지 않았다. 유리관이 시멘트를 찔러대며 수정주렴 너머 멀리 떨어진 보조개를 보고 싶어한다. 타원형 가운데로 천군만마가 내달리고 거리에 면한 처마 위에는 북풍이 하품을 해댄다.

동그라미 두개. 하나는 연자주색 36, 하나는 진녹색 22.

두갈래 갈지자 모양의 감정이 술잔 안에서 인사를 나눈다. 가을날이 미친 듯이 웃는다. 36이 44로 변한다.

때로는 위에 있는 것이 아래에 있다. 때로는 아래에 있는 것이 위에 있다. 내려다보는 것과 올려다보는 것에는 아무런 차이가 없다. 이리하여 동그라미 하나에 다른 동그라미를 더해도 당연히 두개의 동그라미가 될 수는 없다.

36과 36은 결코 같은 것이 아니다. 위에 있는 건 동그라미가 두개이고 아래에 있는 건 한개뿐이다.

가을날은 8 자 바깥에서 배회한다. 태양은 대낮을 좋아한다. 달도 대낮을 좋아한다. 하지만 한밤은 영원히 쓸쓸하지는 않다. 어떤 사람들은 허위를 가지고 노는 것에 능한데 그 누가 기억의 침대 위에 누워 있으랴?

8 자와 함께 춤출 때 사랑니는 아직 나지 않았다. 우울은 기쁨이다. 모든 것은 소멸할 것이다.

가을날의 바람은 늦게 오고 땀은 송골송골 맺힌다.

나는 나 자신에게 선전포고를 해야 한다. 내면의 공포를 극복하기 위해서. 나의 마음속에서는 또 비가 내리고 있다.

(시인들은 전통의 문제를 논하고 있다. 사실 해답은 쉽게 찾을 수 있다.)

(『홍루몽』을 예로 들어보자.)

(『홍루몽』이 중국 고전문학에서 가장 걸출한 작품이라고 말한다면 단언컨대 그 누구도 반대하지 않을 것이다.)

(오늘날의 시각에서 볼 때 『홍루몽』은 전통적인 작품이다.)

(그렇지만 실제 상황은 어떤가? 이백여년 전의 소설형식과 소설

전통은 대체 어떤 모습일까? 만일 조설근이 의도적으로 앞사람의 창작방법에 맞추고자 했다면 『홍루몽』과 같은 이런 위대한 작품을 써내지는 못했으리라.)

(만일 조설근의 창작방법이 반전통적이지 않았더라면 유전복도 '『홍루몽』 지연재 갑술본'을 얻은 후 육년 뒤에 이렇게 발문을 쓰지 않았으리라. "『홍루몽』은 소설에 새로운 길을 열었을 뿐만 아니라 그야말로 새로운 필법으로……")

(하지만 오늘날의 시각에서 볼 때 『홍루몽』은 전통적인 작품이다.)

(만일 조설근의 창작방법이 반전통적이지 않았더라면 양공진 따위에 의해 곡해되지는 않았으리라.)

(하지만 오늘날의 시각에서 볼 때 『홍루몽』은 전통적인 작품이다.)

(아무래도 조설근 자신의 말을 들어봐야 한다. "……우리 도사님께선 어찌 그리 아둔하십니까? 만일 왕조와 연대가 없다고 탓한다면 지금 도사님께서 적당히 한나라고 당나라고 간에 아무 왕조와 연대를 집어넣으면 될 것이니 그게 무어 그리 어렵겠습니까? 하지만, 내가 생각건대 역대의 야사나 소설 들이 천편일률적인 전철을 밟고 있으니, 상투적인 수법에 빠지지 않는 내가 엮은 이 이야기가 오히려 신선하고 별미가 있지 않을까요?……"4)

(의문의 여지 없이 조설근의 창작방법은 반전통적이다!)

---

4 『홍루몽』 제1회에 나오는 말. 이 책을 옮기면서 『홍루몽』과 관련된 부분은 조설근·고악 지음, 최용철·고민희 옮김 『홍루몽』(서울: 나남 2009)을 참고했다. 『홍루몽』은 뒤에 나오듯 『석두기(石頭記)』라고도 하며 주요 인물은 가보옥, 임대옥, 설보차 등이다.

(그는 "천권이 한목소리요 천명이 한 얼굴인 것"에 불만이었다!)

(엘리엇이 말한 적 있다. 만일 전통의 의미가 그저 맹목적으로 앞사람의 스타일을 답습하는 것이라면 전통에는 아무것도 취할 점이 없다고.)

(따라서 루소가 『참회록』을 쓸 때 조설근은 리얼리즘 기법으로 『석두기』를 썼던 것이다! 약 삼십년 후에 괴테가 비로소 『파우스트』 제1부를 썼다. 약 사십년 후에 제인 오스틴의 『오만과 편견』이 출판되었다. 약 팔십년 후에 고골의 『죽은 혼』이 출판되었다. 약 백년 후에 플로베르의 『보바리 부인』이 출판되었다. 백여년 후에는 뚜르게네프의 『아버지와 아들』과 도스또옙스끼의 『죄와 벌』이 출판되었다. 약 백십년 후에 똘스또이의 『전쟁과 평화』가 비로소 세상에 나왔다…… 에이! 이런 걸 생각해서 뭘 해? 역시 술이나 마시자.)

한잔. 두잔. 석잔.

한잔을 마시고 나자 누군가가 문을 두드린다. 주인 여자다. 내게 언제 방세를 낼지 묻는다.

두잔을 마시고 나자 누군가가 문을 두드린다. 신문사의 심부름꾼이다. 내게 왜 원고를 보내지 않느냐고 묻는다.

석잔을 마시고 나자 누군가가 문을 두드린다. 처음 보는, 꽤 비대하다고 할 정도로 살진 중년 부인이다. 내게 아침에 귀가하면서 그녀의 아들 손에 들린 한입 베어문 사과를 왜 뺏어갔느냐고 따진다.

(조설근도 술꾼이었다. 어느 비바람이 부는 날이었다. 곽성과 그는 홰나무 정원에서 만났는데 한기가 뼈에 스며들자 곽성이 패도를 끌러 술을 샀고 서로 신나게 마셨다. '『홍루몽』 지연재 갑술본'은 덧붙여 써놓기를 조설근이 임오년 그믐날에 죽었다고 한다. 그

런데 죽은 원인에 대해서는 밝혀놓지 않았다. 조설근이 혹시 심장병 환자였는데 마음이 상해 미친 듯이 마시다가 오랜 병이 갑자기 발작한 것은 아니었을까?)

(술은 좋은 게 아니야, 반드시 끊어야 해.—나는 생각했다.)

3

유리창에는 찬란하게 빗방울이 매달려 있다. 빗방울을 매달고 있는 유리창 밖 '러키 스트라이크' 담배의 네온사인 광고판에 불이 들어왔다. 하늘은 칠흑같이 어두운데 네온사인의 붉은빛이 투명한 빗방울을 비추자 빗방울이 붉은색으로 바뀌었다. 나는 술이 깼다. 몹시 머리가 아팠다. 입안이 아주 텁텁했다. 갈증이 심해서 탁자 위의 술병을 바라다보니 병이 비어 있었다. (술은 좋은 게 아니야, 반드시 끊어야 해.—나는 생각했다.) 몸을 일으키자 뺨에서 차가운 물기가 느껴졌다. 알고 보니 내가 눈물을 흘린 것이다. 내 눈물에도 563분의 9쯤 알코올이 포함되어 있을 것이다. 이건 아주 재미있는 일이다. 알코올 자체가 바로 그렇게 재미있는 것이다. 술에 취했을 때라야만 세상은 재미있어진다. 술을 살 돈이 없을 때 현실은 추악하다. 홍콩 같은 이런 곳에는 패도를 끌러 술을 살 만한 친구가 별로 없다.

배가 약간 고팠다. 요기를 하러 거리로 나가고 싶었다. 얼른 일어나 탁상등을 켜다가 아직 무협소설 일부를 다 쓰지 못했음을 발견했다. 그러면서 주인 여자의 낯짝과 원고를 받으러 오는 신문사 심부름꾼이 떠올랐고, 마음속에 금세 뭐라 말할 수 없는 느낌, 글로

옮길 수 없는 느낌이 들었다. 현실은 잔혹한 것이다. (술도 좋은 게 아니다.) 펜을 드니 '비검'과 '절초'가 오후 다섯시 쎈트럴의 자동차처럼 원고지 위로 몰려들었다. '비검'과 '절초'가 사람을 속여먹는 것이라고 누가 그러는가? 천리 밖에 있는 사람의 목숨도 빼앗는 이런 글이라야만 돈이 되는 것이다. 돈이 없으면 굶어야 한다. 돈이 없으면 술도 마실 수 없다.

술은 좋은 게 아니지만 안 마실 수 없다.

술을 마시지 않으면 현실은 구질구질한 할망구 백명이 온종일 잔소리를 해대는 격이 되리라.

현실은 세상에서 가장 추악하다. 나는 좀 나돌아다녀야 한다. 비는 이미 그쳤다. 온 거리는 너무나 한가해서 오히려 허둥대는 바쁜 사람들로 가득 차 있을까? 알 수 없는 일이다. 어떤 바쁜 사람들은 윈도우의 유혹을 못 이겨서 눈을 왕방울만큼 크게 뜨고 있다. (윈도우 안의 마네킹은 다 아름답다. 모두 그것들이 진짜이기를 바랄 만큼 아름답다. Rod Stering[5]이 드라마에서 쓴 적이 있다. 마네킹이 휴가를 얻어 외출했다가 돌아올 때 자기 자신이 피와 살을 가진 진짜 모델이 아님을 잊어버린다는 것이다. 나는 'RTV'[6]에서 이 대본이 영상화된 것을 본 적이 있는데 정말 아름다웠다. ─ 일종의 희귀한 공포미였다.) 이리하여 나도 윈도우를 들여다보는 습관을 가지게 되었다. 비록 허무맹랑함 속에 빠져들 생각은 없지만 종종 터무니없는 희망을 갖고는 한다. 이 때문에 어디서 비롯되는지 알 수 없는 따스한 향기를 느끼게 되었는데, 갑자기 윈도우 유리에 다이아몬드처럼 반짝이는 두 눈동자가 나타났다.

---

5 Rod Serling의 오기로 보임.
6 홍콩 ATV의 전신.

—커피 한잔? 젱라이라이가 말했다.

—술 한잔하고 싶은데.

이어서 제비가 수면을 스치듯 옅은 미소가 떠오른다. 아주 요염하다. 계단을 올라갈 때 아직도 발이 허공을 밟는 듯하다. 이 백화점은 일본식 이름을 가지고 있다. 이층에는 커피를 마실 수 있는 찻집이 있고 술을 마실 수 있는 까페도 있다. 불빛이 좀도둑처럼 등갓 뒤에 숨어 있다. 어둠이 가득한 가운데서는 용기가 필요 없다. 금세 낭만적인 감정이 솟아난다. 나는 얼마나 많이 그녀 꿈을 꾸었던가. 맨 마지막 꿈에서는 그녀의 얼굴에 지폐를 내던져버리기도 했다. 나는 실소를 했다. 어젯밤 꿈과 이 순간의 현실이 모두 일어나서는 안될 일 같았다.

나는 종종 마가 끼어 뭔가 요괴에 홀렸던 것 같다가도 술만 한모금 마시면 멍했던 이유를 깨닫고는 한다.

그녀의 눈은 현대적이다. 하지만 그녀는 석기시대의 생각을 가지고 있다. 눈자위는 만화처럼 색칠이 되어 있고, 지나치게 가지런한 이는 진짜 같은 느낌이 들지 않는다. 그녀의 눈에서 나는 이 세상의 잠재력을 발견한다.

나는 두렵다. 나는 패배자가 된다. 원, 투, 스리, 포, 파이브, 씩스, 쎄븐, 에이트, 나인, 텐. 그래도 나는 일어나지 못한다.

젱라이라이 앞에서 나는 영원히 패배자이다.

젱라이라이 앞에서 나의 감정은 해체된다.

젱라이라이 앞에서 나는 나 자신의 낭패를 감추어야 된다.

젱라이라이 앞에서 나는 난폭한 선생을 만난 초등학생 같다.

젱라이라이 앞에서 나는 백기를 들게 된다.

그녀의 미소와 그녀의 눈과 그녀의 이와 그녀의 머리카락과 그녀의 생각과 그녀의 말과 그녀의 담배 피우는 모습과 그녀의 오렌지색 루주를 바른 입과……

모두가 무기다!

감정은 날개를 다친 참새처럼 숨고 싶어도 숨지 못한다. 그녀는 내게 바라는 바가 없다. 하지만 나는 그녀에게 가망없는 희망을 가진다. 그녀는 내가 궁하다는 걸 안다. 그래서 입을 열자마자 말한다.

—월요일에 '비룡' '비봉' '인공위성' '돌파'에 걸었는데 많이 딴 건 아니지만 그래도 어쨌든 땄어요.

나는 얼마나 부러운지 모른다. 그저 잔을 들어 단숨에 들이켠다. 그녀 역시 잔을 들어 한모금 마신 다음 갑자기 화제를 바꾼다.

—일은 찾았나요?

—여전히 원고를 팔고 있소.

—원고 쓰기가 고역일 텐데요.

—굶는 것보단 낫겠지요.

—일거리가 하나 있는데 원할지 모르겠네요.

—무슨 일이오?

—수탉 잡기.

—무슨 뜻인지 모르겠소.

—제가 돈 많은 방직공장 사장을 한명 아는데 말이죠. 사람이 아주 조심스럽고 착실해서 보통은 잘 나다니지 않아요. 그런데 저를 알게 된 후로는 업무시간에 종종 몰래 저를 찾아오는 거예요.

—그래도 무슨 뜻인지 모르겠소.

—제가 한번 날을 잡아서 그 사람을 호텔로 부를게요. 그다음 적당한 시점에 당신이 들어와서 미처 대비하기도 전에 사진을 한 장 찍는 거죠.

—그건 영화에서나 나올 법한 비열한 수단인데.

—돈만 생긴다면 그깟 비열하고 말고가 뭐 대순가요?

—말하자면 나더러 사진사 노릇을 하며 그에게 사기를 치라는 거군.

—아뇨. 남편 노릇을 하며 그를 속이라는 거죠.

—나더러 명의상의 남편이 되라는 거요?

—바로 그거예요.

나는 종업원에게 다시 술 한잔을 시켰다. 젱라이라이는 나더러 술을 그렇게 많이 마시면 안된다고 했다. 하지만 나는 추악한 현실과 마주하고 싶지 않았다. 나는 아무런 결정도 내리지 않고 브랜디만 마셨다. 내가 약간 취기가 돌았을 때 그녀가 계산을 했다. 헤어지면서 그녀가 말했다.

—제 말대로 하겠다면 전화하세요.

4

축축한 기억.

현실은 접착제처럼 기억에 들러붙어 있다. 어머니 손에는 파초선이 들려 있고, 부채질을 할 때마다 은하수 양쪽의 견우와 직녀가 보인다. 눈 내리는 날이면 사람들은 화롯가에 모여 대나무 잣대로 춤을 춘다.

바퀴는 쉬지 않고 돈다. 어머니의 '안돼'라는 말이 호기심의 성장을 가로막지는 못한다. 10 나누기 2는 5. 젊은 여자 역을 연기하는 남자의 이름은 샤오양웨이러우. 상하이 '다스제' 유락장의 오매탕. 우울이 길을 잃어 자신의 집을 찾지 못한다. 미소는 낯설 수가 없다. 나비가 날아오르더니 갑자기 거미줄 속으로 사라진다.

바퀴는 쉬지 않고 돈다. 열강을 타도하자, 열강을 타도하자. 군벌을 제거하자, 군벌을 제거하자. 국민혁명이 성공했다, 국민혁명이 성공했다. 다 함께 노래하자! 다 함께 노래하자!

바퀴는 쉬지 않고 돈다. 벗이 멀리서 찾아오니 기쁘지 아니한가? 성냥팔이 소녀는 정말 많은 눈물을 훔쳤다. 손오공의 변태적인 심리는 관중의 박수 소리 때문이다. 황후이루와 루건룽.[7] 베트남 경찰의 몽둥이. 입춘의 밤이 깊어지니 잠옷을 입은 소녀가 꿈속에 빠져든다.

바퀴는 쉬지 않고 돈다. 점과 선과 면이 백지 위에서 여행을 한다. 호손의 립 밴 윙클 이야기를 듣는다.[8] 기타가 둔한 손길을 비웃는다. 신시어 건물 입구에는 쑤저우 사람인 척하는 북방의 들병이 한 무리 서 있다. 청춘이 왈츠의 군무 속으로 밀려들어간다. 수수께끼 같은 감정.

---

7 1920년대에 중국에서 실제 있었던 일로, 주인집 아가씨인 황후이루와 일하는 총각 루건룽 사이의 사랑은 루건룽의 투옥과 석방, 황후이루의 병사라는 비극으로 마감되는데, 봉건 관념에 반하는 이들의 이야기는 후일 극작품과 영화로 만들어져서 공전의 히트를 칠 정도로 당시 사람들의 커다란 공감을 자아냈다.

8 「립 밴 윙클」은 원래 너새니얼 호손이 아니라 워싱턴 어빙의 단편소설이다.

바퀴는 쉬지 않고 돈다. "장소가 남이냐 북이냐 관계없이, 나이가 많으냐 적으냐 관계없이, 그 누구라도 이 땅을 지킬 항전의 책임이 있다." '8·13' 사변. 네줄의 창고 사이에 고립된 군대. 알베르 애버뉴를 스페인에 팔아넘긴 충격. 그 댄서는 종종 내게 돈을 꾸어준다. 돛대가 없는 배가 시멘트 위를 항해한다. 조계지는 웃음소리의 수용소. 데까르뜨와 스피노자. 나는 스승을 배반한 제자. 그는 디킨스를 좋아하지만 나는 조이스의 숭배자가 되었다. 여인의 눈이 가진 흡인력. 홰나무가 그 거대한 덩치로 황당한 대담함을 덮어버린다.

바퀴는 쉬지 않고 돈다. 사각모자를 쓰고 '다광밍 극장'에 들어간다. 1941. 「바람과 함께 사라지다」가 '다화'에서 상영되고 있다. 졸업장에는 중국 글자라곤 한자도 없다. 일본군은 세 방향에서 창사를 공격할 것이다.

바퀴는 쉬지 않고 돈다. 일본군 탱크가 난징로를 질주한다. "영미의 함대를 전멸시키자"라고 쓴 표어 한장이 북풍의 손길에 찢겨져 떨어진다. 보초. 위위안로의 나체춤. 10점은 작다. 11점은 크다. 갈눈낭[9]은 반일적이다. 76호의 피와 바들바들.

바퀴는 쉬지 않고 돈다. 봉쇄선을 통과한다. 디젤차는 도로의 외아들이다. 모두 일이 있고, 모두 집이 있다. 취장 강의 달은 마비되

----

9 중일전쟁 시기 일본의 중국 침략을 비판한 아잉의 희곡 「벽혈화」의 여주인공으로, 원래 청나라에 끝까지 저항했던 명나라의 여성이다.

었다. 문화의 도시에는 파벌이 많다. 기차의 종점에는 미국 서부의 분위기가 넘친다. 도롱눙. 하이탕시의 초여름.

　바퀴는 쉬지 않고 돈다. 산의 도시. 짙은 안개가 적기를 물리친다. '웨이이 대극장'에서는 폴 무니의 「에밀 졸라의 생애」가 상영된다. 신사들은 모두 '포워드 담배'를 피운다. 우리 원정군이 미얀마로 들어가 예난자웅에서 일본군을 격파하고 영국군을 위험에서 구해낸다. 이태백이 자링 강변에서 노새 수레를 탄다.

　바퀴는 쉬지 않고 돈다. 나는 담배를 배운다. 런던 방송국이 일본 함대의 사령관 코가 미네이찌가 전사했다고 방송한다. 정전. '신신 커피숍'의 가식적인 현대적 분위기. 정신의 보루. 날아다니는 쓰촨의 인력거꾼. 배갈과 쇠고기 샤부샤부. 젊은이들은 모조리 '인서'에 가서 「살구꽃·봄비·강남」을 본다.

　바퀴는 쉬지 않고 돈다. 방공호 안에서 토사곽란으로 죽은 사람을 발견한다. 쥐 두마리가 돌계단에서 인사를 나눈다. 오직 무기만이, 오직 피만이, 오직 전쟁만이 중국을 구할 수 있다. 영감이 용정차 속에 빠져든다. 서점이 너무 많다. 아무도 포크너의 『내가 죽어 누워 있을 때』와 『소리와 분노』를 모른다. 아무도 콘래드 에이킨의 『우울한 항해』를 모른다. 아무도 카프카를 모른다. 아무도 쥘 로맹을 모른다. 아무도 울프를 모른다. 아무도 프루스뜨를 모른다……

　바퀴는 쉬지 않고 돈다. 아군이 라오허커우를 탈환한다.

바퀴는 쉬지 않고 돈다. 형이 하나밖에 없는 겨울 외투를 경매에 내놓는다. 쿤밍에 오는 손님에게는 늘 껌이 있다. 짙은 안개. 어느 토막기사에 부잣집 딸이 부랑배를 좋아하게 됐다고 한다. 헝양의 방어군이 47일째 고전 중이다. 돈 있는 사람들이 파티를 하고 있다.

바퀴는 쉬지 않고 돈다. 샹구이 대후퇴. 기차간에 공기도 들어오지 못한다. 한 신문사의 주간이 깔려 죽었다. 공포. 공포. 공포.

바퀴는 쉬지 않고 돈다. 적군이 두산을 압박한다. 충칭의 돈 있는 사람들은 시캉으로 갈 작정이다. 중파바이.[10] 상칭쓰 절의 참깨죽은 여전히 장사가 잘된다. 믿음이 떨고 있다. 미얀마에 주둔해 있던 국군이 귀국해서 반격을 가한다.

바퀴는 쉬지 않고 돈다. "호외요, 호외! 연합군이 노르망디에 상륙했어요! 유럽에 새로운 전장이 생겼어요!"

바퀴는 쉬지 않고 돈다. 나약한 희망이 강심제를 맞는다. 고추기름만두. 자링 강변의 배끌이꾼은 「볼가 강의 뱃노래」를 부를 줄 모른다. 나무의 고집. 소설의 주제가 불속에서 타오른다. 흰 구름이 저 멀리서 졸고 있다. 일본 점령지의 집에서 편지가 왔다. 부친이 돌아가셨다. 눈물이 밥그릇에 떨어진다.

바퀴는 쉬지 않고 돈다. 유엔 헌장과 포츠담 선언. "곧 날이 밝으

---

10 마작의 패 중 하나이자 당시 유명 배우의 이름.

리라!"희망이 폐허 속에서 자란다. 쓰촨의 계란국수는 고전주의적인 조리법을 가지고 있다. 창밖에는 손짓하는 풍경이 있다. 책상 위의 계획서도 비행기를 타고 동쪽으로 간다. 폭죽 소리가 들릴 때면 비극이 끝나는 시각이다.

바퀴는 쉬지 않고 돈다. 원자탄이 히로시마와 나가사끼에서 흑백을 가리지 않는다. 동쪽의 꿈이 산산조각 난다. 서쪽의 꿈에서 어떤 사람이 나귀를 거꾸로 탄다. 9월 9일 오까무라 야스지가 지휘도를 바친다.[11]

바퀴는 쉬지 않고 돈다. 돌아가는 배가 상어처럼 싼샤를 가득 메운다. 산하는 여전하다. 이웃 장씨네 셋째는 거울을 볼 용기가 없다. 모친은 오래도록 웃음을 보이지 못한다. 눈물이 앞을 가려 돌아온 아들의 백발을 보지 못한다. 인수자[12]들이 민중의 마음속에 너무나 많은 원한을 심어놓는다. 승리가 판단력을 흐려놓는다.

바퀴는 쉬지 않고 돈다. 평화가 결국은 강간당한다. 봉홧불이 동북에서 치솟는다. 불! 불! 불!

바퀴는 쉬지 않고 돈다. 남방의 큰 돌덩이 하나. 빅토리아 해협의 페리. 스타페리 부두는 가우롱의 입술이다. 낯선 눈과 십일월의 땀방울. "인도로 걸으시오." "속히 승선하세요"라는 고동소리에 놀

---

11 일본의 중국 파견군 총사령관이었던 오까무라 야스지가 1945년 9월 9일 난징에서 열린 일본군의 항복 조인식에서 칼을 바친 것을 가리킨다.
12 일본 항복 후 일본군 점령지를 인수한 중국 국민당 사람.

란다. 아토가 스토어에 가서 토스트를 샀는데 모조리 토더라.[13] 극
동의 창. 이곳에서는 금원권 사건[14]이 재연될 리 없다. 자동차는 탈
수록 커진다. 집은 살수록 작아진다. 나리들이 '글로스터' 문 앞에
서 돈 빌릴 만한 친구를 기다린다.

바퀴는 쉬지 않고 돈다. 위스키. 브랜디. 에스꾸도 로호 와인.
VAT69. 진. 보드까. 샴페인. 진저비어······

바퀴는 쉬지 않고 돈다. 누군가가 싱가포르에서 신문을 낸다. 문
화가 남쪽으로 이동? 원숭이가 야자나무 가지에서 야자를 딴다. 말
레이 사람의 피부는 구릿빛이다. 엘리자베스 길에서 조각난 달을
본다. 성탄절에 아이스크림을 먹는다. 삼륜차가 '래플스플레이스'
를 뺑뺑 돈다. 메르데카. 카레를 버무린 대중의 취향. 부킷티마의
경마일. 돈을 딴 사람은 풍선을 사고, 돈을 잃은 사람은 버스를 기
다린다. 펀자브 출신도 푸젠의 4색 투전놀이를 할 줄 안다. 문명극
은 아직도 가장 진보적인 것이다. 시장 풍경. 자란 시장의 매춘부들
은 북국의 눈을 꿈꾼다. 누군가가 뚜아백공 사원에서 머리를 세번
찧으며 절을 올린다. 위다푸가 이곳에서 신문 문예면을 편집한 적
이 있다.

바퀴는 쉬지 않고 돈다. 쿠알라룸푸르. 곰박 강변에서 파초 이파
리가 바람에 흔들거린다. 주석 광산은 화교의 핏줄이다. 카피탄 얍

<hr>

13 광둥어 발음으로 된 말장난.
14 금원권(金圓券)은 국민당 정부가 1948년 8월에 발행한 화폐로, 극심한 인플레이
  션 때문에 휴지 조각이나 다름없게 되어 1949년 7월에 유통이 중지되었다.

콴성(1889~1901).[15] 레이크가든의 대나무가 햇빛 아래에서 입을 맞춘다. 오데온 극장에서는 전적으로 MGM의 영화만 상연한다. 손수레를 끄는 인도 사람도 빈랑을 씹는다. 두리안꽃이 아직 피지도 않았는데 누군가는 사롱을 벗어버린다. 큰손 록야우는 씨네마스코프는 꿈도 꾸지 못했다. 말레이시아 시장 파사의 사타이는 남양 문화를 열어젖히는 열쇠이다. 남양의 달은 한층 더 둥근 것일까? 녹색의 정글 속에서 총알이 일제히 춤을 춘다. 창문 앞에는 바나나꽃들이 있다. 바투 거리의 흙먼지는 시멘트의 정복을 기다린다.

바퀴는 쉬지 않고 돈다. 홍콩이 손짓하고 있다. 노스포인트에는 샤페이로[16]의 운치가 있다. 스타페리 부두는 새롭게 단장했다. 마천루들은 모두 별을 따려는 욕망을 가지고 있다. 상처받은 감정은 여전히 불빛의 지시를 필요로 한다. 방향에는 네가지가 있다. 글을 쓰는 사람들은 모두 상품을 제조하고 있다. 브랜디. 증오를 브랜디에 담근다.

모든 기억은 축축하다.

5

이 거리에는 인공적인 고급한 분위기가 있다. 하지만 세속의 시

---

15 카피탄(kapitan)은 영어의 captain과 같은 어원을 가진 네덜란드어 kapitein에서 유래한 말레이어로 화교 우두머리를 뜻하며, 1889~1901이라는 연도는 얍콴성 (葉觀盛, 1846~1901)이 카피탄으로 재직한 기간이다.
16 중국 상하이에 있는 거리 이름.

선은 모두 새둥지 같은 머리 스타일을 좋아한다. 나는 까페에서 음식 먹는 걸 잊어버린다. 이 순간 오히려 배가 고프지 않다. 취한 걸음으로 비틀거리다가 갑자기 주머니 속에 있는 아직 보내지 않은 원고가 생각났다.

나는 늘 삼등 전차를 탄다.

중국옷을 입은 한 말라깽이와 나란히 앉았다. 이 양반은 대나무 꼬챙이처럼 말랐지만 목소리가 아주 컸고 말할 때 사방으로 침이 튀었다. 그가 이유쵁인[17]의 발재간에 대해 떠들어대는데, 검표원이 번쩍거리는 금니 한줄을 드러낸 채 입을 헤벌리고서 정신없이 듣는다.

(나는 내 단편소설을 묶어서 책으로 내야 해. 나는 생각했다. 단편소설은 상품이 안되니 누가 해적판을 낼 리는 없을 거야. 나는 내 단편소설을 묶어서 책으로 내야 해.)

신문사에 들어가서 수위실 책상 위에 원고를 올려놓았다. 한밤이 가까웠다. 수위도 쉬어야 할 시간이었다.

쿵쿵쿵. '홍콩뉴스' 2면을 담당하는 막호문이 폭풍처럼 나무계단을 뛰어내려왔다. 나를 보자마자 퀸스로드의 '다이아몬드'에 가서 술 한잔하자고 한다. 그는 내가 술꾼이라는 걸 알고 있다. 나는 그의 제의를 거절하지 못한다. '다이아몬드'의 간수냉채는 기가 막히게 맛있어서 술꾼으로서는 저항할 수 없는 유혹이다. 자리를 잡자 그는 서류가방에서 단편소설 한편을 꺼내 나더러 집에 가져가서 자세히 읽어본 다음 비평을 해달라고 했다. 나는 말했다. 나는 통속소설이나 쓰는 사람이니 딴 사람의 문예작품을 읽어볼 자격이

----

17 축구선수 이름.

없으며 비평이란 더욱 가당치 않다고. 그는 웃으면서 내게 작품을 건네준 후 평소처럼 문예에 관한 일들을 물었다.

　　─5·4 이래 문학의 한 분야로서 소설은 대체 어떤 성과가 있었나요?

　　─뭘 그딴 걸 얘기하나? 술이나 마시고 여자 얘기나 하세.

　　─『자야』를 어떻게 생각하세요?

　　─『자야』는 아마 '전해질' 거야. 다만 루쉰은 우보에게 쓴 편지에서 "현재로서는 더 나은 장편이 없어요"라고 했지.

　　─바진의 『격류』는요?

　　─그런 건 너무 골치 아파. 그냥 여자 얘기나 하세.

　　─선생님 생각에 5·4 이래 『자야』나 『격류』보다 더 뛰어난 작품이 있기는 한가요?

　　─술이나 마셔, 술이나.

　　─안돼요. 얘기해보세요.

　　─내 개인적인 취향에서 말하자면 난 오히려 리제런의 『고인 물의 파문』 『폭풍우 전』 『큰 파도』라든가 돤무훙량의 『호르친 초원』이 더 좋네.

　　막호문은 그제야 술잔을 들어 나의 건강을 기원했다. 나는 '술만 있으면 만사 오케이'지만 막호문은 오히려 나를 도피주의자라고 했다. 나는 자신이 추악한 현실을 증오한다는 건 인정했다. 그런데 막호문은 다시 또 진지한 태도로 내게 신문학 운동 당시의 단편소설에 대해 말해달라고 했다. 나는 이런 이야기를 하고 싶지 않았다. 하지만 몇잔 들이켜고 나자 나도 모르게 취중 이야기를 뱉어댔다.

　　막호문은 문학을 사랑하는 괜찮은 젊은이다. 내가 '사랑하는'이라고 표현하는 것은 물론 전적으로 '사십전 소설'만을 읽는 치들과는 다르다는 뜻이다. 그는 문학을 고된 일로 받아들이면서 아무런 댓가도 바라지 않고 기꺼이 고생할 각오가 되어 있다. 그는 아주 순수하다. 집안 형편도 그럭저럭 괜찮다. 신문사에서 편집 조수를 하는 이유는 단 한가지로, 사회경험을 좀더 쌓으려는 것뿐이다. 그는 내가 술을 좋아하는 걸 알고 종종 내게 술을 산다. 얼마 전에는 단편소설 작법 따위의 책 몇권을 읽은 후 나와 얘기를 하고 싶어서 나를 '란훙꼭'으로 불러내어 몇잔 걸친 적이 있다. 그는 이미 모빠상, 체호프, 오 헨리, 써머싯 몸, 발자끄 등의 단편소설은 대부분 읽었다면서 내게 우리 것에 대해 말해달라고 했다. 당시 나는 말하고 싶지 않아서 그저 술만 들이켰다. 그런데 지금 막호문은 내가 약간 취기를 띠자 더이상 못 마시게 하면서 자기 질문에 대한 대답을 재촉했다. 나는 본디 이런 문제를 논하고 싶지 않았지만 술이 들어가다보니 간이 커졌다.

　—지난 수십년 동안 단편소설의 성과가 풍성하다고는 할 수 없네. 하지만 그래도 전혀 성과가 없었던 건 아니야. 단지 긴 안목을 가진 출판사가 너무 적고, 작가에 대한 독자들의 성원도 별로인데다가 전란이 계속되다보니, 작가가 애써 기울인 노력들이 피자마자 져버리는 우담바라처럼 좋고 나쁘고를 떠나서 나오자마자 금세 사라져버린 거지. 잡지에 실렸지만 단행본으로 출판되지 않은 것들은 말할 것도 없고, 설령 운 좋게 출판가들의 눈에 띈 작품마저도 대개 1, 2천부 찍고는 절판일세. 작가에 대한 독자들의 성원이 없으니 위대한 작품의 탄생이 가로막히는 건 물론이고 비교적 괜찮은 작품도 널리 확산되거나 보존될 수가 없지. 바로 그래서 그런 걸세. 젊은 중국 작가들은 린위탕, 리진양과 같은 사람들이 서양 독서계에서 인정받는 걸 보고 너도 나도 외국어에 신경 쓰면서 외국

인들에게 기대를 걸더군. 사실 외국인들이 중국을 이해할 수 없다는 것은 두말할 필요도 없는 사실이야. 그 사람들의 이미지 속에서 중국 남자들은 모조리 변발을 하고 있고 중국 여자들은 모조리 전족을 하고 있다네. 그러니 중국 단편소설에 대한 감상 수준도 그저 '삼언양박'[18]에 그칠 뿐이지. 옛날에 어떤 프랑스 평론가는 「아Q정전」을 읽고 나서 한 인물의 Sketch라고 했네. 이런 식의 평론은 당연히 타당성이 없지. 하지만 달리 무슨 방법이 있겠나? 중국의 사회제도와 시대 배경에 대해 아무것도 모르는 사람이 어떻게 이 소설의 우수한 점을 충분히 이해할 수 있겠나? 하지만 한가지는 우리도 인정하지 않을 수 없네. 5·4 이래의 단편소설 대다수는 '엄격한 의미에서의 단편소설'은 아닐세. 특히 마오둔의 단편은 중편이나 장편을 줄여놓은 요약본 같은 게 많아. 그의 「봄 누에」 「추수」는 괜찮게 쓰기는 했지만 「잔동」까지 포함해서 한권으로 합쳐놓으면 J. 스타인벡의 『빨간 망아지』와 좀 비슷하다네. 장편소설을 적잖이 쓴 바진은 단편도 많이 썼지. 그런데 단편소설들 중에는 「장군」 정도만 거론할 만해. 라오서의 상황도 바진과 별 차이가 없다네. 그의 단편소설은 『낙타 샹쯔』나 『사세동당』에는 훨씬 못 미치거든. 내가 보기엔 말이지, 단편소설 분야에서 가장 뛰어나면서 중국 작풍과 중국 기풍을 가지고 있는 사람으로는 우선 선충원을 꼽아야 해. 선충원의 「샤오샤오」 「흑야」 「남편」 「삶」은 모두 걸작이지. 문학혁명 구호가 터져나온 후 중국 소설가 중에서 Stylist라고 부를 수 있는 사람으로는 선충원이 그 극소수 중의 한명일세. Style로 논하자

----

18 명나라 말에 출간된 풍몽룡의 『유세명언』 『경세통언』 『성세항언』과 능몽초의 『초각 박안경기』 『이각 박안경기』 등 다섯권의 단편소설집을 일컫는다. '삼언이박'이라고도 한다.

면 장아이링, 돤무훙량, 루쉰(즉 사투어)을 떠올리지 않을 수 없네. 중국 문단에서 장아이링의 등장은 암흑 속에서 한줄기 빛이 나타난 것이나 다름없지. 그녀의 단편도 엄격한 의미에서의 단편소설은 아니지만 그래도 그녀에게는 독특한 Style이 있다네.──장회소설 문체와 현대적 정신을 한데 버무려놓은 그런 Style 말이야. 돤무훙량의 등장은 비록 무스잉처럼 그렇게 요란하지는 않았지만 그래도 그의 작품에 드러난 재능은 식견있는 많은 독자들을 놀라도록 만들었어. 돤무훙량의 「머나먼 풍사」와 「츠루 호의 우울」은 모두 일류 작품이라네. 만일 돤무훙량의 소설을 커피에 비유한다면 루쉰의 단편은 한잔의 담백한 용정차라고 해야겠지. 루쉰의 「골짜기」는 비록 문예상을 받기는 했지만 그의 최고작은 아닐세. 그의 최고작은 「이문습기」하고 「과원성기」지. 나는 종종 루쉰이 아마도 셔우드 앤더슨의 숭배자일 거라고 추측하곤 해. 그게 아니면 이 두편이 셔우드 앤더슨의 『와인스버그 오하이오우』와 스타일 면에서 그렇게 비슷할 수가 없거든. 나 개인의 독서 취향에서 말하자면 그의 「기대」는 10대 신문학 단편소설 중 하나로 꼽아야 해…… 정말 미안하네. 내가 너무 주절주절 떠들어댔군. 틀림없이 지루했을 거야. 우리 통쾌하게 술이나 몇잔 하세!

하지만 막호문은 나의 '취중 이야기'를 조금도 싫어하지 않았다. 한모금 마시고 나더니 나더러 계속 이야기하라고 부추겼다. (이건 예의상 하는 말일 거야. 나는 생각했다.) 그리하여 나는 그를 향해 웃음을 지어 보인 다음 한가득 위스키를 들이켠 후 커다란 닭고기 한조각을 입에 넣고 씹으면서 말을 이어갔다.

──호문! 우리 다른 이야기나 하세. 자네 리우타이 극장의 「재자가인」 봤나?

─아니요. 그런데 항전 시기의 단편소설은 수많은 독자들에게 호평을 받았다면서요?

─야오쉐인의 「반 수레 모자라는 보릿대」하고 장톈이의 「화웨이 선생」을 말하는 건가?

─그래요, 바로 그 두편요. 어떻게 생각하세요?

─「반 수레 모자라는 보릿대」는 상당히 잘 썼어. 하지만 「화웨이 선생」은 좀 스케치 같아.

─선생님의 독서 취향에서 볼 때 5·4 이래 뛰어난 단편소설은 대체 얼마나 되나요?

─그게 얼마나 되는지 내가 어찌 다 기억하나? 그냥 여자 얘기나 하세.

막호문은 여자에 대해 그다지 흥미가 없는 것 같았다. 술에 대해서도 그저 그랬다. 아마도 문학에 대한 그의 사랑이 그 모든 걸 초월하도록 만든 것 같았다. 그는 자신의 질문에 대한 대답을 듣고자 했다. 태도가 너무나 분명해서 얼굴에 불만의 기운이 드러났다. 어쩔 수 없었다. 이렇게 대답할 수밖에.

─내 기억으로는 이렇네. 선충원의 「삶」과 「남편」, 루펀의 「기대」, 돤무훙량의 「츠루 호의 우울」과 「머나먼 풍사」, 야오쉐인의 「반 수레 모자라는 보릿대」 외에 루쉰의 「축복」, 뤄수의 「낯선 부인」, 타이징눙의 「예배당」, 수췬의 「조국이 없는 아이」, 라오샹의 「촌놈 중퇴기」, 천바이천의 「샤오웨이의 강산」, 사팅의 「홍수」, 샤오쳰의 「양」, 샤오훙의 「어느 작은 도시의 삼월」, 무스잉의 「상하이의 폭스트롯」, 톈타오의 「기황」, 루어펑의 「일곱번째 구덩이」…… 모두 뛰어난 작품이지. 그밖에도 장무량과 페이밍에게도 논할 만한 작품이 있고.

막호문은 술을 한모금 마신 뒤 또다른 문제를 꺼냈다.

—이런 위대한 시대에 살고 있는데 우리는 왜『전쟁과 평화』처럼 그렇게 위대한 작품이 안 나오나요?

나는 웃었다.

그는 나더러 이유를 말해달라고 했다.

—러시아에는 유사 이래로 똘스또이 한명밖에 없잖은가. 나는 대답했다.

그는 그래도 나더러 구체적인 이유를 말해달라고 종용했다.

그가 거듭해서 부추기는 바람에 나는 몇가지 이유를 댔다. (1) 작가의 생활이 불안정하다. (2) 일반 독자의 감상력이 높지 않다. (3) 당국에서 작가의 권익을 보장할 방법을 내놓지 못하고 있다. (4) 모리배 장사꾼들이 해적판을 내는 풍조가 줄어들지 않아서 작가들이 고된 일을 하고 싶어하지 않는다. (5) 긴 안목을 가진 출판사가 너무 적다. (6) 객관적 여건 면에서 성원이 부족하다. (7) 진정한 평론가가 없다. (8) 원고료와 인세가 너무 적다.

막호문은 술을 한모금 마신 뒤 또다른 문제를 꺼냈다.

—코헨은『서양문학사』에서 "연극과 시가 이미 제휴하고 있다"고 했는데 소설과 시가 제휴할 가능성은 없나요?

—문학사에는 위대한 역사시와 서사시가 적지 않다네. 시적 정취를 가진 소설도 숱하고. 자네 이야기는 이런 걸 말하는 건 아니겠지?

—선생님 생각에 앞으로의 소설은 어떨 것 같나요?

—프랑스의 '누보로망파'는 새로운 길로 나아가는 것 같더군. 다만 그게 유일한 길은 아닐 걸세. 베께뜨와 나보코프 역시 앞으로 소설가들에게 제법 영향을 미칠 걸세. 어쨌든 시간이란 머무르지

않는 법이고, 소설가도 영원히 어떤 단계에 머물러 있을 수만은 없는 법이지.

호문은 다시 또 리얼리즘 문제를 꺼냈다. 하지만 나는 더이상 입을 열고 싶지 않았다. 나는 술이나 몇잔 더 마신 뒤 한바탕 멋진 꿈이나 꾸고 싶었다.

현실은 여전히 잔혹한 것이어서 나는 환상의 세계로 들어가고 싶었다. 술이 나의 우울을 잊어버리게 할 수 있다면 몇잔 더 마신들 어떠랴. 이성은 절름발이다. 깊은 산의 짙은 구름 속에서 길을 잃어 어디로 갈지 모른다. 누군가는 봄날을 빌리지 못하여 감정의 호수 속으로 뛰어든다.

한잔. 두잔.

마귀가 등불을 훔쳐간다, 마음에 자물쇠 채우는 걸 잊었을 때. 어디에 침묵의 덩어리가 있을는지, 슬기로운 자는 마침내 꿈속에서 내일의 웃음을 본다.

한잔. 두잔.

호문이 그래도 문제를 꺼낸다. 그는 아직 젊다. 나는 새들의 비상을 따라 하고 싶어서 애초부터 술잔 속에서 헤엄을 친다.

등불을 훔친 놈이 사과나무 위에서 미친 듯이 웃는다. 얼마나 즐거운지 어둠속에서 소녀에게 외설스러운 말을 한 듯하다.

갑자기 삐까소의 「안락의자에 앉은 여인」이 떠오른다.

원자의 미래는 지구의 중심에 빌딩을 세우는 것이다. 감마선은 아마도 북극성보다 유용할 것이다. 전쟁은 가장 두려운 손님이고 아기들의 울음소리는 항의의 외침이다.

유행하는 글에 '어슷비슷한 현상'이 나타나는데 아무도 사고의 메마름과 풍성함에 대해 알고 싶어하지 않는다.

누군가가 "저 비행기는 언젠가 추락하고 말 거야"라고 한다.

하지만 진짜로 하늘에서 추락하는 건 그런 걱정을 하는 바로 그 사람이다.

색연필로 생각 속에서 한쌍의 날개를 그리며 지나가버린 시대로 돌아가서 무송이 어떻게 반금련의 구애를 거절하는지 본다. 임대옥이 어떻게 자기 자신의 희망을 묻어버리는지 본다. 관우가 어떻게 화용도에서 조조를 놓아주는지 본다. 장군서가 어떻게 대담하게 담을 뛰어넘는지 본다. 포청천이 어떻게 낮에 이승을 멀리하고 밤에 저승을 다스리는지 본다.

한잔. 두잔.

─더 드시면 안돼요. 댁까지 바래다드릴게요. 그가 말했다.

─안 취했어.

한잔. 두잔.

땅바닥과 샹들리에가 자리를 바꾸고 천개의 눈알이 벽에서 한폭의 그림을 이룬다. 정신병 전문의가 스뜨라빈스끼의 손가락이 미쳤다고 말하면서 이태백이 말을 타고 장안의 거리를 지나간 건 잊어버린다. 태양은 남색이다. 이태백이 취했을 때 태양은 남색이었다. 스뜨라빈스끼가 취했을 때 달은 둥근 모양을 잃어버렸다.

웃음소리 속에서 일제히 춤을 추는 무수한 샛별이 나타난다. 이성이 만화경 속에 들어가자 즉각 모호한 한덩어리 색깔이 보인다. 이건 정말 가능한 일이다. 삼장법사가 반사동盤絲洞에 앉아서 거미요괴의 유혹에 넘어갈 수도 있다. 득도한 사람이라면 모두 다 천년 전에 거슈윈의 「랩소디 인 블루」를 들을 수 있다.

(나의 생각도 취했다고 나는 생각했다. 왜 나더러 한잔 더 마시지 못하게 하는 걸까? 홍콩의 밤거리 풍경은 그림엽서 속의 색깔보

다 더 아름답다. 하지만 밤의 홍콩은 마귀가 활동하는 시간이다. 왜 나를 집까지 바래다준다는 걸까?)

거울 앞에 서서 나는 한마리 야수를 보았다.

6

조롱박 두개

큰 조롱박 속에는 사내애 작은 조롱박 속에는 계집애가 들어 있다

사내애의 이름은 조롱박 오빠 계집애의 이름은 조롱박 누이다

홍수가 물러갔을 때 오빠 되는 이가 누이에게 구혼을 한다

누이는 한사코 대답하지 않고 오빠는 죽어도 포기하지 않는다

달이 둥근 밤에 산굴에서 그들은 몸을 섞는다

열달 뒤에 조롱박 누이는 커다란 살덩이를 만들어낸다

조롱박 오빠는 살덩이가 싫어서 하늘사다리를 타고 올라가 공중에서 살덩이를 내던지는데 바람이 불어오자 그것은 헤아릴 수 없이 많은 작은 살덩이로 변해 땅 위에 떨어지고 각기 사람으로 변한다

그리하여 지구에는 수많은 사람이 생겨난다

조물주는 하늘사다리를 가져가버리고 그후로 인간은 하늘에 오르는 능력을 잃어버린다

구름을 타고 안개를 부리는 일은 신선들의 특권이 되고 인간은 그저 착실히 땅이나 밟는다

아무튼 이는 즐거운 일이 아니었고 천만년을 고민한 끝에 마침

내 우주선이 탄생한다

　나는 우주선을 타고 머나먼 곳으로 가고 싶다 엄지를 들어 보이며 하늘사다리의 졸렬함을 비웃어주려고

　나는 우주선을 타고 머나먼 곳으로 가고 싶다 하늘을 때운 '여와'가 지금은 대체 흰머리가 몇가닥이나 늘었는지 보려고

　나는 우주선을 타고 머나먼 곳으로 가고 싶다 '숙'과 '홀'이 일곱 구멍을 낸 '혼돈'을 만나려고

　나는 우주선을 타고 머나먼 곳으로 가고 싶다 다리가 여섯이고 날개가 넷인 '제강'이 대체 천궁에서 무얼 하고 있는지 보려고

　나는 우주선을 타고 머나먼 곳으로 가고 싶다 귀신을 열이나 낳는 '귀모'에게 아들을 잡아먹는 맛이 어떤지 물어보려고

　나는 우주선을 타고 머나먼 곳으로 가고 싶다 뱀 몸뚱이에 사람 머리를 한 '촉룡신'에게 입김으로 인간 세상의 모든 죄악을 쓸어내버리라고 말하려고

　나는 우주선을 타고 머나먼 곳으로 가고 싶다 '반고'가 왕년에 어떻게 천지를 개벽했는지 물어보려고

　나는 우주선을 타고 머나먼 곳으로 가고 싶다 얼굴 넷에 눈이 여덟인 '황제'와 인간의 영혼을 통치하는 일에 대해 논하려고

　나는 우주선을 타고 머나먼 곳으로 가고 싶다 태양계 바깥에 대체 몇개의 태양이 있는지 보려고

　나는 우주선을 타고 머나먼 곳으로 가고 싶다 우주에 대체 한계가 있는지 보려고

　나는 우주선을 타고 머나먼 곳으로 가고 싶다 '도철'이라는 이름을 가진 야수가 만족을 모르고 탐욕스럽게 먹다보니 자기 자신의 날개까지 먹어치우는지 아닌지를 보려고

나는 우주선을 타고 머나먼 곳으로 가고 싶다 열개의 태양이 동시에 '탕곡'에서 목욕하는 걸 구경하려고[19]

　나는 우주선을 타고 머나먼 곳으로 가고 싶다 조물주가 인간을 만들어놓고 왜 그들을 죽게 하는지에 대해 설명을 요구하려고

　나는 우주선을 타고 머나먼 곳으로 가고 싶다 두번째 홍수가 들이닥쳐서 지구가 다시 물에 잠길 것이기 때문에

7

　햇빛이 창문 커튼에 쏟아진다, 경마 기수가 입은 울긋불긋한 옷처럼. 열한시 반. 바늘로 찌르는 것처럼 머리가 아프다. 취한 다음날의 필연적인 현상이다. 하지만 나는 눈을 뜨자마자 다시 또 취하

----

19 여기서 언급되는 중국 전설은 출전에 따라 내용이 조금씩 다르나 대략 다음과 같다.
　'여와': 땅의 여신으로, 하늘이 무너져 구멍이 나자 오색 돌로 때우고 거대한 자라의 네발로 만든 기둥으로 받쳤다. '혼돈': 중앙의 왕으로, 남해의 왕인 숙과 북해의 왕인 홀이 그의 환대에 보답하고자 매일 하나씩 그에게 이목구비의 일곱 구멍을 만들어주었는데, 구멍이 모두 완성되자 그만 죽어버렸다. '제강': 서쪽 어느 산에 살던 신비의 새로, 이목구비는 없지만 춤과 노래를 할 줄 알았다. '귀모': 남해 어느 산에 살던 귀신의 어머니로, 아침마다 귀신을 낳았다가 밤이면 잡아먹었다. '촉룡신': 북쪽 어느 산에 살았는데, 그가 눈을 뜨면 세상이 환해지고 감으면 어두워졌으며, 숨을 들이쉬면 여름이 되고 내쉬면 겨울이 되었다. '반고': 천지를 개벽한 거인으로, 아직 천지가 나뉘지 않던 태고 시절에 거대한 도끼로 스스로 별을 깨고 나와 하늘과 땅을 만들어냈다. '황제': 헌원씨라고도 하며, 최초로 농사를 가르치고 문자·음악·도량형 따위를 정했다. '도철': 양의 몸에 사람 얼굴을 한 괴수로, 식탐이 많고 잔인했다. '탕곡': 동해 너머에 있는 물이 펄펄 끓는 곳으로, 매일 아침 목욕을 마친 태양이 이곳을 출발하여 태양이 지는 서쪽의 우곡까지 갔다가 돌아왔다.

도록 마시고 싶다. (임산부는 침대에 누워 산전의 진통을 견디다 못해 침대보를 손으로 쥐어뜯는다. 하지만 아이를 낳고 나면 더이상 고통을 기억하지 못한다.) 내가 몸을 뒤척이자 스프링 침대가 가볍게 끼익끼익 소리를 낸다. 나는 이런 소리가 싫지만 안 들을 수가 없다. 아주 듣기 싫은 소리가 내 귀를 파고들면 나는 이가 근질거린다. 하는 수 없이 나는 침대에 누워 꼼짝도 하지 않는다. 머리조차 굴리지 않는다. 누군가가 문을 두드린다. 아주 가볍게. 침대에서 내려서니 성난 파도 속의 배처럼 온 방 안이 뒤흔들린다. 나는 일어나고 싶지 않았지만 그 가벼운 노크 소리에는 일종의 자석 같은 힘이 있었다. 문을 열자 문 앞에 씨마레이가 서 있었다. 씨마레이는 주인의 딸로 올해 열일곱살이다. 열일곱살은 가장 아름다운 나이다. 미국에는 『쎄븐틴』이라는 두툼한 잡지가 있다. 나는 열일곱살짜리 소녀가 좋다. 나는 씨마레이가 좋다. 그녀는 어린 티가 나는 얼굴을 가지고 있으면서 동시에 나이 든 마음을 가지고 있다. 그녀의 눈을 볼 때마다 안데르센의 동화가 생각난다. 하지만 그녀는 벌써 담배를 피울 줄 안다. 더구나 자세도 꽤 멋있다. 그녀는 늘 캐멀 담배를 피우는데 영화관의 광고에 따르면 '캐멀 담배야말로 진정한 담배'다. 씨마레이는 주말만 되면 영화를 보러 가는데 그녀는 광고가 틀리지 않다고 믿고 있을 것이다. 한번은 그녀가 내 방에 와서 한 첫마디가 "브랜디 한잔 주세요"였다. 그때 그녀의 부모는 카드놀이 하러 친구 집에 가고 없었다. 씨마레이도 카드놀이를 좋아한다. 다만 부모와 함께 가는 건 싫어한다. 부모가 집에 없을 때면 내 방에 와서 술을 마시며 캐멀 담배를 피우곤 한다. 아니면 마음속 일을 털어놓곤 한다. 그녀는 열일곱살에 불과하지만 마음속 일이 아주 많다. 그녀가 언젠가 내게 말했다. 자신에게는 남자

친구가 다섯명이라고. 나는 깜짝 놀랐다. 하지만 내가 더욱 놀란 것은 그녀가 아주 빨리 결혼할 것이라고 했기 때문이다. 열일곱살짜리 소녀라면 공부를 해야지 시집을 가서는 안된다. 다만 그녀는 내게 털어놓길, 자신이 그러려는 것에는 이유가 있다고 했다. 나는 그녀더러 아버지와 의논하라고 했지만 그녀는 싫다고 했다. 나는 그녀더러 어머니와 의논하라고 했지만 역시 그녀는 싫다고 했다. 그녀는 아버지가 이 일을 알게 하고 싶지 않다고 딱 잘라 말했다. 사람들은 말한다. 부모야말로 자식을 가장 잘 이해한다고. 하지만 실제 상황은 사실 정반대다. 자식들의 마음속 일을 부모는 맨 나중에 알게 되거나 아니면 전혀 모른다. 씨마레이는 늘 그녀의 희망과 욕망을 내게 말하곤 한다. 하지만 언제나 그녀의 부모에게는 그것을 알리고 싶어하지 않는다. 그녀는 부모 앞에서 술을 마시지 않는다. 그녀는 부모 앞에서 담배를 피우지 않는다. 그녀는 부모 앞에서 폴 앵카의 음반을 듣지 않는다. 사실 그녀는 열일곱살에 불과하지만 그녀의 부모가 상상하는 것처럼 그렇게 단정하지는 않다. 내가 아는 바로 그녀의 주량은 제법 상당하다. 브랜디 석잔을 들이켜고도 얼굴색 하나 달라지지 않을 정도다. 다른 방면에서도 그녀의 취미는 열일곱살을 뛰어넘는다. 그녀는 '으깬감자춤'과 '파찐꼬'를 반대하지 않는다. 그녀는 영화관에서 아이스크림 먹는 걸 반대하지 않는다. 그녀는 인연을 좇아가는 걸 반대하지 않는다. 그녀는 홍콩상하이은행 문 앞의 사자 위에 앉아 사진 찍는 걸 반대하지 않는다. 그녀는 오메가형 헤어스타일을 반대하지 않는다. 하지만 그녀는 열일곱살짜리 남자애는 싫어한다. 그녀가 내 앞에서 이런 의사를 표출한 적이 한두번이 아니다. 그녀는 껌을 질겅거리는 남자애를 싫어하고, 청바지를 입은 남자애를 싫어한다고 했다. 그녀는 은

팔찌를 낀 남자애들을 싫어한다고 했다. 그녀는 춤추듯이 걷는 남자애를 싫어한다고 했다. 그녀는 넥타이를 매지 않는 남자애를 싫어한다고 했다. 그녀의 취향은 그렇게나 조숙했다. 그녀의 부모는 늘 그녀가 아주 순수하다고 여긴다. 하지만 그녀가 이미 『채털리 부인의 연인』과 킨제이 박사의 보고서를 읽었다는 것을 전혀 생각지도 못한다. 지금 그녀의 부모는 외출 중이다. 그녀는 심심해서 위스키 한병을 들고 내 방에 왔다. 내가 '위스키를 들고'라고 표현한 것은 조금도 거짓이 아니다. 애초 나는 전혀 의식하지 못하다가 나중에 씨마레이가 술병을 내게 건넬 때 비로소 진짜 깨닫게 되었다. 나는 그녀의 초대를 거절할 수가 없었다. 다만 열일곱살짜리 여자애 앞에서 만취할 생각은 없었다. 머릿속이 숨바꼭질을 시작했다. 해맑고 순수한 두 눈이 두개의 등불 같았다. 이리하여 우리는 거리낌없는 대화를 시작했다. 그녀는 싸강을 극도로 추앙했다. 싸강은 대단한 천재라는 것이다. 하지만 나의 관점은 달랐다. 나는 싸강의 소설이 심각한 '어슷비슷한' 병에 걸려서 한권만 읽으면 다른 책은 읽을 필요가 없다고 생각했다. 그녀는 어깨를 으쓱하고는 곧바로 화제를 바꾸었다. 그녀는 나보코프의 『롤리타』를 걸작이라고 했다. 그 점에 관해서는 나도 전적으로 동의했다. 다만 그녀가 『롤리타』를 찬양하는 것은 책 속의 인물에 대한 동정심 때문으로 나보코프의 창작예술에 대해서는 깊이 이해하지 못하는 것 같았다. 나는 나의 기대가 아주 불합리하다는 걸 알고 있다. 열일곱살짜리 여자애가 『롤리타』를 읽는 것만 해도 드문 일인데 어찌 그녀가 나보코프의 소설예술을 이해하기를 기대할 수 있겠는가? 그후 잔잔한 웃음을 띤 얼굴이 나타났다.─청춘의 비밀을 감출 수 없는 웃음 띤 얼굴이었다.

한잔. 두잔. 석잔.

웃음 띤 얼굴에다가 술을 더하니 지금 한창 피어나는 꽃이다. 문제와 해답은 쌍둥이다. 하지만 감정이 녹아들지는 않는다. 감정은 기이한 것이다. 서른개의 철사그물로도 그것을 가두어둘 수는 없다. 어리지만 조숙한 여자애는 대개 대담하다.

과거와 미래에 대해선 전혀 개의치 않는다. 이 열일곱살짜리 여자애는 그저 현재만을 알 뿐이다. 그녀는 물론 싸드 후작의 신도일 리가 없다. 하지만 술이 몇잔 들어가자 그녀의 눈에서 무시무시한 빛이 쏟아져나온다. (그녀는 싸디스트일까? 아니면 천부적으로 이성을 학대하는 것을 즐기는 변태심리의 소유자일까?) 나는 약간 무서워졌다. 그녀의 피부는 우유처럼 희었다. 그녀는 내가 심리적으로 전혀 준비되지 않았는데 옷 단추를 끌렀다. (취했나? 나는 생각했다.) 내가 두려워할수록 그녀의 웃음 띤 얼굴은 더욱 교태로워졌다. 나는 그녀가 롤리타형의 여자애라고 믿지 않는다. 그녀가 롤리타로 변하기를 바라지도 않는다. 하지만 그녀는 간들간들 걸어가서 방문을 잠근다. 그러고는 뱀처럼 내 침대에 드러눕는다. 나는 말했다. 목소리가 궁지에 몰린 짐승처럼 애절했다.

—이러지 마.

그녀가 웃는다. 깔깔거리는 웃음이다. 그녀가 말한다.

—뭐가 무서워요?

—우리 둘 다 취했어.

—술은 독약이 아니에요.

—그래, 술은 독약이 아니야. 하지만 열입곱살짜리 여자애에게 술은 독약보다 더 무서운 거야.

—날 어린애로 보세요?

—그런 뜻이 아니야.

—그럼 무슨 뜻인데요?

—내 말은 이래. 독약은 한사람의 목숨을 끝낼 수 있어. 죽어버리면 모든 게 끝나지. 술은 달라. 술은 금세 사람의 목숨을 끝내지 않아. 오히려 심성을 어지럽혀서 열입곱살짜리 여자애로 하여금 무서운 일들을 벌이도록 만들어. 그 무서운 일들은 평생을 유감스럽게 만들고.

내 말을 듣더니 씨마레이는 벌떡 일어나 옷을 입고는 언짢은 얼굴로 나가버렸다. (이게 아마 최선의 결과일 거야. 나는 생각했다.) 하지만 나는 유쾌하지 않았다. 나는 그녀의 감정을 상하게 한 것이다.

술병은 아직 비지 않았다.

(아열대 여자애는 좀 정열적이군. 하지만 걔가 그런 생각을 가지고 있었을까? 걔는 전혀 자신의 장래를 생각지 않던데 '사십전 소설'을 너무 많이 읽어서일까? 아니면 실연당했나? 내게서 보상을 받고 싶었을까? 아니야, 아니야. 걔는 아직 어려. 걔는 사랑을 일종의 놀이로 생각하는 거야.)

술잔을 들어서 단숨에 마셔버렸다.

(나는 더이상 젊지 않아. 내가 사랑을 놀이로 여길 수는 없지. 내게는 물론 사랑의 축복이 필요해. 하지만 절대로 걔의 무지를 이용해서는 안돼. 나는 걔를 잊어버려야 해. 나는 반드시 좀전의 일을 잊어버려야 해.)

다시 술병을 들었을 때 나는 자제했다. 내게는 아직 두어 단락 더 써야 할 무협소설이 있었다. 술에 취하면 원고가 끊길 것이다. 신문사 쪽에서는 작가가 술에 취해 원고가 끊기는 것을 바라지 않을 터였다.

응접실의 전화기가 울리는데 꼬리를 밟힌 들짐승처럼 갑자기 소리를 내지른다. 아항이라 부르는 일꾼이 와서 나를 불렀다.

나는 목소리만 듣고서도 젱라이라이인 줄 알아챘다. 그녀는 수탉 잡기 제안을 생각해봤는지 내게 물었다. 나는 거절했다. 내가 미처 말을 끝내기도 전에 그녀는 재까닥 전화를 끊어버렸다. 이는 아주 무례한 행동이었지만 나는 영원히 젱라이라이에게 화를 내지 못한다.

씨마레이는 이미 나가버렸다. 집이 너무나 조용하다. 원고를 쓰기에 정말 좋은 시간이다. 나는 맑은 정신을 유지해야 한다. 술을 탐하느라 또다시 원고가 끊겨서는 안된다. 차탁 위에는 신문 두종류가 놓여 있는데 내가 주문한 것들이다. 이곳 셋집 사람들은 평소 신문을 읽지 않는다. 어쩌다가 찾아와서 신문을 빌려가더라도 대부분 오락광고나 볼 뿐이다. 하지만 나 자신 역시 세심한 독자는 아니다. 비록 두종류나 구독하지만 유엔이 뭘 논하는지에 대해서는 지금도 알지 못한다. 내가 신문을 구독하는 이유는 순전히 이 두 신문이 나의 무협소설을 연재하고 있기 때문이다. 신문이 배달되면 때때로 무의식적으로 뒤적거리기만 하지 도대체 메릴린 먼로우가 어떻게 죽었는지 또는 꾸바의 상황이 얼마나 심각한지에 대해선 알고 싶지 않다. 또 신문이 배달되면 때때로 아예 뒤적거려보지도 않고 나의 무협소설 부분만 오려내고는 그냥 내던져버린다. 이런 무협소설들은 원래 보존할 가치가 없다. 하지만 이건 상품이어서 혹시 출판사의 눈에 들기라도 하면 단행본으로 묶여 많은 적든 간에 조금이나마 인세를 받을 수 있다. 홍콩에서는 해적판 출판사가 쌔고 쌔서 글이 신문에 실린 후 그들에게 이익이 되기만 하면 닥치는 대로 해적판을 찍는다. 마치 범법적인 일이 아닌 것처럼 말이다. 그래도 약간의 양식이 있는 출판사가 있어서 인세가 형편없이 적기는 하지만 작가의 입장에서 볼 때 해적질을 당하는 것보다는 낫다. 내가 이 무협소설들을 오려서 보존하는 이유는 딴 데 있는 것이 아니다. 다시금 푼돈이나마 벌어볼까 해서이다. 금전지상주의자는 아니지만 나는 궁해보았다. 궁핍의 맛은 좋은 게 아니다. 계단 밑에서 잠을 청하면 필히 누군가가 간섭한다. 십전이라도 있어야 발효두부 한조각이나마 살 수 있다.

머릿속이 상당히 복잡했다. 계단 밑에서 자지 않기 위해서라도 새삼 떠오르는 것들을 잠시 제쳐둔 채 앉아서 쓰기 시작했다. 통천도인이 어떻게 지붕을 걷고 벽을 타는지, 어떻게 한산사에 가서 색마를 해치우는지, 어떻게 취개를 만나 장심뇌격상을 입게 되는지……

원고를 두어꼭지 쓰고 나니 벌써 오후 두시가 되었다. 윗옷을 걸치고 밖으로 나가서 원고도 건네주고 그 참에 요기도 할 작정이었다.

막호문이 찾아왔다. 막호문의 얼굴빛이 그다지 좋지 않았다.

—무슨 일인가? 내가 물었다.

—로우당의 말로는 선생님께서 원고를 제때 보내지 않는 일이 너무 잦아서 사장이 화가 났답니다. 어제 조판소에서는 날이 어두워질 때까지 계속 선생님의 원고를 기다리다가 결국 문예면 담당 조판공이 짜증이 나서 당직 주임에게 구시렁댔고, 당직 주임은 주간에게 구시렁댔고, 주간은 사장에게 구시렁댔다는군요. 선생님이 자주 원고를 제때 보내지 않아서 조판소의 일을 엉망으로 만들어놓는데다가 편집부의 일마저 예정대로 해나갈 수 없게 한다는 거죠. 사장이 주간의 말을 듣고 몹시 화가 나 즉시 로우당을 불러서

그에게 지금 가지고 있는 무협소설이 있는지 물어봤는데, 로우당은 망월루주와 와불거사가 각기 하나씩 보내와서 벌써 서랍 속에 넣어둔 지 제법 오래됐다고 대답했답니다. 사장은 그에게 어느 것이 더 나은지 물어봤고 그는 망월루주 것이 액션이 좀더 많다고 대답했다는군요. 사장은 더이상 따지지 않고 망월루주 것을 실으라고 했답니다. 사장은 소설에 대해 전혀 아는 게 없으니까 그 양반으로서는 소설이나 영화가 아무 차이가 없는 거죠. 그저 액션만 많으면 좋은 소설인 거죠. 분위기나 구성 또는 추리나 인물묘사 따위는 중요하게 여기지 않거든요.

일이 이런 식으로 끝나버렸다. 다소 갑작스럽기는 했지만 그럴 수밖에 없는 이유가 있었다. 나는 더이상 술을 마시면 안되었지만 마음이 너무나 어지러웠다. 나는 두잔을 따라서 한잔을 호문에게 주었다. 호문은 고개를 내저으며 낮에는 술을 마시지 않는다고 했다. 그래서 내가 두잔을 한꺼번에 다 마셔버렸다.

8

금색의 별. 남색의 별. 자색의 별. 황색의 별. 수천수만의 별. 만화경 속의 변화. 희망이 열 손가락에 압사된다. 누가 기억의 문을 슬그머니 닫아버렸나? HD의 이미지는 정말 포착하기 어렵다. 추상화 화가는 춤추는 색깔을 좋아한다. 반금련은 비껴드는 빗방울이 창문을 두드리는 걸 좋아한다. 한가닥 선. 열가닥 선. 백가닥 선. 천가닥 선. 만가닥 선. 미친 땀방울이 아득한 흰 눈을 그리워한다. 미로는 이중 환각을 당신의 마음속에 그려놓는다. 악비가 짊어진

네 글자. "왕흡은 취한 붓으로 발묵潑墨하여 마침내 고금에 뛰어난 일대 종사가 되었다." 모든 것이 다 무기력하다. 홍콩 1962년. 포크 너는 한방에 씽클레어 루이스를 쓰러뜨렸다. 해부도 아래에서의 오만. 굴 쏘스 소고기와 야수파. 항아가 달에서 원자탄을 비웃는다. 사고 형태와 이미지 활동. 별. 금색의 별. 남색의 별. 자색의 별. 황색의 별. 생각이 다시 한번 '페이드인' 한다. 마귀가 극단적으로 히스테릭하게 웃는다. 젊은이여 절대로 과거의 교훈을 잊지 마시오. 소무는 결코 성성이를 아내로 삼지 않았다. 왕소군 역시 독약을 먹고 죽지 않았다. 상상이 경련을 일으킨다. 어슴푸레한 등불 하나가 나의 뇌리에 나타난다.

—깨어났나요? 누군가가 이렇게 묻는다.

—예, 깨어났어요. 누군가가 이렇게 대답한다.

눈을 떠보니 눈앞에 펼쳐진 것은 초점을 잃은 현실이다. 나는 흰색깔 속에 포위되어 있다. 두사람이 모두 흰옷을 입고 있다. 하나는 크고 하나는 작다. 하나는 남자고 하나는 여자다. 침대 옆에 서 있다. 나는 몽롱한 중에도 이지러진 물체를 포착하고 싶은 생각은 없었다. 다만 호기심이 전혀 없지는 않았다.

어쩌면 부주의한 희망이 방문 닫는 걸 잊어버려서 기쁨이 좀도 둑처럼 새어들어왔나보다. 긴장했던 감정이 마음속에 주저앉으며 감히 만질 수 있고 잡을 수 있는 현실을 찾아나서지 못한다.

—좀 어떠세요? 흰옷을 입은 남자가 묻는다.

(모르겠는데요. 나는 생각했다. 누구지? 나는 전혀 그를 알지 못한다. 왜 와서 묻는 거지? 틀림없이 주인 여자인 씨마 부인이 부주의해서 또 모르는 사람을 들어오게 한 걸 거야. ……이상하군. 창밖에는 눈부신 햇빛이로군. 왜 내가 아직 침대에 누워 있지? 술에 취

했나? ……어젯밤에 내가 어디 있었더라? 술을 마셨나? 안 마신 것 같은데? 안 마셨는데 왜 이렇게 머리가 아프지? 술 취했다가 깰 때라야 바늘로 찌르듯이 머리가 아픈 법인데. 안 마셨는데 왜 이렇게 아프지?)

—좀 어떠세요? 흰옷을 입은 남자가 다시 묻는다.

나는 손으로 눈을 비볐다. 마침내 흰옷을 입은 두 사람이 분명히 보였다. 남자는 검은 테의 안경을 쓰고 있고 호리호리한 몸매에 상당히 말랐는데, 광대뼈가 심하게 튀어나와 있어서 얼른 보기에 조금은 아서 밀러 같았다. 여자는 월병 모양의 둥근 얼굴에다가 아주 작고 뚱뚱해서 얼른 보기에 조금은 맥주통 같았다.

—누구세요? 내가 물었다.

뚱뚱한 여자가 아주 부자연스럽게 웃으면서 말했다.

—저는 미스 삼이고요, 이곳 직원입니다. 이분은 닥터 쫑이십니다.

(또 병원이구나. 나는 생각했다. 알고 보니 나는 또 병실에 누워 있었다. 왜? 왜? 왜? 설마 내가 병이 났나? 무슨 병이지? 모르긴 몰라도 또 술에 취했을 거야. 하지만 술 취한 사람이 입원할 필요는 없잖아? 어젯밤에 대체 내가 무슨 일을 저지른 거지? 이상하군. 어째서 하나도 생각나지 않지? 어쩌면 내가 진짜로 병이 나서……깨어날 때 꿈을 꾸는 것 같을 거야. 꿈을 꿀 때면 모든 게 진짜 같으니까. 진짜 병이 났을 수도 있어. 술은 좋은 게 아니야, 반드시 끊어야 해. 술 마신 게 아니라면 어째서 자신이 저지른 일을 기억하지 못하겠어? 대체 내가 무슨 일을 저지른 거지? 내가 왜 입원한 거지?)

—내가 왜 입원해 있나요? 내가 물었다.

—누군가에게 머리를 얻어맞았어요. 의사가 말했다.

—누가요? 누가 내 머리를 때렸나요?

—그건 우리 소관이 아닙니다.

—왜 모르시죠?

—흥분하지 마세요. 부상이 가볍지 않으니 쉬어야 합니다.

—누굽니까? 대체 누가 내 머리를 때렸나요? 왜요?

—어젯밤에 구급차가 선생님을 여기로 데려왔을 때 선생님은 이미 혼수상태였어요. 우린 즉시 열두 바늘을 꿰맸는데 당시 상태가 아주 안 좋았어요. 지금은 이미 위기를 넘겼고요. 그럭저럭 체력이 괜찮은 편이시더군요. 하지만 그래도 진정하고 휴식을 취해야 합니다. 절대로 잡생각은 하지 마시고요.

그가 가버렸다.

(걸어가는 모습이 비둘기 같군. 나는 생각했다.)

간호사도 가버렸다.

(걸어가는 모습이 룸바를 추는 것 같군. 나는 생각했다.)

나는 병상에 그대로 누워 있었다.

생각이 어수선했다. 가위로 잘라낸 종잇조각 같았다. 이 종잇조각들을 공중에다 뿌리면 천천히 떨어져내리는 생각의 눈이 될 것이다.

(그 누가 시간을 거꾸로 흐르게 해서 과거를 미래로 바꾸어놓는 능력을 가지고 있을까? 보리수나무 아래의 미소가 백정의 칼을 물리친다. 십자가 위의 수심 어린 눈썹이 우르릉거리는 천둥을 불러온다. 억측을 해서는 안된다. '?'로 분석해야 한다. 온 얼굴에 땀을 뻘뻘 흘리며 멀리서 백마를 타고 와서는 그저 마실 물 한모금만을 찾는다. 이 세상은 부처님의 손바닥이나 마찬가지여서 손오공의 재주넘기로도 다섯개의 붉은 기둥을 벗어나지 못한다. 그리하여 까뮈

는『오해』를 썼다. 우리는 자신이 왜 살아야 하는지 모른다. 하지만 우리는 자신이 죽지 않아야 한다는 건 안다. 헤밍웨이가 총을 닦다가 죽은 것은 어쩌면 하느님의 안배인지도 모른다. 까뮈는 반항하려고 했지만 자동차 사고로 죽었다. 헤밍웨이는 대오각성한 것 같지만 문도 없는 이 원형의 세계에서 조용히 사라져버렸다. 뉴욕의 출판사는 돈 벌 기회를 놓치지 않으려 했지만 싼티아고[20]가 여전히 사자 꿈을 꾸고 있는지 누가 알겠는가?)

생각이 너무도 어수선했다. 사정없이 바다에 쏟아지면서 사라졌다가 다시 내리고 내렸다가 다시 사라지는 세찬 바람 속의 폭우 같았다.

(창밖에 굴뚝이 하나 있는데 검은색의 연기가 피어오르면서 나의 시선마저 검은색으로 물들인다. 문학작품은 신장병의 특효약이다. 앞으로 반드시 설명서를 첨부해야 한다. 조이스의 일생은 고통스러웠다. 그는 반맹인이었다. 하지만 누구보다도 똑똑히 볼 수 있었다. 그는『율리시스』가 판금되어 탄식한 적이 없다. 『율리시스』의 해적판 때문에 눈물 흘린 적도 없다. 그는『율리시스』가 비난을 받아서 낙담한 적도 없다. 그는 새로운 스타일, 새로운 기교, 새로운 수법, 새로운 어휘를 창조했다. 하지만 그는 설명서를 첨부하지 않았다. 그의 주요 작품은 단 두편뿐이다.『율리시스』와『피네건의 경야』이다. 하지만 그의 창작예술을 연구한 저작은 최소한 천편 이상이다. 조이스의 손에는 현대소설의 문을 여는 열쇠가 들려 있다. 버지니아 울프가 그를 따라 들어갔다. 헤밍웨이가 그를 따라 들어갔다. 포크너가 그를 따라 들어갔다. 패서스가 그를 따라 들어갔

---

20 헤밍웨이 소설『노인과 바다』의 주인공 노인.

다. 토머스 울프가 그를 따라 들어갔다. 제임스 패럴 역시 그를 따라 들어갔다…… 하지만 그의 『율리시스』와 『피네건의 경야』는 모두 설명서를 첨부하지 않았다. 홍콩에는 문학이 없다. 다만 사람들이 꼭 문학을 신장병의 특효약으로 삼으려는 것은 아니다.)

나의 호흡은 아주 규칙적이었지만 나의 생각은 복잡하게 뒤엉켰다. 벽 한구석에 파리 한마리가 있었는데 마치 피리 부는 사람처럼 나의 생각이 창문으로 날아 나가도록 이끌었다.

(마귀가 자전거를 타고 감정의 도형 속에서 맴돌고 있다. 감정을 찜통 안에 두니 수증기와 울타리 바깥의 손님이 서로 만나는데 손님의 이름은 '고독'이다. 10×7. 좁은 방에 데톨 냄새가 가득하다. 리우타이 극장. 더블 콜라. 리펄스베이의 모래. 황상황.[21] 페리 측, 다리 건설 반대. 파크 호텔의 애프너눈 티. 해피밸리의 마권 구매 행렬 출현. 남와 축구팀 대 가우룽버스 축구팀. 금일 출입항 선적. 윙꼭의 인파. 해안가의 적잖은 네온사인 광고판. 소금구이통닭과 참새고기와 참게. 미라마 호텔의 손오공 춤. 씨티홀의 추상화 전람회……)

생각은 무궤도전차다.

(내가 누구에게 맞았지? 왜? 대체 어젯밤에 내가 무얼 한 거지? 술을 마신 건가? 마셨다면 취했었나? 나는 항상 기억력만큼은 쓸 만했는데 어째서 내가 한 일이 기억나지 않는 걸까? 그래, 기억난다. 막호문과 함께 '쉬샹위안'에서 식사를 했어. 그 친구는 맥주 한 병을 마셨고 나는 두병을 마셨더랬지. 맥주 두병이 날 취하게 하지는 못해. 나중에, 나중에……젱라이라이와 함께 홍콩 까페에서 차

---

21 소금에 절여서 말린 고기를 파는 광저우의 유명한 가게.

를 마셨어. 그녀가 내게 계획을 말해줬더랬지. 그리고 돈도 삼백 위안을 주었고. 내게 삼백 위안이면 적은 금액은 아니야. 한달 치 원고료와 맞먹거든. 그래서 내가 팡밍에게 전화를 걸었구나. 팡밍은 사진기자니까. 그에게 사진기 하나를 빌렸지. 택시를 타고 집에 왔고. 언짢은 얼굴의 씨마레이를 보자 몇잔을 연달아 들이켰지. 그다음엔 어쨌더라. 전혀 생각이 안 나.)

생각은 방향 없는 바람이나 다름없다.

(바람이 불면 빅토리아 해협의 바닷물은 늙은 여인네 뺨의 주름살 같다. 나의 희망은 아직 세찬 바람에도 날아가지 않았다. 내게는 돌멩이 같은 고집이 있기 때문이다. 나는 A 자가 뛰어오르는 것을 보았다. 처음엔 하나였는데 나중에 셀 수가 없었다. 막호문은 프루스뜨의 야망을 가지고 있다. 하지만 그는 영원히 프루스뜨가 될 수 없다. 그에게는 야망밖에 없기 때문이다. 일부 유명 작가는 막호문보다 못하다. 그들에게는 야망조차 없다. 야망은 기이한 것이다. 그것은 히틀러 따위의 마귀를 훼멸해버리면서 반맹인인 조이스와 십년을 병상에서 지낸 프루스뜨로 하여금 『율리시스』와 『잃어버린 시간을 찾아서』를 써내도록 만든다. 프루스뜨는 천식 환자였다. 프루스뜨는 심장병 환자였다. 나는 그가 어떻게 바람도 통하지 않는 침실에서 십년을 누워 지냈는지 알 수가 없다. 그 십년 동안 그는 불후의 작품을 써냈다. 누군가가 말했다. 그는 심각한 신경과민증을 앓았다고. 하지만 죽기 직전까지 여전히 고달팠던 문학 창작에 염증을 내지 않았다. 이는 어떤 힘일까? 설마 단순한 야망일 따름일까? ……카프카는 인간이 하느님의 법칙을 이해하려는 시도는 성공할 수 없을 것이라고 여겼다. 그렇다면 인간은 하느님의 장난감일까? 하느님은 희망과 야망으로 인간을 가지고 노는 걸

까? 그래서 까뮈가 떠오른다. 카프카를 추모하기 위해 그는 『이방인』을 썼다. 그는 인간의 행동과 관련한 모든 것에 대해 낙관을 표했다. 하지만 인간의 성품에 대해서는 비관을 표했다. ……그런즉슨 인생의 '궁극적 목적'은 도대체 무엇인가? 답은 아마도 근본적으로 인생에는 목적이 없다라는 것이리라. 조물주는 거짓말을 창조했다. 야망, 욕구, 희망, 쾌락, 성욕……이 모두가 거짓말을 만들어내는 원료다. 한가지라도 빠지면 인간은 쉽사리 참된 깨달음을 얻게 된다. 인간은 깨달을 수가 없다. 조물주가 이를 허락하지 않으므로. 모두들 말한다. 덧없는 인생, 꿈과 같다고. 사실은 꿈이 너무나 덧없는 인생과 같은 것이다.……더이상 생각하지 말자. 계속 생각하면 미치광이가 될 거다.……저녁식사에는 우럭바리찜이 나올 테니 밥을 두그릇 먹어야지.)

생각은 방금 꺼버린 선풍기처럼 여전히 돌아간다. 생각은 어쨌든 선풍기와 달라서 멈출 수가 없다.

(이 병실은 나 혼자뿐이니 틀림없이 특실일 거야. 나는 가난뱅이라 특실에 입원할 능력이 있을 리 만무하잖아? 누가 나를 데려왔을까?)

이렇게 생각하고 있을 때 똑똑똑 누군가가 문을 두드렸다.

─들어오세요. 내가 말했다.

흰색의 문이 열리자 즉시 코를 자극하는 향수 냄새가 느껴졌다. 젱라이라이가 웃음을 띠며 들어왔다. 손에는 한묶음의 카네이션을 들고 있고, 옷은 검푸른 치파오를 입고 있었는데 하얀 피부와 대비되어 아주 아름다웠다. (그녀의 몸매라면 설령 멋들어진 치파오를 입고 있지 않아도 마찬가지로 멋질 것이다.) 하늘하늘 침대 옆으로 다가오니 가지런한 조가비 같은 이가 거울에 반사된 햇빛 속에서 반짝거렸다.

　—별일 없죠? 그녀가 물었다.

　—아마 별일 없을 거요. 내가 대답했다. 의사 말로는 조용히 휴식을 취하라더군.

　—그래요. 여기서 며칠 더 쉬세요. 병원비는 걱정할 필요 없어요. 전부 제가 부담할게요.

　—의사 말로는 열두 바늘을 꿰맸다던데.

　—그 색마 영감쟁이가 보디가드를 둘이나 데리고 올 줄은 몰랐어요.

　—당신은 처음부터 그 점을 생각했어야 했는데 말이지.

　—난 그저 그 영감이 멍청이인 줄 알았죠.

　하지만 나는 알 수가 없었다. 나의 부상에 대체 어떤 보상이 있는지. 젱라이라이는 오히려 솔직했다. 전체 과정을 하나도 빠짐없이 내게 일러주었다. 아직까지 방직공장 사장은 그녀가 나를 고용한 건 모르고 있다. 바로 이 때문에 당연하게도 젱라이라이는 기꺼이 나의 입원비를 대고 있다. 이번 실패로 젱라이라이는 아무런 손해도 없다. 부상을 당한 것도 나고, 병상에 누워 신음하고 있는 것도 나고, 장차 원고를 못 써서 마지막 밑천까지 잃고 굶주리며 고생할 것도 나다.

　나는 바보였다. 멍청한 짓을 한 것이다.

　미소가 입가에서 사라지며 그녀가 담배 한개비를 피워물었다. 그녀가 담배 피우는 모습은 아주 우아했다. 화가가 그려볼 만큼. 나는 화가가 아니다. 나는 그저 감상만 할 뿐이다. 감정이란 이렇게 쓸모없는 것이다. 얼음이 열을 만나면 녹아버리듯. 젱라이라이는 이처럼 비열하다. 하지만 나는 여전히 그녀의 담배 피우는 모습을 좋아한다. (감정은 인체의 구조보다 더 복잡하다. 나는 생각했다.)
그녀가 루주 묻은 담배를 내 입에 물려주었을 때 나는 한가지 갈망
뿐이었다.

　—술 좀 가져다 주시오.

　—안돼요. 그건 병원의 규정을 어기는 일이에요.

　얼굴에 어여쁜 웃음이 떠올랐다. 마치 모란이 만개한 것 같았다.
그녀는 일어나서 갔다. '노'도 아니고 '예스'도 아닌 답을 남겨놓고
갔다. 나의 복잡한 감정을 더욱 복잡하게 만들어놓았다. (젱라이라
이의 마음속에서 나는 주정뱅이다. 색정광이다. 실업자다. 책도 읽
을 줄 알고 글도 쓸 줄 아는 불쌍한 인간이다. 그녀의 생각대로라
면 나는 두드려맞아야 한다. 나와 같은 이런 빈털터리는 언어맞지
않았다면 방직공장 사장 따위가 병원에 데리고 와서 열두 바늘이
나 꿰매게 하지는 않았을 것이다……)

　담배가 담뱃재로 변하자 당혹스러울 정도로 무료했다.

　오전 열한시, 당혹스러울 정도로 무료하다.

　한낮 열두시, 간호사가 와서 체온을 잰다. 여전히 당혹스러울 정
도로 무료하다.

　한낮 열두시, 병원 직원이 와서 내게 무얼 먹고 싶으냐고 묻는
다. 나는 술을 달라고 했지만 결과는 채소국 한그릇, 햄에그 한접
시, 커피 한잔, 그리고 알약 두알이다.

　오후 두시, 여전히 술은 없고 여전히 당혹스러울 정도로 무료
하다.

　오후 네시, 간호사가 와서 체온을 잰다. 생각은 진공이다. 감정이
마비된다.

　오후 다섯시 십오분. 신문배달 소년이 와서 신문을 판다. 석간을

한부 샀다가 깜짝 놀란다. 제목이 '꾸바 상황 위기, 핵전쟁 일촉즉발'이다.

9

전쟁. 전쟁. 전쟁.

여섯살 때 상하이 자베이 서쪽에 있는 바오싱로에서 살았다. 북상하이 기차역 부근이었다. '스제 대극장'에서 쎄실 B. 데밀이 감독한 「십계」를 상영하고 있을 때 전쟁이 들이닥쳤다. 어머니는 빨래를 하고 있었고 나는 밖에 나가서 전투를 구경했다. 아이들에게는 전쟁이 신기하게 느껴졌다. 그런데 골목 입구의 철문이 잠겨버렸다. 모두들 철문 위에 기어올라가서 우리가 잘 아는 거리 위로 총탄이 날아다니는 걸 구경했다. 거리에 면한 식품가게의 이층 유리창이 총탄에 깨지자 모두들 손뼉을 치며 환성을 질렀다. 거리 쪽 이발관의 표시등이 총탄에 깨지자 모두들 손뼉을 치며 환성을 질렀다. 자갈길 거리에 초록색 군복을 입은 병사들이 장총을 들고 뛰어서 지나갔다. 모두들 눈을 동그랗게 뜨고 그들을 바라보았지만 그들이 왜 싸우는지는 몰랐다. 잠시 후 자갈길 거리에 황색 군복을 입은 병사들이 장총을 들고 뛰어서 지나갔다. 모두들 눈을 동그랗게 뜨고 그들을 바라보았지만 그들이 왜 싸우는지는 몰랐다. 우리는 근본적으로 누가 누구와 싸우는지 몰랐고 그들의 군복 색깔이 다르긴 하지만 모두 중국인이라는 건 알았다. 우리에게 이는 새로운 일이었다. 평소에는 붐비던 거리가 갑자기 조용해졌다. 어쩌다가 병사들이 뛰어 지나가기라도 하면 분위기는 더욱 긴장되었다.

나는 이 긴장된 분위기가 좋았다. 하지만 골목을 지키는 영감님은 떨리는 목소리로 우리들을 쫓아냈다. 그는 우리가 철문 위로 기어오르지 못하도록 하면서 유탄에라도 맞으면 그 자리에서 죽는다고 했다. 우리는 죽음이 무섭다는 건 알고 있었다. 하지만 우리는 아무도 이 보기 드문 기회를 놓치고 싶지 않았다. 그 당시 내 느낌은 확실히 그랬다. '스제 대극장'의「십계」는 아예 거리의 전쟁과는 비교가 되지 않았다. 따라서 나도 이런 기회를 놓치고 싶지 않았다. 나는 이 익숙한 거리가 갑자기 낯설게 변해버린 것이 좋았다. 나는 모든 가게가 문을 닫게 된 것이 좋았다. 나는 모든 사람이 집에 틀어박혀 있게 된 것이 좋았다. 나는 이 거리의 특이한 분위기가 좋았다. 내 마음속에서 전쟁은 비록 긴장되긴 하지만 아주 재미있는 일이었다. 그런 다음 갑자기 내 눈앞에서 한바탕 잔인한 활극이 펼쳐졌다. 한 황색 제복을 입은 군인이 거리에 면한 골목으로 초록색 군복을 입은 다른 군인을 끌고 들어왔다. 초록색 군복을 입은 군인은 나이가 아주 어려서 열댓살쯤 되었고 체격도 왜소했다. 게다가 다리는 부상을 입었고 얼굴은 종잇장처럼 창백했는데 있는 대로 입을 벌리고 죽어라 고함을 질러댔다. 그의 고함 소리가 약하지는 않았지만 아무도 그를 구하러 오지 않았다. 골목 안으로 끌려들어올 때 이미 그의 목소리는 쉬기 시작했다. 황색 군복을 입은 군인은 체격이 큰데다가 미친 사람처럼 그의 적을 걷어차 넘어뜨리고는 두 손으로 번쩍거리는 큰 칼을 들어 그 왜소한 부상병의 목을 베어버렸다…… 이 한바탕의 활극은 철문 위에 기어올라가서 전쟁을 구경하던 사람들을 모두 놀라 자빠지게 만들었다. 골목을 관리하던 영감님이 말릴 필요도 없이 저절로 모두들 집으로 도망가버렸다. 빨래를 하고 있던 어머니는 나의 행동이 갈팡질팡하는 것을 보고 무얼 보았기에 그러느냐고 물었다. 나는 대답을 하고 싶었지만 아무리 해도 소리가 나오지 않았다. 어머니가 일어나서 행주로 젖은 손을 닦은 다음 내 이마를 짚어보더니 내게 열이 있다면서 깜짝 놀라 나를 침대에 안아다 눕혔다. 잠이 든 후 나는 피를 뚝뚝 흘리는 수많은 머리통들이 땅 위에 데굴데굴 굴러다니는 꿈을 꾸었다. 내가 꿈에서 깨어났을 때도 바깥에서 피융피융 하는 소리가 들렸다. 어머니는 침대 옆에 앉아서 즐겁지만은 않은 웃음을 지었다. 어머니는 내게 죽을 먹겠느냐고 물었고 나는 고개를 저었다. 나는 어머니에게 바깥에서 아직도 전쟁을 하고 있느냐고 물었다. 어머니는 고개를 저으며 전투는 이미 다른 곳으로 옮겨갔다고 했다. 나는 왜 여전히 총소리가 들리느냐고 물었고 어머니는 총소리가 아니라 폭죽 소리라고 대답했다. 나는 왜 폭죽을 터뜨리는지 몰랐다. 어머니 말로는 양쪽이 전쟁을 하면 승패가 나기 마련이고 누가 이기든 간에 폭죽을 터뜨리며 경축한다는 것이었다. 나는 그게 경축할 일은 아니라고 생각했다.──나는 처음으로 전쟁의 잔혹함을 목격했기 때문이다.

전쟁. 전쟁. 전쟁.

'1·28' 사변이 일어났다. 나는 '난스'로 등교할 수가 없어서 하는 수 없이 징안쓰로의 샤오사두로 입구에 있는 한 여자중학교에서 임시로 수업을 받았다. '학생자치회'는 위문대를 만들었는데 나도 참가했다. 우리는 적잖은 돈을 모금해 회색 목면군복 수십벌을 사서 두대의 큰 트럭에 싣고 '루어뎬'과 '다창'으로 가서는 제5군과 제19로군 병사들을 위문했다. 나는 머리가 굵었기 때문에 당연히 전쟁의 공포를 알고 있었다. 그러면서도 병사들을 응원하기 위해 여러 친구들과 함께 대숲을 포복으로 전진했다. 전선에서 이동할 때 언제든지 목숨을 잃을 위험이 있다는 것쯤은 용기만 있으면 의식하지 않을 수 있었다. 우리는 원래 그럴 필요까지는 없었지만 어쨌든 그리했다. 우리는 어렸고 자기 자신 외에는 아무도 믿지 않았다. 우리는 병사들이 우리가 모금하여 산 목면군복을 입고서 만면에 웃음을 띠는 모습을 보고 싶었다. 이 때문에 우리는 총칼의 숲 속이나 총탄의 빗속을 두려워하지 않았다. 우리가 대숲에서 포복으로 전진하고 있을 때 적군의 포탄 한발이 대숲에 떨어졌다. 나는 깜짝 놀랐고 갑자기 온몸이 마비되는 것 같았다. 나는 무의식적으로 내가 부상당한 줄 여겼지만 정신을 차리고 보니 누군가가 내 귓가에서 비명을 지르고 있었다. 고개를 들어 앞쪽을 바라보았다. 우리 반 급장, 곧 자치회 회장이 하늘을 향해 드러누워 있는데 얼굴이 피투성이였다. 그뿐 아니라 계속 피가 흐르고 있었다. 흡사 극중의 관우처럼 보였다. 그의 관자놀이는 파편으로 날아가버렸고 뇌수가 흘러나와 있었다. 두 눈은 엄청나게 크게 부릅뜬 채였는데 눈동자는 꼼짝도 하지 않았다. 나는 그렇게 공포스러운 얼굴을 본 적이 없었다. 가슴이 쿵쾅쿵쾅 뛰었다. 나는 도저히 더 바라볼 수가 없었다. 일어나서 대숲을 기어나오려는데 갑자기 급장이 떨리는 목소리로 말하는 것이 들렸다.—돌맹이로 나 좀 때려 죽여줘!

전쟁. 전쟁. 전쟁.
'8·13' 사변이 일어났다. 중국 공군이 출격해서 황푸 강의 일본 기함 '이즈모호'를 폭격했다. 적군은 당황하여 어쩔 줄 몰라하는 것이 확연했다. 아무 목표도 없이 고사포와 기관총을 쏘아대서 유탄이 끊임없이 조계지에 쏟아져내렸다. 모든 큰 가게에는 문 입구에 모래주머니를 쌓아놓거나 유리창에 나무판을 쳐놓았다. '난스'에서 도망 나온 피난민들이 그 직전에 난민수용소로 바뀐 '다스제'에 마치 파도처럼 몰려들었다. 나는 버스를 타고 집으로 돌아가는 길이었다. '난징 대극장' 앞을 지날 때 갑자기 날카롭게 찢어지는 바람 소리를 들었고, 곧이어 천지가 무너지는 거대한 폭발이 있었다. 운전사는 본능적으로 버스를 급제동했다. 모두들 차창 밖으로 머리를 내밀고 뒤를 보았다. '우자오' 구역이 몽땅 드넓은 시체 구역으로 변해버렸다. 피와 살이 불분명한 수많은 시체들이 한데 쌓여 있었다. 부상을 입어 시체 밑에 깔린 사람들이 계속 신음하며 손발을 내젓고 있었다. 서너살쯤 되어 보이는 꼬마는 죽은 엄마의 품에서 목이 쉴 정도로 울어댔다. 하지만 내가 가장 무서웠던 것은 도로에서 남자 한명이 머리가 달아난 채로 여전히 뛰어갔던 것이다.

전쟁. 전쟁. 전쟁.

일본이 '진주만'을 급습했다. 나는 어느 중등학교에서 역사를 가르치고 있었다. 오전 첫 시간, 고2 반에서 당나라 시대 환관의 폐해와 붕당의 정쟁을 가르치고 있었다. 날씨가 제법 추웠는데 유리창 밖에서 갑자기 귀를 찢는 웅웅거리는 소리가 들려왔다. 다급히 창가로 가서 바라보니 수십대의 일본 탱크가 널따란 난징로를 지나가고 있었다. 거리 쪽의 '관성위안'²² 문 앞에 여덟아홉살쯤 되어 보이는 남자애가 도로를 건너가려고 뛰어가는데 공교롭게도 탱크가 달려왔다. 탱크가 그 남자애를 밟고 지나갔고 비명소리와 함께 애의 몸이 납작해지고 말았다. 마치 피로 된 종이가 평평한 아스팔트

---

22 중국의 유명한 식료품, 꿀, 사탕 제조회사.

위에 들러붙은 것 같았다. 아무도 감히 항의하지 못했고, 아무도 인도를 벗어나지 못했다. 사람들은 그저 멍하니 탱크들을 바라볼 뿐이었는데 얼굴에 아무런 표정도 없었다.

전쟁. 전쟁. 전쟁.

혈기가 있는 젊은이라면 모두 대후방[23]으로 가서 항전에 참가했다. 닝보에서 인력거를 타고 산을 넘고 고개를 넘어서 봉쇄선을 통과해 닝하이에 도달했다. 닝하이에서 반달을 보낸 다음 대나무 가마를 타고 린하이로 갔다. 그후 린하이에서 동력 돛배를 타고 바다를 건너 윈저우에 도착했다. 비상 시기이기 때문에 현대적인 교통수단은 찾기가 어려웠다. 그리하여 혈기있는 젊은이들은 검은 뜸배를 타고 리수이로 갔다. 리수이에서 사흘을 묵어도 목탄 자동차를 찾을 수가 없어 인력거를 탈 수밖에 없었다. 리수이에서 룽취안까지는 대략 육십리 길이다. 인력거꾼의 뻘투성이 다리가 온종일 달려서 마침내 나를 룽취안까지 데려다주었다.──적기의 폭격으로 제 모습을 잃어버린 작은 도시였다. 나는 한 조그마한 여관에 머무르며 간저우로 가는 차편을 기다렸다. 이 여관의 벽 한쪽이 적기의 폭격으로 무너져버리고 없어서, 밤에 삼베로 만든 모기장 안에서 자노라니 바람이 심할 때는 노천에서 자는 것 같았다. 어느날 아침 아래층 나무바닥 방의 문 앞에 붉은색 종이쪽지가 한장 붙어 있었다. 경리에게 물어보고서야 열한살짜리 사내애가 마마를 앓고 있다는 것을 알았다. 이 말을 듣고 깜짝 놀라서 급히 적십자사에 가서 우두를 맞았다. 우두를 맞고 나오는데 경보가 울려 모두들 허

---

23 중일전쟁 시기 국민당이 통치하던 지역.

둥지둥 뛰어다녔다. 앞에서 작고 통통한 한 간호사가 다가오기에 방공호가 어디 있느냐고 물었다. 그녀는 룽취안에는 방공호가 없다고 대답했다. 적기가 들이닥칠 텐데 어디 가서 숨어야 하느냐고 물으니 그녀의 대답은 간단했다. 산기슭! 이 말을 듣자마자 즉각 산기슭을 향해 달려갔다. 산기슭에 도달했을 때 적기는 이미 머리 위에서 선회하고 있었다. 고사포가 사격하는 소리는 들을 수 없었고 들려오는 건 폭탄이 연이어 터지는 소리였다. 룽취안에 증오의 불길이 일었다. 적기는 끊임없이 민간인에게 기관총을 퍼부어댔다. 나는 커다란 바위 사이에 숨었지만 머리 위는 노출된 상태여서 안전한 장소라고 할 수는 없었다. 하지만 급한 와중이라 더 나은 장소를 찾을 수가 없었다. 다행히도 오래지 않아 적기는 가고 경보가 해제되었다. 일어나서 밭이랑을 따라 여관으로 돌아왔다. 적십자사를 지날 때 보니 의사가 눈시울을 붉히며 채소밭에서 아까 본 그 작고 통통한 간호사를 안고 나왔다. 부상을 입었느냐고 물었다. 그는 고개를 내저으며 탄식조로 대답했다. 죽었어요!—그랬다. 몇 분 전에 나와 말을 나누었던 이 간호사가 적기의 폭격으로 그만 죽어버린 것이다!

전쟁. 전쟁. 전쟁.

임시 수도. 어느 안개 없는 날 정오. 내가 친척과 함께 막 식탁에 앉았을 때 요란하게 경보가 울렸다. 사람들은 언제나처럼 느긋하게 작은 언덕을 넘고 철공장을 지나서 '한위 국도'를 따라 방공호로 들어갔다. 방공호는 크지 않았고, 양쪽에는 이미 걸상이 놓여 있었다. 공습을 피해 온 사람이 많지 않았기 때문에 질식할 것 같은 느낌은 없었다. 걸상에 앉으면 구불구불 서쪽으로 향하는 자링 강도 보이고 맞은편 기슭의 작은 황토산과 공장도 보였다. 말하자면 풍경이 나쁜 것은 아니었다. 다만 '5·3 대공습'이니 '5·4 대공습'이니 하는 것에 대한 기억이 너무나 끔찍해서 아무도 풍경을 감상할 흥미가 없을 뿐이었다. 사실 공습 대피는 전시의 충칭 사람으로서는 이미 일종의 습관이 되어 있었고 꼭 그렇게 심하게 놀랄 일은 아니었다. 내 친척은 아주 침착한 중년이었는데 무슨 일이 닥쳐도 결코 허둥대지 않았다. 경보가 울릴 때마다 수박씨를 한움큼 가져와서 느긋하게 걸상에 앉은 채 톡톡 까먹으며 풍경을 바라보지도 않고 누군가와 이야기를 나누지도 않았다. 철공장은 그가 연 것으로 직원들과 노동자들은 모두 그의 성격을 알고 있었기 때문에 방공호에 들어와서도 별말을 하지 않았다. 바로 그랬기 때문에 방공호의 분위기는 어쨌든 다른 곳보다 긴장되었다. 보통은 경보가 있더라도 적기가 꼭 폭격을 하는 건 아니었다. 경험상 말하자면 그냥 지나가는 경우가 더 많았다. 그런데 그날은 충칭이 다시 적기의 목표가 되었다. 쿵쿵쿵쿵 고사포 소리가 끊임없었지만 그럼에도 불구하고 연달아 폭탄이 떨어졌다. 맞은편 기슭은 공장지대로 폭탄이 꽤 많이 떨어졌고 이어서 불길이 치솟기 시작했다. 당연히 이는 당혹스러운 일이었다. 하지만 방공호 안에 있던 사람들은 오히려 호기심 어린 눈길로 맞은편 기슭의 불길을 구경했다. 사람들은 여느 때처럼 말이 없었다. 다만 눈길은 전부 맞은편 기슭에 가 있었다.—오로지 내 친척만 그대로 수박씨를 까먹으면서 고개를 숙인 채 방공호의 진흙 바닥에 눈길을 두고 있었다. 잠시 후 경보가 해제되자 내 친척이 가장 먼저 일어났다. 모두들 안도의 숨을 내쉬며 그를 따라 방공호 밖으로 나왔다. 언제나처럼 내 친척이 앞장섰다. 그가 철공장의 주인이었기 때문이다. 우리가 '한위 국도'를 걸어갈 때 어떤 사람이 철공장 문 앞에 불발탄 한발이 있는 것을 발견했다. 우리는 감히 앞으로 나아가지를 못하고 멈춰섰다. 하지만 내 친척은 아무 일도 없다는 듯이 잰걸음으로 나아갔다. 나는 참을 수 없어서 큰 소리로 서라고 외쳤다. 그러나 그는 내 목소리를 제대로 못 들은 것 같았다. 그의 아내 역시 다급하게 기를 쓰며 소리를 질렀다. 하지만 아무런 소용이 없었다. 그의 아내는 무슨 일이 생길까봐 앞으로 뛰어가 그를 붙들어세우고는 찢어지는 목소리로 언제든 폭탄이 폭발할 수 있으니 가까이 가서는 안된다고 그에게 잔소리를 했다. 그렇지만 사장의 생각은 그녀와 정반대였다. 바로 그렇게 언제든 폭탄이 폭발할 가능성이 있기 때문에 반드시 그걸 들판으로 옮겨야 한다는 것이었다. 안 그러면 공장이 먼지로 변해버릴 테고 그러면 자기는 살아갈 용기가 없어질 거라면서. 그의 아내가 막 따지려고 할 때 그는 마치 고삐 풀린 말처럼 폭탄을 향해 뛰어갔다. 그의 의도는 분명했다. 폭탄을 옮기려는 것이었다. 아내는 그가 모험하도록 내버려둘 수 없어서 미친 듯이 쫓아갔다. 사장이 두 손으로 그 폭탄을 안자마자 '펑' 소리와 함께 폭발해버렸다. 그후 우리는 이 부부의 시체를 찾을 수 없었다. 우리가 찾아낸 것이라곤 타버린 갈색 남자구두 한짝과 금반지뿐이었다.

10(A)

고개를 흔들어본다. 저 무서운 옛일들을 떨치고 싶다. 귓속에서 소음이 들리고 혼란스럽기 그지없는데 마치 정해진 일 같다. 배 속에서 갑자기 뜨거운 열기가 치솟는다. 지루하기 짝이 없다. 눈을 뜨니 창문틀이 깊이를 알 수 없는 어둠을 둘러싸고 있다. 누군가가 문을 두드린다. 흰 셔츠를 입은 남자 직원이다. 전등을 켠 후 내게 저녁에 무얼 먹고 싶으냐고 묻는다. 나는 술을 마시고 싶다고 말한다. 그는 난처한 웃음을 짓는다. 결국 양식을 시킬 수밖에 없다. 식사 후에 의사가 웃음 띤 얼굴로 회진을 하면서 내 맥박을 짚어본다. (나는 이런 식의 웃음을 좋아하지 않는다. 이는 마귀가 쓴 가면이다.)

——잠은 잘 오나요? 그가 묻는다.

——술 좀 주실 수 없나요?

——안돼요, 절대 안됩니다.

말을 하면서 다시 그다지 진실하지 않은 웃음을 띠더니 가버린다. 썰렁하니 병실에 나 한사람만 남겨진다. (나는 반드시 자신의 욕망과 공포를 극복해야 해. 나는 생각했다.) 사방을 둘러보다가 이 병실의 배치가 다소 호텔과 비슷하다는 걸 발견했다. 현대화된 벽걸이등, 현대화된 소파, 금방 칠을 하여 아주 정결하다. (돈 있는 사람에게는 병이 나는 것도 일종의 호사로군. 젱라이라이의 선택은 상당히 똑똑한 거야. 돈을 위해서라면 그녀는 영혼도 마귀에게 팔 거야. 하지만 인간은 감정의 동물인데 그녀는 무슨 방법으로 자신의 감정을 결빙시키는 거지? 그녀에게는 대체 감정이 있는 걸까? 그녀는 내가 늘 꿈속에서 그녀를 본다는 걸 알고 있을까?)

누군가가 문을 열고 들어온다. 간호사다. 자고 싶으냐고 묻는다. 내가 고개를 끄덕이자 그녀는 물을 한잔 따라주며 내가 빨간색의 수면제를 마시는지 감시한다.

——불을 끌까요?

——고맙소.

——편히 주무세요. 딴생각 하시지 말고요.

나는 어둠에 포위를 당한다.

10(B)

젱라이라이의 눈은 죄악의 씨앗이다. 젱라이라이는 홍콩인이다.
홍콩은 죄악의 수용소다. 나는 젱라이라이를 사랑한다. 나는 죄악
을 증오한다.

술에 대한 갈망은 암흑이 등불을 원하는 것과 같다. 고기가 물을
떠나야 비로소 어떻게 춤을 추는지 알게 된다. 첫번째 여자를 달로
비유하는 건 바보다. 두번째 여자를 달로 비유하는 건 더 큰 바보다.

누가 '지금'과 '이곳'을 서랍 속에 넣고 잠가버렸나?

책을 읽지 않는 사람이 꼭 세상에는 책이 없다고 말한다. 고집스
러운 케케묵은 사람이 꼭 무지로써 시간을 거꾸로 돌리려고 한다.

고대의 청각.

굴뚝에서 죽음의 언어가 분출한다. 그것에는 독이 있다. 바람이
창밖에서 대화한다. 달이 글라디올러스에 자선가의 대범함을 보여
준다.

우울이 유리어항 속에서 헤엄쳐다닌다. 흐릿한 가운데 갑자기
낙화와 유수가 나타난다. 내가 온통 기이한 색깔을 보고 있을 때라
야 비로소 그것이 근심에 불과하다는 것을 알게 된다. 나는 15분의
1의 희망을 갖는다. 다만 스님의 옷자락에 묻은 눈물자국을 알아채
지 못할 뿐이다.

모호하다. 모호한 가운데 채찍 소리가 획획 난다.

인간은 자신이 가장 똑똑한 줄 안다. 하지만 은하수 속의 생명체가 이미 지구로의 여행을 준비하고 있다. 이것이 시대다. 네가 안 가면 그가 올 거다. 은하수 속의 생명체는 머리가 두개다.

우리의 뇌 속에는 무료한 brawlywood가 잔뜩 들어 있다. 엘리자베스 테일러가 남자를 가지고 노는 것과 남자가 메릴린 먼로우를 가지고 노는 것.

나는 여행자의 걸음걸이로 1992년에 들어선다

세계대전이 자동으로 끝나고 전지구가 이미 모두 불탔는데 바다의 물이 아직 마르지 않았을 뿐이다

바람도 방사능 재로 오염되어 있다

나른하게 초토의 푸른 연기를 이리저리 내뿜는다

바퀴벌레를 찾을 수 없고 올챙이를 찾을 수 없고 모기를 찾을 수 없고 개미를 찾을 수 없고 지렁이를 찾을 수 없고 조가비를 찾을 수 없고 잠자리를 찾을 수 없고 박쥐를 찾을 수 없고 파리를 찾을 수 없고 비둘기를 찾을 수 없고 잉어를 찾을 수 없고 상어를 찾을 수 없고…… 사람 하나 찾을 수 없다

불타버린 작은 산꼭대기에 서 있으니 어디선가 소리가 들려온다

그는 그가 두개의 머리를 가지고 있다고 말한다

그는 그가 은하수 속의 한 별에서 왔다고 말한다

그는 그가 형태를 가지고 있지 않다고 말한다

그는 그가 영혼만 가지고 있다고 말한다

그는 그가 이미 지구를 점령했다고 말한다

나는 그가 이렇게 말한 걸 반박하는데 그 이유는 지구는 지구인의 지구이며 다른 별에서 온 생명체의 침략을 용납하지 않기 때문이다

그는 웃는다

그는 내가 근본적으로 사람이 아니라고 말한다

나는 놀라서 자신이 발이 없고 다리가 없고 허리가 없고 가슴이 없고 손이 없는 걸 본다

원래 나는 근본적으로 존재하지 않는다

내가 그를 볼 수 있는 까닭은 나의 영혼이 아직 흩어지지 않았기 때문이다

그는 그가 이미 지구를 점령했다고 말한다 비록 자신은 영혼만 가지고 있지만

나는 그와 싸울 수가 없다 그는 두개의 머리를 가지고 있지만 나는 한개뿐이기 때문이다 나는 그의 노예가 되어 그후로 자유를 가지지 못한다

11

어느 까페에 앉아 빈 잔을 앞에 두고 있는데 생각이 한가닥 실처럼 옭매듭을 짓는다. 감정의 진공, 또다른 내가 홀연히 나의 껍데기를 떠난다. 한잔. 두잔. 석잔. 젱라이라이의 눈길이 아교처럼 내 얼굴에 들러붙는다. 나는 금붕어 한마리와 놈의 다섯 아들을 본다.

— 한잔 더? 내가 말했다.

— 금방 퇴원했으니 너무 많이 마시면 안돼요.

— 한잔만 더?

— 좋아요. 딱 한잔만요. 다 마시면 가는 거예요.

종업원이 술을 가지고 왔다. 기쁨이 불붙인 폭죽으로 바뀐다. 그

녀는 내게 이백 위안을 쥐여주면서 염가의 열광을 사고자 했다. 그
녀는 감정을 가진 여자 같지가 않았다. 그녀의 감정은 이미 결빙되
어 있다. 매년 한차례 결빙되어 있다가 먼 곳에서 찾아온 미소를
만나면 갑자기 녹곤 한다. (그녀는 나를 사랑할 리 없어. 나는 생각
했다. 그녀는 영원히 나를 사랑할 리 없어. 그녀는 숨을 쉬는 돌멩
이일 뿐이야.) 나의 분노는 파도가 되고, 성질은 여름날 소나기처
럼 갑자기 거칠어졌다. 나는 아직 구걸할 정도는 아니다. 과감히 이
백 위안을 그녀에게 돌려주었다.

그녀의 미소는 여전히 아름답고, 느긋한 태도는 발레리나의 발
끝을 떠올리게 한다. 그녀가 계산을 했다. 떠날 때 그녀가 말했다.

—어려운 일이 있으면 전화해요.

눈 속의 불꽃에 의한 화상이 마음속에 가라앉아 진정이 된다. 종
업원에게 술 한잔을 다시 시켰다. 그저 8자 모습의 몸매를 잊고 싶
을 뿐이었다.

나의 이야기는 황당한 지경으로 나아간다. 싸구려 향수가 나의
대담함을 유혹하고 있다. 어둠은 액체 같고 청각은 소음의 침략을
거절하지 못한다. 그 입술은 앵두 같지 않고 오히려 익숙하다. 손가
락이 죄를 범한다. 그녀의 그 음탕한 눈짓 때문이다. 갑자기 꿈틀꿈
틀 움직이던 마음을 일깨운다. 잔을 들어 마시려 했지만 이성은 이
미 얼어붙어버렸다.

그녀가 웃고 있다.

웃는 것이 우는 것보다 더 추하다. 하지만 응시는 공중에 매달린
동그라미 같다. 북소리가 둥둥 울리지만 동그라미는 돌지 않는다.

감정이 타서 눌어붙는다. 담이 작은 사냥꾼은 돛을 펼쳐 출항하
고 싶다. 지폐를 꺼내들 때 그 아리따운 자태는 검은색 빛무리 속

에서 소실되어버린다.

'사랑의 교환소'를 나서자 바닷바람이 손가락처럼 뺨을 어루만진다. 너무 많은 네온사인, 너무 많은 색깔, 너무 많은 고층빌딩, 너무 많은 선박, 너무 많은 웃음소리와 울음소리……힘을 합해 현대문명을 떠받치며 인간이 갑자기 달을 좇고 싶은 욕망을 가지게끔 만든다.

이리하여 술 한잔이 나타났다.

어둑어둑한 불빛이 매미 날개같이 눈앞의 모든 것에 한겹의 얇디얇은 남색을 덧씌워놓는다. 나는 남색을 좋아한다. 나는 단숨에 석잔을 들이켰다.

종업원이 넉잔째 술을 가져왔을 때 막호문의 코도 남색으로 변해 있었다.

—자네, 내가 여기 있는 줄 어찌 알았나? 내가 물었다.

—선생님이 제게 전화했잖아요.

—내 기억력도 취해버렸군.

—취하지 않았어요. 아니면 제 전화번호를 기억할 수가 없죠.

—난 며칠간 병원에 드러누워 있었다네.

—무슨 병으로요?

—누군가에 의해 머리가 깨졌네.

—왜요?

—그만두세.

막호문의 한숨 한번은 천만마디 위로의 말과 마찬가지로 내게 명료한 느낌을 주었다. 그는 자신의 단편소설을 거론했고 나는 얼굴이 붉어졌다. 나는 아예 그 일을 잊어버리고 있었다. 그는 또 질문을 꺼냈다. 신시新詩는 시의 마지막 부분에 매번 작가가 상세하게 주석을 달아야 하지 않을까라고.

　　—나는 시를 거의 안 써. 술이나 몇잔 더 마시고 싶을 뿐이야.

　이리하여 나는 따져묻는 눈을 보게 되었다. 그의 눈에는 불길이 일었고 나의 마음속을 불태웠다.

　(신시 시인들이 시에 새로운 피를 주입하는 걸 막아서는 안돼. 나는 생각했다. 상세하게 주석을 다는 건 더더욱 불필요하고. 시인이 미적 개념을 구축할 때 자신의 상상을 정리情理와 감정을 뛰어넘는 일종의 도구로 삼는 것은 당연히 그리 나무랄 일이 아니야. 표현은 일종의 창조이고, 시의 표현은 하나의 개념이나 경지를 대표하는 것일 뿐만 아니라 내면에서 타오르는 불꽃이기도 해. 따라서 시인이 상상의 이끎에 따라 비이성적인 경계로 들어가는 건 길을 잃어버리는 일은 아니지.)

　여기까지 생각했을 때 그 따져묻는 눈이 더욱 커졌다.

　　—나는 시인이 아닐세. 내가 말했다.

　막호문은 아주 실망했다. 막호문은 현 단계의 시에 대해 신뢰가 결여되어 있었다.

　(만일 이 친구가 신시에 대해 진지하게 흥미를 느낀다면 창작을 시작하기 전에 많은 글을 여러번 꼼꼼히 읽어야 할 거야. 예를 들면 브르똥의 『초현실주의 선언』이 그래.)

　한동안의 침묵이 흐른 뒤 막호문은 갑자기 꿈속에서 현실로 돌아왔다.

　　—지금 선생님은 겨우 장편소설 하나밖에 안 남아 있어요.

　　—그렇지.

　　—장편 하나의 수입으로 생활하긴 아주 어려울걸요.

　　—어쩔 도리가 없지.

—달리 계획이 있나요?

—계획이야 있지, 통할지는 모르지만.

—뭔데요?

—손오공이 리펄스베이를 뒤집어엎어놓거나 반금련이 셋집 아줌마가 되는 따위의 옛이야기 다시 쓰기를 해서 다른 신문사에 투고하는 거지. 남들이 하는 말을 들으니 이런 것들이 홍콩 독자의 입맛에 딱 들어맞는다더군.

—그렇지도 않아요, 그렇지도 않아.

막호문이 세차게 고개를 내저었다. 그러는 건 자포자기라고 주장했다. (나는 생각했다. 이 친구는 아직 젊어.) 나는 술잔을 들어 단번에 마셔버렸다.

이 감기 걸린 느낌. 이 감기 걸린 취향. 엘비스 프레슬리의 「하와이언 웨딩송」이 일련의 Z 자 형태의 음파들을 뿌린다. 희망은 초다. 성냥을 그어 불을 붙이면 겁먹은 눈빛이 한없이 흔들리는 모습을 비춘다. 마권 파는 소녀가 십전이라도 벌고 싶어하자 감정과 이성이 1라운드의 레슬링을 시작한다. 막호문이 아주 천진난만하게 웃는다. 그건 내게 쩨쩨한 주저함이 있기 때문이다. 그후 나는 다시 종업원에게 술 한잔을 시켰다. 현대사회에서 감정은 그렇게도 민감하고 그렇게도 복잡하다.

언제 막호문과 헤어졌는지 모르겠다. 언제 내 방의 전신거울 앞에 서 있게 됐는지도 모르겠다. 두 눈이 거울 속의 두 눈과 놀라 서로 마주 본다. 나는 또 하나의 나를 보았다. 갑자기 데까르뜨의 명언이 생각난다. "나는 생각한다. 그러므로 나는 존재한다." (하지만 거울 속의 나는 '생각'할 수 있는 걸까 없는 걸까? 생각은 각각의 개체에 속하는 것이다. 만일 '그'가 생각할 수 없다면 '그'는 존재하지 않는다. '그'가 존재하지 않는다면 '그'는 내가 아니다.─비록 우리의 외형은 완전히 일치하지만. 얼마나 기괴한 상상인가. 최근 나의 생각은 확실히 어딘가 기괴하다.) 나의 감각은 이미 둔해져 있는데 그래도 늘 알코올로 이성을 마비시킨다. 취한 이성은 진실한 세계를 깨달을 수 없으니 그저 둔해진 감각으로 허무맹랑한 세계나 더듬을 수밖에 없다. 이 때문에 플라톤의 책을 다시 읽고 싶은 갈망이 일어나서 책장으로 가보지만 하필 찾을 수가 없다. 내 책장에 나쁜 책은 없다. 하지만 좋은 책도 많지 않다. 대부분의 좋은 책은 음주벽이 발동했을 때 무게를 달아 헌책방에 팔아버렸다. 내 책장에는 플라톤의 저작이 없다. 내 책장에는 책이 결여되어 있다. (내 책장은 여전히 생각의 낙원이다. 나는 생각했다.) 특히 취한 후라 나의 생각이 이 낙원 가운데서 산보한다. (키르케고르가 '대관원'[24] 이웃에 산다. 그는 누군가에게 부탁해서 임대옥에게 편지를 보내 인류의 뿌리가 그의 내재적 정신 속에 자리 잡고 있다고 말한다. 하지만 이 뿌리는 그가 탄생하기 전에 벌써 시들기 시작했고, 그가 죽고 나자 그의 뿌리가 땅에 내리게 된다. 이 때문에 임대옥은 꽃을 땅에 같이 묻는다. 이렇게 한 것은 자신의 영혼이 낙화를 통해 뿌리내리기를 기대했기 때문이 아닐까? 그건 아무도 모를 일이다. 그후 언변이 좋은 홍낭이 선장본의 『서상기』에서 걸어나와 가보옥을 만나고, 그에게 왕실보는 벽운천과 황엽지까지만 썼을 뿐이며 그후는 관한경이 보충한 것이라고 일러준다. 가보옥은 웃으면서 만일 조설근이 반쪽짜리 꿈이나마 꾸지 않았더라면 고악 역시 자신을 설보차와 혼인하도록 만들지 못했을 것이라고 말한다.

---

24 『홍루몽』에 나오는 대저택.

홍낭이 듣고서는 우스워 허리를 펴지 못한다. 가보옥도 함께 큰 소리로 웃는다. 웃는 소리에 깊이 잠들어 있던 립 밴 윙클이 깨어나는데, 캐츠킬 산맥에서 한숨 자고 일어나보니 이십년이 흘러서 머리카락만 백발이 된 것이 아니라 자기 딸조차 그를 알아보지 못한다. 그는 너무나 슬프게 울어 눈물이 앞을 가린다. 양자를 비교해보니 가보옥의 울음소리와 선명하게 대비된다. D. H. 로런스가 이 떠들썩한 장면을 구경하러 왔다가 홍낭에게 그의 『채털리 부인의 연인』이 『서상기』보다 훨씬 철저하다고 한다. 가보옥은 아버지가 알게 되면 또 한차례 얻어맞을까봐 감히 읽어볼 생각을 하지 못한다. 로런스는 탄식하면서 로맹 롤랑에게 놀러 간다. 로맹 롤랑은 마침 장 크리스또쁘와 체스를 두고 있다. 로런스는 깜짝 놀라면서 속으로 생각한다. 원래 크리스또쁘는 진짜 인물이어서 로맹 롤랑 자신도 아니고 베토벤도 아니구나 하고. 이는 아주 새로운 발견이어서 퍽이나 그를 자세히 관찰해보고 싶었지만 한편으로는 그들이 체스 두는 걸 방해할까봐 걱정이 된다. 하는 수 없이 물러나온다. 집으로 가는 도중에 소소생을 만나 에로 묘사를 논하다가 뜻밖에도 두 뛰어난 소설가는 큰 소리로 다투기 시작한다. 소소생은 그의 반금련이 채털리 부인보다 더 뛰어나다고 하고, 로런스는 그의 작품이 『금병매』보다 더 위대하다고 한다……)

쿵쿵쿵. 누가 문을 두드린다.

씨마레이가 문 앞에 서 있다, 짙은 화장과 화려한 복장을 한 채.

──밖에 나가니? 내가 물었다.

──돌아오는 길이에요.

──무슨 일이니?

──한가지 의논하고 싶어서요.

나는 문을 닫은 후 의자를 끌어당겨 앉으라고 했다. 그녀의 눈은 인상파 화가가 그린 걸작이다. 하지만 너무 위험한 색깔을 썼다.

　—아직도 화나니? 내가 물었다.

　그녀는 고개를 저었다.

　나는 이미 약간 취기가 있어서 이성으로 진실을 포착할 수가 없었다. 그녀의 부드러운 입술이 갑자기 클로즈업되었을 때 나는 내면의 울렁거림을 멈출 수 없었다. 한가지 두려운 생각이 떠올랐다. 하지만 곧 망망함 속에서 빠져나왔다. 그녀가 말했다.

　—그 양반들은 카드놀이 하러 갔어요. 이렇게 일찍 돌아오진 않아요.

　—아니야, 아냐. 넌 겨우 열일곱이야.

　씨마레이는 염세적인 늙은 창부 같은 웃음을 띠며 간들간들 책상 옆으로 다가와 책상에서 나의 '캐멀 담배'를 집어들고 한개비 꺼내서는 불을 붙였다. (나는 반드시 냉정을 지켜야 돼. 나는 생각했다.) 그녀의 얼굴은 아직 웃음이 사라지지 않은 채 여전히 늙은 창부 같은 표정이었다. 나는 약간 겁이 났다.

　담배 연기의 동그라미가 그녀의 입술에서 나와 내 얼굴을 덮었다. 나는 몽롱한 나락으로 떨어졌다. 마치 하나의 보이지 않는 손이 나의 이성을 붙들어매는 것 같았다. 이기주의자의 욕망이 불꽃처럼 타올랐다. 어린 감정은 다듬지 않은 옥과 같아서 섬세한 손길로 조심스레 해부해야 한다. 나는 분별할 수가 없었다. 그녀의 눈이 마귀를 보고 있는지, 아니면 그녀가 사람을 중독시키는 두 눈을 가지고 있는지. 이건 사랑이 아니다. 열일곱살짜리 여자애에게는 사랑이 꼭 필요한 것이 아니다. 일종의 놀이, 꿈속에서만 있을 수 있는 놀이가 필요한 것이다.

(뱀의 유혹을 견딜 수 없는 걸까? 저 독사과를 먹어야 하는 걸까?)

―뭐가 무서워요?

―넌 겨우 열일곱이야.

그녀가 웃는다. 깔깔거리며 웃는다.

―머슴애들보다 더 겁쟁이네요! 전 성숙한 남자가 좋아요.

그녀는 기다란 담배 개비를 창밖으로 던져버리고 두 눈으로 나를 똑바로 쳐다보았다. 나는 벌떡 일어나서 술을 한잔 따랐다.

사방이 온통 '불'이다. 나는 숨이 막혔다.

갑자기 누가 대문을 열고 들어온다.

갑자기 구둣발 소리가 응접실에서 들려온다.

갑자기 누가 손으로 가볍게 내 방문을 두드린다.

―애야, 얼른 나오너라! 엄마가 돈을 따서 야식 사주겠대!

씨마레이는 벌떡 일어나더니 후다닥 다가가 문을 열었다. 씨마 선생이 입가에 주름을 지으며 웃으면서 말했다.

―애, 네 엄마가 오늘 저녁 끗발이 대단하더라. 제법 돈을 땄단다. 우리 같이 '라이꿍'에 야식 먹으러 가자.

씨마레이는 별로 즐거워하지는 않았지만 그래도 따라 나갔다. 온 집안이 금세 조용해졌다. 원고를 쓰기에 딱 좋은 시간이다. 내게는 이제 밑천이 장편소설 하나뿐이다. 제대로 쓰지 않으면 이 마지막 밑천까지도 들어먹을 판이다. 그렇지만 나는 무협소설을 쓰는 사람이 아니다. 여기에 공을 들이고 싶어도 사실 전혀 공을 들일 수가 없다. 하지만 어쨌든 쓰지 않으면 안된다. 나는 이게 안타까운 낭비임을 안다. 살기 위해 쓰지 않으면 안될 뿐만 아니라 심지어는 독자의 흥미에 들어맞도록 애쓰지 않으면 안된다.

(나는 몇단락 기기묘묘한 대결장면을 써야만 해. 나는 생각했다.
소리로 사람을 죽이는 건 누군가가 썼고 기를 가지고 사람을 죽이
는 것도 누군가가 썼어. 일반 독자들의 싸구려 경탄이라도 자아내
려면 나는 필히 신기한 뭔가를 '발명'해야 해. 그래. 철산자가 통천
도인에게 젓가락으로 태양혈을 맞은 후 요행히도 아미괴원을 만
나 신선초 즙을 바르고 한동안 산중에서 요양한 뒤 결국은 회복되
는 거야. 하지만 원한을 억누를 수 없어서 통천도인에게 복수하기
위해 급히 하산하려고 해. 그런데 아미괴원이 머리를 내저으면서
이 일은 절대 경솔하게 하면 안되며 통천도인은 무공이 고강해서
철산자 혼자서는 대적할 수 없다고 해. 철산자가 듣고는 두 무릎을
꿇으면서 아미괴원에게 가르침을 청하고, 아미괴원은 허리춤에서
뭔가 꺼낸 뒤 손을 펼쳐 보이며 철산자더러 가까이 와서 자세히 보
라고 해. 철산자가 두어걸음 다가가서 자세히 보니 한알의 조그만
황금색 알약이야. 이상하게 여길 때 아미괴원이 진기를 불어넣자
황금색 알약이 휘익 하고 하늘로 치솟더니 몇바퀴를 돈 후 훌쩍 떨
어져내려. 아미괴원이 얼른 손으로 받으니 그 황금색 알약은 어느
새 황금 곤봉으로 바뀌어 있는데, 번쩍번쩍 빛이 나서 철산자가 보
고 있자니 머리가 어지러워. 철산자는 손뼉을 치면서 신기하다고
하고 아미괴원은 얼굴에 곧바로 으스대는 표정이 떠오르면서 입을
빙긋거리며 묻는 거야. 이게 무엇인가? 철산자가 대답해. 황금 곤
봉이군요. 아미괴원이 말하지. 그렇네. 이건 황금 곤봉이지. 하지만
이게 누구의 황금 곤봉인지는 아는가? 철산자가 머리를 내저으며
짐작이 안 간다고 대답해. 아미괴원은 바로 하하하 웃더니 웃음을
거둔 다음 말하는 거야. 바보 같으니라고! 이게 바로 제천대성 손
오공의 여의봉이란 말일세!……)

생각이 고삐 풀린 말처럼 억제할 수가 없었다. 단숨에 이천자를 쓰고 나니 술 마시고 싶은 마음이 간절해졌다. 펜을 내려놓자 응접실에서 떠들썩한 이야기 소리가 들려왔다. 씨마 부인이 틀림없이 돈을 많이 땄나보다. 그렇지 않으면 이렇게까지 즐거워할 리가 없다. 나는 술을 한잔 따라 들고 창가로 가서 바다 쪽의 수많은 집들에서 불빛이 깜빡거리는 것을 조용히 바라보았다. (내가 이렇게 정신이 맑은 건 드문 일이다. 나는 계속 정신을 맑게 유지해야 해.) 하지만 나는 고개를 젖히고 단숨에 술을 다 마셔버렸다. (씨마레이는 열일곱살짜리 여자애지만 전혀 열일곱살짜리 여자애 같지가 않아.)

나는 또 한잔 따랐다.

(열일곱살짜리 여자애가 이렇게 대담할 수가 없어. 걔가 이미 경험이 있는 게 아니라면 말이야. 하지만 그럴 가능성은 크지 않아. 비록 아열대 여자애들이 좀 조숙하다고는 하지만 그래도 그 정도로 대담할 수는 없어. 만일 미국 영화를 많이 본 게 아니라면 '사십전 소설'을 너무 많이 본 거야. 여긴 자유세계니 글을 쓰는 사람에게는 무협소설을 쓰거나 '사십전 소설'을 쓸 자유가 있어. 책을 읽는 사람도 무협소설을 읽거나 '사십전 소설'을 읽을 자유가 있고. 하지만 이런 자유가 필수적인 것일까? 내가 보기에 이건 불건전한 자유야. 사회 전체의 토대를 갉아먹는 위험한 거야.)

나는 한모금 마셨다.

(우리 여기는 사실 너무도 자유로운 곳이야. 신문 잡지가 외국의 글과 사진을 마음대로 가져다 써도 처벌받지 않아. 또 이곳 작가들은 피와 땀으로 글을 써도 마찬가지로 보상을 받지 못해. 조금이라도 상업적 가치가 있는 글이면 누구든지 해적판을 찍어 남양으로 가져가서 팔아먹을 수 있어. 때로는 작가 자신이 출판하고 싶

어도 인쇄가 제때 따라가지 못해 하는 수 없이 그만둘 정도로 말이야. 사실 이곳의 해적판 상인들과 타지의 판매상들은 긴밀하게 연결되어 있어. 작가 자신이 책을 내면 종종 타지 판매상들의 협조를 못 받곤 해. 반면에 해적판을 '출간'하면 멀리 타지로 보내서 엄청나게 이익을 본단 말이지. 요컨대 이곳에서는 작가가 고달프게 글을 쓰지만 마땅히 받아야 할 보상은 못 받고 있어. 그뿐만이 아니라 해적판 상인들이 법률적인 난처함을 피하기 위해 다른 사람의 저작을 몰래 찍는데 책을 인쇄할 때는 작가의 이름조차 제멋대로 바꾸어버려. 작가에게는 판권을 잃어버린 것만 해도 벌써 메울 수 없는 손실인데 작가 이름까지 바꾸어버리면 더 말할 것도 없지.)

나는 단숨에 술을 들이켰다. 마음속에 분노의 불길이 치밀어올랐다.

(이곳은 자유의 땅이야. 하지만 자유가 너무 지나쳐. 이곳에 사는 사람들은 자유를 사랑하지 않는 이가 없어. 하지만 해적판 상인들이 마음대로 해적판을 찍어낼 자유를 가진다면 강도도 강도질을 할 자유를 가져야 할 거야. 작가는 자신의 저작에 대해 당연히 저작권이 있어. 작품은 원작자의 혈육과 마찬가지야. 하지만 이곳에서는 남의 혈육을 탈취하는 건 죄가 되고 남의 저작권을 도적질하는 건 법률의 바깥에서 유유자적하며 법의 제재를 받지 않아. 이게 무슨 이치야? 이게 대체 무슨 이치라는 거야? 이게 대체 무슨 이치란 말이야?)

나는 술장으로 갔고 또 한잔을 따랐다.

(신문에 연재되는 소설에 대해 말해보자. 신문은 등록되어 있는 거야. 그렇다면 신문에 발표되는 소설도 당연히 법의 보호를 받아야 해. 하지만 왜 해적판 상인들은 이런 연재소설을 '사십전 소설'

로 찍어내고 작가의 이름까지 바꾸어 남양으로 가져가서 판단 말이야?)

나는 연달아 제법 여러모금을 마셨다. 마음속에 분노가 북받쳐서 자고 싶은 마음도 들지 않았다. 나는 도피주의자다. 그저 술로 이 추악한 현실에서 도피할 뿐이다.

침대에 누우니 기분이 가라앉았다. 빌려온 사랑이 그저 무색 무취 무형의 덩어리가 되어 암흑 속을 떠돌아다니며 암흑과 구분되지 않는다. 적막이 심야의 방 안에 갇혀 있는데 욕망은 발레리나 같다. 갑자기 무대 위의 웃음과 무대 뒤의 눈물이 떠오른다. (누군가가 말했어. 극장은 작은 세계라고. 하지만 또 누군가가 말했지. 세상은 커다란 극장이라고. 그런데 우리는 연출가일까 아니면 배우일까?) 멍청한 자라야만 조금이나마 쾌락을 맛볼 수 있다.

이리하여 한차례 꿈을 꾸었다.

깨어나보니 꿈속의 광경은 전혀 기억나지 않고 두통이 바늘로 찌르는 것 같다. 후다닥 침대에서 내려와 전신거울 앞에 섰을 때 수염이 꽤 많이 자란 것을 발견했다. 수염을 깎고 있자니 응접실에서 씨마 선생의 기침 소리가 났다. 씨마 선생은 어젯밤에 아주 늦게 잤는데 기침 소리가 유난히 심했다. 내가 세면실에서 나오자 그가 내게 할 말이 있다고 했다.

—무슨 일인가요? 내가 물었다.

—당신 방을 빼줬으면 하오.

—왜요?

—우리 애는 아직 어린데 술꾼이 망가뜨리게 하고 싶진 않소!

나는 고개를 흔들었다. 분노가 이미 나의 두 뺨을 불태웠다. 방으로 돌아오니 술 한모금이 필요했다. 술병은 비어 있었고 주머니

속의 잔돈푼은 FOV 한병을 사기에는 부족했다. 옷을 입고 밖으로 나갔다. 먼저 젱라이라이에게 전화를 했는데 아직 일어나지 않았다. 다음으로 막호문에게 전화를 했는데 집에 없었다. 그래서 전차를 타고 쎈트럴로 갔다. 신문사에 들러 몇십 위안만 가불해달라고 했다. 문예면 편집자는 어깨를 으쓱하며 못해준다는 표시를 했다. 이유를 물어보니 신문 판매부수가 너무나 떨어져서 보스에게 입을 열기가 불편하다는 것이었다. 어쩔 수 없이 실망한 채로 나왔다. 북적거리는 데보로드에서 배회하다가 전당포를 발견하고 결연히 손목시계를 잡혔다.

　교복을 입은 씨마레이,

　빨간색 치파오를 입은 씨마레이,

　허리까지 오는 짧은 자주색 윗도리와 무릎까지 오는 짧은 흰색 치마를 입은 씨마레이,

　비키니 수영복을 입은 씨마레이,

　운동복을 입은 씨마레이,

　연회복을 입은 씨마레이,

　회색 반코트와 회색 주름스커트를 입은 씨마레이,

　전통 옷을 입은 씨마레이,

　그리고 옷을 입지 않은 씨마레이……

　수십명의 씨마레이가 열 몇가지의 서로 다른 옷을 입고서 주마등의 종이인형처럼 이리 왔다 저리 갔다 하며 내 뇌리에 나타나서 영원히 멈추지 않는다. 씨마레이는 열일곱살짜리 여자애다. 그러나 온갖 풍파를 다 겪은 염세적인 늙은 창부이기도 하다.

　씨마 부부의 마음속에서 씨마레이는 갓 피어난 연꽃보다 더 순수하다.

학교 남학생들 마음속에서 씨마레이는 엘리자베스 테일러 2세이다.

낯선 사람들 마음속에서 씨마레이는 어여쁜 여자애다.

하지만 내 마음속에서 씨마레이는 한마리 작은 여우다!

나는 그녀가 밉다. 나는 그녀가 무섭다. 나는 그녀가 좋다.

복잡다단한 감정이 만화경처럼 돌고 돌면서 바뀌고 바뀐다. 같은 것이라곤 없다. 나는 남을 사랑해본 적도 있고 남에게 사랑받아본 적도 있다. 하지만 열일곱살짜리 여자애를 사랑해본 적은 없고 열일곱살짜리 여자애에게 사랑받아본 적도 없다. 씨마레이는 한송이 양귀비꽃이다. 겉은 아름답지만 과즙에는 독이 있다. (그렇다. 개는 양귀비다. 개를 멀리해야 한다. 하루빨리 이사하는 것이 좋겠다.) 주머니를 뒤져보니 팔십 위안과 전당표 한장이 나온다. 설령 내가 적당한 방을 찾는다 하더라도 한달 치 방세와 보증금을 내기엔 모자란다. 역시 술이나 두어잔 더 마셔야겠다.

전차에는 이등칸이 없다―열두시 십오분―온 거리가 화이트칼라 계급이다―자동차 안의 뚱보는 리펄스베이에 가서 비프스테이크를 먹고 싶어한다―어이! 로우라우, 오랜만일세, 잘 있었나?―온록원의 통닭구이가 가난한 자의 욕망을 놀려대고 있다―열두시 반―서양책 가판대에서는 나체 여자의 일력이 제일 잘 팔린다―홍콩문화와 남성 금지구역―얌낌파이[25]는 전 홍콩 여성 대중의 애인―꾸바 상황 호전―오락극장 개조 중―지난밤 이유쳅인 경기력 폭발―뉴스 표제: 한 젊은 부인, 자는 중에 '가슴 더듬기'당해―리윈스트리트이스트의 명성―탈바꿈―아이디어 고갈

25 홍콩의 유명 배우 이름.

증—두 건달, 전문적으로 노약자 갈취—쇼윈도우의 유혹—윙온 백화점 대쎄일—빈혈의 거리—한 위험건물 붕괴—모라비아가 로마에 대해 쓰고, 데이먼 러니언이 뉴욕에 대해 쓰고, 포크너가 미국 남부에 대해 쓰고, 조이스가 베를린에 대해 쓰다—홍콩의 심장이 뛴다—홍콩의 맥박도 뛴다—전차에는 이등칸이 없다.

햇빛이 아주 좋다. 돌판길에 햇빛이 비치니 행인들의 눈에 날아오르는 흙먼지가 보인다. 카메라맨이 비탈의 지저분함으로 외국인들의 호기심을 자극하면서 이 오래된 분위기를 포착하고 있다. 퀸스로드는 이미 늙은 여인네가 되었다. 건축상들은 의도적으로 기적을 만들어낸다. 시멘트와 철근으로 H3을 대체하면서 그녀의 청춘을 회복하고자 한다.

만이 빌딩의 Arcade에 들어갔다.

쇼윈도우의 유혹이 대단해서 손님들의 눈이 만국 공통어로 바뀐다. 어떤 사람이 체중계에 동전을 하나 집어넣는다. 토해놓은 두꺼운 종이에 당신은 행복을 얻으실 겁니다라고 쓰여 있다.

(거짓말! 불투명한 거짓말! 이곳은 거짓말의 세계! 총명한 사람은 거짓말을 한다. 멍청한 사람도 거짓말을 한다. 부자는 거짓말을 한다. 가난뱅이도 거짓말을 한다. 남자는 거짓말을 한다. 여자도 거짓말을 한다. 나이 많은 사람은 거짓말을 한다. 나이 적은 사람도 거짓말을 한다.)

에스컬레이터에 서 있자 기계가 발걸음을 대신한다. 데보로드에는 행인과 차량이 너무나 많다. 전차에는 이등칸이 없다. 이곳은 어리벙벙한 세계다. 필히 분노로써 논리의 추구를 저지해야 한다. 나는 이미 너무도 피곤해 은둔자가 되고 싶은 생각이 간절했지만 어쩔 도리가 없었다. 불빛 어둑어둑한 커피숍으로 들어가 한구석에 자리 잡고 앉아서 곰팡이 냄새가 밴 공기를 호흡했다. 종업원에게 술을 한잔 시키니 모리배의 웃음소리가 한밤에 도둑고양이가 병을 깨트리듯 들려온다.

—근 일년을 못 봤군. 그가 말했다. 어디 숨어 있었나? 마권에 당첨이라도 되었나? 아니면 여자한테 홀린 건가?

—그래. 내가 대답했다. 마권에도 당첨됐고 아리따운 여자한테 도 홀렸지. 아쉽게도 모두 꿈속에서의 일이지만.

그가 웃었다. 웃음소리에는 맛이 변질된 흥분이 배어 있었다. 그의 이름은 모위로, 전문적으로 할리우드 수법을 베끼는 표준어 영화감독이다.

—우린 늘 자넬 떠올린다네. 그가 말했다. 특히 카드놀이를 하고 싶을 때 말이야.

—내가 잃어서 빚을 져도 걱정 안돼?

모위는 미륵부처 같은 웃음을 거두고 금강역사 같은 표정을 지었다. 나의 감정이 갑자기 얼음조각처럼 얼어붙으면서 지혜로는 두근거림을 진정시킬 수 없었다. 나는 말을 잘못한 줄 알았다. 두려움이 없지 않았다.

—영화 씨나리오를 하나 써주게. 그가 말했다.

말투에 약간 연민이 배어 있었다. 일요일 오전의 축복 종소리처럼 멀리서 들려오다가 다시 아주 가까이 다가오는 것 같았다. 희망이 갑자기 싹튼다. 나는 한송이 미래의 꽃을 본다.

나는 한번도 이런 일을 해본 적이 없다.

—뭘 겁내나? 홍콩의 각색자 중에 중도에 뛰어들지 않은 사람이 누가 있나? 다시 말하자면 지금 관중들의 요구 수준이 아주 낮기 때문에 그저 역사물에다가 신예술 종합체인 영화와 황매조 가

락, 그리고 린다나 유민[26]만 보태면 틀림없이 잘 팔린다네. 씨나리오는 중요하지 않네. 다만 표준어 영화는 어쨌거나 샤먼어 영화나 차오저우어 영화보다 조금 진지할 뿐이야.

—기왕에 그렇다면 어째서 삼천 위안이나 들여 씨나리오를 사는 건가?

—삼천 위안은 영화 제작비에서 백분비로 볼 때 사실 너무나 적은 액수일세. 최근 어떤 사극 영화에서는 영화 속 한 장면에서 골동품 화병들을 깨트렸는데 이 화병들에 쓴 비용만 해도 이미 대사가 있는 3막짜리 대본을 살 수 있을 정도였다네.

이렇게 말하면서 모위는 번쩍번쩍 빛나는 금색 담뱃갑을 꺼내 뚜껑을 열고는 검은색 '쏘브라니' 한개비를 내게 건넸다. 그리고 불을 붙여주며 이렇게 몇마디 덧붙였다.

—홍콩에서 가장 돈이 안되는 게 예술일세. 영화계도 예외는 아니지. 다른 건 관두고라도 연기자만 말해보세. 훙보나 탕루어칭과 같이 뛰어난 연기자라도 생활을 위해서는 광둥어 영화를 찍지 않을 수 없잖은가. 이런 상황은 자네들 글 쓰는 사람들과 아주 비슷하다네. 홍콩에서 진짜 예술가들은 항상 생활이 문제 되니 쌀말이라도 마련하기 위해서는 자신의 양식을 저버리고 무협소설이나 황색글을 쓸 수밖에.

모리배 기질이 아주 농후한 모위까지 이런 말을 하리라곤 미처 생각지 못했다. 나는 멍하니 그를 바라보았다. 그가 푸른 연기를 토해냈다. 내가 말했다.

—요즘 나는 진짜 아주 궁하다네. 더구나 좀 있다가 이사도 해

---

26 린다와 유민은 모두 유명 여배우의 이름.

야 하고. 만일 씨나리오 쓰는 것이 자네가 말한 것처럼 그렇게 쉽다면 나도 한번 써보고 싶네. 하지만 어떤 소재를 써야 할지 모르겠군.

— 요새 표준어 영화가 소재를 못 찾을까봐 걱정하나? 『홍루몽』 『수호전』 『삼국지』는 그렇다 치고 '삼언양박'만으로도 십년 팔년은 찍을 수 있을 걸세. 그외에 『요재지이』나 『서유기』에도 얼마든지 소재가 있고, 그래도 충분치 않으면 구극이나 곤곡, 심지어 탄사, 평화[27]까지 가져와서 각색을 하면 돼. 요컨대 고서점에 가서 한바퀴 돌며 주워들기만 하면 다 된다니까.

— 그렇게 쉽다면 왜 나와 같은 생짜배기에게 이런 일을 맡기려는 건가?

— 우린 오랜 친구잖나!

그가 돌연 검은 색안경을 꼈는데 웃을 때면 눈과 코가 한데 모여 보기에 판다곰 같았다.

나는 마음이 갑자기 긴장되었다. 술잔을 들어 마시려는데 술잔은 이미 비어 있었다. 모위가 즉시 엄지를 중지에 대고 비틀어 '딱' 소리를 내며 종업원을 부르더니 그에게 브랜디 두잔을 시켰다.

— 씨나리오 쓰는 일을 자네가 도와준다니까 나로서는 꽤나 해보고 싶군. 난 요즘 이사를 할 계획인데 돈이 좀 필요하다네.

— 문제없네. 스토리가 통과되면 일단 오백 위안을 지불함세.

모위는 술잔을 들어 한입에 마셔버리고는 일어나 옆 탁자로 갔다. 그의 뒷모습을 보면서 나는 아주 깊은 인상을 받았다. 일년간 못 만났는데 그는 대나무 가닥처럼 비쩍 여위어 있었다. (얼마 전

---

27 구극, 곤곡, 탄사, 평화는 모두 중국 전통극 또는 구비문학 양식들임.

신문에 '대감독, 미녀 배우와 열애'라는 뉴스가 실렸던데 어쩌면 저 친구겠군. 사실 감독과 스타가 얽히는 건 뉴스도 아니지. 만일 감독과 스타가 얽히지 않는다면 그거야말로 진짜 뉴스겠지.) 술잔을 들어 한모금 마시니 마음이 아주 흥분되었고, 서점에 들러서 씨나리오로 각색하기에 적합한 소재가 있는지 찾아볼 생각이 들었다. 그래서 계산을 하고 커피숍을 나왔다.

서점에는 책을 보는 사람들로 꽉 차 있었다. 『원앙등』『묘금봉』『남가몽』『비파기』『점화괴』『도화선』『쌍주봉』『부생육기』『봉신전』『정동』『정서』『용도공안』『천우화』『삼소기연』『낙양교』『살자보』『금대잔루기』『호접몽』『십미도』에서부터 심지어 『제공전』『팽공안』……까지 모두 영화 씨나리오로 각색할 수 있었다.

나는 『호접몽』을 특히 좋아해서 각색 대상으로 구극 대본을 한 권 샀다.[28]

귀가하는 도중에 어떻게 헌 병에 새 술을 담을 것인가를 궁리하기 시작했다. (이건 통속적인 이야기로 과거에도 영화로 각색된 적이 있으니 예상치 못한 방법을 쓰지 않으면 특수촬영 장면만으로는 관중을 매료시킬 수 없을 거야. 『화조생 필기』는 청나라 초의 엄주가 「제물론」을 취해 장편희곡으로 만든 것인데, 사실 풍몽룡이

----

28 앞에서 거론된 책들은 모두 중국의 전통 통속 이야기이며, 주인공이 고른 『호접몽』의 줄거리는 대략 다음과 같다. 장자가 어느날 길에서 막 과부가 된 젊은 여자를 만났는데, 그 여자는 남편의 무덤이 마르면 재가를 할 수 있다고 여겨 무덤을 부채질하고 있었다. 이에 장자는 자기 아내 전씨를 시험해보기로 하고 병들어 죽은 척하고는 초나라 왕손으로 변신하여 전씨를 만나는데, 전씨가 그만 변신한 그에게 혹해서 그가 시키는 대로 장자의 관을 쪼개 장자의 뇌를 꺼내려고 했다. 이에 관에 누워 있던 장자가 벌떡 일어나서 전씨를 꾸짖으니, 전씨는 부끄러움을 못 이겨 자살하고 장자는 집을 버리고 떠난다. 『호접몽』은 관 쪼개기라는 뜻에서 『대벽관(大劈棺)』이라고도 한다.

오래전에 그것을 가지고 『장자, 마누라 잃고 도를 이루다』로 만든 적이 있어. 사실 황당하기 짝이 없지만 그래도 그 우여곡절은 흥미로워. 동지령이 「대벽관」을 공연해서 한때를 풍미했지만 그건 무대에서의 연출이고 영화로 각색한다면 틀림없이 또다른 점이 있을 거야.) 이런 것들에 생각이 미치니 흥취가 더욱 짙어졌다.

씨마 부부는 카드놀이를 하러 밖으로 나갔고 씨마레이 혼자만 응접실에 앉아 있었다.

그녀가 나를 한번 쳐다보았다.

나도 그녀를 한번 쳐다보았다.

방으로 들어와서 '호접몽'의 요지를 쓰려고 했다. 막상 펜을 드니 구상이 아직 완전하지 못했다. 술을 마시고 싶었지만 술병은 이미 비어 있었다. 우연히 바라보니 씨마레이가 문간에 기대어 샐샐거리며 나를 바라보고 있었다.

—이사하기로 했어요? 그녀가 물었다.

—네가 초래한 멋진 일이지.

—제가 뭘 어떻게 했기에요?

—어떻게 네 부모한테 그렇게 말할 수 있어? 내가 널 망가뜨릴 작정이라고.

그녀가 웃었다. 태도가 아주 느긋했다. 잠시 뜸을 들이더니 다른 화제를 꺼냈다.

—이사하고 싶지 않으면 방법이 있긴 해요.

—무슨 방법?

—그건 신경 쓰지 마세요. 다만 제 요구를 한가지 들어줘야 해요.

—무슨 요구?

그녀는 교활한 웃음으로 대답을 대신하며 담배에 불을 붙였다.

(열일곱살짜리 여자애가 어떻게 캐멀 담배를 피울 수 있나?) 그녀의 담배 피우는 모습에는 일종의 성숙미가 있다.

입술에 살구색 루주를 바르고 있고 뿜어대는 파란 연기조차 살구 맛이다. 나는 반드시 나의 감정을 압축시켜서 가시처럼 찔러대는 눈빛의 습격을 막아내야 한다. 우산 아래서의 상상, 빗물은 또 한차례 좌절한다. 먼 곳의 한그루 나무는 하나의 기괴한 연상에 불과하다. 모든 젊은이는 어쨌든 두개의 태양을 좇는다. 회의가 좀도둑처럼 구석에 숨어 꼼짝도 하지 않는다. 대담한 바람이 마침 겁먹은 주저함에 저지당한다. 나는 간이 큰 남자들과 달리 마음의 연못에 조그만 돌을 던지면 갈매기가 물을 스치듯 여러겹의 파문이 일어난다. 한밤의 사랑은 합법적이지만 호기심이 많은 남녀는 햇빛의 각도에 개의치 않는다. 술을 한잔 마시고 싶었지만 술병은 이미 비어 있다. 실망은 언제나 차갑고, 발레리나는 꿈속에서 신발끈이 끊어진다. 그녀는 안도의 숨을 쉬지만 눈은 여전히 흥분한 기색이다. (모든 것은 흘러갈 것이다. 나는 생각했다.) 그렇지만 이런 상념이 나를 그리 크게 고무해주지는 않았다.

—겁낼 필요 없어요. 난 이미 아저씨 상상 속의 제가 아니에요. 그녀가 말했다.

—알아. 알고 있어.

—알고 있으면서 왜 망설여요?

(이런 말이 어떻게 열일곱살짜리 여자애의 말일까?) 나는 겁이 났다. 나는 문득 한쌍의 호랑이 눈을 보았다.

문을 열고 허둥지둥 달아났다. 거리에 나와서도 두근거림이 여전했다. 냉차가게로 들어가서 막호문에게 전화를 걸었다.

—삼백 위안만 꾸어주겠나?

—왜요?

　　—이사하기로 했네.

　　—언제 필요한데요?

　　—괜찮다면 하루 이틀 내로 주게.

　　전화를 끊고 나서 나는 한 술집으로 들어갔다.

　　　　12

　　하루가 지난 뒤 '호접몽' 줄거리를 건넸다. 모위는 영화계에 새
로운 활력소가 생겼으니 반가운 일이라고 했다. 하지만 돈은 주지
않았다.

　　—이건 누구나 다 아는 이야기라 틀림없이 통할 걸세. 그가 내
게 말했다.

　　—그런데 나는 영화 씨나리오 용어들을 쓸 줄 모른다네. 내가
말했다.

　　—문학적인 씨나리오를 쓰는 것만으로도 됐네. 장면을 나누는
일은 내가 대신 함세.

　　　　　　　　　× × ×

　　다시 하루가 지났다. 막호문이 '맥심'에서 만나자고 했다. 삼백
위안을 내게 건네주면서 조심해서 쓰고 절대로 술 마시는 데 쓰지
말라고 신신당부를 했다.

　　그의 단편소설에 대해 언급하게 되자 내가 말했다.

─잘 썼더군. 요즘의 일반적인 '문예창작'보다 훨씬 낫네. 다만 표현기법 면에서 진보적이지 않고 아직 구식인 느낌이 있더군.

　　그는 캐묻는 듯한 눈을 했다. 내가 좀더 상세하게 설명해주기를 바라는 모습이었다. 나는 술을 한모금 마신 뒤 이어서 말했다.

　　─요즘 소위 '문예소설'이란 것들은 근본적으로 5·4 시대의 수준에도 못 미치네. 그런 수준에 올라가려고 노력하는 사람이 있긴 한데 그 수준에 도달하더라도 뒤떨어진 건 마찬가지야. 사실 5·4 시대의 소설도 동시대의 세계 일류 작품과 비교했을 때는 역시 뒤떨어진다네. 만일 오늘날의 소설가들이 여전히 5·4 수준에 도달한 것에 만족한다면 우리는 영원히 세계 문단에서 한자리를 차지할 수 없을 걸세. 자네의 단편은 구성이 아주 엄밀하고 또 예상 밖의 결말이어서 만일 모빠상이나 오 헨리 시대에 나왔더라면 당연히 뛰어난 작품으로 인정받을 걸세. 하지만 오늘날의 시각에서 볼 때는 확실히 뒤떨어진 것이네. 문학은 일종의 창조라네. 이미 오래된 전통적인 예술형식과 이상만을 추구한다면 제아무리 열정이 있더라도 뛰어난 성취를 거두기는 불가능한 법일세. 리얼리즘은 이미 뒤떨어진 것이어서 심지어 플로베르조차 이렇게 말했다네. 우리 곁에는 복합음으로 이루어진 합주, 풍부한 색깔의 조색판, 다종다양한 매체가 있지만……그러나 우리에게는 (1) 내재적 원칙, (2) 사물의 영혼, (3) 스토리의 사상이 결여되어 있다고 말일세. 플로베르는 리얼리즘의 대가이니 그가 한 말은 당연히 겁주려고 한 말이 아닐세. 사실상 리얼리즘은 한쪽으로만 발전해서 결코 삶의 발전을 전면적으로 파악할 수가 없다네. 이 때문에 체호프조차 북받쳐서 이렇게 말했다네. 우리의 영혼은 공으로 삼아 차버릴 수 있을 정도로 텅 비었노라고 말일세.

나는 다시 두어모금 마신 후 이렇게 덧붙였다.

—리얼리즘은 틀림없이 사망할 걸세. 현대의 소설가들은 반드
시 인류의 내재적 진실을 탐구해야 하네.

막호문은 고개를 끄덕이며 나의 관점에 동의한다는 표시를 했
다. 그는 자기에게 작품을 소개해달라고 했다. 나는 기억나는 대로
몇몇 뛰어난 작가의 작품을 말해주었다.

—토마스 만의『마의 산』, 조이스의『율리시스』, 그리고 프루스
뜨의『잃어버린 시간을 찾아서』는 현대문학의 세가지 보물일세. 그
외에 그레이브스의『나는 황제 클라우디우스다』, 카프카의『심판』,
까뮈의『페스트』, 포스터의『인도로 가는 길』, 싸르트르의『자유의
길』, 포크너의『소리와 분노』, 버지니아 울프의『파도』, 빠스쩨르나
끄의『마지막 여름』, 헤밍웨이의『무기여 잘 있어라』와『노인과 바
다』, 피츠제럴드의『위대한 개츠비』, 패서스의『미국』, 모라비아의
『로마의 여인』, 그리고 아꾸따가와 류우노스께의 단편 등은 문학을
사랑하는 사람이라면 모두 반드시 읽어야 하는 작품이네.

막호문의 얼굴에 갑자기 기이한 표정이 떠올랐는데, 짐꾼이 너
무 무거운 물건을 짊어진 것하고 비슷했다.

막호문은 승부욕이 강한 젊은이였다. 나의 충고를 받아들였을
뿐만 아니라 거듭해서 내게 고맙다고 했다. 그는 문학이 고된 일임
을 받아들였다. 나는 그가 사랑스러울 만큼 바보스럽게 느껴졌다.
적어도 홍콩에서는 그와 같은 바보를 찾기란 쉽지 않을 것이다.

× × ×

다시 하루가 지났다. 씨마 선생이 다시 한번 내게 심각하게 경고

했다. 만일 또다시 자기 딸을 희롱하면 나를 법원에 고소할 것이라
고 했다. 나는 전력으로 그 일을 부정했지만 그는 믿지 않았다.

× × ×

다시 하루가 지났다. 나는 꿈을 꾸었다. 꿈속에서 내가 각색한
'호접몽'의 제작이 완료되어 항상 서양 영화를 가장 먼저 상영하는
홍콩 섬과 가우롱의 두 영화관에서 공동으로 올리게 되었는데, 표
가 너무나 잘 팔려서 금년도 표준어 영화의 최고 흥행기록을 세우
는 것을 보게 되었다.

× × ×

다시 하루가 지났다. 나는 '글로스터'에서 젱라이라이와 마주쳤
다. 그녀는 한 뚱뚱한 남자와 함께 있었는데, 유난히 화사하게 치장
하고 있었다. 나도 그녀를 보았고 그녀도 나를 보았다. 우리는 눈짓
으로만 알은체를 했다.

× × ×

다시 하루가 지났다. 나는 빛이 잘 드는 방을 구했다. 월세는 백
이십 위안으로 수도와 전기 포함이었다. 주인 여자는 웡씨댁으로
곱상한 중년 아주머니인데 피부가 아주 하얬다. 남편은 뱃일을 해
서 일년에 한두차례 돌아온다고 했다. 그녀에게는 아이가 둘 있는
데 모두 아들로 하나는 스무살이고 하나는 아홉살이었다. 스무살

짜리는 이름이 '웡씽'으로 학교에 다니지 않고 아버지를 따라 배에서 일을 배우고 있었다. 아홉살짜리는 이름이 '웡삿'으로 아주 아둔해서 초등학교 1학년에 유급을 할 정도였다. 이 집은 말로는 식구가 넷이라고 하지만 실제로는 둘이나 다름없어서 아주 조용했다. 웡씨댁이 사는 층은 별로 크지 않아서 방 두칸에 응접실 하나인데 그중 한칸을 내게 내주었다. 보아하니 그녀의 경제상황은 그리 나쁘지 않았다. 남편이 배에서 일하며 종종 밀수품을 가져와서 돈 버는 데 그다지 어려움이 없었다. 일반적으로는 세를 줄 필요가 없는 셈이었다. 다만 그녀 생각으로는 너무 썰렁해서 집에 남자가 한명 있으면 했다는 것이다.

× × ×

다시 하루가 지났다. 나는 이사를 했다. 책을 제외하면 간단한 가구뿐이었다. 침대 하나, 책상 하나, 의자 둘, 서랍장 하나, 그리고 서랍장보다 두배는 큰 책장 하나였다. 나는 소형 화물차를 빌렸고, 인부 두사람이 가구를 짊어지고 계단을 내려갔다. 씨마 부부는 카드놀이를 하러 외출했고 씨마레이 혼자 응접실에 앉아서 토니 윌리엄스의 「온리 유」를 듣고 있었다.

──이리 와보세요. 할 말이 있어요.

인부들이 한창 물건을 옮기고 있을 때 그녀가 갑자기 거친 목소리와 태도로 내게 말했다. 나는 그녀에게 가서 물었다.

──무슨 일이야?

──제게 주소를 말해줘요!

──왜?

―그것도 이유가 필요해요?

―그럼, 충분한 이유가 있어야지.

―제가 잡아먹을까봐 겁나요?

―네가 다시 이상한 소릴 할까봐 겁난다.

그녀가 웃었다. 그녀는 담배에 불을 붙였다. 그녀는 담배 연기의 동그라미를 내 얼굴에 내뿜었다. 그녀는 눈을 동그랗게 뜨고 말했다.

―제게 주소를 말해줘요.

―네가 스무살이 되면 그때 찾아와.

나는 걸음을 옮겨 방으로 들어갔다. 그녀가 쫓아와서 입술을 내 귓가에 대고 목소리를 모깃소리만큼 낮춰 말했다.

―비밀 하나 말해줄게요.

―뭔데?

―절대로 남들에게 말하지 않겠다고 맹세해요.

―그렇다면 내게 말할 필요 없어.

나는 가서 물건들을 정리했다. 그녀가 쫓아와서 입술을 내 귓가에 대고 여전히 목소리를 모깃소리만큼 낮춰 말했다.

―아저씨는 고집스러운 남자예요.

―그래, 난 고집스러운 남자다.

―전 아저씨의 고집이 좋아요.

―더이상 그런 말 하지 마라.

―그래도 제 비밀을 아저씨에게 말하고 싶어요. 다른 사람에게 말하지 않으리란 걸 알거든요.

(열일곱살짜리 여자애가 무슨 비밀이 있겠어? 나는 생각했다. 시험에서 치팅을 했거나 다른 사람의 분첩을 훔쳤나?)

담배를 한모금 빨더니 연기와 함께 말을 내뱉었다.

─전 열다섯살 때 이미 낙태를 했었어요!

청천벽력 같은 말이어서 나는 너무나 놀랐다. 나는 눈을 크게 뜨고 그녀를 보았다. 그녀는 웃고 있었다. 그녀의 웃음은 아주 느긋했다.

─씨마레이, 내가 말했다. 넌 아직 어려. 자포자기하면 안돼.

그녀는 기다란 담배 개비를 바닥에 내던져 구두로 비벼 끈 다음 말했다.

─아저씨는 소설 쓰는 사람이면서 머리가 너무 낡았네요.

─열일곱살짜리 여자애한테 머리가 너무 새로운 건 아주 위험한 일이야.

─위험? 무슨 위험요?

─십년 뒤에는 오늘 내가 한 말이 이해될 거야.

인부들이 이미 모든 물건들을 다 아래로 옮겼다. 이 조그만 방은 텅 비었고 쓰레기와 헌 신문지만 바닥에 남아 청소를 기다리고 있었다.

─잘 있어. 내가 말했다.

─아직 주소를 안 가르쳐줬어요.

─아무래도 안 가르쳐주는 게 좋겠어.

씨마레이 집 대문을 나설 때 나는 씨마레이가 큰 소리로 우는 걸 들었다. (눈물은 여자의 무기야. 나는 생각했다. 그건 마음 약한 남자를 함정에 빠트릴 수 있어.) 나는 바보가 아니다, 특히 머리가 맑을 때는.

× × ×

다시 하루가 지났다. 주인 여자의 술장에 양주가 적잖이 놓여 있는 걸 보고 그녀도 술꾼인 줄 여겼는데 나중에서야 그녀가 술을 마시지 못한다는 걸 알게 되었다.

—술을 좋아하지도 않으면서 왜 이렇게 많은 술을 술장에 넣어두었어요?

그녀의 대답은 이랬다.

—술장이 있으니 술이 없을 수 없잖아요!

× × ×

다시 하루가 지났다. 주인 여자가 내게 '블랙 앤 화이트' 위스키 반병을 대접했다. 그녀의 이유인즉슨 어차피 마시는 사람이 없으니까.

× × ×

다시 하루가 지났다. 나는 남은 '블랙 앤 화이트' 위스키 반병을 마셨을 뿐만 아니라 VAT69 위스키도 몇잔 마셨다. 웡씨댁은 내 주량이 대단하다고 칭찬했다. 나는 그녀의 웃음이 활짝 핀 꽃처럼 느껴졌다.

—남편은 일년에 두어번쯤 오시나요? 내가 물었다.

—예.

—남편은 매달 돈을 부쳐주시나요?

—예.

—남편은 매일 편지를 보내시나요?

　—아뇨.

　—그럼 매주 편지를 보내시나요?

　—아뇨.

　—그럼 한달마다?

　—그것도 아뇨.

　—설마 한번도 편지를 안 보내신 건 아니지요?

　—그 양반은 글을 몰라요.

　—왜 다른 사람에게 써달라고 안하신대요?

　—너무 바빠서요.

　—바빠도 편지 보낼 시간이 없지는 않을 텐데요?

　—배에 있을 때는 노름하느라고 바쁘고, 육지에 내렸을 때는 여
자 찾느라고 바쁘죠. 배 타는 사람들은 밀수품만 좀 가져오면 돈
버는 데 별로 힘쓸 필요가 없어요. 우리 이 양반은 넘쳐나는 정력
을 어쨌든 써야 하거든요. 그래서 항구마다 거의 여자가 하나씩 있
어요.

　—아주머니도 그중 한사람인가요?

　—그렇죠. 난 그 양반의 '홍콩 부인'이죠. 그밖에도 런던, 뉴욕,
쌘프란시스코 등 큰 항구는 말할 것도 없고 심지어는 브라질, 사이
공, 요꼬하마…… 모두 있어요.

　—아주머닌 자식을 둘 키우시잖아요?

　—예.

　—다른 곳의 '부인'들은요?

　—아마 그 양반 자신도 잘 모를걸요.

　(이 '웡씨'는 정말 너무나 흥미로운 인물이야. 나는 생각했다. 일

106

년 내내 배를 타고 지구를 돌면서 밀수로 손쉽게 돈을 벌고, 그런 돈으로 셀 수도 없이 많은 마누라와 아이를 키우는군.)

——아저씨는 아주머니를 사랑하시나요?

——모르겠어요.

——아주머니는 아저씨를 사랑하시나요?

——저요? 제가 사랑하는 건 돈이죠. 돈만 매달 보내준다면 그 양반이 항구에 도착할 때마다 가우롱총 부두로 마중 나갈 수 있어요.

——그분이 홍콩에 안 계실 때면 쓸쓸하지 않으세요?

그녀는 웃었다.

× × ×

다시 하루가 지났다. 나는 술에 취했다. 굶주린 두 눈이 잃어버린 쾌락을 좇았다. 밤은 이미 깊어 이름이 '윙샷'인 아이는 벌써 깊이 잠이 들었다. 공기는 고체로 변했다. 행인들이 어두운 수풀 속으로 들어갈 때다. 생각은 볏짚이다. 갑자기 어제의 비바람과 가버린 매미 소리를 망각한다. 그저 무녀가 하늘사다리를 기어오르는 것만 보인다. 욕망이 달에 오르기를 바란다. 두 고독한 여행자가 비 오는 밤 정자에서 만난다. 결과는 장기 한판이다. 그림자는 이름을 잃어버린 바위를 누르고, 바위는 땀을 흘린다. 봄은 담 모서리에 숨어서 몰래 구름 위로 오르는 발걸음 소리를 듣고 있다…… 나는 취했다.

× × ×

다시 하루가 지났다. 나는 신문사의 통보를 받았다. 내 무협소설을 월말에 끝내라는 것이다. 이유는 내 무협소설에서 '액션'이 다른 사람보다 많지 않다는 것이다. 이렇게 되어 나는 수입이 완전히 끊기게 되었다. 나의 자존심은 상처를 입었고, 앞으로의 갖가지 일도 계획해볼 수 없게 되었다. 나는 응접실로 들어가 주인 여자의 허락도 구하지 않고 술장을 열어 브랜디 한병을 꺼냈다. 막 한잔을 기울였을 때 주인 여자가 장바구니를 들고 시장에서 돌아오다가 내가 술병을 들고 있는 것을 보고 허둥지둥 달려와서 말렸다.

—또 마시면 안돼요.

—왜요?

—그렇게 몇잔씩이나 마셔대지 않았더라면 그런 일은 일어나지 않았을 거예요.

—마음속이 너무 어지러워요.

—제가 엉겨붙을까봐요?

—아뇨, 아뇨. 절대 아닙니다.

—그럼 제 말 들어요. 일단 더 마시지 마세요.

그렇지만 나는 잔을 들어 단숨에 다 마셔버렸다. 주인 여자는 나의 심사를 알아차렸는지 거듭해서 물었다.

—마음속 일을 말해보세요. 그녀가 말했다.

—나는 글을 팔아서 살아가는 사람입니다. 그런데 조금 전에 신문사의 통보를 받았어요. 나의 무협소설이 신통치 않다고 하면서 앞으로 더이상 내 글이 필요 없다는군요.

—아, 그랬군요.

—말투로 보니 이게 심각하지 않게 여겨지나보네요?

그녀가 웃었다. 웃음 속에는 많은 의미가 포함되어 있었다. 하지만 나는 전혀 파악할 수 없었다. 나는 술이 너무나 마시고 싶었다. 그녀가 통 크게 한병을 내주었다.

× × ×

다시 하루가 지났다. 나는 오전 내내 '호접몽' 씨나리오를 썼다. 나는 이 돈을 받아 한동안 버티면서 막호문의 돈도 갚기를 바랐다.
영감을 얻기 위해 나는 술을 마셔야 했다.
흥분한 기분을 가라앉히기 위해 나는 술을 마셔야 했다.
말로 설명할 수 없는 이유들로 인해 나는 술을 마셔야 했다.

× × ×

다시 하루가 지났다. '호접몽'을 이미 31회까지 썼다. 내가 보기에도 상당히 뛰어나다. 그래서 더 많이 술을 마셨다.

× × ×

다시 하루가 지났다. 주인 여자의 술장에는 술이 겨우 두병밖에 남지 않았다. '호접몽'을 48회까지 썼다.

× × ×

다시 하루가 지났다. '호접몽'을 62회까지 썼다. 주인 여자의 술장에는 술이 겨우 한병만 남았다.

×　×　×

　다시 하루가 지났다. '호접몽'을 완성했다. 주인 여자의 술을 모두 마셔버렸다.

　개운한 마음이 들어 즉시 모위에게 전화를 걸었다. 모위는 '글로스터'에서 보자고 했는데 말투가 아주 흥분되어 있었다. 나는 여러 날 외출을 하지 않았던 터라 밖으로 나가니 정신이 번쩍 들었다. 어쩌면 '호접몽' 씨나리오를 완성한 것과 관계있을 수도 있고, 어쩌면 새로운 환경으로 바뀐 때문일 수도 있고, 또 어쩌면 주인 여자가 대범하면서도 술을 마시지 않는 여자이기 때문일 수도 있고…… 어쨌든 나는 기분이 아주 좋았다. '글로스터'에 도착해 씨나리오를 모위에게 넘겨주면서 그가 되도록 빨리 씨나리오비를 주길 바랐다. 그는 고개를 끄덕이면서 입으로는 씨가를 질겅거렸다. 그는 말을 하지 않았다. 나는 하는 수 없이 그에게 내가 형편이 궁하다는 걸 솔직하게 말했다. 그는 듣고 나서도 아무 말을 하지 않았다. 그저 라이터를 켜서 꺼져버린 씨가에 불을 붙일 따름이었다. 그는 한덩어리 연기를 내뱉었다. 내게 이 연기는 안개 속에서 꽃을 보는 듯한 느낌을 주었을 뿐만 아니라 심한 기침도 자아내게 했다. 그가 웃었다, 아주 부자연스럽게. 나는 그에게 구체적인 답을 듣고자 했다. 그는 이렇게 한마디 했다.

　―일주일 뒤에 전화하게.

　―일주일 뒤면 난 굶어죽을 걸세!

　―정말 그렇게 궁한가?

　―내게 무협소설을 써달라는 신문사가 한군데도 없다네.

─왜 황색글은 쓰지 않나?

　─얼마 전 자네가 나더러 영화 씨나리오를 써보라고 하지 않았
나?

　─흐음, 영화계의 일은 한마디로 다 말하기 어렵다네. 다만 자
네가 업을 바꾸겠다는 생각이 있으니 당연히 내가 도와야겠지.

13

　"자포자기해선 안돼요." 편지는 이렇게 시작되었다. "홍콩에는
비록 문화적 분위기가 짙지는 않지만 지식인이라면 중국문화의 원
기를 보존하고 지속시켜야 할 책임이 있습니다. 생활하기 위해서
라는데 그 누구도 선생님이 황당한 무협소설 쓰는 것을 말릴 수 없
죠. 이곳은 자유세계고, 독자들에게는 그들이 읽고 싶은 것을 선택
할 자유가 있으며, 작가 역시 그들이 쓰고 싶은 것을 쓸 자유가 있
습니다. 선생님의 고통을 잘 이해합니다. 당연히 선생님은 무협소
설을 쓰고 싶지 않으실 테죠. 그저 생존을 위해 원하지 않는 일을
할 수밖에 없는 거죠. 예술적 양심을 가진 작가가 만일 생존을 유
지해나갈 수 없다면 이 예술적 양심은 제로나 마찬가집니다. 다만
현재 선생님의 처지가 궁하긴 해도 남는 시간이 적지 않습니다. 술
을 끊으시고 도피주의적인 생각을 버리세요. 술을 살 돈으로 끼니
를 해결하고 남는 시간에 자신이 쓰고 싶은 작품을 쓰세요. 남들의
곡해나 오해를 겁내지 마세요. 다른 사람의 인정을 구할 필요도 없
어요. E. M. 포스터가 이렇게 말한 적이 있습니다. 물질적인 전우
주 속에서 예술작업이야말로 내재적 질서를 가지고 있는 유일한

목표라고. 이것 때문에 우리가 예술작업을 중시하는 거죠. 하지만 작업을 할 때 수확을 생각하는 예술가는 아무도 없어요. 전에 선생님이 제게 말씀하셨던 것 그대로입니다. 조이스는 살아생전에 얼마나 빈한했고 또 얼마나 노력했던가요. 그는 반맹인으로 생활을 위해서 가르쳐야 했고, 서기 일을 해야 했습니다. 그렇지만 그는 한번도 자신이 원하는 일을 중단한 적이 없었습니다. 『율리시스』가 출판되자 검열관은 그의 작품을 판매 금지했고, 해적판 상인들은 그의 작품을 불법으로 찍어내어 이익을 취했으며, 독자들은 그의 작품을 곡해했습니다. 하지만 그는 그래도 용기를 잃지 않았습니다. 그는 그래도 계속 끊임없이 일을 했습니다. 자신이 원하는 일과 원하지 않는 일 모두 말이죠. 그는 너무 궁해서 취리히에 가 있을 때는 한 단체가 모금한 백 파운드에 의지해 아사를 모면하기도 했습니다. 그가 죽을 때는 완전히 무일푼이었죠. 문학사에서 그의 일생보다 더 고통스럽고 더 처참한 작가는 없습니다. 그가 살아 있을 때 그의 작품은 조롱과 경멸을 받았지만, 지금은 모든 진지한 비평가들이 한결같이 그를 20세기의 가장 위대한 작가로 인정하고 있습니다. 이 모든 것들은 선생님이 제게 말해주신 것입니다. 물론 문학에 대한 이해는 선생님이 저보다 더 깊습니다. 그리고 저는 선생님의 잠재력이 다하지 않았다고 믿고 있습니다. 만일 선생님이 결심만 하신다면 틀림없이 상당히 영향력 있는 작품을 써낼 수 있으실 겁니다. 문학은 일종의 고달픈 일입니다. 진정으로 문학을 사랑하는 사람은 모두 고독합니다. 다른 사람의 인정을 구할 필요도 없고 다른 사람의 곡해와 매도를 신경 쓸 필요도 없습니다. 조이스가 죽은 지 겨우 스물한해인데 그는 이미 '현대문학의 거인'이 되었습니다. 반면에 당시 조이스를 모욕했던 골생원들이 어떤 자들인지 대체 누가 알기나 합니까? 선생님, 현실을 받아들일 용기를 가지시고 동시에 커다란 결심으로 이상을 추구하십시오."

서명은 막호문이었다.

14

나 자신을 방 안에 가둔 채 온종일 울었다.

15

(나는 반드시 술을 끊어야 해. 나는 생각했다. 나는 필히 맑은 상태를 유지해야 해. 독창성이 있는 소설—여느 것과 다른 소설을 써내기 위해서. 비록 홍콩의 신문 잡지 대다수가 상업적이긴 하지만 그래도 사람들이 입으로 떠들어대는 것처럼 그렇게 더럽진 않아. 대부분의 신문 잡지는 원고 선택기준으로 작품 자체가 가진 상업적 가치를 중시하지만 그래도 진정 예술적 가치를 가진 작품이라면 발표할 곳은 있어. 그러니 나는 반드시 술을 끊어야 해. 나는 반드시 분발해서 여느 것과는 다른 소설을 써야 해. 학교에 다닐때 난 이미 실험적인 소설을 써보았어. 횡적 단면을 보여주는 수법으로 산촌의 혁명을 써보기도 했고, 감각파에 가까운 수법으로 샤페이로 일대의 백러시아 여인이 살기 위해 몸부림치는 걸 써보기도 했고, 현대인의 감각으로 수나라 양제의 황당함을 써보기도 했고…… 하지만 지금 이런 몇년 동안의 노력을 포기하고 남몰래 '비

검''절초'나 쓰고 있다니. 나 자신에게 미안해. 나 자신에게 미안해. 나 자신에게 미안해.)

이 몇년 동안의 계획에서 쓰고 싶은 소설은 두편이었다.

1. 백만자 분량으로 일단의 소인물들이 대시대 속에서 살아나가기 위해 애쓰는 경험을 쓰는데, 심리분석적인 방법을 사용하여 북벌, 국난, 항전, 내전, 홍콩에 대해 쓰는 것이다. 이 책은 10부로 나뉘며 제1부의 제목은 '꽃가마'라고 한다. 내가 싱가포르에 머무를 때 이미 '꽃가마'의 3분의 1을 썼는데 나중에 가난과 병마로 인해 더 써내려갈 수가 없었다.

2. 새로운 길을 여는 중편소설을 한편 쓰는 것으로, 세개의 공간을 조합하여 세가지 서로 다른 각도에서 한 여인의 마음을 묘사하는 것이다. (어느 소설을 먼저 써야 할까? '꽃가마'를 계속 써나가자면 시일이 너무 오래 걸려서 생활이 불안정해질 테니 완성할 수 있을지 알 수 없다. 새로운 길을 여는 중편소설을 쓴다면 주요 조건은 구성이 반드시 극도로 엄밀해야 한다는 것이다. 마음이 불안정해 필히 허점이 많을 것이니 성공의 가능성은 그리 크지 않다.)

천장을 올려다보고 있자니 거미 한마리가 거미줄을 치고 있다. 거미는 아주 끔찍하게 생겨서 보기만 해도 눈에 거슬렸다. 바로 지금 놈은 점액질을 분비하며 아래위로 오르내리는데 흡사 영원히 지칠 줄 모르는 것 같다.

(모든 시도는 대부분 실패하게 마련이다. 나는 생각했다. 실패 없는 시도는 성공할 수 없다. 나는 반드시 이 순간 용기를 내어 대담하게 시도를 해봐야 한다. 홍콩은 비록 상업적 풍조가 아주 농후한 사회이기는 하지만 그래도 라오쯩이와 같은 학자를 낳기도 했다.)

나는 벌떡 침대에서 내려와 초보적인 얼개를 짜기 시작했다. 이는 구성에 중점을 둔 소설이기 때문에 구성이 치밀하지 않으면 힘만 낭비하고 말 것이다.

격정은 영양소가 아니며 허기는 팔을 펴도록 해줄 수 없다. 네시간이 지나자 나는 이 얼개 짜기가 쉽지 않다는 것을 알게 되었다. 현대소설은 비록 기복이 있는 스토리를 필요로 하지는 않지만 그래도 디테일을 교직하는 데에는 명료한 사고가 필요하다. 마치 스웨터를 짤 때 민활한 손길이 필요한 것처럼.

누가 문을 두드렸다.

주인 여자였다.

─밥을 한그릇 준비했어요. 그녀가 말했다.

응접실에 가보니 둥근 식탁에 볶음밥 한그릇, 간수냉채 한접시, 위스키 한병이 놓여 있었다.

내면의 울렁증을 억누를 수 없었는데 기쁨인지 슬픔인지 알 수가 없었다. 무심결에 곁눈질로 흘낏 보니 엊저녁까지 텅 비어 있던 술장이 지금은 술병으로 가득 차 있다.

강철 같던 의지가 결국 용광로 속으로 들어가버리고 말았다. 술의 유혹을 견디지 못한 것이다. 나는 역시 속세의 속물이었다.

술 한잔을 댓가로 마귀가 나의 영혼을 사버렸다. 술장의 술들은 미끼나 다름없었다. 배고픈 물고기는 틀림없이 낚시에 걸리게 되어 있다. 이리하여 나는 무시무시한 위기를 보게 되었다. 두가지 서로 다른 굶주림이 공평한 교환을 진행하고 있었다.

모든 것은 기묘하고 복잡하다. 인간의 생각과 욕망을 포함해서. 첫 잔을 마시고 나니 나는 두번째 잔도 마시고 싶어졌다.

생각은 진흙덩이가 되어 비누로 씻어도 씻을 수가 없었다. 열정이 술잔 속에 빠져들었고, 취해버렸다.

주인 여자는 '학대받는' 사람이다. 하지만 그녀는 어여쁜 웃음을 가지고 있다. 암흑의 동굴 속에서 등불이 강풍에 의해 꺼져버린다. 약자가 구원을 요청할 때다. 그리하여 기기묘묘한 소리가 들린다. 본디 미치광이가 만들어내는 교향악이다.

—이건 최고급 위스키예요. 그녀가 말했다.

—그래요, 그래. 난 술의 노예가 되길 원해요.

이상은 없다. 희망은 없다. 포부는 없다. 비애는 없다. 경각은 없다.

이상은 술잔 안에서 헤엄을 친다. 희망은 술잔 안에서 헤엄을 친다. 포부는 술잔 안에서 헤엄을 친다. 비애는 술잔 안에서 헤엄을 친다. 경각은 술잔 안에서 헤엄을 친다.

한잔. 두잔. 석잔. 넉잔. 다섯잔……

나는 더이상 나 자신을 알지 못한다. 영혼이 육체와 교환을 시작한다. 주인 여자의 이가 조가비처럼 희다. 주인 여자의 눈이 한가닥 실처럼 실눈이 된다.

(오로지 바보만이 이런 순간에 문학혁명을 논하려고 할 것이다. 나는 생각했다. 문학은 술이 아니다. 문학은 독약이다. 책을 많이 읽은 사람일수록 더 고독하다. 누군가가 여전히 땀을 뻘뻘 흘리고 사막에서는 이제 막 한포기 싹이 돋아나는데 보아하니 썩은 자에 의해 뽑혀버릴 것 같다. 오로지 바보만이 이 순간에 예술적 양심을 논하려고 할 것이다. 수많은 사람들의 머릿속에는 야비한 생각이 너무도 많이 들어 있다.)

남자의 강직성이 살해당해버린다. 모든 것이 혼란스럽다. 감정은 더욱 그렇다. 다섯살짜리 사내애가 그린 연필그림 같다. 내일의 이미지에는 푸른빛이 너무 많다. 노랫소리의 멜로디가 점차 아주 가늘어진다.

호외 소리가 갑자기 거지의 울음소리를 삼켜버린다.

주인 여자는 유리창을 닫고서 입을 벌려 의도적으로 새하얀 이를 드러낸다. 엘비스 프레슬리의 노랫소리에는 전염병 균이 잔뜩 들어 있다. 설령 중년의 아주머니일지라도 이런 순간에 라디오를 끄고 싶지는 않을 것이다.

아스팔트 길이 없더라도 꿈속으로 갈 수 있다. 그것은 이미지의 계단일 뿐이다. 바이올린의 손가락이 탄식에 머무를 때 보조개는 아직 늙지 않았다.

한마리 황색 물고기가 그녀의 눈동자에서 헤엄을 친다.

(나는 필히 고통의 기억을 잊어버려야 해. 고통의 기억이 어린 아이의 손에 들린 풍선으로 바뀌어 손을 놓으면 천천히 하늘로 올라가는 거야. 하늘로 올라가는 거야. 하늘로 올라가는 거야. 하늘로 올라가는 거야…… 알 수 없는 한 공간으로 올라가는 거야.)

(나는 필히 사치스러운 욕망을 버려야 해. 사치스러운 욕망은 나무의 꽃잎으로 바뀌어서 바람 불어 나뭇가지가 흔들리면 수면 위로 떨어져 천천히 흘러가는 거야. 천천히 흘러가는 거야. 천천히 흘러가는 거야. 천천히 흘러가는 거야…… 알 수 없는 장소로 흘러가는 거야.)

(나는 필히 나의 양심을 말살해버려야 해. 나의 양심을 화가가 그린 그림으로 바꾸고, 잘못된 붓놀림 하나로 전체 그림을 망가뜨리고는 홧김에 몽땅 검은색으로 한겹 덧바르는 거야. 한겹 덧바르는 거야. 한겹 덧바르는 거야. 한겹 덧바르는 거야. 한겹 덧바르는 거야…… 사람들이 전혀 흔적을 알아차리지 못할 만큼 까맣게 만

드는 거야.)

　나는 눈을 감았다.

　환상 속에서 유리병 두개가 나타난다.

　그런데 그녀는 자신도 유리병 두개가 보인다고 말한다. 이건 불
가능하다. 비록 우산이 햇빛의 침략을 막을 수는 있지만.

　—무슨 색깔인데요? 내가 물었다.

　—한개는 자색이고 한개는 남색요.

　—내가 본 건 남색 두갠데요.

　—그거 이상하네요.

　—안에 뭐가 들어 있는지 보이나요?

　—두병 모두 사랑의 용액이에요. 선생님은요?

　—내가 보는 건 술뿐이에요.

　—왜 눈을 뜨지 않나요?

　눈을 뜨니 눈앞에 브랜디 두병이 놓여 있었다. 나는 내가 몇잔이
나 마셨는지 알 수 없었다. 하지만 그건 행복을 낳는 원료가 아니
었다. 나는 행복하지 않았다.

　(이 사회에서는 나는 영원히 행복을 얻지 못할 거야. 나는 생각
했다.)

　비록 칠할은 취했지만 그래도 삼할은 깨어 있었다. 나는 주인 여
자가 겁났다. 얼른 밖으로 나왔다. 그 두병에 담긴 것이 사랑인지
아니면 술인지 더이상 알고 싶지 않았다. 그리하여 어느 영화관으
로 들어가서 어둠속에 앉아 정신없이 한숨 잤다. 잠이 든 뒤 한바
탕 꿈을 꾸었는데 꿈속에서 토요일에는 일하지 않는 하느님을 보
았다. 누군가가 내 어깨를 흔들었다. 깨어나니 영화관이 마칠 시각
이었다. 영화관을 나오자 야경이 사방을 에워쌌다. 네온사인의 수

풀 속에서 길을 헤매는데 머리가 몹시 아팠다.

돈이 생각나서 모위에게 전화를 걸었다.

—마침 자넬 찾으려던 참일세. 그가 말했다. 즉시 바다를 건너오게. '그랜드'에서 기다림세.

페리에 앉으니 불길이 나의 마음을 태우기 시작했다. 하나의 새로운 희망이 마법램프 속의 Genie처럼 아주 작디작은 형체에서 순식간에 크나큰 형체로 바뀌었다.

페리는 유난히 느렸다. 페리는 달팽이 같았다. 페리의 승객들은 모두가 느긋한 태도였다.

바다에 항공모함 한척이 정박해 있었는데 엄청나게 컸다. 하지만 그것이 내게 흥미를 불러일으키지는 못했다.

가우롱의 수많은 집의 불빛은 하늘의 뭇별보다 훨씬 아름다웠다. 하지만 그것이 내게 흥미를 불러일으키지는 못했다.

페리에 앉아 있는 젊은 여인들은 아주 예쁘게 치장하고 있었다. 하지만 그것이 내게 흥미를 불러일으키지는 못했다.

페리가 조던로드 부두에 도착하자 택시를 타고 곧바로 '그랜드 호텔'로 갔다.

모위는 창가 자리에 앉아 있었다. 나를 보자 즉각 온 얼굴에 아부의 웃음을 띠었다. 모위는 그다지 잘 웃는 사람이 아니었다. 자리에 앉은 후 종업원에게 커피를 시켰다.

씨나리오를 언급하자 모위의 태도가 아주 진중해지며 곧바로 입을 열지 않았다. 얼굴은 갑자기 대단히 난처하다는 표정으로 바뀌었는데, 즐거운 것 같지도 않고 미안한 것 같지도 않았다. 근본적으로 아무것도 뜻하지 않았다. 그는 끊임없이 담배 연기를 뿜어대며 담배 연기로 자신의 난처함을 감추고자 했다.

──실패는 성공의 어머니이니 실망할 필요는 없네. 그가 말했다. 어쨌든 회사에서는 증산계획을 세웠고 앞으로 기회가 더 많아질 테니 결심만 한다면 조만간에 어쨌든 영화계에 들어올 수 있을 걸세. 사실 영화계에서 가장 부족한 사람이 씨나리오 인재일세. 이전에 씨나리오가 부족해서 우리 사장이 한번은 일본 영화의 스토리를 중국 인물과 중국 습속으로 바꾸어 다시 찍으려고도 했다네. 지금은 관중들이 물리지도 않고 시대극을 좋아하니 씨나리오 문제는 어쨌든 절반은 해결된 셈이지. 내가 절반은 해결되었다고 하는 것은 물론 소재를 말하는 것일세. 각색작업을 할 인재는 아직도 많이 부족하다네. 회사 쪽에서는 어쨌든 증산계획에 맞추어 신인들이 발굴되기를 기대하고 있다네. 자네가 기왕에 업을 바꾸려고 결심했다면 씨나리오 한편을 잘 써내지 못했다고 실망해서는 안되네. 사실 내가 사장이라고 한다면 나는 정말 예술적 가치가 있는 영화를 찍고 싶네. 안타깝게도 나는 사장이 아니고, 사장의 관점은 또 종종 우리와는 다르고, 그러니……

그가 말을 끝내기도 전에 나는 '그랜드 호텔'에서 나왔다.

(이게 도대체 무슨 놈의 세상인가? 나는 생각했다. 돈이 되는지 아닌지에 따라 글이 좋고 나쁘고가 결정되고, 영화가 훌륭하고 아니고 역시 그러하다니. 문학과 예술이 공리주의자의 마음속에서는 그저 독약을 싸고 있는 한겹의 당의에 불과하다니.)

16

희망은 비눗방울이다. 찰나의 춤을 추면서 이리 흔들 저리 흔들

120

하다가 문득 손가락 하나에 터져버린다. 나는 결국 나의 우둔함을 깨달았고 더이상 찬란한 환상을 좇고 싶지 않았다. 내가 번민에 빠져 있을 때마다 술은 나를 미친 듯이 웃도록 만든다. 그런데 주인 여자는 여전히 술장을 가득 채워놓고 내 마음속에 씨앗을 한알 뿌리고자 한다. 나는 알코올로만 생존할 수 없었고, 주인 여자는 나더러 같이 식사하자고 했다. 처음에 그녀는 밥값을 받지 않으려고 했고, 나중에는 내가 실업한 것을 알고 방세도 받지 않았다. 나는 마음이 아주 불편했고 그 때문에 술을 더 많이 마시게 되었다. 어느날 신문사에서 마지막 원고료를 받자 경마장에 가서 일부러 운명의 장난에 맡겨보고자 했다. 경마장을 나올 때 주머니 속에는 동전 몇닢밖에 남지 않았다. 집에 돌아오자 주인 여자가 물었다.

—어디 가셨더랬어요?

—경마를 했습니다.

—운이 어땠어요?

—안 좋았습니다.

—얼마나 잃었는데요?

—많지는 않아요. 겨우 반달 치 원고료니까. 하지만 그건 나의 전재산이었죠.

백 위안 남짓이니 많은 편은 아니었다. 하지만 자존심마저 잃어버렸으니 나 자신이 불쌍하지 않을 수 없었다.

이튿날 아침 방법을 찾기 위해 막호문을 찾아가기로 했다. 문을 나서려는데 주인 여자가 내게 백 위안을 쥐여주었다.

나는 받았다.

아래로 내려와서 나는 처음으로 두려운 상황이 되었음을 의식했다. (나는 필히 다른 곳으로 이사를 해야 한다. 나는 생각했다.)

삼십분 후 나는 막호문과 '글로스터'에서 얌차飲茶[29]를 먹었다.

─꼭 해결해야 할 문제가 두가지 있네. 내가 말했다.

─무슨 두가진데요?

─첫째는 직업문제고 둘째는 이사문제일세.

─또 이사를 해요? 왜요?

─나는 궁하기는 하지만 아직 자존심이 있거든.

─무슨 뜻인지 모르겠는데요?

─더이상 수입이 없으면 나는 남의 여자 밥이나 얻어먹는 남자가 되고 말 거야.

막호문의 두 눈은 두개의 '?' 같았다.

설명이 필요했지만 입이 떨어지지 않았다. 시야가 눈물로 흐릿해졌다. 막호문은 나의 비애를 이해하지 못하고 한동안 멍하니 있다가 이렇게 말했다.

─은둔주의자가 염세주의자로 변했군요.

─그러게, 호문. 이 세상에 내가 연연해할 게 아직 남아 있는지 모르겠네.

─술은요?

─그거야 은둔의 수단이지.

─희망은요?

─나는 이미 모든 희망을 잃어버렸다네.

막호문은 고개를 숙인 채 무의식적으로 잔 속의 커피를 찻숟가

─────────

29 음식을 싣고 식당 안을 돌아다니는 작은 수레에서 원하는 음식만을 골라서 먹고 계산하는 광둥 특유의 식사. 일종의 이동식 뷔페 식사라고 할 수 있는데, 음식은 딤섬(點心)이라고 불리는 간단한 것 위주로 차를 마셔가며 식사하기 때문에 이런 이름이 붙었다.

락으로 휘저었다.

　—자신이 용감하지 못한 사람이라고 했었죠? 그가 물었다.

　—그랬지.

　—자살할 용기가 없기 때문이죠?

　—의지할 걸 모조리 잃어버린 사람은 계속 구차하게 살아야 할 이유가 없다네.

　—제 생각은 정반댑니다.

　—자네 생각은 어떤데?

　—용감한 사람이라면 용기를 가지고 계속 살아야 한다는 거죠.

이어서 막호문은 문학잡지를 내자는 계획을 제시했다. 내가 편집일을 맡기 바라며, 자금에 관해서는 그의 모친이 이미 저축의 일부를 주기로 허락했다는 것이었다.

　—자네 부친은?

　—아버지는 문학잡지를 내는 데 찬성하실 리가 없어요. 이전에 제가 이런 뜻을 비친 적이 있는데 아버지는 엄청나게 반대하셨어요. 홍콩에서 문학잡지를 내봤자 결코 '청년마당' 수준을 넘어서지 못하거나 자본을 다 까먹고 말 것이라고 하시더군요.

　—부친의 생각이 아주 일리가 있네.

　—하지만 제 생각은 달라요. 혼탁한 공기로 가득한 이 사회에 잡지가 조금이나마 긍정적인 역할을 할 수만 있다면 몇천 위안쯤 까먹더라도 가치가 있다고 생각해요.

　—그건 바보 같은 생각이야.

　—우리 사회에는 똑똑한 사람이 너무 많아요. 바보는 너무 적고요.

　—잡지를 등록하려면 보증금이 만 위안인데 그 돈은 또 어디서

구하나?

──보증금 문제를 해결하기는 어렵지 않아요. 막호문이 말했다. 신문사의 한 동료가 올해 봄에 잡지를 냈다가 이후 판매가 좋지 않아 그만둔 적이 있어요. 만일 우리가 하겠다고 결정하면 그의 등록증을 빌릴 수 있어요. 분기별로 이백 위안의 이자를 주면 돼요.

──적당한 이름은 있나?

──시원스럽게 아예 '문학' 두 글자가 어때요?

──이전에 푸둥화가 『문학』이라는 잡지를 펴낸 적이 있고, 몇년 전 타이완에서도 『문학잡지』가 나온 적이 있네.

──선생님 생각은요?

──'전위문학'이 어떤가? 사람들이 보기만 해도 시대의 선두에 선 간행물이란 걸 알 수 있게 말일세.

──좋습니다! 좋아요! '전위문학'이라고 하죠.

막호문은 아주 흥분해서 나와 잡지 내용을 상의했다. 내 생각은 번역문과 창작을 각각 절반씩 싣되, 번역문은 독창적이면서 영향력이 큰 현대 작품을 위주로 하고, 창작 부문은 부족할망정 함부로 싣지 않는다는 태도를 견지하면서 최선을 다해 수준을 높인다는 것이었다.

──현재 '사십전 소설'은 매일 한권씩 나오는 지경에 이르렀어요. 다른 사람의 글을 도용하거나 대부분 저속하기 짝이 없으니 기교나 수법은 더 말할 것도 없죠. 이런 '사십전 소설'은 논에서 정상적인 벼가 자라지 못하도록 하는 해충이나 다름없어요. 만일 우리가 이런 상황에서 건강하고 새롭고 생기 넘치는 문학잡지를 펴낼 수만 있다면 비록 DDT처럼 모든 해충을 박멸할 수는 없다 하더라도 최소한 어린 싹을 보호하여 차츰 튼튼하게 키워나갈 수는 있을

겁니다.

막호문의 얼굴은 곧 홍조를 띠기 시작했고 눈에서는 자신감에 찬 빛이 흘러나왔다. 나는 비록 흥분을 느끼기는 했지만 그처럼 낙관적이지는 않았다. 우리가 처한 환경에서는 품위가 높은 잡지일수록 판매량이 적으며, 판매량이 많은 잡지일수록 품위가 낮다. 그러니 우리가 이상 속에서 계획하고 있는 잡지는 잘 만들면 잘 만들수록 요절의 가능성이 큰 것이다.

냉정하게 생각을 해본 뒤 나는 말했다.

—이건 말이지 비록 숭고한 이상이기는 하지만 자네 모친이 고생스럽게 저축한 돈을 그냥 날리는 일일 뿐이니 슬기로운 일은 아닐세.

—저는 그 어떤 보상도 바라지 않아요. 사람을 망가뜨리는 황색잡지를 펴내는 것은 더더욱 바라지 않고요.

막호문의 태도는 그렇게도 굳세었다.

막호문은 매달 내게 월급 조로 삼백 위안을 주겠다고 했다. 비록 많지는 않지만 그런대로 생활에 필요한 걸 해결할 수는 있었다.

—술만 마시지 않는다면 모자라지는 않을 겁니다. 그가 말했다. 이건 우리의 공동 이상을 실천하는 일이니 늘 맑은 정신을 유지할 수 있길 바랍니다. 술은 가교가 아니라 마취제일 뿐입니다. 은둔자가 되고 싶어도 술이 선생님을 다른 세상으로 데려다줄 수는 없어요. 과거에는 현실에 불만이었다면 이제는 용기를 가지고 현실을 대면하세요. 『전위문학』의 판매량은 틀림없이 좋지 않을 겁니다. 하지만 저는 그런 건 걱정하지 않습니다. 이렇게 엄숙하고 무게있는 잡지라면 설령 독자가 한명뿐이더라도 우리의 정력이 헛되지 않겠죠!……

이 말에는 뭔가 특별한 힘이 있어서 내 혈관 속의 피가 백 미터 경주를 하도록 만들었다. 이상이 여러가지 비타민을 주사했고, 희망이 불그레한 빛깔로 출현했다. 내재적 진실의 탐험자라면 추상의 골짜기에서 술병을 열어서는 안되는 법이다.

내게 한가지 이상적인 일이 생겼다.

나는 막호문에게 삼백 위안을 꾸어달라고 했다. 이사를 하기 위해서.

17

술장 안에 술병이 가득 차 있었다.

주인 여자가 던지는 미끼였다. 만일 모든 물고기가 멍청하다면 낚시꾼은 실망하는 날이 없을 터이다. 그날 저녁 라디오에서 프랭키 레인의 「사랑에 빠진 여인」이 흘러나오고 있었다. 나는 방문을 열고 그녀에게 말했다.

—이사할 겁니다.

그녀가 울었다.

입이 부채꼴이 되었는데 아주 보기 흉했다. 이름이 '웡샷'인 사내아이는 좀 의아해하면서 고개를 들어 물었다.

—엄마, 왜 울어?

엄마가 말이 없자 웡샷도 따라서 울었다.

엄마는 손으로 웡샷의 머리를 쓰다듬었는데 눈물이 뺨에서 굴러내려 옷으로 떨어졌다.

웡샷의 눈물도 뺨에서 굴러내려 옷으로 떨어졌다. 나는 여자의 눈물도 보고 싶지 않았고 사내아이의 눈물도 보고 싶지 않았다. 밖으로 나가 좀 돌아다녀야 했다. 밤의 홍콩이 가장 아름답다고 하는 건 세속적인 시각에서이다. 네온사인은 너무 많은 색깔을 쏟아내서 서로 부대끼며 걸어가는 사람들이 타는 냄새를 맡을 수 있을 정도이다. 감정도 타고 있다. 혹시 환상일까? 아스팔트 길에서 자동차가 쏜살처럼 질주하고 있다. 놀기에 지친 돈 있는 사람들은 슬리퍼 속의 한가로운 심정을 찾기에 급급하다. 나는 집이 있어도 돌아갈 수 없는 사람, 돈으로 마취나 사고 싶을 따름이었다. 어느 댄스홀에 들어갔고, 막호문의 당부 따위는 잊어버렸다. 나의 생각은 어둠속에서 길을 잃어버렸다. 이 댄스홀은 왜 이리 어두울까? 댄스홀은 죄악의 수용소다. 손님들은 각자 두개의 더러운 손을 가지고 있다.

그후 나는 눈두덩을 검은색으로 바른 어린 티 나는 두 눈을 보게 되었다. (어린 여자애로군. 나는 생각했다. 담배 피우는 그녀의 모습이 비록 상당히 노련하긴 하지만 그래도 어린 티를 감추지는 못하는군.)

―춤 안 춰요? 그녀가 물었다.

―출 줄 몰라.

―댄스홀에 자주 오세요?

―오늘 처음이야.

―실연했군요. 그녀가 말했다.

―어떻게 알았어?

―실연한 사람에게만 이런 용기가 있거든요.

―댄스홀에 들어오는 데 무슨 용기가 필요해?

―처음 혼자서 댄스홀에 오는 데는 다 이유가 있거든요.

뜻밖에도 그녀의 혀끝에는 담배 냄새가 진하게 배어 있었다. 어둠은 죄악의 수용소다. 알코올과 담배 냄새가 거듭해서 교차한다. 두개의 황당한 영혼이 밀가루 반죽처럼 한데 엉긴다. 내 품에는 한 마리 고양이가 있다.

—이름이 뭐야?

—옝로우요.

—나온 지 얼마나 됐어?

—두달요.

—남자들의 미친 짓거리가 무섭지 않아?

—미친 남자들이라야 돈을 내니까 무섭지 않아요.

—난 오히려 겁이 나는데.

—뭐가 무서워요?

—유순한 고양이에게 사갈의 마음이 있을까봐서.

그녀가 웃었다. 웃는 모습에 어린 티가 선명하다. 비록 눈두덩을 검은색으로 발랐지만. 나는 지폐를 꺼내 다섯시간을 샀다. 그녀가 물었다.

—절 안 데리고 나가요?

—겨우 석잔 마셨을 뿐이야.

—술하고 무슨 관계가 있어요?

—위스키 열잔만 마시면 반드시 풀타임으로 널 데리고 나갈게.

—선생님은 재밌는 남자예요. 그녀가 말했다.

—넌 재밌는 여자애로군.

—전 애가 아녜요.

—내가 위스키 열잔을 마시고 나면 알게 되겠지.

댄스홀을 떠날 때 심신이 모두 피로했다. 조금 전의 일을 생각하니 한바탕 악몽을 꾼 것 같았다. 집으로 돌아오니 응접실이 썰렁했다. 그저 시계만 여전히 적막을 헤아리고 있었다. 추측건대 주인 여자와 아들은 잠들었을 것이다. 열쇠를 꺼내 돌리는데 방문이 그냥 닫혀만 있고 잠겨 있지 않다는 걸 알게 되었다. 문을 열고 들어가서 습관적으로 손을 뻗어 전등을 켜자 뜻밖에도 주인 여자가 내 침대에 드러누워 있었다. (뱀이 잠자는 모습이로군. 나는 생각했다.) 나는 살금살금 다가가 자세히 관찰했다. 그녀는 아주 깊이 잠들어 있었다.

손을 내밀어 그녀의 어깨를 흔들었다. 그녀가 깼다.

—왜 내 침대에서 자고 있어요? 내가 물었다.

그녀가 웃었다. 한송이 취한 꽃 같았다. 방금 꿈속에서 기이한 것을 보았을 눈에서는 곤혹스러운 빛이 쏟아져나왔다.

—왜 내 침대에서 자느냐고요? 내가 물었다.

그녀는 깔깔거리며 웃었다. 웃음소리가 은방울 같았다. 그다음에 나는 코를 찌르는 술 냄새를 맡았는데 아주 이상했다.

—왜 내 침대에서 자고 있어요? 내가 물었다.

그녀는 잠옷 단추를 끄르며 풍만한 성숙함으로 나의 이성을 붙잡으려 했다.

나는 몸을 돌려 결연히 그곳을 떠났다.

한밤의 대로를 배회하면서 색색의 네온사인이 연이어 꺼져가는 것을 보았다. 방금 전 마지막 전차가 궤도를 달려 지나가버렸고, 나이트클럽 입구에는 술에 취한 웃음소리가 선명하게 들려왔다. 나는 술을 마시고 싶어서 도로를 건너갔는데 구둣발 울리는 소리에 놀라 심장이 쿵쾅거렸다. 그다음에는 떠들썩한 분위기에 포위되었다. 술, 노래, 여자가 섞여 있었고, 드럼 소리가 푸른 연기 속에서 흥분을 붙잡고 있었다. 종업원이 세번째로 술을 들고 왔을 때 나는 한쌍의 익숙한 눈동자를 보았다.

—아저씨였어요? 씨마레이가 물었다.

—그래.

—혼자예요?

—나는 늘 혼자 여기 와.

—춤출래요?

—못 춰.

—춤도 못 추면서 여긴 왜 와요?

—술 마시러.

—술 한잔 사줄래요?

—싫어.

—왜 그리 쩨쩨해요?

—네 나이에는 담배도 피워선 안되는 거야.

—기억나세요?

—뭘?

—제가 결심하지 않았더라면 전 벌써 엄마가 됐을 거라는 걸요!

말하는 중에 그녀는 종업원에게 마티니 한잔을 시켰다. 그런 후 내게 여러가지를 물었다. 그녀는 내게 어디 사느냐고 물었고, 나는 곧 이사할 거라고 대답했다. 그녀는 내게 아직도 무협소설을 쓰느냐고 물었고, 나는 안 쓴다고 대답했다. 그녀는 내게 마음을 알아주는 여자친구를 찾았느냐고 물었고, 나는 못 찾았다고 대답했다. 그녀는 내게 이전처럼 그렇게 술 마시기를 좋아하느냐고 물었고, 나는 술 취하는 때가 비교적 적다고 대답했다. 마지막에는 씨마 부부에 대해 이야기했는데, 그녀가 말했다.

—마카오로 도박하러 갔어요.

씨마레이는 잘못 인쇄된 우표가 오히려 희귀한 것처럼 그렇게 성격이 특이한 여자애였다. 그녀가 웃을 때면 웃음소리가 아주 컸다. 담배를 피울 때면 염세적인 늙은 창부 같았다. 그녀의 부모가 마카오에 가고 없자 그녀는 흥분하여 막 새장에서 나온 새와 다를 바가 없었다.

활짝 핀 장미는 소나기를 두려워하지 않는 법일까?

마티니 석잔이 간을 키워놓았다.

그녀는 나를 무대로 끌고 갔다. 나는 춤출 줄 몰랐다. 우리는 사람들 틈에 서서 서로 부둥켜안고만 있었다. 나는 이게 어떤 힘인지 알 수 없었다. 어쩌면 '쌕소폰'이 우리를 한데 묶어놓았는지도 모른다. 처음으로 나는 조금이나마 함께 춤추는 맛을 보았는데 또다른 종류의 취기를 느꼈고 품 안의 씨마레이가 고양이인지 뱀인지 알 수가 없었다.

나는 취한 탓에 야식을 먹으러 가는 사람들이 언제 나갔는지도 몰랐다. 악단이 마지막 곡을 연주할 때는 이미 새벽 두시가 되어 있었다.

─우리 집에 갈래요? 그녀가 물었다.

─싫어.

─아저씨 집에 갈까요? 그녀가 물었다.

─싫어.

이 지나치게 성숙한 소녀를 끼고 나이트클럽을 나서서 인도를 따라 천천히 걸었다. 내 마음속에는 가고 싶은 곳이 없었다. 다만 집으로 가고 싶지는 않았다. 공기는 무료다. 어둠은 간담을 키워놓는다. 그러나 나는 겨우 삼할쯤 취했을 뿐이다. 사랑의 모조품을 이용하여 소녀의 진정을 빼앗고 싶지는 않았다.

모든 것이 아름다웠다. 야비한 생각만 없다면.

씨마레이의 눈에서는 열정이 불타고 있었다. (열일곱살짜리의 욕망이 소나무보다 더 노숙하다.) 나는 진저리를 치면서 바닷바람 때문이라고 생각했지만 실은 감정 때문이었다.

바다는 아주 아름다웠다. 가우롱의 수많은 집의 불빛은 아주 아름다웠다. 해상의 선박은 아주 아름다웠다. 씨마레이 역시 아주 아름다웠다.

(하지만 그녀의 욕망은 신경과민증을 앓고 있어. 나는 생각했다. 나는 그녀에게서 무엇을 얻을 수 있을까? 그녀는 내게서 또 무엇을 얻을 수 있을까?)

그녀는 고독한 여자애 같지는 않았다. 하지만 그녀의 행동은 쓸쓸한 중년보다 더 무서웠다.

─시간이 늦었어. 내가 말했다. 집까지 바래다줄까?

─좋아요.

그녀의 시원스러움에 나는 놀랐다. 하지만 해석이 안되었다. 차에 탄 후 나는 그녀가 나의 뜻을 잘못 이해했다는 것을 알아차렸다. 나는 그녀에게 말해줄 수 없었다. 그건 열매를 맺을 수 없는 꽃이라고. 나는 필히 냉정을 유지해야 했다. 그녀는 한마리 아름다운 야수가 되어 사랑을 먹을거리로 여긴다. 나는 마귀에게 액운을 예약하고 싶지 않았다. 그저 밤바람이 나의 두뇌를 깨어 있도록 해주기를 바랄 뿐이었다. 밤은 죄악이다. 오직 밤바람만이 참으로 순결하다.

씨마레이의 집 문 앞에 이르렀을 때 씨마레이는 명령하는 어투로 나에게 내리라고 했다. 나는 마음속으로 십자가를 그으며 차에서 내렸다. 동쪽 하늘은 희끄무레한 색을 띠었고, 씨마레이의 갈색

머리카락은 어지럽게 바람에 날렸다. 나는 약간 두려워서 문 앞에
선 채 들어가기를 주저했다.

—집엔 아무도 없어요. 그녀가 말했다.

—날이 곧 밝을 거야. 난 집으로 가고 싶어.

—들어가서 한잔해요.

—더 마시고 싶진 않아.

그녀는 아주 화가 났고, 눈에서 분노의 불길이 쏟아져나왔다. 뒤
돌아 핸드백 속에서 열쇠를 꺼내 문을 열고는 안으로 들어가더니
쿵 하고 대문을 닫아버렸다.

('신세기병' 환자로군. 나는 생각했다.)

(나도 그래.)

두 손을 주머니에 넣고 아무런 목적지도 없이 인도를 따라 일정
하게 걸음을 옮겼다.

길거리 음식점에서 돼지내장죽 한그릇을 먹었다. 동녘에는 벌써
등적색의 아침노을이 나타났다. 노동자들이 페리 부두로 가고 있
었고 미풍이 시장의 생선 비린내를 실어왔다. (여자 넷 모두가 신
세기병 환자로군. 나는 생각했다.)

나는 이사하기로 결정했다.

나는 정신을 집중해서『전위문학』을 펴내기로 결정했다.

집으로 돌아오니 윙샷 혼자 응접실에서 울고 있었다.

—왜 우니?

—엄마가 병원으로 실려갔어요.

—왜?

—데톨을 반병이나 마셨어요.

18

나는 코즈웨이베이의 어느 새 건물에 있는 방을 찾아냈다. 7×8, 상당히 작았지만 남향 창이 두개 있었다. 주인은 성이 레이였다. 중년 부부인데 아이는 없고 백발의 노모가 있었다. 레이 선생은 보험일을 하는데, 응접실의 가구만 봐도 그의 수입이 괜찮다는 걸 알 수 있었다. 레이 선생 부인은 아주 여위었으며 말이 음전했다. 다만 레이 씨네 할머니는 행동이 조금 이상해서 종종 아무 이유도 없이 웃고는 했고 아무 이유도 없이 눈물을 흘리고는 했다.

19

『전위문학』의 준비작업은 아주 순조로워서 등록증도 빌렸고 호문이 그의 모친으로부터 오천 위안도 가져왔다. 호문은 나를 '다이마루 까페'로 불러 애프터눈 티를 먹으며 몇가지 일을 논의했다.

잡지의 창간호 원고와 관련해서 나는 가상의 목차를 제시했다.

(A) 번역 부문은 다음의 우수작을 잠정 선정한다. (1) 그라몽의 「내가 아는 프루스뜨」, (2) 조이스의 편지, (3) 토머스 하디의 미발표 시 다섯수, (4) 에드워드의 「런던에서의 스땅달」, (5) 헨리 제임스의 「에밀 졸라의 『나나』에 관해서」, (6) 꼭또의 단편소설 「인간의 소리」, (7) 씽어의 단편소설 「아직 태어나지 않은 자의 일기」.

(B) 창작 부문에서 우수한 신시와 논문은 찾기가 어렵지 않지만 독창적이고 시대적 의의가 풍부한 창작소설은 찾기가 어렵다.

막호문은 부족할망정 함부로 싣지 말 것을 주장하면서 우수한 창작을 찾지 못하면 일단 창작을 게재하지 말자고 했다. 그의 관점에 따르면, 중국인의 두뇌가 외국인보다 뛰어나지는 않다 하더라도 결코 외국인보다 못하지는 않다. 문제는 우리의 여건이 너무도 나빠서 작가에 대한 독자들의 성원이 결여되어 있고, 작가들은 생활을 위해 자신의 소망에 위배되는 글을 쓸 수밖에 없다는 점이다. 가령 예술적 양식을 가진 작가들이 자신의 잠재력을 믿고 그 어떤 장애도 두려워하지 않으면서 문화건달들의 악의적인 중상을 무시하고 앞으로 나아간다면, 현재 쇠퇴하고 있는 중국의 문예는 아마도 부흥의 기회를 가질 수 있을 것이다.

— 전 오로지 무협소설이나 '성 문제 박사에게 보내는 편지'만 읽는 독자들을 대상으로 하고 싶지는 않아요. 호문이 말했다. 만일 이 잡지 출간 후 독자가 한명밖에 없다 하더라도 그 독자가 확실히 이 잡지로부터 풍부한 영양을 얻게 된다면 우리의 정력과 금전 역시 헛된 낭비는 아닐 겁니다. 이게 우리의 취지입니다. 설령 자본을 몽땅 까먹는다 하더라도 이는 결코 바꿀 수 없습니다. 홍콩에는 학문이 있고, 예술적 양식이 있고, 진지한 작업태도를 가지고 있는 문학가와 예술가가 없지 않습니다. 단지 굳센 의지를 가진 문예가가 많지 않을 뿐입니다. 선생님이 좋은 예죠. 선생님의 두뇌와 재주라면 좋은 작품을 써내는 것이 어렵지 않습니다. 다만 선생님은 강인한 의지가 없는 거죠. 선생님은 굶을 수도 없고 또 무지한 자들의 조롱을 견딜 수도 없어서 생활을 위해 그렇게 많은 정력을 낭비하시는 거죠. 이제 이 『전위문학』을 내면서 제가 돈을 손해볼 각오를 하는 것은 다른 데 목적이 있는 게 아니라 일종의 분위기를 조성해서 예술적 양식이 있는 사람들의 각성을 촉구하자는 겁니다.

이런 말들이 호문의 입에서 흘러나오는데 한편의 창간사나 다름없었다. 나는 깊이 감동했다.

'창간사'를 거론하자 그는 나더러 그 글에서 5·4 이래의 문학적 성과와 결함에 대해 불편부당한 검토를 하면서 순수한 태도로 차후 문예 종사자들이 인식해야 할 정확한 방향을 제시해달라고 했다.

나는 승낙했다.

그다음에 막호문은 나더러 깊이가 있으면서도 알기 쉽게 별도로 논문을 한편 더 써서 문예 종사자들이 왜 반드시 내재적 진실을 탐구해야 하는지를 밝혀달라고 했다.

이밖에 호문은 내게 현 단계의 중국 신시에 대한 견해를 좀 말해달라고 했다.

나는 말했다.

―신시의 길은 하나가 아닐세. 나는 압운에 반대하네. 운율은 일종의 불필요한 장식이기 때문일세. 나는 조형으로 시의 회화성을 강화하는 것에 반대하네. 그건 일종의 불필요한 과시이기 때문일세. 나는 격률시가 이미 낙후했고, 조형시 역시 정상적인 길은 아니라고 생각하네. 음악가가 외재적 압력에 대응할 때면 아주 자연스럽게 음표에 호소하고, 화가가 외재적 압력에 대응할 때면 아주 자연스럽게 색채에 호소한다네. 시인이 외재적 압력에 대응할 때면 당연히 아주 자연스럽게 문자에 호소해야 하네. 과도하게 꾸미는 건 시적 본질과 시적 상상의 완전성을 해치는 걸세.

―신시가 이해하기 어렵다는 데 대해선 어떻게 생각하시나요? 호문이 물었다.

―이 질문에 답하기 전에 먼저 시가 어떻게 탄생했는지를 알아야 하네. 내가 말했다. 시인이 외재적 세계의 압력을 받으면 내재적

감응으로 응답하고 이로써 시가 탄생하게 되는 걸세. 시는 거울일세. 내면에 들어 있는 거울이지. 그것이 반영하는 외재적 세계는 실제의 외재적 세계와는 다르네. 이런 상황은 각각의 시에 음악적인 요소가 들어 있지만 음악과 동일하지 않은 것과 같네. 내면세계란 지극히 혼란한 세계일세. 따라서 시인이 외재적 압력에 대응할 때 문자를 통해 표현하게 되면 통상 혼란스럽고 이해하기 어려우며 심지어는 납득할 수가 없게 되는 걸세.

　─만일 어떤 시가 납득하기 어렵다면 독자로 하여금 어떻게 받아들이도록 하나요? 호문이 물었다.

　─납득하기 어렵다는 것이 반드시 납득할 수 없다는 말은 아닐세. 시인에게는 선택의 자유가 있네. 그들은 자신만의 언어를 선택할 수 있지. 그런 언어를 설사 독자들이 받아들이지 못하거나 전혀 다른 해석을 한다 하더라도 문제가 되지는 않는다네. 사실 시의 기본원리 중의 하나가 독자에게 어떤 시에 대해 그 자신의 이해와 공감을 선택하도록 하는 것이기 때문일세.

　─그런 식으로 말한다면 우리는 두뇌에 의지해서 시를 쓸 필요가 없겠네요?

　─초현실주의 시는 논리에 부합하지 않는 말들을 연결하여 이루어지는데, 환상과 잠재의식의 과정을 표현하려는 데 목적이 있다네. 후스는 그런 시를 가리켜 이성을 중시하지 않는 시라고 했는데, 실은 순수하게 정신적인, 통제 불가능한 표현일 따름이네. 내 생각에 이해하기 어려운 시는 수용할 수 있지만 이해할 수 없는 시는 반드시 지양해야 하네.

　─선생님의 뜻은 시인은 여전히 이지를 통해 시를 써야 한다는 건가요?

—그렇다네. 내면의 진실을 탐구할 때 단순히 감각에만 의지하거나 납득할 수 없는 신기함에만 의지한다면 나아갈 길을 찾지 못할 걸세.

—신시에 대해선 어떻게 생각하세요?

—첫째, 신시가 만일 '어슷비슷한 현상'을 보인다면 우려할 만한 일이네. 둘째, 어법에 주의해야 하네. 셋째, 시인들이 어휘가 부족하더군. 시인들은 특히 어떤 관용적인 명사를 즐겨 사용하는 것 같아. 넷째, 대부분의 시에서 과도하게 이성이 결여되어 있네. 다섯째, 시인들은 애써 서구화된 새로움을 추구하거나 심지어 시 속에 외국 문자를 집어넣으면서 시의 민족성을 소홀히 하더군…… 다만 나의 관점은 아주 표면적인 것이어서 반드시 맞다고 할 수는 없네.

—우리의 『전위문학』에도 신시를 실어야 하지 않을까요?

—시는 문학의 기본 장르니 안 실으면 안되지.

—시 선택과 관련해서 『전위문학』은 무얼 기준으로 해야 할까요?

—우수하기만 하면 모두 실어야지. 우리는 몇몇 시잡지들처럼 새롭고 기발하긴 하지만 언어적 체계에 위배되는 그런 시만 실어서는 안되네. 특히 홍콩의 일부 '청년마당'식의 문예잡지가 병도 없이 앓는 소리나 하면서 행만 나눠놓은 산문을 싣는 그런 걸 따라 해서는 안되네. 요컨대 시의 길은 하나가 아니므로 독특한 개성이 있는 시작품이라면 무조건 실어야 하네.

—독특한 개성이 있다는 말은 서양 문예사조의 영향을 전혀 받지 않았다는 것을 뜻하나요?

—아닐세. 내 뜻은 우리가 서양문학의 정수를 수용해서 소화할 수는 있지만 그다음에는 어떻게든 그런 전통에서 벗어나 독특한 개성을 창조해내야 한다는 것일세.

─이게 시를 선택하는 우리의 태돈가요?

─이게 원고를 선택하는 우리의 태도일세.

막호문은 이런 태도로 원고를 선택하는 데 찬성하면서도 좋은 작품을 찾기가 쉽지 않을까봐 걱정했다. 나는 먼저 광범위하게 원고 모집작업을 펼친 다음 출판일자를 정하자고 제안했다.

막호문은 원로 작가들에게 창작 경험담 따위의 글을 청하자고 주장했다. 이유인즉슨 젊은 작가들에게 조금이나마 글쓰기에 도움을 줄 수 있다는 것이었다.

─예를 들어볼게요. 그가 말했다. 어떤 젊은 작가들은 일인칭의 사용에 대해서 잘 이해하지 못하고 있어요. 그저 문장 속의 '나'는 무조건 작가 자신이라고 여기죠. 사실 이건 틀린 생각입니다. 루쉰은 일인칭으로 「광인 일기」를 썼지만 글 속의 '나'는 당연히 루쉰이 아니죠. 만일 그렇다면 루쉰은 광인이 되고 말잖아요? 얼마 전에 신문사의 어떤 동료와 나는 이 문제에 대해 말한 적이 있어요. 제가 그랬어요. 일반인들은 『데이비드 코퍼필드』가 디킨스의 자전적 소설이라고만 생각하는데 우리가 알다시피 데이비드 코퍼필드가 곧 디킨스는 아니죠. 후자가 비록 자신의 감정과 삶을 일부 데이비드 코퍼필드에게 빌려주기는 했지만 데이비드와 디킨스는 절대로 동일인이 아니죠.

─그런 건 간단한 소설원리 중 하나일세. 뭘 그런 걸 해석하는 데 지면을 낭비하나? 우리의 지면에는 한계가 있으니 더 가치있는 글을 실어야 하네. 자네가 제기한 '일인칭' 문제는 독서경험이 조금이라도 있는 사람이라면 이해하지 못할 리가 없네. 자네의 그 동료는 틀림없이 장회체소설이나 무협소설을 너무 많이 봐서 그런 식으로 생각하는 걸 거야. 우린 그런 독자들에게까지 신경 쓸 필요

는 없네. 만일 이런 점도 모른다면 어떻게 그들이 우리가 제창하는 새로운 문학을 받아들이기를 기대할 수 있겠는가?

막호문은 고개를 끄덕이며 나의 관점에 동의했다.

표지 도안을 의논하면서 나는 가장 혁신적인 중국화 화가의 작품을 택하자고 주장했다.

──자오우지나 뤼서우쿤의 작품이야말로 잡지가 요구하는 바에 아주 부합하네. 그들의 작품은 동양적인 의미가 농후할 뿐만 아니라 독창적이기까지 하네. 그들은 중국 고전회화예술의 전통을 계승하면서도 최종적으로는 또 이 전통에서 벗어나 남들과는 다른 그림을 그려냈다네. 규범에 구속되지 않고 낡은 수법에 얽매이지 않으면서도 혁명성을 가지고 있어서 작품마다 성취한 바가 모두 이전 사람들이 상상도 못하던 것일세. 우리가 창간할 『전위문학』 은 새로운 작품의 게재를 취지로 하니까 자오우지와 뤼서우쿤 두 사람의 작품을 표지로 쓴다면 우리의 정신을 가장 잘 대변하게 될 걸세.

막호문은 이 제안에 아무 반대도 하지 않았다. 단지 일반 독자들이 받아들이지 못할까봐 염려할 뿐이었다.

──우리는 일반 독자들을 목표로 하는 게 아닐세. 내가 말했다. 우리는 필히 현재의 세계적 문예추세를 분명히 알아야 하네. 내재적 진실을 탐구하는 것은 문학가의 중대한 임무일 뿐만 아니라 이미 여타 예술 분야에서도 주요 목표가 되었네. 다른 건 관두고 최근 홍콩에서 본 두가지 예만 들어보겠네. (1) 베를린 발레단이 홍콩에서 공연을 했는데 프로그램에 '추상'이라는 제목의 작품이 있었다네. 즉흥적으로 예를 든 것이기는 하지만 발레의 새로운 추세를 설명해주는 것일세. (2) 헝가리 사중주단이 홍콩에서 연주할 때

도 Webern의 추상화식 악장을 보여주었다네. 작곡가가 아주 간단한 소리로 그의 생각을 표현해내는 것이지. 다른 예술 분야, 예컨대 회화니 조각이니 문학이니……하는 데서도 추상예술은 이미 진보적인 사람들이 노력하는 방향이 되었네. 그러니 비록 일반 독자들이 추상적인 중국화를 받아들이지 못한다 하더라도 우리가 물러설 수는 없는 걸세.

막호문은 담배 한개비를 피워물더니 한동안 생각한 후에 말했다.

—저는 문자로 내면의 이미지를 그려내는 데 반대하지 않아요. 하지만 우리가 황당무계한 그런 문자유희를 실어선 안되겠지요.

20

새집은 조용한 곳이었다. 이 조용함이 소설에 대한 나의 실험작업을 아주 순조롭게 진행할 수 있도록 해주었다. 나는 세개의 공간으로 한 여인의 마음을 표현하고자 했다. 비록 이상과는 여전히 거리가 있지만 그래도 절반은 완성했다. 나는 술을 끊지 못했다. 그렇지만 제법 한동안 심하게 취하는 일은 일어나지 않았다. 레이 선생 부부도 내게 아주 잘해주었다. 다만 할머니의 행동은 나를 아주 놀라게 만들었다. 그녀는 종종 혼잣말을 했다. 종종 자기 방에 틀어박혀 불도 켜지 않고 멍하니 어둠속에 앉아 있었다. 종종 눈물을 흘렸다. 그래서 나는 레이 선생 부부에게 물어보았는데 그들은 언제나 한숨으로 대답을 대신했다. 어느날 레이 선생 부부는 지인의 생일잔치에 참석하러 쎈트럴의 한 음식점에 가고 집에는 할머니와 나 두사람만 남게 되었다.

내가 원고를 쓰고 있을 때 할머니가 들어왔다.

─신민아, 너무 열심히 하진 마라. 그녀가 떨리는 목소리로 말했다.

고개를 돌려 보니 할머니의 얼굴은 웃고 있었지만 오싹한 느낌을 주었다. 초점 없는 두 눈은 불을 켜지 않은 전등 같았다. 이는 누르스름했는데, 앞니 하나가 빠져서 보기에 아주 거북했다. 회백색의 머리카락은 부스스해서 노점상이 파는 솜사탕과 아주 흡사했다.

─할머니, 저는 여기 세 든 사람입니다. 신민이 아닙니다.

할머니는 손가락으로 눈을 비비더니 내 앞에 서서 계속 아래위로 훑어보았다. 그녀는 말을 하지 않았다. 나도 말을 하지 않았다. 한참이 지나자 그녀의 얼굴에 눈물이 흘러내렸다.

무어라고 말하기 어려운 감정이 내 마음속에서 불꽃처럼 타올랐다. 나는 하는 수 없이 펜을 내려놓고 옷을 갈아입은 다음 술 마실 곳을 찾아나섰다. 나는 나 자신을 잊어버리고 싶었다. 종업원이 위스키를 가져왔을 때 생각이 두 나래를 펼쳤다. 현대적 재즈의 리듬이 물고기처럼 공중을 떠다녔다. 그런 뒤 한쌍의 익숙한 눈이 나타났다.

─오랜만이에요. 그녀가 말했다.

─그러네요. 오랜만이네요.

─오늘 저녁에 시간 있어요?

(또 내게 싸구려 사랑을 팔려는 거군. 나는 생각했다.) 홍콩에서는 곳곳에서 싸구려 사랑을 판다. 하지만 나는 햇빛 아래의 주름살이 겁난다. 나는 그녀에게 술이나 한잔 사며 진실하지 않은 웃음을 감상할 수밖에 없다.

─오해하셨어요. 그녀가 말했다.

─무슨 오해요? 내가 물었다.

─내 말은 오늘 저녁에 시간 있으면 소개시켜주고 싶은 사람이 있다는 거예요.

─누군데요?

그녀는 고개를 젖혀 단숨에 술을 마신 후 눈을 가느다랗게 뜨고 네 글자를 말했다.

─제 딸애요!

(얼마나 추악한 '공헌'인가! 좋은 시절이 다 가버린 중년 여자가 화장으로도 늙은 걸 감추지 못하자 이제 딸의 청춘까지 팔아먹을 생각을 하다니.)

나는 종업원에게 계산을 하겠다고 하고는 부자연스러운 거짓 웃음을 분노로써 거부했다. 거리는 가위눌림이다. 야수성과 눈길의 수색 그리고 자동차의 경적소리가 한폭의 기기괴괴한 그림을 이루고 있다. 감정은 장애인이다. 마귀가 교활하게 웃고 있다. 내가 귀가했을 때 할머니는 이미 잠들어 있었고 레이 선생 부부는 응접실에서 생일잔치에 대한 소감을 이야기하고 있었다. 나는 마음속의 의문을 풀어야만 했다.

─신민이 누군가요?

내 말을 듣자 레이 선생 부부의 눈에 갑작스러운 놀람이 떠올랐다.

─우리 형 이름입니다.

─지금 어디 계시는데요?

─충칭에 있을 때 일본 비행기의 폭격에 돌아가셨어요.

이어서 레이 선생은 방으로 들어가서 누렇게 퇴색한 사진을 들고 나와 말했다.

—그때 형님은 겨우 스무살 남짓이었죠. 막 충칭 대학을 졸업하고 자원위원회의 직원으로 있었습니다. 결혼은 안했고 천부적으로 아주 총명했어요. 모친이 너무나 아끼던 터라서 그만……

21

나는 취했다.

(성탄절이 벌써 지났군. 오늘은 따스하거나 시원한 동남풍 내지 동북풍이 불겠지. 운전사들은 여자애들을 데리고 호텔방에서 사랑을 나눌 거야. 남와팀은 경찰팀을 이길 거고. 이틀이 지나면 또 경마를 할 거야. 다시 이틀이 지나면 양력 설날이야.)

(대표들이 또 필리핀으로 회의하러 가는군. 필리핀은 노래도 있고 술도 있고 예쁜 여자도 있는 좋은 곳이야. 대표들은 바기오에 들르겠지. 바기오의 풍경은 아주 멋지겠지. 날씨도 아주 시원하고. 피서하기에 좋은 곳이라고 하는데 여자 사냥하기에도 아주 좋아. 대표들은 직함도 많아. 홍콩을 대표하니까. 중국도 대표하고. 작품이 있고 없고는 또다른 문제야. 하지만 몸에 금촉의 파커 61을 꽂지 않을 수 없겠지.)

(대표들은 이번에 멀리 남양으로 가는데 책임이 막중해. 소위 '전통성'을 토론해야 할 뿐만 아니라 소위 '현대풍'도 토론해야 하거든.)

(몇년 전에 파커 61을 꽂고 런던으로 회의하러 갔던 어느 '대표'가 생각나는군. 어떤 사람이 물었지. 제임스 조이스의 작품에 대해서 어떻게 생각하느냐고. 그는 금세 근엄한 얼굴 표정을 지으며 입

144

을 굳게 다물었다가 목소리를 가다듬은 후 말했지. "난 신진 작가에 대해선 별로 신경 쓰지 않소!")

(이제 홍콩을 대표함과 동시에 중국을 대표하는 이 '작가들'께서 호호탕탕하게 '전통성'과 '현대풍'을 토론하러 필리핀으로 가시는 거야!)

(이런 문제는 당연히 토론해야. 그런데 왜 이제야 연구하는 거지? 전족을 한 할멈도 홍콩에 오면 하이힐을 신고 현대화되고 싶어지는 건가? 아니면 전족을 한 할멈에겐 하이힐이 너무 불편하니 아예 '복고'의 기치를 내세워 전체 홍콩 여성에게 모조리 전족을 하게 해서 외국 관광객을 불러들이는 일종의 '특색'으로 삼으려는 걸까?)

(몇년 전에 대표들이 외국에 회의하러 간 일이 생각나는군. 여비가 없어서 여기저기서 구걸해 어렵사리 팔백 달러를 모았는데 결국 골고루 나눠갖지 않아서……)

(대표들은 작품은 없지만 그래도 피진 잉글리시를 그럭저럭 몇 마디 할 수는 있겠지. 그러니 아시아의 '고명하신 분'들이 모두 한자리에 모였을 때 세계적으로 이름 높은 홍콩의 재봉사가 만든 날선 맞춤양복을 입고 금촉의 파커 61을 꽂은 채 단상으로 나아가겠지. 마이크에 대고는 이태백이 어떠니 두보가 어떠니 하며 되는대로 한 말씀 하실 거고, 공손히 귀 기울여 듣고 있는 '고명하신 분'들께서는 틀림없이 탄복해 손바닥이 아플 정도로 박수를 치실 거야.)

(대표들은 진심으로 중국 문예가 '부흥'하기를 바라겠지. 하지만 회의가 시작되면 달러를 좇고 음식점에 가고 여자와 놀고 금촉의 파커 61로 싸인을 하고…… 신나는 일이 더 많을 것 같군.)

(어떤 대표들은 '잭 런던'이라는 이름도 못 들어봤을 거야.)

('잭 런던'을 모르는 건 그래도 괜찮아. 이번 회의장소가 미국이 아니라서 누군가가 갑자기 그들에게 Juan Ramon Jimenez의 작품에 대해 어떻게 생각하느냐고 물을 수도 있을 텐데, 만일 지난번처럼 "신진 작가에 대해선 별로 신경 쓰지 않소!"라고 대답한다면 그야말로 외국인들을 웃겨 죽이는 게 아니겠어?)

(대표들은 홍콩을 대표하는 중국 작가야.)

(홍콩은 문화사막일까? 그렇지도 않아. 만약 대표할 수 있는 '대표'를 도저히 선발할 수 없다면 차라리 무협소설 작가 몇사람을 대표로 뽑으면 그럴싸할 거야. 최소한 그들은 작품이 있는 작가들이니까.)

(홍콩은 정말 이상한 곳이야. 작품이 없는 '작가'들이 비행기를 타고 외국에 회의하러 가서 소위 '전통성'이니 '현대풍'이니 따위를 토론하니까.)

(조이스를 신진 작가라고 했던 '대표'들이 '현대풍'을 토론할 때 무슨 대단한 말씀을 하실지 모르겠군.)

(홍콩의 날씨는 이미 추워지기 시작했는데 필리핀의 기온은 여전히 화씨 80도가 넘는군. 야자수 아래에 서서 눈으로는 지는 태양 아래의 바닷물이 황금색 비늘을 번쩍이는 걸 보고 귀로는 칠현금을 뚱땅거리는 소리를 들으며 손으로는 필리핀 소녀의 가는 허리를 휘감으면서 '전통'에 위배되는 행동을 한다면 어쨌든 홍콩의 사무실에 앉아 있는 것보다 훨씬 자극적이겠지.)

(그래, 대표들이 또 회의하러 필리핀에 가는군. 필리핀은 노래도 있고 술도 있고 예쁜 여자도 있는 좋은 곳이야.)

(우리 '작가들'이 성취가 없다고 누가 그래? 이번 회의만 두고 말해도 우리에겐 두 '대표단'이 있어. 하나는 중국을 대표하는 작

146

가고 다른 하나는 홍콩을 대표하는 중국 작가지.)

　(이렇게 생각하니 장차 다시 회의를 할 때 우리가 서른개의 대표단을 보낸다 하더라도 놀랄 일은 아닐 거야. 우리는 중국을 대표하는 대표단과 홍콩의 중국 작가를 대표하는 대표단을 보내는 것 말고도 만일 신이 난다면 또 말레이시아의 중국 작가를 대표하는 대표단, 싱가포르의 중국 작가를 대표하는 대표단, 보르네오의 중국 작가를 대표하는 대표단, 브라질의 중국 작가를 대표하는 대표단, 빠나마의 중국 작가를 대표하는 대표단, 과떼말라의 중국 작가를 대표하는 대표단, 남아프리카공화국의 중국 작가를 대표하는 대표단, 캐나다의 중국 작가를 대표하는 대표단, 트리니다드의 중국 작가를 대표하는 대표단, 뻬루의 중국 작가를 대표하는 대표단……을 보낼 수도 있을 거고, 그때가 되면 우리는 『율리시스』와 『잃어버린 시간을 찾아서』의 문학적 가치를 부정하면서 그것들을 비정통적인 것이라고 배척하고, 이단적인 것이라고 배척하고, 심지어는 그것들을 '니미럴' 작품이라고 배척할 거야. 그다음에 "전세계 문학애호가 동지들은 필히 당시唐詩와 송사宋詞에 능통해야 한다"는 제안을 통과시켜서 스웨덴 한림원 위원 열여덟명이 중국의 팔고문八股文[30] '작가'에게 노벨문학상을 수여하도록 건의할 거고.)

　(이건 몽상이 아니야.)

　(만일 작품 없는 '작가'들이 세계 문단을 주름잡고자 한다면 여비만 좀더 내놓아도 원하는 대로 할 수 있을 거야.)

　(그래서 대표들이 또 회의하러 필리핀에 가는군. 성탄절은 이미

---

30 명·청 시기에 주로 과거의 답안을 기술하는 데 사용된 문체. 워낙 속박이 많아서 내용 없는 형식적인 글이 되기 쉬웠고, 이로 인해 후일 내용 없는 상투적인 글을 대표하는 말이 되었다.

지났어. 오늘은 따스하거나 시원한 동남풍 내지 동북풍이 불겠지. 운전사들은 여자애들을 데리고 호텔방에서 사랑을 나눌 거야. 남와팀은 경찰팀을 이길 거고. 이틀이 지나면 또 경마를 할 거야. 다시 이틀이 지나면 양력 설날이야.)

나는 취했다.

22

재봉틀의 긴 바늘이 뇌리의 생각을 하나로 봉합해버리려고 한다. 취했다가 깰 때 드는 필연적인 느낌이다. 비록 견디긴 어렵지만 그래도 습관이 되었다. 침대에서 일어나니 눈앞이 온통 흐릿하다. 반쪽짜리 빛무리의 분열에 눈길이 어지럽다. (나는 반드시 술을 끊어야 해. 나는 생각했다.) 블라인드를 여니 흐리터분한 아침이었다. 입안은 쓰기가 짝이 없어서 아무것도 먹고 싶지 않았다. 이름 모를 비애가 불완전한 퍼즐 그림처럼 나를 이름 모를 번뇌에 빠져들게 한다. 날씨가 추워져서 헌 솜옷을 꺼내야 했다. 홍콩 사람들은 겨울이 되면 이런 특별한 옷차림을 좋아한다. 반코트, 양복바지, 가죽구두에 단추를 열어 새하얀 와이셔츠를 드러내는데, 종종 꽃무늬가 색다르고 색깔이 선명한 넥타이를 매기도 한다. 나는 남양으로 가면서 이미 겨울철 양복과 코트를 남에게 줘버렸다. 돌아온 후로는 새 옷을 맞출 돈이 없어 싸이완에서 헌 솜옷을 사 여러해 겨울을 버텼다. 홍콩의 겨울은 여름보다 훨씬 좋다. 말은 춥다고 하지만 영원히 눈은 오지 않는다. 북방에서 온 나그네로서 나는 홍콩의 겨울에 대해 특별한 호감을 가지고 있다. 그래서 쩡라이라이에게 전화를 걸었다. 늦게 일어나는 습관을 가진 그 여자는 나의 목소리를 듣자마자 성질을 냈다. 어젯밤에 제야의 파티에 참석했다가 날이 밝아서야 귀가했다고 한다. 나는 원래 그녀에게 돈을 좀 꾸려고 했으나 말을 꺼낼 용기가 없어서 전화를 끊어버렸다. 내가 한숨을 쉬며 무료해하고 있을 때 누군가가 가볍게 방문을 두드렸다. 문을 열어보니 레이 씨네 할머니였다. 그녀는 손에 돼지간죽을 들고서 금방 끓인 것이니 뜨거울 때 먹으라고 했다. 나는 먹고 싶지 않았다. 하지만 그녀의 눈에 투명한 눈물방울이 맺혀 있는 것을 보았다. 그녀가 말했다.

──신민아, 넌 어떻게 아직도 이렇게 고집스럽니? 돼지간죽은 몸에 참 좋단다. 엄마 말을 들어. 얼른 먹어.

(불쌍한 노인. 나는 생각했다. 그녀는 나를 자신의 아들로 생각하고 있는 것이다. 사실 나 자신도 어찌 안 불쌍한가? 혈혈단신으로 이 조그만 섬에 기생하면서 주정뱅이가 되어 현실에서 도피하기를 바라면서도 또 어쩔 수 없이 현실과 부딪쳐야 하니.)

나는 돼지간죽을 먹었다.

나는 한그릇 따스함을 먹었다.

그건 한 정신병자의 자비였지만 내게는 잃어버린 물건을 되찾은 듯한 느낌을 주었다.

신문을 뒤적거리다가 경마일인 것을 알게 되었다. 나는 정말 일말의 자극이 필요했다. 하지만 자극도 홍콩에서는 일종의 사치품이다.

'홍콩뉴스' 면에서 한가지 흥밋거리 기사를 보았다. 열일곱살짜리 여자애와 마흔두살의 중년 남자 사이에 관계가 있었고 그녀의 부모가 몹시 화가 나서 이 중년 남자를 경찰서에 집어넣었다. 그러자 여자애는 이에 불만을 드러내며 신문사에 가서 가족과 절연한 다는 광고를 내려고 했는데, 신문사 측은 그녀가 아직 합법적인 연령이 되지 않은 것을 보고 접수를 거절했다는 것이다.

이 여자애는 다름 아닌 씨마레이였다.

나는 탄식을 하다가 문득 엘비스 프레슬리, 트위스트, 제임스 딘, 싸강의 소설, 서인도 제도의 낙조, 새둥지 같은 머리 스타일, 신세기병, 아열대 기후……등이 떠올랐다.

신문을 탁자 위에 내던지고 담배를 한대 피워물었다. 두어모금 피운 다음 기다란 담배 개비를 재떨이에 비벼 껐다.

시간이 좀 흐른 뒤에 감정이 가라앉자 이워스트리트 입구에 서 있는 나 자신을 발견했다. 그곳은 번화한 곳으로 오전인데도 오고 가는 사람들로 북적거렸다. 자동차는 꼬리를 물고 엄마들은 조금이라도 일찍 해피밸리에 가고 싶어했다.

나는 돈이 없었다.

서둘러 젱라이라이의 집으로 갔다.

젱라이라이는 방금 일어나서 화장도 하지 않은 얼굴이었지만 그래도 예뻤다.

─얼마나요? 그녀가 물었다.

─삼백.

그녀는 말없이 일어나서 침실로 가더니 삼백 위안을 가져와 내게 주었다.

경마장의 식당은 특별히 붐볐다. 빈자리를 찾은 후 옆자리에 익숙한 한쌍의 눈을 발견했다.

엥로우였다.

햇빛이 반사되는 가운데 이 황당한 작은 고양이에게는 독약 같은 매력이 있었다. 나는 그녀의 웃음이 좋았다. 그것은 청춘의 비밀을 드러내고 있었기 때문이다.

―여섯시 십오분에 '메이시'에서 기다릴게요. 그녀가 말했다.

―남자친구는?

―물론 그 사람을 떼어버릴 방법은 있죠.

옝로우는 내게 자신의 이야기를 했다.

옝로우에게는 도박중독인 아버지가 있다.

옝로우에게는 반신불수인 어머니가 있다.

옝로우에게는 두 남동생과 두 여동생이 있다.

옝로우의 아버지는 도박에서 오백 위안을 잃고 돈을 지불하지 못하자 그 자리에서 차용증을 써서 주었다. 하지만 종내 이 빚을 갚을 도리가 없자 집주인 여자의 조언에 따라 옝로우더러 돈을 벌어오라고 하며 댄서를 시켰다.

옝로우는 춤을 출 줄 몰라서 댄스 학원에 다녔다.

옝로우는 아직도 슬로우록을 출 줄 모르지만 이미 처녀는 아니다. 춤선생이란 자가 색마여서 커피에 '스패니시 플라이'[31]류의 분말을 넣어 옝로우에게 먹였던 것이다.

옝로우는 화가 났지만 이미 엎질러진 물이었다. 옝로우가 왈츠를 배울 때 춤선생은 또다른 여자애를 꾀었다.

옝로우는 돈을 벌러 나섰으나 내놓을 카드가 없었다.

옝로우는 나이가 어렸다. 수많은 나이 든 손님들이 그녀에게서 잃어버린 청춘을 되찾고자 했다.

옝로우는 적지 않게 돈을 벌었다. 하지만 저축한 돈은 전혀 없었

---

31 최음제의 일종.

다. 그녀의 아버지는 전보다 더 심하게 도박을 했다. 골패, 마작, 경마, 카드, 주사위…… 안하는 도박이 없었다. 옝로우의 수입이 좋아지자 그녀의 아버지는 마카오까지 갔다.

옝로우의 어머니는 늘 울었다. 자신이 운이 나빠서 이런 쓸모없는 남편을 만났다면서.

옝로우의 남동생들과 여동생들도 늘 울었다. 남들에겐 맛있는 음식도 있고 재밌는 물건도 있는데 자기들에겐 없다면서.

옝로우는 어머니가 우는 걸 싫어했다. 남동생들과 여동생들이 우는 것도 싫어했다. 그래서 늘 늦게 들어갔다. 만일 나이 많은 손님이 잃어버린 청춘을 되찾고 싶다고 하면 옝로우는 거절하지 않았다.

옝로우는 그런 댄서였다. 겉으로 보기에 그녀는 열여섯살이 넘은 것 같지는 않았다. 하지만 그녀는 나이 든 마음을 가지고 있었다.

옝로우 역시 욕망이 있고 원하는 게 있다.

옝로우는 젊은 남자를 미워한다. 늙은 남자를 미워하는 것과 마찬가지로. 그녀는 중년을 좋아한다. 나와 같은 중년을 좋아한다.

옝로우는 우리가 처음 만났을 때를 아주 똑똑히 기억하고 있었다. 그녀는 내가 자신에게 했던 말들을 빠짐없이 기억하고 있었다. 그녀는 나의 말을 듣는 게 좋다고 했다.

옝로우는 종업원에게 브랜디 한잔을 시켰다. 그리고 나보고도 몇잔 더 마시라고 했다. 보아하니 그녀는 술을 아주 잘 마시는 모양이었다.

옝로우는 나와 술시합을 하려고 했다. 물론 내가 거절할 리 만무했다.

옝로우의 주량은 그녀의 나이와 전혀 어울리지 않았다. 그녀는 술을 마시면 마실수록 웃음소리가 커졌다.

엥로우는 바로 그런 댄서였다.

(엥로우와 씨마레이, 조숙한 두 여자애. 나는 생각했다. 하지만 본질적으로 전혀 달랐다. 엥로우는 '학대받는' 사람이다. 씨마레이는 자포자기한 사람이다. 나는 씨마레이는 증오할 수 있지만 엥로우는 동정하지 않을 수 없다. 만일 엥로우가 나를 보복의 대상으로 삼는다면 나는 그녀가 분풀이하도록 해줄 것이다.)

한잔. 두잔. 석잔.

눈은 두개의 반투명 유리. 욕망이 유리 뒤편에서 꿈틀거린다. 욕망은 원자의 분열처럼 무한대의 공간에서 트위스트를 춘다. 아직 완전히 빨갛게 익지 않은 사과는 떨떠름한 맛 속에 삼 퍼센트의 갈증해소제를 가지고 있다.

(그녀의 피부는 틀림없이 희고 부드러울 거야. 나는 생각했다. 그녀는 열여섯살을 넘지 않았을 거야. 다만 눈두덩을 너무 검게 그렸을 뿐이야.)

그녀가 담배를 피울 때 나는 외설적인 사진을 보는 것 같았다. 나는 이것이 이야기의 시작인지 아니면 이야기의 끝인지 알 수 없었다. 나의 마음속에서는 불꽃이 타오르고 있었다. 황당한 작은 고양이가 나의 마음을 알아챌까봐 두려웠다.

——마티니 두잔 더.

두 눈이 두개의 고인 물이 되더니 갑자기 파문이 일기 시작한다. 그게 희열인지 아니면 비애인지 알 수가 없다.

시든 꽃잎, 이슬이 다시금 그것을 되살아나게 한다.

싸움에 진 투사, 햇빛이 그의 믿음을 키운다. 술과 새해가 함께 왈츠를 출 때 겨울밤의 환각이 출현한다. 그녀가 웃는다. 나도 웃는다. 그런 다음 우리는 코즈웨이베이의 어느 나이트클럽에서 시끌벅적함을 감상한다.

무대에 서서 이 황당한 작은 고양이는 수많은 대담한 말을 한다.

그녀는 한마리 뱀이다.

나의 손가락은 좀도둑처럼 그녀의 몸에서 비밀을 훔친다. 그녀는 하도 말라서 등뼈가 높게 치솟아 있다.

생각이 드럼 소리에 혼미해지고 욕망만이 춤을 춘다. 나는 탐욕스럽게 그녀를 바라보다가 꽃무늬 모자를 쓴 둥근 얼굴에 짙은 신화적 의미가 있음을 발견한다.

순결한 미소에 뱀의 교활함이 더해진다.

나는 질문의 해답을 찾아야 했고 각자 한잔씩 마셨다. 우리가 어느 집 방 안에 섰을 때 그녀는 자기 입안에 든 껌을 나의 입안에 뱉었다. 그녀는 장난꾸러기처럼 웃었다. 하지만 나는 더이상 그녀가 어리다고 느끼지 않았다. 나는 생각을 가진 야수였고, 생각은 또 지극히 혼란스러웠다. 수많은 어지러운 사념 중에서 갑자기 한가지 사념이 그 모든 것들을 이겨버렸다. 나는 열여섯살짜리 여자애의 몸 위에서 한차례 영웅이 되기에 급급했다.

23

전화를 끊고 나서 나는 '창간사'를 쓰기 시작했다. 나는 이 글을 통해 하고 싶은 말이 아주 많았다. 하지만 펜을 들자 어디서부터 써야 할지 알 수가 없었다. 전에 이야기했던 바에 따라 창간사에는 반드시 다음 두가지 요점을 담아야 했다. (1) 5·4 이래의 문학적 성과와 결함에 대한 불편부당한 검토, (2) 차후 문예 종사자들이 필히 인식해야 할 문예의 새로운 방향을 진정성 있는 태도로 제시.

제한된 분량 속에서 요령있고 간명한 구절로 이 두가지 문제의 답을 제시한다는 것은 사실 쉬운 일이 아니다. 원래 나의 의도는 초연한 입장에서 5·4 이래의 작품을 검토하면서 최소한 젊은 세대가 문예 종사자들의 수십년간의 노력에 대해 분명한 인식을 갖도록 하려는 것이었다. 예를 들어 말해보자. 지난 수십년 동안 우리는 차오위와 같은 걸출한 극작가를 낳기도 했다. 그의 「뇌우」 「일출」은 5·4 이래 최대의 수확이라고 할 수 있다. 그밖에 루쉰의 「아Q정전」 역시 말할 것도 없이 걸작으로 헤밍웨이의 『노인과 바다』에 비견할 만하다. 장편소설 분야에서는 리제런의 『고인 물의 파문』 『폭풍우 전』 『큰 파도』가 아주 훌륭해 주목받아 마땅하다. 우리의 신시는 아직도 모색 중인데 근년에 들어 비로소 야셴과 같은 신예 시인이 나타났다. 단편소설에 관해서는 선충원이 최대의 공헌자이다. 그의 노력이 있었기에 황폐한 뜨락에 마침내 진기한 꽃이 피어났다.

차후 문예 종사자들이 어떤 노선을 택해야 하느냐에 관해서는 나는 아래 몇가지를 거론할 만하다고 생각했다. 첫째, 복잡다단한 현대사회를 표현하는 데는 새로운 기법이 필요하다는 점을 지적한다. 둘째, 체계적으로 근대의 우수 해외작품을 번역 소개해서 의식 있는 문예 종사자들이 세계문학의 추세를 인식하도록 만든다. 셋째, 작가는 내재적 진실을 탐구하면서 '자아'와 객관세계의 투쟁을 묘사해야 함을 주장한다. 넷째, 독창성을 가지고 있고 전통적인 문체를 폐기하며 전통적 관례를 타파하는 그 모든 신예 작품의 등장을 고무한다. 다섯째, 전통의 정수를 흡수한 후 전통에서 벗어나도록 고무한다. 여섯째, "타인의 장점을 취한다"는 원칙하에 해외문학의 성과를 수용해 소화한 다음 현대적 요구에 맞으면서도 민족적 작풍과 민족적 기풍을 유지할 수 있는 신문학을 이룩한다.

이러한 '전환'의 요점은 사물의 내면을 포착하는 데 있다. 어떤 관점에서 보자면 내재적 진실을 탐구하는 것은 그 자체가 '사실'일 뿐만 아니라 더 나아가서 진정한 '사실'인 것이다.

과거에 문학가들은 글을 통해 자연을 모방하려고 했지만 그 결과는 사진가들이 할 수 있는 것에도 훨씬 못 미쳤다. 오늘날 사진이 회화를 대체할 수 없는 것은 다름 아니라 현대 회화가 유화로써 자연을 모방하려던 것을 폐기해버렸기 때문이다.

달리 말하자면 차후의 문예 종사자는 시대적 사상과 감정을 표현할 때 표면적인 모방을 폐기하고 더 나아가서 내면을 탐험해야 한다.

마지막으로 『전위문학』의 원고 선택 기준을 언급하면서 나는 이렇게 한마디 썼다. 우리는 '이름'을 중시하지 않고 작품 자체만을 볼 것이며, 만일 작품에 독창성과 도전성이 있으면 설령 처녀작이라 할지라도 기꺼이 게재할 것이다.

여기까지 '창간사'를 쓰고 나니 원고지로 이미 일곱장이나 되었다. 비록 미진하기는 하지만 일반적인 '창간사'와 비교하면 긴 편이었다.

펜을 내려놓고 담배를 한대 피워물었다. 전체 글을 다시 한번 읽어보니 아주 거칠게 느껴졌다. 그래서 호문에게 전화를 걸어 내가 충분한 시간을 가지고 수정할 수 있도록 조판을 이틀쯤 늦추어달라고 했다. 호문은 더이상 늦추는 것에 반대하며 원고를 일단 보낸

다음 교정 때 다시 고치라고 했다.

—저녁에 외출 안해요? 그가 물었다.

—지금 벌써 오후 네시로군. '창간사'를 쓰느라 점심도 굶었네.

—이러시죠. 지금 나오시면 뭐라도 드실 수 있게 '송죽'으로 모실게요. 그런 다음 같이 인쇄소로 가서 반장을 소개시켜드릴 테니 그 사람한테 '창간사'를 넘기시죠. 저녁식사 후에는 집에 가셔서 그라몽의 「내가 아는 프루스뜨」를 번역해주셨으면 합니다.

—자넨 나를 소로 아는군.

—문학일에 종사하는 사람이라면 소 같은 정신을 가져야죠.

전화를 끊고 나서 뒤를 돌아보니 레이 씨네 할머니가 내 앞에 서 있었다. 손에는 뜨거운 김이 솟는 연밥탕 한그릇을 들고 있었다. 그녀가 말했다.

—신민아, 점심도 못 먹었구나. 금방 끓인 거야. 먹고 나가렴.

24

그라몽의 「내가 아는 프루스뜨」는 『그라몽 회고록』의 일부로서 프랑스어로 되어 있는데 발표된 적이 없는 이 글을 존 러셀이 영어로 번역하여 『런던 매거진』에 게재했다. 이 글에서 그라몽은 1901년에 처음으로 프루스뜨를 알게 된 상황을 서술하고, 이와 더불어 프루스뜨가 위독했을 때 그에게 걸었던 마지막 전화를 회상하고 있다. 그외에 그라몽은 그의 여동생 엘리자베스가 1925년에 쓴 『몽떼스끼외와 프루스뜨』를 언급하고 있다. 이는 중요한 책으로 전자가 젊은 프루스뜨에게 준 영향에 대해 상당히 상세하게 분석하고 있다.

그라몽은 이렇게 쓰고 있다. "프루스뜨가 죽은 후 그의 저작은 많은 신진 작가들의 영감이 되었다. 많은 작가들이, 저명인사도 적지 않은데, 프루스뜨를 연구하기 시작하여 그의 작품을 분석하면서 아주 세세한 부분까지도……"

바로 이처럼 프루스뜨는 대작가다.『전위문학』이 창간호에 이렇게 중요한 회고록을 번역해 싣는 것은 대단히 적절한 도전으로 간주되어야 한다.

그밖에 나는 조이스의 서간 몇통을 번역하여 한데 배치할 예정인데, 독자들이 20세기의 두 문학대가에 대해 더욱 심층적인 인식을 갖도록 할 수 있을 것이다.

(만일 홍콩의 문예 종사자들이 『사랑을 찬양하는 시집』 따위를 쓰는 작가들에게 '막막함'을 느낀다고 하더라도 그것은 결코 우스갯거리는 아닐 것이다. 하지만 홍콩의 중국 작가를 '대표'하는 이들이 '20세기 최고의 위대한 문학천재 중 한명'인 제임스 조이스를 전혀 몰라서는 안된다.—나는 생각했다.)

(혁명의 시대에 작가의 가장 중요한 임무는 시대를 표현하고 시대를 반영하면서 이 시대에 처한 객체의 내면을 묘사하는 한편 대담하게 정신세계를 탐험하는 것이다. 시대와 환경이 작가에게 부여한 책무는 결코 사랑을 찬양하는 일이 아니다. 여기에 『사랑을 찬양하는 시집』 표지에 올려놓은 대표작 한수가 있다.

　　그 여인을 찾아가서 그녀에게 말하라
　　나는 그대와 함께하고 싶으니……
　　그녀의 발아래에 무릎을 꿇어라 그녀는 젊고

또 아름다우니.

그녀를 어루만지지 마라, 그녀의 눈길이

그대를 바라보고 있으니.

....

아! 그녀는 젊고 또 아름다우니, 그녀의 손길이

그대의 머리카락 사이에 있으니,

이제 그녀를 두려워 마라, 오오 이제 맘껏 그녀를 어루만져라!

그녀는 이미 그대를 받아들였으니.

만일 누군가가 이곳 문예 종사자들에게 이런 '시' 또는 이런 시인에 대해 어떤 견해를 가지고 있느냐고 물을 때, 설령 '막막함'을 느낀다고 하더라도 그것은 결코 부끄러운 일이 아닐 것이다.—나는 생각했다.)

(제임스 조이스가 진지한 비평가들이 모두 인정하는 20세기의 가장 영향력 있는 걸출한 작가라는 것은 확고부동한 사실로 아무도 부정할 수 없다. 수많은 뛰어난 작가들, 예컨대 버지니아 울프, 헤밍웨이, 포크너, 패서스, 토머스 울프 등이 모두 작품에서 그의 영향을 받았다. 설령 세계문학사에서의 조이스의 지위가 세계미술사에서의 삐까소의 지위보다 더 높지 않다고 하더라도 최소한 대등하다고는 보아야 한다. 가정해서 물어보자. 국제적인 미술회의에 참가한 홍콩의 중국 대표가 만일 삐까소의 이름조차 들어본 적이 없다고 한다면 그야말로 기막힌 웃음거리가 아닐까?)

(가령 그 국제적인 미술회의의 첫번째 토론주제가 '회화에서의 전통과 현대성'인데 홍콩의 중국 '대표'들이 삐까소에 대해서도 '대부분 막막'하다면 정식 회의가 개회되었을 때 '대표'들은 대체

어떤 의견을 발표할까?)

(이는 자격문제다.)

('대표'들은 홍콩이라는 이 지역을 대표하여 회의에 참가하는 것이다. 만일 '대표'들이 다른 나라 대표들의 면전에서 추태를 보인다면 홍콩 거주민들은 항의를 할 권리가 있다. '대표'들은 홍콩이라는 이 지역을 대표하므로 '대표'들이 국제적인 행사에서 틀리게 말한다면 홍콩의 전체 거주민이 틀리게 말한 것이나 마찬가지다.)

(가정을 해보자. 이번에 개최되는 것이 도시대항 축구시합인데, 우리가 대표를 선발할 때 모종의 관계 때문에 고의로 이유쳅인, 웡찌쾅, 라우팀, 웡만와이 등 실력이 탁월한 선수들을 홍콩의 대표로 뽑지 않고 반대로 얼렁뚱땅 동네축구만 하던 사람들을 뽑아 팀을 구성해 외지에 나가서 시합을 한 결과 대패를 하고 돌아온다. 그런데 홍콩 사람의 체면을 실추시킨 일인데도 단장이라는 사람이 남들의 비판을 인정하지 않을 뿐만 아니라 자화자찬을 하며 이렇게 말한다. "나 자신이 단장인 것 외에도 나머지 사람들 중 어떤 사람은 수십년간 경험을 가진 노장 선수고, 어떤 사람은 훈련에 아주 부지런한 젊은 친구이기 때문에 일부 사람들이 지적하는 것처럼 축구를 안해본 선수들은 아닙니다.")

(……아아, 이런 일들은 생각하지 말자. 홍콩은 상업사회니 바보만 이런 문제에 관심이 있을 것이다. 나는 바보다! 나는 바보다! 나는 바보다!)

응접실에서 전화벨이 울렸다. 나는 막 꿈에서 깨어난 것처럼 가서 전화를 받았다.

막호문이 내게 그라몽 글의 번역이 끝났는지 묻는 전화였다.

내가 말했다.

──지금 막 오백자 정도 번역했는데 잡스러운 생각들 때문에 마음을 가다듬을 수가 없는 형편이라네.

──내일 조판실에서 조판을 하겠답니다. 혹시 또 취하셨을까봐 걱정이 돼서 전화로 알려드리는 겁니다.

──안 취했네. 그런데 오히려 지금은 정말 몇잔 하고 싶군. 현실이 정말 너무나 추악해서 잠시나마 도피하고 싶어.

──현실에서 도피할 수 있는 사람은 없어요. 죽는 것 말고는요. 우린 해야 할 진지한 일이 있으니 시작부터 소극적이 되어서는 안 돼요.

──오늘 저녁엔 마음이 너무나 어수선해서 더이상 번역을 할 수가 없군.

──안돼요. 그라몽의 글은 반드시 번역하셔야 해요. 그래야 내일 인쇄소에 가서 조판을 하죠.

──마음이 너무나 어수선해.

──이번 일은 엄숙하고도 적극적인 의미가 있는 겁니다. 반드시 자신을 잘 조절해서 전투적 정신을 잃지 말아야 합니다.

──호문, 이 사회에는 옳고 그르고가 전혀 없어. 우린 모두 바보야! 우리의 『전위문학』은 길어봤자 반년이야! 호문, 우리의 『전위문학』은 길어봤자 반년일 만큼 이런 잡지를 원하는 독자는 없어! 호문, 솔직히 말하겠네. 이런 잡지를 원하는 독자는 없어!

호문은 아무 말도 하지 않았다.

한참 지나서 그의 묻는 말이 들려왔다.

──괜찮아요?

──난 술을 마시고 싶네.

──마셔선 안돼요! 자신의 책임을 분명히 아셔야 해요!

——내 생각에…… 내 생각에 여기 이곳에서 순문예 잡지를 펴낸다거나 순문예 창작에 종사한다는 건 사실 멍청한 일일세! 호문, 난 마음이 식었네! 나는 자네가 정신을 차려서 오천 위안을 모친에게 돌려주기를 권하네. 우리 자신이 바보가 되는 건 우리 자신의 일이지만 자네 모친의 선량한 성품을 이용해서 그 노인네까지 바보로 만들어서는 안되네! 호문,『전위문학』은 단명할 게 뻔한 잡지일세. 아무쪼록 자네가 이런 생각을 포기하기를 바라네. 홍콩에서는 '그린백'의 보조에 의지하는 잡지라야 겨우 발붙일 수 있다네.[32] 그렇지만 '그린백'도 조건이 있으니 필히 골동품을 팔아야 한다는 걸세! 시대는 진보하는데 골생원들은 자신들처럼 남들도 거꾸로 가기를 강요한다네!

——바로 그렇기 때문에 우리는 꼭『전위문학』을 내야 하는 겁니다!

——아니야, 아니야. 나는 바보가 되고 싶지 않아. 나는 다시 무협소설을 쓰기로 했네. 생존의 최저조건조차 해결하지 못하면서 무슨 이상을 논한단 말인가? 그라몽의 글을 오백자 번역하는 데 두어시간이 걸렸네. 만일 두어시간 동안 소설을 쓴다면 적어도 삼천자는 쓸 수 있을 걸세. 무협소설은 상업적 가치가 있어 팔면 내가 계속 생존할 수 있도록 해주네. 하지만 우리의 잡지는 원고료를 못주지 않나?

——어떻게 된 거예요?

——호문, 나는 너무 지쳤네. 일찍 쉬고 싶네. 할 말은 내일 하세.

----

32 그린백(greenback)은 뒷면이 녹색으로 인쇄되어 있는 미국 지폐를 일컫는 말이다. 미국은 1950~60년대에 '아시아 기금'(The Asia Foundation) 등을 통해서 홍콩의 각종 잡지와 작품의 출간을 적극 후원한 바 있다.

전화를 끊고 나서 나는 총총히 아래로 내려가서 브랜디 한병을 샀다.

(지금은 번민의 시대야. 나는 생각했다. 양식있는 지식인이라면 모두 질식감을 느낄 거야.)

25

나는 꿈을 꾸었다.

홍콩이 결국 복고파에게 점령당해 신문예를 사랑하는 모든 사람들은 수용소에 갇혀 훈련을 받는다

신시를 쓰는 사람은 유죄가 되어 전부 밧줄에 묶여 빅토리아 해협에 던져진다

추상예술에 종사하는 화가들도 유죄가 되어 전부 네이선로드의 가로수에 내걸린다

『율리시스』가 금서가 된다『잃어버린 시간을 찾아서』가 금서가 된다『마의 산』이 금서가 된다『노인과 바다』가 금서가 된다『소리와 분노』가 금서가 된다『지상의 양식』이 금서가 된다『올랜도우』가 금서가 된다『위대한 개츠비』가 금서가 된다『미국』이 금서가 된다『레 망다랭』이 금서가 된다『페스트』가 금서가 된다『아들과 연인』이 금서가 된다『성』이 금서가 된다『벌집』이 금서가 된다……

아무도 대화 중에 언급하지 못한다 조이스 프루스뜨 토마스 만 헤밍웨이 포크너 지드 버지니아 울프 피츠제럴드 패서스 씨몬 드 보부아르 까뮈 로런스 카프카 웨스트……

어기는 자는 사형이다

브르똥의『초현실주의 선언』이 금지품이 된다

차라의『다다이즘 선언』이 금지품이 된다

에트슈미트의『표현주의 선언』이 금지품이 된다

마리네띠의『미래주의 선언』이 금지품이 된다

브라끄와 삐까소가 제창한 입체주의 역시 금지품이 된다……

반항적인 문예사조가 모조리 금지품이 된다

삐까소 끼리꼬 미로 깐딘스끼 에른스트 마띠스 클레의 그림이 (복제품을 포함해서) 모조리 금지품이 된다

랭보 커밍스 아뽈리네르 보들레르 파운드 엘리엇의 시가 모조리 금지품이 된다

전 홍콩의 여성은 필히 전족을 해야 하고 위반자는 십년 이상의 유기징역에 처한다

전 홍콩의 남성은 필히 변발을 해야 하고 위반자는 십오년 이상의 유기징역에 처한다

양복 착용을 금한다

전등 설치를 금한다

텔레비전 시청을 금한다

하이페츠의 바이올린 독주 듣기를 금한다

미로나 클레의 그림 보기를 금한다

학교는 외국어와 백화를 취소한다

역사 교과서가 다시 쓰이는데 5·4 운동의 결과 장스자오가 이끄는 '복고파'가 승리하고 백성들은 백화문으로 글 쓰는 것이 모두 금지된다

나는 이렇게 한바탕 꿈을 꾸었다.

26

일간지를 뒤적거렸다. 딱히 뭘 보려고 한 건 아니었다. 무심결에 영화광고를 보았는데 한 개봉관에서 「호접몽」을 상영하고 있었다. 나는 모위에게 「호접몽」 영화 대본을 써주었지만 채택되지 않은 적이 있었다. 그 때문에 호기심이 생겨서 모위가 각색한 대본이 대체 나보다 얼마나 더 고명한지 보고 싶어졌다. 신문의 광고에 따르면 이 영화는 모위가 각색하고 연출한 것이었다. (모위는 스크립터 출신의 감독으로, 전문적으로 할리우드 수법을 베껴 표준어 영화 관중을 기만해왔다. 매끄럽게 편지를 쓰는 데도 문제가 있는데 대본을 집필할 능력이 있을 리가 없다.) 이런 의문이 들자 나는 이 영화가 보고 싶어 조급해졌다.

호문이 전화를 걸어와서 내게 그라몽의 글을 번역했느냐고 물었다. 나는 그에게 솔직히 말했다.

—어젯밤에 또 취했었네.

—그렇게 자포자기해선 안돼요!

—호문, 우리의 『전위문학』은 전망이 없네. 독자들은 무협소설과 황색글을 보려고 하는데 이런 시절에 우리가 굳이 문학잡지를 내려고 하는 걸세. 우리의 고집은 꽃도 피우지 못하고 열매도 맺지 못할 걸세. 게다가 더 큰 실망을 초래할 거야.

—저도 알아요.

—안다면서 왜 꼭 하려고 드나?

—저는 돈을 벌려고 하는 게 아닙니다. 문학은 상품이 아니거든요.

―상품이 아니기 때문에 밑진다는 것일세.

―오천 위안을 써서 중국문학을 위해 일말의 원기를 보존할 수 있다면 그 가치는 돈으로 헤아릴 수 있는 게 아니죠. 어쨌든 의미 있는 일을 더 많이 하시고 술은 좀 줄이시기를 권합니다. 내일 오전까지는 글을 모두 번역해놓으시기를 바랍니다. 가능하면 빨리 인쇄소에 갖다 주게요.

전화를 끊고 나서 내 마음은 전쟁상태에 빠졌다. 무얼 해야 할지 알 수가 없었다. 나는 술을 좀 덜 마실 수는 있다. 하지만 의미있는 일을 더 많이 하고 싶지는 않았다. 마음이 어수선했다. 생활의 무게가 이미 숨도 못 쉴 만큼 나를 짓눌렀다. 생활을 위해선 나는 황색 글을 쓸 용의가 있었다.

그때 무척 배가 고팠다. 시계를 보니 오후 한시 반이었다. 아래로 내려가 차찬텡茶餐廳[33]에 들어가서 종업원에게 새우야채볶음밥 한접시를 시켰다. 식사 후 차를 타고 「호접몽」을 보러 갔다.

나의 예상과는 달리 이 영화의 대부분은 나의 씨나리오에 따라 촬영되었고 대사를 포함한 모든 장면은 내가 쓴 것과 별 차이가 없었다. 그런데도 나는 씨나리오비를 한푼도 받지 못했던 것이다.

절대로 영화사가 이렇게까지 비열하지는 않을 것이다. 틀림없이 모위에게 문제가 있을 것이다.

씨나리오비를 안 준 것은 또 그다음 문제다. 영화 시작 자막에 어물쩍하니 '모위 각색·연출'이라고 써놓았는데 너무하다고 하지 않을 수 없었다.

내가 모위와 알게 된 지는 이미 이십년이 넘었다. 서로 왕래가

---

33 온갖 종류의 음식을 파는 곳으로, 음식 종류가 많고 값이 저렴해 홍콩의 일반 서민이 주로 찾는다.

많지는 않았지만 그래도 그의 인물 됨됨이에 대해서는 제법 잘 알고 있다. 전에는 그가 이 정도로 비열하지는 않았다. 그런데 아마도 영화관에서 오래 굴러먹다보니 지금 이렇게까지 교활하게 변해버린 것 같다.

나는 분노 속에서 이「호접몽」을 보았다. 영화관을 나오자 내면의 분노를 더이상 억제할 수가 없었다. 모위에게 전화를 걸어서 뱉은 첫마디는 이랬다.

─금방「호접몽」을 봤네.

─많이 살펴주게, 살펴줘. 그가 말했다.

─내가 보기에 씨나리오에 문제가 많더군.

─문제가 많다니? 무슨 문젠가?

─이 씨나리오는 예술적 가치만 있고 상업적 가치는 없더군.

모위가 웃었다. 아주 억지로.

─친구끼리 뭘 그런 말을 하나?

─설마 자네가 나를 아직도 친구로 여긴단 말인가?

─우린 이십여년간의 오랜 친구이잖은가?

─좋네. 지금 내게 곤란한 일이 있는데 자네에게 해결을 해달라고 하고 싶군.

─문제없네, 문제없어. 내가 할 수만 있다면 꼭 돕겠네.

─지금까지 난 일을 찾지 못해 다른 사람에게 돈을 꾸었는데 안 갚으면 안되게 생겼네.

모위가 잠시 멈칫하더니 물었다.

─얼마나 필요한가?

─삼천 위안.

─그건…… 그 금액은 좀……

─뭔가?

─좀 줄이면 안되겠나? 요새 사정이 좀 궁한데다가 삼천 위안이면 적은 금액도 아니니 금세 맞추기가 어려워서 말일세.

─삼천 위안이면 씨나리오 하나 값일 뿐이잖나.

모위는 다시 멈칫하더니 말했다.

─알겠네, 알겠어. 내가 어쨌든 방법을 찾아보겠네. 하루쯤 지나 사람을 시켜 돈을 보내도록 하겠네. 자넨 여전히 지난번 그곳에 살지?

나는 그에게 주소를 알려주고 전화를 끊은 다음 부근의 차찬텡에 들어가서 위스키를 한잔 시켰다.

(여긴 사람이 사람을 잡아먹는 사회다. 나는 생각했다. 비열하고 부끄러움을 모르는 자일수록 더 높이 올라가고, 양심에 충실한 사람들은 영원히 사회의 밑바닥에서 남들에게 짓밟힌다.)

두잔을 마시고 나자 석잔째가 마시고 싶어졌다. (사람의 욕망이란 끝이 없다. 난 나를 통제해야 한다. 나의 지금 수입은 전적으로 『전위문학』의 월급에 달려 있다. 사실 말이 월급이지 보시나 다름없다. 한달 치 생활비를 모조리 술로 바꿔 마셔버려선 안된다.) 이렇게 생각하니 마음이 불처럼 타올랐다. 나는 『전위문학』에 대해 아무런 희망을 가져본 적이 없다. 그리고 지금은 더더욱 계속 해나가고 싶지 않다. (『전위문학』에 원고료라는 예산은 없는데, 원고의 삼할은 내가 집필하고 있다. 『전위문학』에 원고를 쓰는 과정에서 퇴고하는 데 드는 시간은 계산조차 할 수 없다. 때로는 책상 앞에 온종일 앉아 있어도 오백자를 쓸 수가 없다. 홍콩의 문인은 모두 똑똑한 사람들이다. 중노동에 가까운 이런 일은 아무도 하려고 하지 않는다. 그런데 왜 나는 이렇게 바보 같을까? 남들은 양옥집을 사고 자동차를 타는데 나는 여전히 반기아 상태에서 순문학 일이나 하고 있다니. 이제 술 마실 돈조차 떨어져간다. 계속 이런 식으로 가다간 결국 언젠가는 길거리에서 자며 찬바람이나 마시게 될 것이다. 어서 방법을 생각해내야 한다. 나의 무협소설은 다른 사람을 당해내지 못하지만 황색글은 쓰기 어렵지 않다. 배짱을 갖고 남녀의 성생활을 쓰면 틀림없이 잘 팔릴 거다. 이게 지름길인데 왜 내가 이렇게 고집을 피우는 걸까? 현실은 잔혹하여 변화하지 않으면 생존할 수 없다. 다른 나라에서는 순문예 종사자들이 괜찮은 작품을 써내면 그 즉시 인세에 의지해서 안정적인 생활을 할 수 있다. 하지만 홍콩의 상황은 근본적으로 그렇지 못하다. 이른바 '문예창작'이 '학생마당'의 수준을 넘어버리면 대리상마저도 출판을 거절한다. 그래서 재능이 있고 경험도 있는 포부를 가진 작가들이 생활을 위해 싸구려 소설을 쓰지 않을 수 없게 된다. 하지만 조금이나마 상업적 가치가 있는 싸구려 소설 또한 종종 부끄럼을 모르는 해적판 상인들에 의해 작가의 권익이 침해되곤 한다. 이 과정에서 해적판 상인들은 모두 대리상들과 암암리에 하나가 된다. 대리상들이 요구하는 대로 이곳의 해적판 상인들은 도둑질을 하는 것이다. 해적판 상인들은 또 '편집부'를 구성하기도 한다. 몇몇 후안무치한 삼류 문인들을 고용해서 전문적으로 표절작업을 하는 것이다. 얼마 전에는 남양 일대에서 무협소설이 아주 잘 팔리자 작가들이 자신의 권익을 보호하기 위해 완성된 원고를 일단 단행본으로 만들어 남양에 보낸 다음에야 비로소 홍콩의 신문에 연재하기 시작했다. 하지만 어쨌든 자기 돈으로 단행본을 찍어낼 능력을 가진 작가는 많지 않다. 그래서 대부분의 작가들은 여전히 자신이 마땅히 가지는 권익을 보호받지 못한다. 사실 자비출판 능력을 가진 작가라 하더라도 꼭 장점만 있는 건 아니다. 만일 그의 작품 판매가 신통찮으면 밑지는 건 당연히 그 자신이다. 반대로 판매가 조금이나마 괜찮으면 즉각 해적판이 나오게 된다. 작가들은 슬기로운 방법을 찾아냈다고 생각하지만 결과적으로 물먹는 건 여전히 자기 자신이다. 홍콩에서도, 타이완에서도, 싱가포르나 말레이시아에서도, 그리고 그밖의 동남아 지역에서도 중국 작가의 권익은 보호받지 못한다. 그렇기 때문에 작가들은 고생스러운 글쓰기에 종사하지 않으려고 하는 것이다.)

생각할수록 짜증이 났다. 이를 악물던 끝에 종업원에게 다시 위스키 한잔을 시켰다.

(현 단계의 문예 종사자들이 만일 자신의 권익을 보호받고자 한다면 비록 졸렬하긴 하지만 연구해볼 만한 가치가 있는 방법이 하나 있다. 내 생각에 이 새로운 제도가 대부분의 작가들의 동의를 얻는다면 작가의 권익을 보호할 수 있다. 작가들이 연대하여 전력을 다해 독자가 작가에게서 직접 책을 구입하는 제도를 만들어내는 것이다. 이렇게 하면 작가는 해적판 상인이 자신의 권익을 침해하는 것을 막을 수 있을 뿐만 아니라 독자 역시 불필요한 손실을 입지 않을 수 있다. 통상적으로 출판가들은 대리상에게 책을 공급하면서 삼할 할인 가격으로 계산한다. 만일 독자가 작가에게서 직접 책을 구입한다면 삼할 할인 우대를 받게 되는 것이다. 사실 대리상은 근본적으로 하나의 다리에 불과하다. 그의 일이란 출판가들의 책을 시장에 풀어놓는 것이다. 전체 문화사업의 촉진이라는 점에서 보면 그의 지위는 작가와 독자의 중요성에는 비할 수가 없다. 하지만 현재의 이런 상황 속에서 작가의 권익은 그에게 수탈당한다. 그리고 독자의 부담은 아무 이유 없이 두배로 늘어난다. 만

일 독자가 작가로부터 직접 책을 구입한다면 책 한권의 가격으로 두권을 살 수 있게 된다. 더구나 작가가 자비로 출판한 작품은 인세를 낮게 책정할 수 있어서 원래 정가가 1위안인 책은 작가가 자비로 출판한 후 정가가 90전이면 되고 거기다가 삼할 할인 우대까지 하면 독자는 63전으로 평소 정가가 1위안인 책을 살 수가 있다. 다만 이런 제도를 실행할 때 해적판 상인들이 또 작가의 작품을 훔쳐 찍을 수 있으므로 독자들이 책을 싸게 사고 싶으면 반드시 해적판 책의 구입을 억제하고 신문광고의 주소에 따라 직접 작가에게 편지를 보내 구입해야 한다. 이렇게 하면 해적판 상인들이 어찌해볼 도리가 없게 되고, 작가들은 이를 통해 자신의 권익을 보호할 수 있게 되며, 독자들은 경제적 부담을 절반 이상 줄일 수 있게 된다. 이와 동시에 인쇄도 형편없고 틀린 글자도 무수하게 나오는 그런 책을 사지 않게 될 것이다.)

(이는 해적판 상인들에 대처하면서 동시에 '중간착취'를 무너뜨릴 수 있는 방법이다. 표면적으로 보면 좀 투박하지만 실제로는 독자와 작가 모두에게 이익이 된다.)

(만일 전 홍콩의 작가들이 연합해서 함께 행동을 취한다면 이 불합리한 '대리상 제도'를 틀림없이 타파할 수 있을 것이다!)

(만일 독자들이 이런 번거로움을 마다하지 않는다면 작가들은 밥을 위해 대부분의 정력을 싸구려 소설이나 무협소설 또는 황색 글을 쓰는 데 낭비하지 않을 수 있다.)

(하지만 이건 원칙일 뿐 여전히 기술적인 어려움이 많다.)

(독자들은 작가들이 '중간착취' 제도를 무너뜨리도록 함으로써 사상성이 있고 시대를 반영하는 작품이 하루바삐 세상에 나올 수 있도록 해야 한다.)

이런 것을 생각하며 나는 종업원에게 위스키 한잔을 시켰다. 이미 석잔을 마셨으니 넉잔째였다.

비록 기분은 형편없었지만 적당히 멈추어야 했다. 나는 종업원에게 계산서를 가져오라고 했다. 집으로 돌아가서 쉬고 싶었다. 집에 돌아왔을 때 뜻밖에도 막호문이 응접실에 앉아 있는 것을 보았다.

─온 지 얼마나 됐나? 내가 물었다.

─한시간쯤요.

─미안하네. 자네가 오는지 모르고 영화를 보러 갔다네.

─영화를 봐요?

─그렇다네.「호접몽」을 봤네.

─그런 영화가 뭐 볼 게 있나요? 그라몽의 글은 번역하셨나요?

─미안하네, 호문. 난……

내가 미처 말을 꺼내기도 전에 호문이 거친 목소리로 말했다.

─인쇄소에선 조판을 하려고 기다리고 있는데 영화를 보러 가셨다고요?

─이 영화는 다르네. 이건 내가 쓴 건데…… 아아, 말해 뭣하겠나? 어쨌든 여긴 사람이 사람을 잡아먹는 사회야!

─자기 자신에 대한 믿음이 있기만 하면 남들이 잡아먹을 수 없을 겁니다.

나는 호문 앞에서 나 자신을 변호할 생각은 없었다. 그는 포부도 있고, 의지도 있고, 생각도 극히 순수한 젊은이다. 하지만 사회의 추악한 면에 대한 깊이있는 인식은 없다. 나는 비록 모위에게 사취를 당하긴 했지만 호문에게 나의 분노를 분담시킬 생각은 없었다.

열쇠로 방문을 연 후 나는 호문을 방 안으로 들어오도록 했다.

그라몽의 글은 오백자가 번역된 채 여전히 책상 위에 펼쳐져 있었다. 호문은 한마디도 하지 않고 원고지를 들어 읽어보더니 얼굴에서 성난 표정이 사라졌다.

—번역이 아주 좋네요. 정확하고 매끄러우면서 멋져요. 그가 말했다.

—칭찬해줘서 고맙네. 그런데…… 내 솔직히 말하겠네. 난 번역을 계속하고 싶지 않네.

—왜요?

—왜냐하면……

나는 마음속의 말을 꺼낼 용기가 없었다. 머리를 숙인 채 고통스럽게 담배를 피웠다. 막호문은 거듭해서 캐물으며 나더러 번역을 중단한 이유를 말하라고 했다.

—왜요? 그는 더 심각한 어조로 물었다.

—내가 보기에 우리가 이러는 건 아주 바보짓이야.

—뭘 새삼스럽게 그러세요? 하지만 문학이 거꾸로 가는 걸 막을 바보가 없다면 중국에 무슨 희망이 있겠어요?

—이런 보잘것없는 힘으로 문학이 거꾸로 가는 걸 막겠다고?

—설사 사마귀가 수레를 가로막는 격이라 하더라도 이런 시기엔 일말의 용기라도 보여줘야죠.

—자넨 우리 잡지가 절대로 오래갈 수 없다는 걸 알지? 내가 물었다.

—그래요. 막호문이 대답했다.

—그럼 잡지가 폐간된 후 나는 장차 뭘로 살아야 하는가?

—그건 그다음 문제죠.

—만일 지금 미리 생각해두지 않으면 문제가 발생할 때 앉아서

죽기만을 기다릴 수밖에 없게 된다네.

　—홍콩에 가난한 사람이 많긴 하지만 굶어죽는 경우는 아직 없잖아요? 그리고 설령『전위문학』을 내지 않는다 하더라도 금세 일을 찾으실 수도 없잖아요?

　—난 황색글을 쓸 작정이라네.

　—문예가시잖아요? 어떻게 독약을 판단 말입니까?

　—독약이라야 비로소 생존의 조건을 마련할 수 있지 않겠는가?

　—만일 문자의 독약을 퍼뜨려야만 생존할 수 있다면 그런 생존은 아무런 의미가 없어요!

　—인간에겐 살아야 할 의무가 있네.

　—인간답게 살아야죠!

　—인간답게? 지금 나는 귀신이 되는 것조차 불가능한 판일세.

　—또 취하셨군요. 이 문제는 술이 깬 다음 다시 말씀하시죠!

　말을 끝내고 언짢은 기세로 가버렸다. 두말할 나위도 없이 막호문은 화가 난 것이다. 막호문을 알게 된 이래로 지금껏 소소한 논쟁은 종종 있었지만 이렇게까지 다툰 적은 처음이다. 나는 비록 넉 잔을 마셨지만 절대로 취한 상태는 아니었다. 단지 모위가 내게 준 충격이 너무 커서 내가 이성을 가지고 목전의 현실상황에 적응할 수 없을 만큼 흥분되어 있었을 뿐이다. 막호문이 내게 거는 기대는 내가 나 자신에게 거는 기대보다 더 컸다. 하지만 생활을 위해서 나는 나 자신을 배반할 수밖에 없고 그의 바람을 저버릴 수밖에 없다. 내 앞에는 두가지 길이 있다. 하나는『전위문학』을 편집하기로 결심하는 것이다. 다른 하나는 막호문의 권고를 무시하고 계속 싸구려 글을 써나가는 것이다.

　나는 결정할 수가 없었다.

나는 밤새 잠을 이루지 못했다.

이튿날 아침 막 일어났을 때 레이 씨네 할머니가 급히 오더니 밖에 누군가가 나를 찾아왔다고 했다.

모위가 사람을 시켜 편지를 보내왔다.

편지는 아주 간단해서 몇 글자뿐이었다. "금일 인편에 오십 위안을 보내니 성의로 받아주고 답신 있기를 기대하네."

나는 아주 화가 났다. 그 자리에서 오십 위안을 다른 봉투에 쑤셔넣고 이렇게 두어 구절 덧붙였다. "굶어죽는 한이 있더라도 자네의 희사는 필요 없네." 그런 다음 봉해서 그 사람에게 주어 되돌려보냈다.

(홍콩에선 우정이야말로 가장 믿을 수 없는 것이야. 나는 생각했다. 현실은 잔혹한 것이야. 더이상 바보가 될 수는 없어.)

그리하여 원고료를 받을 수 있는 글을 쓰기로 결정했다.

그라몽의 글은 서랍 속에 집어넣어버리고 옛이야기 다시 쓰기 방식으로 황색글을 쓰기 시작했다. 제목은 '반금련, 집주인 여자가 되다'였다. 구상 속의 이야기 줄거리는 이러했다. 반금련은 아버지가 죽자 조화공장에 여공으로 갔는데 결국 반장인 '털보'에 의해 배가 불러오게 된다. 마음이 다급해져 털보에게 관공서에 가서 혼인신고를 하자고 하지만 털보는 그녀에게 백 위안만 건넬 뿐이다. 그녀는 돈을 바닥에 팽개치고 털보를 붙잡고 때리기 시작하는데 한창 때리고 있을 때 갑자기 한 중년 부인이 나타나 반금련을 말리며 털보를 때리지 못하게 한다. 반금련이 너무도 이상해 물어보니 원래 그 사람은 털보의 마누라이다. 반금련은 화가 나서 조화공장을 떠나 다른 곳에 가서 일하려고 한다. 하지만 홍콩은 사람은 많고 일은 적은 사회여서 일을 구하는 게 말처럼 쉽지 않다. 어쩔 도리가 없어서 임대업자 '난쟁이'의 마누라가 된다. 난쟁이는 홀아비로 키가 아주 작고 할 줄 아는 게 아무것도 없이 오로지 집세를 받아 세월을 보내고 있었다. 반금련은 가족도 친척도 없고 실업을 한 후에는 하루 세끼조차 문제인 터라 난쟁이가 그녀에게 구혼하자 먹고 입는 것을 해결하기 위해 승낙한다. 결혼 후 오래지 않아 난쟁이는 갑자기 반신불수의 병에 걸려 침대에서 산송장이 되는데, 다행히도 집세가 있어서 생활은 문제가 되지 않는다. 그렇지만 등 따습고 배부르면 다른 짓거리가 생각나는 법이다. 반금련이 먹고 입는 것을 걱정하지 않게 된 후 온종일 할 일이 없게 되자 분에 넘치는 생각을 금치 못한다. 그리하여 맨 먼저 큰방의 '껄렁이'에게 손을 쓰고, 그다음에는 다시 '껄렁이'의 아버지와 함께 호텔에 가서 방을 잡는다. 그뒤에는 중간방의 '뺀질이'와 관계를 갖고, 끝방의 '키다리'와 얽히고, 다인실의 '관상쟁이'와 이러저러하고…… 어쨌든 이 층의 남자들과는 모조리 성관계를 갖게 된다. 그리고……

이런 식의 '소설'은 아무 의미도 없을 뿐만 아니라 해롭기까지 하다.

하지만 홍콩에서는 이런 식의 '소설'이 제일 돈벌이가 된다.

내가 반금련과 각 방에 세 든 남자들 간의 성관계를 노골적으로 쓰면 쓸수록 독자들은 틀림없이 더 좋아할 것이다.

날짜로 셈해볼 때 독자들의 입맛에 맞기만 하다면 십년이고 팔년이고 연재가 가능할 것이다.

나는 구할 정도의 분량으로 반금련과 세 든 남자들 간의 성생활을 쓸 작정이다. 그녀가 어떻게 침대에서 남자들을 유혹하고, 어떻게 이 남자들을 통해 커다란 만족을 얻고…… 등등. 이런 것들은 구상도 필요 없고 구성도 필요 없으며 인물 묘사도 필요 없는 것은 물론이요 분위기 창조는 더더욱 필요 없다. 그저 매일 침대에서의 일을 묘사하기만 하면 원고료를 뜯어내지 못할까봐 걱정할 필요가 없다.

이야말로 간단하고 손쉬운 일이다. 인기만 끌면 술 생각도 해결할 수 있고 제법 편안한 생활도 할 수 있다.

굶을 수는 없다.

술을 안 마실 수는 없다.

방세를 못 내 걱정할 수는 없다.

오전 열한시에 시작해서 오후 세시까지 쓰고 나니 벌써 육천자나 되었다. 다시 한번 읽어보니 내 생각에 『반금련, 집주인 여자가 되다』의 첫머리는 제법 상업적 가치가 있었다.

약간 배가 고파서 일단 원고지를 주머니 속에 쑤셔넣고 인근의 상하이 음식점에 가서 '스시 정식' 1인분을 먹었다. 그후 전적으로 황색글만 내는 쎈트럴의 한 신문사에 가서 그 신문사의 편집자를 만났다.

—쓸 만한지 한번 봐주시오. 내가 말했다.

편집자는 성이 레이고 이름은 웅씸인데, 오로지 황색글만 쓰는 자라 이름과는 달리 성정이 맑지 못하고 홍진세계에 대해 무슨 도리를 깨친 인물은 전혀 아니었다. 내가 그와 안 지는 여러해 되었지만 평소 내왕은 거의 없었다. 원고지 열두장을 내놓자 그는 제목을 보고 금세 얼굴에 놀란 표정을 드러냈다.

—이런 글을 쓰겠다는 겁니까?

—먹고살기 위해서요.

내 대답이 그렇게 솔직하다보니 그도 다른 얘기를 꺼낼 수가 없었다. 그는 내용을 읽기 시작했고 두어장 읽고 나더니 감탄을 했다.

　―진짜 잘 썼습니다!

　―좀 도와주시오.

　―우릴 돕는 거지요!

　―그러면 신기로 한 겁니까?

　―모레 신문에 내죠.

　―원고료는요?

　―물론 우린 큰 신문사하고는 다릅니다. 선생은 줄곧 큰 신문사에 글을 써왔으니 좀 적다고 느낄 수도 있겠죠.

　―천자에 얼만가요?

　―팔 위안요. 다만 우리는 닷새에 한번씩 계산해드립니다. 다시 말하자면 일주일에 사십 위안이지요. 글이 나간 후 독자들의 반응이 좋으면 두달 후에는 천자에 십 위안으로 올라갑니다.

　―좋습니다. 그리합시다. 다만……

　―또 뭔가요?

　―난 백 위안만 가불하고 싶은데 웅씸 형께서 좀 융통해줄 수 있는지 모르겠소.

　―그건 좀 난처하군요. 우리 신문사는 원고료를 미룬 일도 없지만 가불해준 선례도 없거든요.

　―이번 한번만이니 좀 도와주시오.

　레이웅씸은 입을 다문 채 눈동자를 이리저리 굴리며 마치 중요한 문제를 생각하는 듯했다. 그러고는 아주 한참 뒤에 마침내 이렇게 결정했다.

　―제가 개인적으로 백 위안을 꾸어드리지요.

　―그건……

―우린 오랜 친구잖아요.

그는 백지를 꺼내 나더러 차용증을 하나 써달라고 했다.

돈을 받자 나 자신에게 축하를 해주어야 했다. 먼저 까페에 가서 술을 마셨다. 그후 어둠속에서 옝로우의 청춘을 포획했다. 옝로우는 내게 저녁을 사달라고 했고 나는 돈이 없다고 했다. 옝로우는 자기가 내게 저녁을 사겠다고 했지만 나는 시간이 없다고 했다. 그녀는 화가 나 눈에서 분노의 불길이 일었다. 그건 위장이었다. 나는 알고 있었다. 어차피 어둠이 부끄러움을 삼켜버렸고 키스가 최고의 대화가 되었다. 또다시 그녀가 내게 함께 저녁을 먹자고 졸랐고 나는 그러자고 했다. 그녀가 양고기 샤부샤부의 맛을 보고 싶다고 해서 우리는 바닷가에 있는 북방 음식점에 들어갔다. 먼저 자리를 잡은 뒤 마주하고 앉았다. 불빛 아래에서 나는 갑자기 한가지 기이한 발견을 했다. 나는 줄곧 그녀를 열등동물로 간주해왔는데 사실 그녀의 감정은 모래 속에 감추어진 금과 같았다. 그녀는 판에 박힌 생활에 염증을 표하면서 가정주부가 되기를 갈망했다. 나는 그녀에게 아무런 격려도 해줄 수 없어서 화제를 다른 데로 돌렸다. 엘비스 프레슬리를 얘기하자 그녀는 고개를 저었다. '으깬감자춤'을 얘기하자 그녀는 고개를 저었다. 표준어 영화를 얘기하자 그녀는 화로 속의 불꽃처럼 흥분했다. 그녀는 눈이 커다란 린다를 좋아했고 또 화낼 때의 두쥐안을 좋아했다.

내가 종업원에게 브랜디 두잔을 시키려는데 옝로우가 갑자기 보드까를 마시고자 했다. 나는 아무 상관이 없어서 보드까 두잔을 시켰다.

―인형극 본 적 있어? 내가 물었다.

―영화에서 본 적 있어요.

—인형도 관중을 울고 웃길 수 있어, 안 그래?

　—그럼요.

　—그러니 인형도 스타가 될 수 있는 거야.

　—무슨 말인지 모르겠어요.

　—만일 인형이 스타가 될 수 있다면 업소 언니들도 가능하지. 업소 언니들은 피와 살을 가진 동물이잖아.

　이어서 또 보드까 두잔을 시켰다. 옝로우의 주량은 아주 형편없지는 않았다. 우리가 음식점을 나설 때 그녀는 이미 취기가 돌기 시작했다. 내가 그녀를 댄스홀로 돌려보내려고 하니 그녀는 나더러 자신의 집까지 바래다달라고 했다.

　옝로우는 완자이의 한 목조집에 살고 있었는데 끝방에 세 들어 있었다. 어머니는 침대에 누워 있었고 아버지는 도박하러 나가서 방 안에는 두 남동생과 두 여동생이 있었다. 일곱사람이 조그만 방에서 사니 깡통 속의 정어리 같다는 느낌이 들었다. 내가 옝로우를 그녀 어머니에게 넘기자 두 남동생이 나를 따라 내려왔다.

　—아저씨, 누나가 취했어요?

　—그래, 너희 누나는 술을 잘 못 마셔.

　—왜 누나를 호텔로 데려가지 않았어요?

　—그게 무슨 말이니?

　—남들이 그러는데 누나는 좋은 사람이 아니어서 누구나 돈만 있으면 누나를 호텔로 데려가서 잘 수 있다던데요.

　—절대로 그런 말 하면 못써!

　—왜요?

　—너희 누나는 좋은 사람이니까.

　—아니에요, 아저씨. 누나는 좋은 사람이 아니에요. 모두들 그

렇게 말하는걸요. 누구나 돈만 있으면 누나를 호텔로 데려가서 잘 수 있다고요.

—누나는 너희들을 위해서 댄서가 된 거야.

—우린 누나더러 그러라고 한 적 없는데요.

—하지만 너희들은 먹기도 하고 공부도 해야지.

—아버지가 돈 벌어 올 거예요.

—너희 아버지는 하루 종일 밖에서 노름만 해. 어디서 돈이 나 너희들 학비를 대주겠니?

두 아이가 나를 쳐다보는데 네 눈이 네개의 물음표 같았다. 나는 아주 부자연스러운 웃음을 지으며 전차 정거장으로 갔다.

집으로 돌아오니 막호문이 또 응접실에서 나를 기다리고 있었다. 밤이 깊어가고 있어서 그의 방문은 나를 놀라게 했다. 내 방으로 들어가서 방문을 닫았다.

—얼마나 기다렸나? 신문사에 출근 안해?

막호문은 내 말에 즉각 대답하지 않고 서류가방에서 두툼한 편지 한통을 꺼냈다. 재미 화교 극작가인 쩌우쿤 선생이 보내온 신작이었다. 단막극이었는데 항전 시기 중국의 어느 작은 도시를 배경으로 폭격 때문에 생겨난 한 노인의 갖가지 환각을 묘사하고 있었다.

—잘 썼어요. 기교도 독창적이고, 내용도 중국적이고, 우리의 요구에 딱 맞아요.

막호문의 견해였다.

하지만 나는 막호문의 손에서 이 원고를 건네받지 않았다.

—한번 읽어보세요. 막호문이 말했다. 만일 창간호에 넣어도 좋다고 생각하시면 늦어도 내일 아침 일찍 인쇄소에 조판하도록 보내세요.

—난 읽고 싶지 않네.

　　—왜요?

　　—난 이미 마음이 식어버렸네. 앞으로 더이상 순문예 작업에 나
서지 않을 걸세! 이런 환경 속에서는 설령 『노인과 바다』와 같은
작품을 써낸다고 하더라도 누가 읽어주겠나? 오로지 '그린백'이나
좇는 그 골생원들은 복고나 외쳐대고 있고, 서양책을 읽는 젊은이
들은 ABCD 말고는 '之乎者也'도 몰라. 무협소설을 성경처럼 떠받
드는 '사이비 지식인'들은 설령 『노인과 바다』를 착실하게 읽으면
각자에게 십 위안씩 준다고 해도 꼭 그리하지는 않을 걸세. 호문,
나는 이미 깨달았네. 나는 자신의 고통 위에 환상을 건설하고 싶지
않네. 만일 내가 다음 세상에 유럽 사람이나 미국 사람으로 태어난
다면 반드시 필생의 정력을 바쳐 순문학 사업에 종사하겠네.

　　—또 취하셨어요? 호문이 물었다.

　　—아닐세. 난 취하지 않았네. 술을 몇잔 마시기는 했지만 결코
취하지는 않았네.

　　막호문은 담배를 한대 피워물더니 잇달아 여러모금을 빨았다.
그러다가 한참 만에 냉정한 어투로 말했다.

　　—작가들마다 다른 사람의 인정을 받고 싶어하지만 다른 사람
의 인정이 꼭 필요한 것은 아닙니다. 선생님이 전에 제게 말씀하셨
죠. 조이스는 생전에 남들의 곡해와 모욕을 받았지만 그래도 그는
낙담하지 않았다고요. 우리 일은 실패하게 되어 있지만 그래도 우
리는 백년 후의 독자에게 희망을 걸어야죠. 만일 지금 우리의 노력
이 백년 후의 인정을 받을 수 있다면 지금 우리가 겪는 고통과 곡
해는 뭐 그리 대단하겠어요?

　　—현실은 아주 잔혹하다네. 나는 환상 속에서 살 수는 없네.

─선생님 자신이 한 말씀을 기억하시죠? 프루스뜨는 천식을 앓으면서 바람도 통하지 않는 침실에서 십년이란 세월을 갇혀 살았지만 결국엔 저 위대한 『잃어버린 시간을 찾아서』를 써냈다고요.

─호문, 내게 그런 말은 하지 말게나! 생활을 개선하기 위해 나는 황색글을 쓰기로 했네. 이 책장에 있는 수백권의 문학 명저들은 전부 내가 외국에서 직접 구입한 것일세. 만일 자네가 읽고 싶다면 전부 자네에게 주겠네.

호문은 침묵으로 항의를 표시했다.

나는 그의 얼굴에 어린 고통스러운 표정을 쳐다볼 용기가 없어서 창가로 가 창밖의 캄캄한 밤을 마주하며 말했다.

─오늘 나는 육천자쯤 옛이야기 다시 쓰기를 했다네. 아주 '황색'이지. 쎈트럴의 한 신문사에 들고 가서 백 위안의 원고료를 가불했고.

─백 위안 때문에 자신의 이상을 팔아치웠다고요?

─난 살아야겠네. 더구나 똑똑하게 살고 싶네.

─더이상 바보짓은 안하겠다는 거군요.

─그렇다네.

─『전위문학』 편집일은요?

나는 솔직히 그에게 말했다. 나는 『전위문학』 편집일을 맡고 싶지 않으며 이유는 내가 문학에 더이상 흥미가 없기 때문이라고 했다. 막호문은 실망이 극도로 달해서 끊임없이 담배만 피워댔다.

침묵, 난감한 침묵. 이는 무슨 비감한 일은 아니지만 호문으로서는 의외의 타격이었다. 모든 것을 대단히 주도면밀하게 계획했으나 막상 진격을 앞두고 마지막 순간에 다시 후퇴하려는 격이었다. 호문은 말은 못하고 한숨만 쉬더니 쩌우쿤의 단막극을 주머니에 집어넣고 가버렸다.

그후 나는 나의 시선이 갑자기 흐릿해지는 것을 느꼈다.

27

나는 취했다.

(브랜디. 위스키. 진. 새해 폭죽놀이 필히 조심. 층별 매각 분할 납부. 이층버스 정식 운행. 복숭아나무 한그루에 오천 위안 호가. 연말 채무 독촉. 오푸닷,³⁴ '밍파이' 세차례 시승.)

(줄을 서서 동전을 바꾼다. 돈이 있는 사람은 귀신도 부릴 수 있고 돈이 없는 사람은 귀신이 된다. 귀신도 돈이 생기면 갑자기 사람으로 바뀐다. 여긴 사람이 사람을 잡아먹는 사회다. 여긴 귀신이 사람을 잡아먹는 사회다. 여긴 귀신이 귀신을 잡아먹는 사회다.)

(일가족 여덟명에 침대가 하나다. 쏘우씨옝의 애견은 소고기 가루만 먹는다. 길거리 식당에서 차슈밥³⁵을 판다. '손가락 댄스홀'의 한량들은 복이 많다. 병목 지대는 죽음의 커브이다. 아들 낳고 부자 되세요. 다이롱퐁 극단에서 「재상이 된 하향란」을 공연한다. 전세계에 투자하고 있는 윌리엄 홀든. 신춘대길. 아이들은 무서워하면서도 즐거움을 좇는다. 새해를 축하합니다. 누군가가 야우꼭 튀김 만두를 튀긴다. 누군가가 춘련을 쓴다. 누군가가 폭죽을 터뜨린다. 누군가가 어둠속에서 눈물을 훔친다.)

(텔레비전에서 「빙 크로스비 노래 모음」을 방송한다.)

---

34 유명한 경마 기수.
35 돼지고기를 양념해 화로에서 꼬치구이한 '차슈'를 곁들인 밥.

(중국은 문화 암흑기에 빠져들었다. 갑자기 마띠스의 「벌거벗은 여인」을 본다. 타이완의 해적판 상인은 감옥에 가야 한다. 홍콩의 해적판 상인은 국외로 추방되어야 한다. 해적판 상인은 독충이다. 문화의 싹이 돋아나도록 하기 위해서 당국은 방법을 찾아야 한다. 이렇게 진지할 필요가 뭐 있어? 어차피 순문예 작업에 종사하는 사람은 갈수록 적어질 텐데. 아마 백년 후가 되면 정부는 작가들의 저작권을 존중하게 될 거야. 아아! 지금 이 세상에 살고 있는 사람들은 백년 후에 아마 아무도 존재하지 않을 거야.)

(남들에게는 우주인이 있고 우리에게는 '예羿'³⁶가 있다. 남들에게는『노인과 바다』가 있고 우리에게는『강호기협전』이 있다. 남들에게는『초현실주의 선언』이 있고 우리의 무협소설은 초현실적이다.)

(영국에서는 매년 일만 사천종의 새 책이 출판된다.)

(문자의 용두질. '손가락 댄스홀'의 경험. 도처의 웃음소리. 아이들은 아버지가 잃어버린 손목시계를 돈으로 바꿔 폭죽을 터뜨리고 있다.)

나는 취했다.

28

아주 여러날 호문이 나를 찾아오지 않았다. 나는 그에게 전화를 걸어보았지만 그는 집에 있지 않았다. 나의『반금련, 집주인 여자

---

36 열개의 태양이 떠오르자 활을 쏘아 아홉개를 떨어뜨렸다는 신화 속 인물.

가 되다』는 게재가 된 후 제법 잘 팔렸다. 판매부수가 급격히 줄어들고 있던 한 신문사가 사람을 보내 내게 제안을 해왔다. 최근 개편을 계획하고 있는데 나더러 『반금련, 집주인 여자가 되다』와 비슷한 옛이야기 다시 쓰기 글을 써달라는 것이었다. 물론 일이 이런 식으로 전개되는 것을 내가 영광으로 여길 리는 없다. 하지만 돈이란 측면에서 볼 때는 다소간 즐거운 일이다. 이런 글을 쓰는 것은 전적으로 상품을 제조하는 일이다. 무릇 상품은 가격이 있는 법이다. 그래서 나는 물었다.

—원고료는 어떻게 계산하나요?

그는 얼굴에 아부의 웃음을 짓더니 미안하다는 어투로 말했다.

—우린 적자 중인 신문사라 원고료로 많은 돈은 드릴 수 없고 일단 천자에 십 위안을 드리겠습니다. 개편 후 독자들의 반응이 좋으면 천자에 십이 위안까지 올려드릴 수 있습니다.

이는 상당히 합리적인 가격이어서 나는 승낙했다. 그 사람이 내게 물었다.

—내일부터 원고를 줄 수 있으신지요?

—그러죠.

—소재는요?

—내가 어떤 걸 쓰길 바라나요?

—우리의 기준은 한가지뿐입니다. 가능한 한 법에 어긋나지 않는 범위 내에서 황색일수록 좋다는 것입니다.

—그건 쉽지 않은데요.

—압니다, 알아요. 어쨌든 기교도 좀 부리고 액션도 좀 묘사하더라도 너무 많이 하지는 마시고요.

나는 더이상 말하지 않았다. 그 사람은 곧바로 서류가방에서 백 위안짜리 지폐를 꺼내들고 눈웃음을 치며 말했다.

—이건 사장님이 분부하신 겁니다. 보답이라고 할 건 없고 인사일 뿐이라고 하시더군요.

나는 돈을 건네받았다. 그가 나가면서 문 앞에서 한마디 다시 되풀이했다.

—내일 사람을 보내 원고를 받으러 오겠습니다.

—알겠어요.

그가 나간 후 나는 즉각 나 자신을 방 안에 가두었다. 책상 앞에 앉아서 만년필과 원고지를 꺼내 새로 옛이야기 다시 쓰기 한편을 쓸 준비를 했다.

(무얼 쓰나? 나는 생각했다. 옛날 소설에는 음탕한 여자가 적지 않다. 『살자보』의 방산민의 마누라, 『부용동』의 혜음, 『호접몽』의 전씨……등 모두 그런 여자이니 아무나 하나 골라서 쓰면 쓸 게 없을까봐 걱정할 건 없다. 하지만 방산민의 마누라나 혜음, 또는 심지어 전씨까지도 보통 사람들은 잘 모르니 잘 팔리게 하려면 반금련 같은 유명한 여자를 골라야 한다. ……조유 씨 이야기는 누구나 잘 알고 있으니 그녀를 옛이야기 다시 쓰기의 주인공으로 삼으면 틀림없이 좋아들 할 것이다.)

조유 씨 이야기를 쓰기로 결정했다.

제목은 '조유 씨의 세계'이다. 조유 씨는 섹스에 목말라 완자이의 한 술집에 가서 국제적인 배가 된다. 다른 사람들은 살기 위해서 국제적인 노선을 택하지만 조유 씨의 목적은 오로지 특정 방면의 만족을 추구하는 것이다. 이렇게 하니 글이 쓸 만해졌다. 가능한 한 조유 씨와 한 해군 병사의 성행위를 묘사해가면서, 그녀의 이름이 사방으로 퍼져나가 '바의 여왕'이 되고 군함이 기항할 때마다 조유 씨의 일이 참으로 성황을 이루게 되는 것을 쓰는 것이다.

이 짓은 사람을 망가뜨리는 짓이다.

하지만 생활을 위해서는 쓰지 않을 수 없다.

나는 두어잔 들이켜며 세시간 동안 오천자를 썼다. 그뒤 옷을 걸치고 밖으로 나가서 풍성한 저녁을 즐기며 몇잔 마셨다.

나는 감정이 아주 혼란스러웠다.

때로는 내가 황색소설에 의해 생활이 보장되었음을 생각하면 안도의 느낌이 들었다.

때로는 신문에 실린 『반금련, 집주인 여자가 되다』와 『조유 씨의 세계』를 다시 읽게 되면 양심의 가책을 피할 수 없었다.

(누가 나를 이해할까? 나는 생각했다. 나 스스로도 나 자신을 이해할 수 없다. 문학을 사랑하는 자가 갑자기 순문예 사업을 팽개치고 황색글을 쓰다니. 양갓집 부녀자가 갑자기 도덕관념을 어기고 밖으로 나가 남들에게 차마 말할 수 없는 일을 저지르는 것과 똑같은 일이다.)

(누가 나를 이해할까? 나는 생각했다. 현실은 잔혹하다. 방세를 낼 돈이 없으면 길거리에서 자야 하고, 먹거리를 살 돈이 없으면 굶어죽게 된다. 어떤 작가들은 생활을 위해서 교사가 되고, 직장인이 되고, 서적 노점을 벌이고, 댄서 관리자가 되고, 신문 편집자가 되고……하는데 이런 건 모두 아무 문제가 없다. 다만 문예를 사랑하는 자가 저속한 글에 의지해 자신을 먹여 살리는 짓만큼은 해선 안된다.)

(저속한 글을 쓴 작가는 영원히 문학의 바깥으로 내팽개쳐질 것이다!)

(저속한 글을 쓴 작가는 처녀가 실수한 것과 같아서 영원히 그

오점을 씻어낼 수 없을 것이다!)

(그리하여 "이 몸 이미 열여덟 봄을 넘겼나니" 따위만을 쓰는 '작가'들, "파아란 하늘이러니" 따위만을 쓰는 '작가'들, "나의 모든 것은 전부 당신 것이오니" 따위만을 쓰는 '작가'들, "어젯밤 꿈에도 당신을 보았사오니" 따위만을 쓰는 '작가'들……은 잘난 체 으스대며 '문학'을 자기 것인 양 여기고, 졸부의 표정을 드러내며 우쭐거리면서 남들의 노력은 모조리 낭비라고 간주할 것이다.)

(사실 홍콩에 그 언제 비세속적인 문학이 있었던가? '청년마당'식의 잡지들에는 속되기 그지없는 신식 팔고문으로 가득하고, 신시는 유행가와 구분되지 않고, 소설은 문맥조차 통하지 않으며, 산문은 영원히 '방랑자'나 '나의 선생님' 따위뿐이다. 소위 '문예이론'이라고는…… 아아! 생각을 말자.)

(나는 술이나 마셔야겠다.)

씨티홀로 가서 술집에 앉아 브랜디 두어잔을 마신 후 막호문에게 전화를 걸었다.

—술 한잔할 생각 있나? 내가 물었다.

—시간 없어요.

—뭐가 바쁜가?

—『전위문학』을 편집하고 있어요.

—아직 그 생각을 포기하지 않았나?

—전 계속 바보가 될 겁니다!

'철컥' 하는 소리와 함께 전화가 끊겼다. 낙담하며 자리로 돌아와 담배를 피워물었다. 알코올 냄새가 배어 있는 담배 연기는 허공을 떠다니면서 변화무쌍하여 종잡을 수가 없었다. 앞쪽에는 젊은 유럽인 한쌍이 조용히 마주 보며 아무 말도 나누지 않고 있었다.

(눈길은 사랑의 언어야. 나는 생각했다.) 씨티홀은 짙은 양파 냄새로 가득 차 있었고, 광고판 앞에서는 학생들 한 무리가 갑자기 깔깔거리며 웃었다. 뮤직홀에는 유럽에서 온 발레 공연이 있어서 씨티홀에 온 신사 숙녀 들이 예술감상가 역할을 하고 있었다. 나는 좀더 열띤 분위기가 필요했다. 그래서 다시 브랜디 한잔을 청했다. 곳곳이 푸른 연기였고, 웃음소리가 푸른 연기 속에서 숨바꼭질을 하고 있었다. 두려운 웃음소리, 그것은 즐거움을 대표하지 않는다. 감정은 비처럼 악몽 속에서 발광의 걸작으로 바뀐다. 763분의 8의 즐거움을 얻지 못하면 그저 술이 최고다. 그러다보니 눈앞에 익숙한 두 눈이 나타났다.

  —오랜만이에요. 젱라이라이가 말했다.

  젱라이라이는 친칠라 숄을 둘렀으며 얼굴에는 지나치게 진한 화장을 하고 있었는데, 허옇고 벌겋고 해서 무대의 말괄량이 여배우 같았다.

  —혼자요? 내가 물었다.

  —아뇨. 남편과 함께 왔어요.

  —결혼했다고요?

  —예.

  —남편은 어딨소?

  그녀가 손가락으로 가리켰다. 멀지 않은 곳에 한 뚱뚱한 중년 남자가 서 있었다. 다소 선량해 보이는 얼굴로 어디선가 본 듯했다.

  —낯이 익군.

  —그래요. 본 적 있죠. 바로 그 방직공장 사장이에요.

  —깡패를 시켜 날 다치게 한 바로 그 방직공장 사장 말이오?

  —바로 그 사람이에요.

—당신이 그 사람과 결혼했다고?

　　—그래요.

　　—왜? 왜 그에게 시집갔소?

　　—돈이 있으니까요.

　　(돈은 모든 것의 주인이다. 나는 생각했다. 돈은 마귀다. 그것의 힘은 신보다도 위대하다.—특히 홍콩 같은 이런 사회에서는.)

　　젱라이라이가 뮤직홀로 들어간 후 나는 다시 종업원에게 브랜디 한잔을 시켰다.

　　한잔, 또 한잔…… 그런 후 집으로 돌아가야 한다는 것을 알았다. '씨티홀'을 나왔는데, 결국 컴컴한 데서 옝로우의 가슴을 더듬었다. 옝로우가 깔깔거리며 웃는 소리가 바람이 풍경을 흔드는 소리 같았다. 사냥꾼은 야심이 있지만 독기로 가득한 수풀 속에서 길을 잃고 만다. 돈으로 사랑을 산다. 사랑으로 돈을 얻는다. 이는 순전히 주고받기다. 하지만 장사와는 다르다. 나는 옝로우와 함께 있는 게 두렵다. 나 자신을 통제하지 못할까봐 두렵기 때문이다.

　　감정이 아직 마비되지 않았는데 장미는 다섯 손가락의 침략을 받는다. 사랑을 파는 사람에게도 아주 복잡한 심정이 생겨난다.

　　붉은 입술과 보석 같은 눈.

　　얼마나 많은 남자의 오만함이 그녀의 눈에 의해 정복되었을까? 앵두 같은 입술에 고래도 삼키는 능력이 있을 줄 누가 알았으랴?

　　—전 이제 선생님을 사랑하게 됐어요. 그녀가 말했다.

　　이는 당의를 입힌 거짓말이다. 그렇지만 나는 나의 아둔함으로 그 말을 해석하고 싶다. 삶이란 영원히 알 수 없는 힘에 의해 조종당한다는 걸 나는 인정한다.

　　옝로우의 시각에서 보면 나는 창고 속의 사다리다.

옝로우 앞에서 나는 영웅이다.

어둠은 비료처럼 욕망을 자라게 한다. 지금은 겨울이다. 긴 칼로 한자락 봄의 따스함을 베어내는 것이 제일 좋다.

열정으로 그녀의 봉사와 바꾼다. 입술로 그녀의 입술을 누른다. 그녀를 창녀로 간주하면 나는 영웅이고, 그녀를 애인으로 간주하면 나는 가련할 만큼 하찮은 인물이다.

나는 두가지 동물이다. 하나는 나고, 하나는 야수다.

옝로우는 스뜨라빈스끼의 「불새」를 들은 적이 있을까? 옝로우는 미로의 「달빛 아래의 여인과 새」를 본 적이 있을까? 옝로우는 브르뙁의 『산토끼가 어찌할 수 없는 버찌나무』를 읽은 적이 있을까?

사랑에는 한계가 없다.

강물은 바다로 흘러들어가고 철새는 짝을 찾아 남쪽으로 날아간다. 장난꾸러기 아이들은 산에서 야생화를 따서 식탁의 화병에 꽂는다.

사랑에는 한계가 없다.

한그루 나무의 강인함은 흐르는 물의 유유함을 이기지 못한다. 유령은 어둠속에서 자기한테 놀란다. 신비의 항해, 한밤의 달도 영혼의 춤을 비추지 못한다.

사랑에는 한계가 없다.

호금은 바이올린과 합주가 가능하니 하느님의 안배는 늘 그토록 교묘하다. 플로베르와 조이스는 만날 수 없고, 나비는 메뚜기가 높이 날지 못한다고 비웃는다.

사랑에는 한계가 없다.

연인석은 남녀에게 필요한 것이다. 어둠이 가장 사랑스러운 빛으로 바뀐다. 비록 어둠에 빛이 없는 것은 아니지만.

사랑에는 한계가 없다.

옝로우는 혀끝으로 천마디 만마디 말을 대신한다. 모든 계급은 황당하면서 또 퍽이나 이치에 맞다.

—우리 나가서 야식 먹을까요? 그녀가 물었다.

옝로우는 사랑스러운 여자다. 비록 버스처럼 누구나 탈 수 있지만 그래도 사랑스럽다.

야식을 먹을 때 나의 마음은 무방비의 도시가 되었다. 옝로우는 웃음과 교태로 공격하고, 나는 투항 전에 오로지 술만 마실 뿐이다.

세계는 거대한 만화경이나 마찬가지다. 이리 돌고 저리 돌고 하면서 전부 서로 다른 조각일 뿐이다.

역사의 점과 선. 옝로우 얼굴의 1, 2, 3, 4. 달은 오로지 한가지 색이다. 술과 물이 구분되지 않는다.

(옝로우는 고양이처럼 생겼다. 나는 생각했다. 나는 고양이 애호가다. 사람이 고양이와 결혼할 수 있을까? 대답은 분명 사람과 개는 결혼할 수 없다이다. 고양이는 아주 교활하다. 개는 비교적 순진하다. 하지만 사람들은 개를 싫어한다. 다행히도 옝로우는 고양이처럼 생겼다. 그리고 나는 고양이 애호가다.)

생각이 아주 어지러웠다, 바위틈의 잡초처럼.

생각이 아주 어지러웠다, 그물에서 빠져나간 물고기처럼.

생각이 아주 어지러웠다, 밤하늘의 뭇별처럼.

나는 내가 무얼 하고 있는지 전혀 알 수 없었다. 내가 손에 술을 한잔 들고 있다는 것만 알 수 있었다. 그후 술잔이 갑자기 사라졌다. 나는 문을 보았다.

문. 모든 욕망의 입구. 발광의 원료. 인류 생명선의 연장.

불이 꺼질 때 어둠이 모든 것의 지배자가 된다.

29

또 신문사 두군데서 나와 의논하러 사람을 보내왔다. 내게 『반금
련, 집주인 여자가 되다』와 『조유 씨의 세계』처럼 황색의 옛이야기
다시 쓰기 글을 써달라고 했다. 나는 지나치게 자신을 학대하고 싶
지 않아서 완곡한 말로 거절했다. 하지만 그들은 원고료를 천자에
십오 위안을 주겠다고 하면서 또한 적지 않게 솔깃한 말을 했다.

나는 자존심을 회복했다. 하지만 또한 극도로 비애를 느꼈다. 나
는 열네살 때부터 순문예 작업에 종사하기 시작해서, 신문의 순문
예 면도 편집했고 문예총서도 편집했으며, 제법 큰 출판사도 경영
했고 5·4 이후의 정말 훌륭한 문학작품들도 펴냈었다. 그런데 이
제 홍콩에 온 뒤로는 생활을 위해 지난 이삼십년간의 노력을 모두
포기하고 황색글을 통해 자존심을 되찾으려 하고 있다니.

나의 내면은 모순으로 가득 찼고, 감정은 극도로 복잡했다. 한편
으로는 생활이 점차 안정되어 다행이다 싶었고, 다른 한편으로는
억지로 문학에 대한 사랑을 포기함으로써 비애를 느꼈다.

황색글을 쓰는 것은 머리를 쓸 필요도 없는 일이다. 하지만 이런
쪽에 흥미가 없다면 부담이 되기 마련이다.

연말에도 막호문은 나를 보러 오지 않았다. 프랑스에 체재하는
한 노작가가 원고를 보내와서 이를 받은 나는 어쩔 수 없이 직접
호문의 집으로 찾아가게 되었다.

그것은 논문으로 중국 소설가의 입장에서 '누보로망파' 이론을
연구한 것인데, 아주 뛰어나서 사실 근년에 보기 드문 훌륭한 글이
었다.

막호문은 나를 보더니 눈빛에 적의가 가득했다. 나는 우리들 사이에 이미 감정상의 철조망이 가로놓여 있고 당분간 걷어낼 도리가 없음을 알았다. 나는 그 노작가가 쓴 논문을 그에게 줄 때 이렇게 몇마디 덧붙였다.

—이 글은 탁월한 견해를 가진 논문으로, 싸로뜨, 뒤라스 등 '누보로망파'의 작품에 대해 면밀하게 비판을 가한 것일세. 글쓴이 생각은 이렇더군. '누보로망파'의 주장은 인간의 내재적 진실을 써내자는 것으로 매우 가치있는 관점이다. 다만 표현수법 면에서는 예컨대 주요 인물에 이름이 없다든가, 기하학적 명칭으로 풍경을 묘사한다든가 등등 아직 실험단계에 있다. 비록 그렇기는 하지만 그들의 '혁명'이 전적으로 고립되어 있는 것은 아니다. 그들의 작품에서 우리는 여전히 조이스, 지드, 포크너라든가 심지어 싸르트르의 그림자까지 찾아볼 수 있다.

이 말을 마치고 원고를 막호문에게 건네주었다. 호문은 제목을 일별한 후 몇장 뒤적거리더니 원고지를 차탁에 내려놓았다.

어색한 침묵을 이기지 못해 내가 물었다.

—'창간호'의 원고는 모두 준비되었겠지?

—지금껏 괜찮은 논문 한두편이 부족했는데 마침 이 글이 왔으니 잡지에 정말 필요하겠군요.

—내용 면에서 웬만큼 수준을 유지할 수 있겠던가?

—창작 부문이 좀 약한데 단편소설 몇편이 모두 이상적이지 않아요.

—좋은 소설은 인연이지 찾는다고 되는 게 아니네. 그저 '문예유치병'만 아니라면 어느정도 역할은 할 수 있을 걸세.

막호문은 『전위문학』에 대해 이전처럼 그렇게 열중하는 것 같지 않았다. 말할 때 얼음처럼 말투가 차가웠다.

(가야겠군. 나는 생각했다.)

막 작별을 고하려고 할 때 그가 이런 질문을 했다.

—남들의 말을 들으니 최근 신문사 네곳에 황색글을 쓰신다더군요. 그런가요?

—그렇다네.

—그건 사람을 해치는 일입니다.

—나도 아네.

—그럼 알면서 왜 쓰시나요?

—생활을 위해서지.

—자신의 물질적 욕망을 만족시키기 위해서는 아니고요?

나는 한숨을 내쉴 뿐 해명할 생각이 없었다. 사실 막호문이 나를 이해하지 못한다면 나를 이해할 사람이 어디에 있으랴. 홍콩이라는 사회의 특수성은 직접 고생을 해보지 않은 사람은 알 수가 없다. 이곳에서는 능력있고 재주있는 문인도 생활을 위해 열에 아홉은 통속글을 쓴다. 하지만 호문은 나의 고충을 이해하려 하지 않는다. 내가 무얼 더 말할 수 있겠는가? 탄식하는 걸 제외하고 말이다.

막호문의 집을 나서는데 감정이 피를 흘렸다. (어쩌면 술이 상처를 치료하는 특효약이리라. 나는 생각했다.) 나는 한 술집에 들어갔다.

내 마음속에서 비극 1막이 공연되고 있었다. 주인공은 나 자신이었다.

하느님의 안배는 영원히 틀리는 법이 없다.

젊은 여자는 필히 허영에 빠진다. 아름다운 여자는 필히 허영에 빠진다. 가난한 여자는 필히 허영에 빠진다. 부유한 여자는 더더욱 허영에 빠진다.

그런데 하느님은 남자들마다 야심을 갖도록 만들었다.

추악한 남자는 야심을 갖는다. 잘생긴 남자는 야심을 갖는다. 가난한 남자는 야심을 갖는다. 부유한 남자는 더더욱 야심을 갖는다.

나는 이미 야심을 잃었다. 나에게 야심이란 남은 촛불이나 마찬가지여서 구멍 뚫린 창호지를 통하여 미풍만 불어와도 꺼질 터였다.

야심이 없는 남자는 필히 의지할 바를 모두 잃게 될 것이다. 나는 계속해서 술을 마셔야 한다. 동시에 허위의 사랑을 찾아서 그걸 진실로 여겨야 한다.

나는 쎈트럴로 가서 원고를 넘겨준 후 술을 한잔할 생각이었다. 하지만 결국 어느 서양서 책방으로 들어갔다. 문학에 대한 마음은 식었지만 그래도 한 서양서 책방으로 들어간 것이다. 펭귄 씨리즈에서 많은 문학 명저를 내놓았다. 그레이브스의 『나는 황제 클라우디우스다』, V. 울프의 『등대로』, 토마스 만의 『마의 산』, 조이스의 『더블린 사람들』, 모라비아의 『로마 이야기』, 나보코프의 단편소설집……등등, 모두 아주 싸서 삼사 위안이면 한권을 살 수 있었다. 그외에도 새 책이 많았는데 그중에는 좋은 작품도 없지 않았다. 특히 그랜스든의 『포스터』와 비어의 『포스터의 성취』는 이 『인도로 가는 길』의 작가에 대해 대단히 뛰어난 분석을 하고 있었다.

어떤 여자가 마음에 드는 옷에 눈길이 갈 때 핸드백에 돈만 충분히 들어 있다면 틀림없이 그걸 살 것이다.

어떤 문학애호가가 마음에 드는 책에 눈길이 갈 때 주머니에 돈만 충분히 들어 있다면 틀림없이 그걸 살 것이다.

『포스터』와 『포스터의 성취』의 가격은 비싼 편이 아니었다. 전자는 겨우 오 위안이었고 후자는 조금 비쌌지만 그래도 이십오 위안에 불과했다.

그러나 나는 사지 않았다.

서점을 나온 나는 갑자기 격렬한 전투 후의 피로를 느꼈다. 마귀와 천사가 나의 가슴속에서 결전을 벌였고, 결국 마귀가 승리를 거두었다. 그후 나는 주황색 등불 아래에서 종업원에게 위스키 한잔을 시켰다.

(만일 남들이 나를 용서하지 못한다면 내가 나 자신을 용서할 수밖에 없다.)

앞으로 서점을 금지구역으로 정하고, 집에 있는 모든 문예서적을 전부 막호문에게 보내버려야겠다. 만일 막호문이 원하지 않는다면 무게를 달아 헌책방에 팔아버리리라.

나는 모진 마음을 먹고 단호하게 문예와 관계를 끊어야 한다. 글쓰기를 직업으로 삼고, 자신을 글 쓰는 기계로 간주해야 한다.

이건 그리 잘못된 것이 아니다. 최소한 나는 방세를 못 낼까봐 걱정할 필요도 없고, 술을 못 살까봐 걱정할 필요는 더더욱 없다.─비록 더이상 인생의 가치와 의미를 인식할 도리가 없기는 하지만.

나는 기생충이 되었다.

30

『전위문학』 창간호가 출간되었다. 막호문이 내게 한부를 보내주었다. 표지에는 그림 없이 '전위문학'이라는 커다란 네 글자만 있었다. 한편 오른쪽 모서리에는 검은색 아라비아 숫자로 '1' 자를 박아놓았는데, 시원시원한 것이 제법 보기 좋았다. 그외 내용 면에서는 내가 처음 세웠던 계획과 별 차이가 없었다. 창간사는 여전히 내가 쓴 그 글을 사용했는데 글자 하나 바뀌지 않았다. 나로서는 물론 아주 기쁜 일이었다. 번역문 방면에서도 내가 세웠던 계획대로 최고 수준의 작품들을 선택했다. 창작은 비교적 약세였는데, 단막극 한편과 '누보로망파'를 연구한 논문을 제외하면 나머지는 눈에 띄는 작품이 아니었다. 단편소설 몇편은 이즈음의 일반적인 '학생마당'식의 단편소설보다는 약간 수준 높긴 하지만 처음 원했던 것과는 여전히 거리가 멀었다. 이 문제는 막호문의 감상 수준이 낮기 때문이 아니라 상업사회가 재주있고 능력있는 작가들로 하여금 다른 분야에 정력을 쏟도록 하고 문학작품을 쓸 시간이나 흥미를 갖지 못하도록 했기 때문이다. 막호문은 아직 나이가 어리고 아는 사람이 많지 않은 편이어서 홍콩에서 '문예유치병'에 걸린 그런 '작가'들 외에는 제대로 된 작품을 쓸 수 있는 사람들을 알지 못했다. 사실 홍콩에는 생활 때문에 펜을 버리고 다른 직업을 택한 아주 유망한 작가들이 없지 않다. 그들은 모두 능력있는 문예 종사자들이었지만 현실은 잔혹했다. 생활의 부담이 너무도 커서 어쩔 수 없이 문학에 대한 사랑을 포기한 것이다. 막호문은 그들을 몰랐고, 그들이 『전위문학』에 글을 쓰도록 할 방법은 더더구나 없었다. 막호문이 찾아낸 창작 몇편은 수준 낮은 리얼리즘 작품으로 아무 특출한 점도 없어서 구색 맞추기에 불과했다. 그렇기는 하지만 『전위문학』은 그래도 현재 홍콩에서 가장 무게있는 문학잡지였다. 나는 막호문의 굳센 의지에 탄복했다. 동시에 부끄러움을 느끼기도 했다. 단숨에 『전위문학』을 다 읽고 난 후 나는 문학에 대한 열정이

완전히 사라지지 않았음을 인정해야 했다. 내가 문학작품을 더이상 읽지 않은 까닭은 자기기만적인 행위에 불과했던 것이다. 사실 나는 여전히 문학의 흡인력에 저항할 도리가 없었다. 나의 평가는 이러했다. 수준은 아직 충분하지 않다. 하지만 홍콩의 일반적인 문예 간행물에 비하면 이미 수준이 너무 높아서 일부 독자들은 받아들일 수가 없을 정도이다.

만일 『전위문학』이 일정한 수준을 유지할 수 없다면 존재 의미를 완전히 잃어버리게 될 것이다.

막호문은 중국 신문학이 일말의 원기를 보존하도록 하기 위해서 모친의 저축을 아낌없이 모두 걸었다. 하지만 원하는 바에 부합하는 창작을 찾기는 쉽지 않다. 더구나 정기간행물이기 때문에 원고를 실어야 할 때에 좋은 작품을 찾지 못하면 되는대로 졸속으로 쓴 원고 몇편으로 충당할 수밖에 없다. 이렇게 된다면 내용이 부실해져서 고급 독자나 일반 독자 모두 받아들일 수 없는 간행물이 되고 말 것이다.

나는 막호문이 퍽 걱정스러웠다.

막호문은 조만간 오천 위안을 모두 날릴 것이다. 문제는 이 오천 위안을 가치있게 날려야 한다는 것이다.

『전위문학』 창간호는 비록 이상과는 아직 상당한 거리가 있지만 번역문 방면의 선택만큼은 확실히 현명했다. 다만 앞으로 그 혼자의 힘만으로는 이런 수준조차 유지해나갈 수 없을 것이다.

나는 호문을 한번 만나고 싶었다.

그렇지만 그에게 전화를 걸 용기가 없었다.

호문은 개성이 강한 젊은이다. 그는 실패를 받아들일 것이다. 하지만 저급한 글을 쓰는 사람의 도움을 받아들이지는 않을 것이다.

달리 말하자면 나는 하루에 신문 네곳에 연재소설을 쓰는데 또 무슨 시간이 있어서 그를 돕겠는가?

나는 탄식을 하며 『전위문학』을 휴지통에 집어던져버리고 담배를 피워물며 술을 반잔 따랐다. 책상 앞에 앉아서 펜을 들고 『반금련, 집주인 여자가 되다』를 계속 써나가기 시작했다.

술과 황색글은 모두 도피작용을 할 수 있다. 현실을 마주할 용기가 없는 사람에게 술과 황색글은 제법 쓸모가 있다.

갑자기 누군가가 가볍게 노크를 하더니 문을 열고 들여다보았다. 알고 보니 레이 씨네 할머니였다. 그녀가 말했다.

──누가 전화를 했어.

전화기로 가서 수화기를 드니 뜻밖에도 막호문이었다.

──보내드린 창간호 받으셨어요? 그가 물었다.

──받았네.

──어때요? 제게 제대로 평가를 해주시면 좋겠어요.

──자네의 용기와 의지에 탄복했네.

──용기와 의지 말고 내용 면에선 어때요?

──아주 좋았네. 글마다 수준이 있더군.

이는 마음과는 어긋난 이야기여서 막호문도 알아차렸다. 막호문은 내가 아는 인물 중에서 가장 진지한 친구였다. 그렇지만 나는 그에게 거짓말을 하고 말았다. 사실 막호문이 나의 의견을 존중하지 않는다면 내게 전화를 걸 리도 없다. 나는 너무 자기비하를 해서는 안된다. 비록 대부분의 동료 문인들이 나를 무협소설과 황색소설의 작가로 보고 있지만 믿건대 막호문만은 그렇게 생각하지 않을 것이다. 최소한 그는 아직도 나의 의견을 듣기를 기대하고 있다. 그러나 나는 이토록 허위적이어서 마음속의 하고 싶은 말을 솔직하게 하지 못했다.

  —창작 부문은 어때요? 막호문이 물었다.

  —비록 좀 약하긴 하지만 그런대로 괜찮더군.

  —좀 솔직한 의견을 말씀해주셨으면 해요.

  —단편소설 몇편은 모두 사실적인 것이던데 기법이 상당히 진부했네. 오늘날의 소설가라면 내재적 진실을 추구해야지 자연을 모방해서는 안되네. 쎄잔은 졸라 앞에서 자연을 모방하는 일이 무용하다는 것을 솔직하게 지적하면서 예술가는 마땅히 어떻게든 자연을 표현해야 한다고 주장했다네.

  —저도 압니다, 알죠. 하지만 지금 이곳의 소설가들은 문예사업에 계속 종사하겠다는 사람이 많지 않으니 어떻게 그들에게 내재적 진실을 탐구하도록 요구할 수 있겠어요?

  —그건 맞는 말일세.

  —그러니 번역문의 수준을 가능한 한 높여서 이를 통해 문예 종사자들이 각성하길 바랄 뿐입니다.

  —창간호의 번역문 부문은 괜찮았네.

  —제2호를 곧 준비해야 하는데 바빠서 『전위문학』에 번역할 시간이 없다는 건 알지만 독서를 많이 하시니 자료를 제공해주는 것쯤은 가능하시겠죠?

  —최근 나는 전혀 문학서적을 읽지 못했다네.

  막호문은 "아, 그러세요"라고 한마디 하고는 전화를 끊어버렸다. 나는 방으로 돌아온 뒤 책상 앞에 앉아 계속 문자의 용두질을 하고자 했다.

  한글자도 쓸 수 없었다.

  직업작가가 되는 것은 보통 사람들이 상상하는 깃처럼 그렇게 편안한 것이 아니다. 심사가 고약할 때도 억지로 글을 써나가도록 자신을 강제해야 하는 것이다.

다행히도 이런 것들은 아무 생각도 필요 없어서 일련의 성행위를 너무 노골적이지 않게 묘사하기만 하면 독자들이 좋아하게끔 만들 수 있다.

(홍콩은 정말 이상한 곳이다. 예술성이 높은 작품일수록 발표할 곳을 찾기가 어렵다. 하지만 독이 들어 있는 무협소설과 황색소설은 오히려 서로 다투어 찾는 대상이 된다.)

(홍콩은 정말 이상한 곳이다. 예컨대 과거의 『문예신조』『열풍』처럼 원고료를 지급하지 않는 잡지는 늘 뛰어난 작품을 게재한다. 하지만 '그린백'의 보조에 의지하는 잡지들은 원고료가 천자에 사십 위안에 달하기도 하지만 게재된 '물건'들을 보면 종종 문맥조차 통하지 않으니 작품 자체의 사상성이나 예술성은 논할 필요도 없다.)

(홍콩은 정말 이상한 곳이다. 가치가 높은 잡지일수록 수명이 짧다. 반면에 전적으로 오빠니 누이니 하는 것을 싣는 소일거리 잡지들이나 컬러 표지를 쓰긴 하되 내용은 극도로 빈약한 그런 간행물들은 오히려 큰돈을 번다.)

『전위문학』의 운명은 단명하도록 정해져 있다. 몇번 내고 나서 휴간한다 하더라도 절대로 놀랄 일이 아니다. 사실 막호문 자신도 이 잡지가 오래가지 않을 것임을 알고 있다. 다만 그는 그만의 생각이 있다. 작디작은 불씨 하나가 온 들판을 태울 수도 있으니 역량이 부족하다 하더라도 진정으로 수준을 높일 수만 있다면 장래에 어떤 결실을 맺을지 아무도 예측할 수 없다고 보는 것이다. 이런 생각이 나쁜 것은 아니다. 문제는 좋은 작품을 구하기 어려워서 잡지가 일정한 수준을 유지할 수 없게 됨으로써 쏟아붓는 금전과 정력이 헛된 낭비나 다름없게 된다는 점이다.

이는 우려할 만한 일이다.

나는 심지어 통속소설 쓰기를 포기할 생각까지 했다. 있는 힘껏 막호문이『전위문학』펴내는 것을 돕기 위해서.

하지만 용기가 없었다.

문학은 쌀밥이 아니다. "문인은 역경에 처할수록 뛰어난 작품을 쓴다"라는 말은 사실에 부합하지 않는 무책임한 말일 뿐이다. 오늘날의 현실 사회에서 바보가 되기를 원하는 사람은 여전히 있겠지만 아마 문학을 위해서 죽어도 좋다는 사람은 없을 것이다.

나는 극심한 곤혹 속에 빠졌다. 감정으로 이성을 변호할 수는 없었고, 이성으로 감정을 해석하기란 더더욱 불가능했다.

나는 다시 반병을 더 마셨다.

31

날씨는 계속 추웠고 습도는 아주 낮았다. 북풍이 고양이처럼 울어대어 베란다의 꽃들이 바람 속에서 끊임없이 흔들렸다. 꽃잎은 레이 씨네 할머니의 얼굴처럼 주름이 정말 그렇게 많이 잡혀 있었다. 할머니가 또 내게 연밥탕 한그릇을 가져왔는데 연밥이 아주 바삭바삭하게 잘 익어 있었다. 나는 이미 약간 취기가 있었지만 그래도 밖으로 나가고 싶었다. 그후 귓가에 파도 소리 같은 시끌벅적함이 등장했으니 스물한명의 선수들이 녹색 운동장에서 각축을 벌이고 있었다. 남와팀 대 가우룽팀인지 펑와팀 대 위원팀인지 알 수 없었다. 붉은색 유니폼을 입은 팀이 특히 오만했다. 그러나 그 오만함은 또 그렇게도 유약하고 무력했다. (인간은 싸우기를 좋아한다. 나는 생각했다. 기본적으로 인간은 원래 극도로 잔인한 것을 좋아한다.) 잔혹한 장면이었다. 관중은 선수들이 어떻게 다치는가를 보기 원했다. 경기장을 떠난 나는 한 레코드 가게 앞에 서서 처비 체커의 노래를 들었다.

세기말의 소리, 처비 체커는 심각한 '세기병' 환자다. 그후 옐로우에게 전화를 걸어 '다이아몬드 레스또랑'에서 저녁을 먹자고 했다. 옐로우는 시간이 없었다. 옐로우에게는 손님이 아주 많았다. 내 마음속에서 갑자기 말로 표현할 수 없는 감정이 솟아났다. 질투라고 하기보다는 일말의 비애 비슷한 것이었다. (내가 옐로우를 사랑하게 될까? 그럴 리 없다.) 하지만 나의 뇌리에는 종종 그녀의 미소가 떠오른다. (그녀는 나쁜 여자가 아니다. 나는 생각했다. 비록 그녀에게 손님이 아주 많기는 하지만 절대 나쁜 여자는 아니다.) 이렇게 생각하니 더욱더 그녀가 보고 싶어졌다. (시간이 없다니 틀림없이 다른 약속이 있을 거야. 그녀가 다른 약속을 하도록 내버려둘 수는 없어. 나는 그녀를 좋아하니까.) 나는 웃었다. 나 자신의 생각이 너무 유치해서 웃었다. (옐로우는 댄서이다. 내가 어떻게 다른 손님들과 약속하는 걸 막을 수 있단 말인가? 내가 그녀와 결혼할 용기가 있다면 모를까. 더구나 결혼은 용기만 가지고 되는 것이 아니다.) 나는 다시 웃었다. 나 자신의 생각이 너무 유치해서 웃었다.

나는 술을 마시고 나면 그 술이 많든 적든 심지어 단 한방울밖에 안되더라도 기기묘묘한 생각들이 떠오르곤 한다. 그래서 택시를 탔다. 어둠속에서 옐로우의 입술을 찾았다. 나는 그녀더러 나와 함께 '다이아몬드'에 가서 밥을 먹자고 했다. 그녀는 은방울 같은 웃음소리로 나를 거절했다. 나는 내심 분노의 불길이 치솟아서 그녀에게 지폐를 내던져버리고는 분연히 나와버렸다. 해변을 따라 천천히 걷다보니 분노의 불길이 바닷바람에 사그라들었다. 코즈웨이 베이에서 한 젊은 친구를 만났는데 단박에 나를 붙들고는 '리츠'에서 스테이크를 먹자며 끌고 갔다. 그는 자신이 스테이크 먹는 걸 좋아한다고 했다. 그는 자신이 스테이크를 즐겨 먹는 친구를 좋아한다고 했다. 그후 그는 자신이 사십전짜리 소설을 썼는데 아주 잘 팔렸으며, 한 영화사에 영화 제작권을 팔아넘겼는데 머지않아 은막에 올리게 될 것이라고 했다.

—그들이 제게 얼마나 주었는지 아세요? 그가 물었다.

—모르겠는데.

—그들이 오백 위안을 주었어요.

—영화사의 스토리 비용이 오백 위안이라고 하더군.

—아닙니다, 아녜요. 영화사는 '사십전 소설'의 영화 제작권을 사들일 때 삼백 위안을 넘긴 적이 없답니다.

—그렇다면 자넨 예외로군.

—전 예외 중의 예외죠.

—무슨 뜻인가?

—영화사 쪽에서 저더러 특별출연 하라면서 영화에서 그다지 중요하지 않은 역할을 맡기더군요.

—자네 표준어는 할 줄 아나?

—영화 속 그 인물은 대사가 없어요.

—아~

—외국 영화에서는 종종 원작자가 직접 영화 화면에 나오는데 예컨대 '삼부작'의 써머싯 몸이 그랬죠.

—그렇다면 이것도 일종의 발전인 셈이군?

—물론이죠!

그는 종업원에게 스테이크 2인분을 시킨 후 다시 종업원에게 브랜디 두잔도 시켰다. 그는 술 마시길 좋아하는 사람은 아니었다. 하지만 내가 좋아한다는 걸 알고 있었다. 그가 이 상황에서 술을 마시는 건 물론 너무 흥분했기 때문이다. 그의 흥분이 타오르는 불꽃 같은데다가 술까지 더해지니 갈수록 더 강렬하게 타올랐다.

—솔직하게 말해서 표준어 영화는 개선해야 할 면이 아직도 많아요. 보세요, 일본 사람이 만든 「라쇼오몬」은 할리우드의 대감독들도 그 수법을 배워야 할 정도라니까요.

—그러게. 전후 일본 영화는 이딸리아의 Limited Production처럼 놀라운 성과를 거두었지. 다만 우리의 표준어 영화가 세계시장에서 인정받으려면 일단 '사십전 소설'에서 소재를 찾아서는 안 되네.

나의 말은 한자루 칼처럼 그의 감정을 다치게 만들었다. 그는 멍해져서 두 눈을 용안 열매보다 더 크게 떴다. 그에게는 나의 이런 말이 그의 흥분에 찬물을 끼얹은 것이나 다름없었다.

마음속의 낭패감을 감추기 위해 그는 난처한 미소를 지으면서 내게 농담을 아주 잘한다고 했다. 그런 다음 잔을 들어 나의 건강을 기원했는데 나는 술을 한모금 마신 뒤 표정을 바로잡고 말했다.

—표준어 영화가 정말로 발전하려면 우선 제작자들이 소위 '장삿속'을 포기해야 하네. 다음으로는 극본의 중요성을 깨달아야 하고, 세번째로는 스타 씨스템을 없애야 하고, 네번째로는 잔꾀로 목적을 달성하려는 생각을 버려야 하네. 상투적인 민간의 옛이야기를 찍지 말아야 한다는 말이지. 다섯번째로는 씨네마스코프와 일

본 컬러영화를 판매기록 경신의 보물로 삼아서는 안되고, 여섯번째로는 집단창작 방식으로 민족정신을 갖추면서도 질박하고 수수한 극본을 창작해야 하네. 극본이야말로 영화의 영혼이라는 걸 알아야 하네.

─맞습니다, 맞아요. 말씀하신 게 하나도 틀리지 않아요. 극본이야말로 영화의 영혼이죠. 그러니까 제가 보기에 영화사 쪽에서 오백 위안을 들여 저의 소설을 사서 각색하고자 하는 것은 일종의 발전적인 행동이죠.

─정말 미안하네만 내가 솔직하게 말하는 걸 용서해주게. 제작자들이 '사십전 소설'에서 소재를 찾겠다고 한다면 영화는 발전하지 못할 뿐만 아니라 막다른 골목에 들어설 걸세.

─그건…… 그건 싸잡아서 그렇게 말할 순 없죠. 사실 '사십전 소설'이 모조리 안되는 건 아니겠죠.

─'사십전 소설'에도 물론 우열은 있겠지. 다만 '사십전 소설'의 대상이 어느 계층인지는 우리가 반드시 분명히 해야 할 걸세.

─'사십전 소설'의 대상이 대체 어떤 계층인지 한번 말씀해보세요.

─전적으로 저속한 취미의 영화만 보는 바로 그런 관중일세.

─무슨 말씀이신지 모르겠는데요.

─아주 간단하네. '사십전 소설'을 영화로 만들겠다는 건 제작자들이 그저 저속한 취미의 관중을 끌어들이겠다는 걸 말하네. 제작자들이 여전히 돈벌이를 최고의 목표로 삼는다면 어찌 수준 향상을 논할 수 있겠는가?

─그 말씀은 현실과 전혀 안 맞습니다. 오늘날 홍콩의 제작자들 중에 그 누가 영화 제작을 사업으로 여기지 않겠어요? 홍콩에선 예

술이 제일 도외시됩니다. 추상화 화가들은 조롱받다 못해 외국으로 가서 전시회를 열지 않으면 알아주는 사람이 없잖아요? 비록 영화가 제8의 예술이라고 사람들이 말하지만 사실 사교춤과 마찬가지로 홍콩에 들어오자마자 변질되어버렸어요. 사교춤은 섹스를 파는 구실이 되어버렸고, 영화예술은 상인들이 돈을 버는 또다른 방식이 된 겁니다.

—그러니 말인데, 내가 보기엔 자네 작품이 영화사에서 극본으로 각색되는 게 기뻐할 일만은 아니라는 걸세.

—전 힘들이지 않고 오백 위안을 번걸요.

—만일 그렇게 말한다면 그건 또다른 차원의 일일세.

—전 한번도 야심을 가져본 적이 없어요. 제가 '사십전 소설'을 쓰는 건 비교적 돈 벌기가 쉽기 때문이죠. 제가 이렇게 흥분하는 것도 뜻밖의 수입이 생겼기 때문이고요. 예술에 대해 논한다면 전 아무것도 몰라요. 저야 언제나 광고 그림이 추상화보다 더 멋있다고 생각하니까요!

나는 웃었다. 그도 웃었다. 종업원이 스테이크를 가져왔다. 아주 부드러웠고 맛도 각별했다. 홍콩은 바로 이런 곳이다. '사십전 소설'의 작가는 날마다 스테이크를 먹을 수 있고, 순문예 종사자는 스테이크 냄새조차 맡기 어렵다. 나는 나의 운이 나쁘지 않음을 즐거워해야 할 것이다. 나보다 더 운이 좋은 '소설가'를 만났으니.

스테이크를 먹고 나서 그와 계속 이야기하기가 싫어서 일어났다. 말로는 다른 약속이 있다며 그 자리를 떠났다. 스스로 기뻐서 어쩌지 못하는 이 '소설가'는 실은 아주 슬픈 존재이다. 그는 저속한 제작자의 부추김에 의해 소설의 문고리조차 잡아보지 못한 채 망가져버린 것이다.

코즈웨이베이의 불빛. 홍색. 녹색. 남색. 그리하여 한가지 허구의 이야기가 떠올랐다. 의욕을 잃은 한 문인이 갑자기 어떤 돈 있는 남의 애첩에게 사랑을 받게 된다. 그는 모든 것을 얻은 것처럼 아주 행복했다. 그러나 이 행복은 비누 거품이나 마찬가지였다. 그는 이미 모든 것을 잃어버렸기 때문이다. 홍콩인의 행복은 모두 종이로 만든 것이다. 하지만 사람들은 종이로 만든 사랑을 진실하다고 여기고 싶어한다. 하느님은 어디 계시는지, 사람들이 지옥이라고 부르는 곳에 어찌 이렇게도 웃음소리가 넘쳐나는지?

희망을 가득 실은 배가 갈매기에 의해 방향을 상실한다. 공기에서 달콤한 냄새가 난다. 공기가 아주 차갑다.

(어떤 사람은 자신을 시인으로 생각하며 네모난 글자를 블록 장난감으로 착각한다. 나는 생각했다. 시 면허증을 가진 사람은 아무도 없으니 누구나 시를 쓸 수 있다. 수십개의 글자를 한데 모으면 시 한수를 만들 수 있다. 그래서 우리 이 세대에는 가짜 시인이 유난히 많다. 시에는 진짜와 가짜가 없다. 시에는 좋은 것과 나쁜 것만 있다. 하지만 시인은 다르다. 시인에는 진짜와 가짜의 구별이 있다. 우리 이 세대에는 가짜 시인이 진짜 시인보다 많다. 가짜 시인의 나쁜 시가 너무 많아서 일반인들은 진짜 시인의 좋은 시에 대해 오히려 오해를 한다.)

(만일 참된 비평가가 나타나지 않으면 중국 문예는 부흥할 수 없을 것이다.)

(5·4 때부터 지금까지 우리에게는 권위있는 문학비평가가 나온 적이 없다. 류시웨이가 소책자 두권을 썼는데 문장은 아주 좋지만 견해는 그리 훌륭하지 못하다. 그가 차오위의 극본을 비판하자 차오위는 그가 말을 잘못했다고 했다. 그가 바진의 소설을 비판하자

바진도 그의 관점을 받아들이지 않았다. 하지만 지금까지는 류시웨이의 문학비평이 그래도 제일 낫다.)

(옆에서 보는 사람이 더 잘 아는 법이라고 작가는 등대의 인도를 필요로 한다.)

(참된 비평가가 나타나지 않으면 중국 문예는 부흥할 수 없을 것이다.)

(내가 왜 또 이런 문제를 생각하는 걸까? 여자 생각이나 할 것이지.)

어둑어둑한 불빛 아래에서 까맣고 반짝이는 눈동자가 나타났다. 꿈을 꾸고 있는 줄 알았는데 현실이었다. 나는 그녀의 성이 무엇이고 이름이 무엇인지 알지 못했다. 그녀를 어떻게 알게 됐는지는 더더욱 알지 못했다. 우리는 서로 마주하고 앉았고 눈앞에는 각자의 위스키가 한잔씩 놓여 있었다.

—주량이 보통이 아니네요. 그녀가 말했다.

—나요? 난 아예 술을 못 마시는데요.

—거짓말 마세요. 위스키를 여섯잔이나 마시는 걸 직접 봤어요.

—그랬나요?

—좀전에 취해서였는지 탁자에 엎드려서 반시간이나 주무셨어요.

—그게 바로 내 주량이 신통찮다는 걸 증명하는 거요.

—하지만 안 취하셨어요. 전 알아요.

나는 그녀를 바라보았다. 그녀는 까맣고 반짝이는 한쌍의 눈을 가지고 있었다. 그녀의 말은 전혀 틀리지 않았다. 나는 취하지 않았다. 시계를 보는데 긴 침과 짧은 침을 구별할 수 없었다.

—몇시요? 내가 물었다.

―열두시 십오분요.

―가야지요?

―그래요, 가야죠.

―어디로 갈까요?

―선생님을 따라서요.

나는 종업원에게 계산서를 가져오라고 했다. 나이트클럽을 나서
자 택시 한대가 곧 우리 앞에 멈춰섰다. 차에 타서 눈을 감으니 금
세 의식이 흐릿해졌고, 운전사가 우리를 어디로 데려가는지 알 수
없었다. 이튿날 일어났는데 내가 어떤 여관의 나무바닥 방에서 자
고 있는 걸 발견했다. 머리가 아주 아파서 뇌에 문제가 있는 것 같
았다. 그 여자는 어디로 갔을까?

얼른 침대에서 내려오니 바닥이 파도치는 것 같았다. (어젯밤 난
틀림없이 술을 엄청 마셨을 거야. 나는 생각했다.) 화장대로 가서
정신을 차리고 보니 탁자 위에 재떨이로 눌러놓은 종이쪽지가 한
장 있었다.

쪽지에는 비뚤배뚤 이렇게 몇줄 적혀 있었다.

"선생님, 전 선생님이 누군지 모릅니다. 선생님이 좋은 사람이라
는 건 압니다. 선생님 돈을 훔쳐선 안되지만 전 가난합니다. 제 어
머니가 병을 앓고 있어서 약 살 돈이 필요합니다. 전 선생님이 상
상하는 그런 여자가 아닙니다. 전 고등학교를 졸업했고 이런 일을
해본 적이 없습니다. 선생님 주머니에는 백이십 위안이 있었습니
다. 백 위안을 가져가고 이십 위안은 남깁니다. 선생님은 가난한 사
람 같지 않습니다. 백 위안이 없더라도 문제가 생기진 않겠지요. 저
한테 이 백 위안은 어쩌면 한사람의 목숨을 구할 수도 있습니다.
선생님, 선생님의 도움에 감사드립니다. 동시에 앞으로는 그렇게

술을 많이 마시지 말기를 바랍니다."

쪽지를 호주머니에 쑤셔넣고 세수를 한 후 벨을 눌렀다. 종업원이 오자 나는 물었다.

—그 여잔 언제 갔나?

—모르세요?

—취했었거든.

종업원이 고개를 들고 잠시 생각하더니 말했다.

—어젯밤 한시 전후에요.

—불쌍한 여자로군. 내가 말했다.

—그런 여자가 뭘 불쌍해요? 종업원이 대답했다.

나는 따지기가 싫어서 무거운 마음으로 여관을 나왔다. 찻집 입구에서 일간지 세가지를 샀다. 그후 종업원에게 푸얼차를 시켰다. 외신을 보니 드골이 영국의 유럽공동시장 가입에 반대했다. (이거야말로 모빠상식의 '놀라운 결말'이로군. 설마 이것 또한 프랑스 사람의 전통은 아니겠지? 나는 생각했다.)

또 경마가 있을 예정이었다. 신문은 온통 연습경기 성적과 밑도 끝도 없는 예상뿐이었다.

(경마를 둘러싸고 이야기가 들불처럼 꺼질 줄을 모르는군. 기왕에 그렇다면 왜 공개하지 않을까? 나는 생각했다.)

축구 1부 리그의 6강 상황이 갈수록 치열했다. 1위를 차지한 '꿩와'도 낙관할 수 없었고, 9점을 뒤지고 있는 '남와'도 아직 희망이 있었다.

(홍콩의 보통 사람들에겐 경마와 축구의 동향이 국제뉴스보다 더 중요하군.)

그다음에는 화가 나지 않을 수 없는 '영화평' 하나를 보았다.

(이곳의 '영화평'은 진짜 큰 문제다. 글 쓰는 사람들은 대다수가 영화의 제작과정도 모르면서 종종 "전반부는 아주 뛰어나다" "후반부는 전혀 어울리지 않는다" 따위의 허튼소리나 늘어놓곤 한다. 이곳의 '영화평'은 예술성에는 전혀 주의하지 않고 일반 관중의 취미를 기준으로 한다. 이런 '영화평론가'들이 쓴 글은 엘비스 프레슬리와 루이가 주연하는 영화는 늘 훌륭하고 반대로 「질타풍운」과 같이 뛰어난 영화는 늘 "지루해서 졸린다"고 평가한다. 이곳에는 진정한 영화평이 없다. 이곳의 '영화평론가'는 '몽따주'조차 알지 못한다. 이곳의 '영화평론가'는 영화의 오락적인 요소를 가장 중요한 요소로 여긴다. 이곳의 '영화평론가'는 항상 여주인공의 미모가 그녀의 연기보다 더 중요하다고 생각한다. 이곳의 '영화평론가'는 항상 옳고 그름을 뒤바꾸어서 좋은 영화를 전혀 가치가 없다고 욕하고 반대로 해괴한 영화를 하늘 높이 치켜세운다. 이런 '영화평론가'들의 심중에는 「자전거 도둑」이 이딸리아의 궁중암투나 미녀열전 영화보다 훨씬 못하다. 이런 '영화평론가'들의 심중에는 브리지뜨 바르도가 베티 데이비스보다 훨씬 중요한 여배우다. 이런 '영화평론가'들의 심중에는 「마티」와 「라쇼오몬」이 모두 형편없는 영화다. 이런 '영화평론가'들의 심중에는 영화란 그저 저급한 오락의 하나일 뿐 그밖에는 아무런 의미가 없는 것이다⋯⋯ 그런데 이런 '영화평론가'들은 매년 홍콩의 영화 제작편수가 전세계에서 세번째로 많다는 것을 알고 있을까? 일본과 인도 다음이 홍콩이다. 홍콩은 비록 손바닥만 한 작은 섬이지만 매년 영화 제작편수는 이딸리아, 영국, 프랑스보다도 많다. 만일 홍콩에서 만든 영화에 시장이 없다면 제작자들은 벌써 빌딩을 건축하는 데 자본을 투자했을 것이다. 다시 말해 홍콩 영화는 자체적인 시장이 있는 것이다. 시장이

있다면 관객도 있다는 말이니 영화 자체가 갖추어야 할 교육적 의의에 주의하지 않으면 안된다.)

(제작자들은 돈을 벌기 위해 영화의 교육적 의의에 주의하지 않을 뿐만 아니라 때로는 관객에게 독소를 주입하는 것도 마다하지 않는다. 이런 상황에서 영화평론가들은 제작자들의 잘못을 지적하고 비판할 책임이 있다. 영화평론가들은 필히 모든 영화 종사자들이 향상되도록 인도해야 하며, 그들이 저속한 제작자들의 뒤만 좇으면서 아무런 가치도 없는 순 오락적인 영화를 제작하도록 부추겨야 할 이유가 없다.)

(홍콩의 영화 제작편수는 세계 3위를 점한다. 하지만 이들 영화의 수준은 아주 낮다. 전후 각 나라의 영화는 모두 장족의 발전을 이루었다. 오스카상을 받은 '외국 영화' 열편 중에서 일본 영화는 「라쇼오몬」 「지옥문」 「7인의 사무라이」 등 세편이 있다. 이딸리아의 「자전거 도둑」은 영화 역사상 10대 영화 중 한편으로 선정되었다. 찰리 채플린의 「황금광 시대」와 「씨티 라이트」는 전세계 영화평론가 100인에 의해 영화의 고전으로 선정되었다. 프랑스의 「Le Jour Se Leve」 역시 영화 역사상 10대 영화 중 한편으로 선정되었다…… 하지만 영화 제작편수가 세계 3위를 점하는 홍콩 영화는 대체 어떤 것들을 찍어내고 있는가?)

(제작자들의 이익 추구 일변도가 우수작의 탄생을 가로막는다고는 하지만 '영화평론가'들이 지도·감독 역할을 하지 못하는 것 역시 홍콩 영화의 수준이 하락한 중요한 한 요인이다.)

(만일 '영화평론가'들이 근본적으로 영화가 무엇인지 모른다고 한다면 누가 지도·감독의 책임을 질 것인가?)

(그저 색채가 현란하기만 하면, 그저 처음부터 끝까지 총질을

해대는 서부영화이기만 하면, 그저 루이의 비뚤어진 사시 눈이 나오기만 하면, 그저 외모가 아름다운 여주인공이기만 하면, 그저 엘비스 프레슬리가 주인공인 뮤지컬 영화이기만 하면, 그저 'ＸＸ의 밤생활' 따위의 잡탕영화이기만 하면, 단지 이딸리아의 궁중암투이기만 하면……모조리 이곳 '영화평론가'들의 호평을 받을 수 있다.)

(홍콩에서는 걸작이 졸작이 되고 졸작이 걸작이 된다.)

(홍콩 영화의 또다른 문제는 스타가 너무 많고 배우는 너무 적다는 것이다. 여자들은 '스타'라는 이름을 얻기 위해 매달 겨우 이백 위안의 급여를 받는 한이 있더라도 기꺼이 나선다. 스타라는 이름을 얻고 나면 다른 방면에서 더 큰 보수를 받을 수 있기 때문이다.)

신문을 들춰보다가 문예면을 펼쳤는데 내가 쓴 『반금련, 집주인 여자가 되다』에 편집자가 삽화까지 넣어놓은 것을 발견했다. 이런 글은 원래부터 이미 상당히 노골적인데 삽화까지 더해지니 더더욱 쳐다볼 수가 없었다.

(더이상 이런 걸 써서는 안된다. 나는 생각했다. 이건 사람을 해치는 일이다. 술을 끊지 못한다면 피해를 보는 건 나 자신이다. 계속해서 황색글을 써나간다면 피해를 보는 건 수많은 독자들이다. 하지만 나는 계속 살아나가야 한다. 사실 내가 허리띠를 졸라맬 수도 있겠지만 다른 사람이 나처럼 그렇게 멍청하지는 않을 것이다. 내가 안 쓰면 누군가 딴 사람이 쓸 것이다. 결국 내가 굶어죽는다 하더라도 그 때문에 이 '황색 재앙'이 사라지지는 않을 것이다.)

'홍콩뉴스' 면을 펼쳐보니 또 두사람이 건물에서 뛰어내렸다.

(홍콩에는 고층 건물도 많고 건물에서 뛰어내리는 사람도 많다. 설마 이 세상에는 미련을 가질 만한 것이 전혀 없을까?)

딤섬팔이 아가씨에게 돼지고기만두 한접시와 새우만두 한접시를 시켰다. (이것이 현실이다. 나는 생각했다.)

수중에 지닌 돈 대부분을 알지도 못하는 여자에게 뺏겼다. 음식값을 치르고 나니 남은 돈이 얼마 없었다. 전차를 타고 쎈트럴의 한 신문사에 가서 원고료 백 위안을 가불했다. 그후 한가한 걸음으로 퀸스로드로 가서 아이쇼핑을 했다. (필수품이 아닌 것들을 사대는 그런 귀부인들에게 쇼윈도우는 자석이다.) 그후 나는 아주아주 아름다운 한 여자를 보았다. 머리끝부터 발끝까지 거의 모두 자주색이어서 얼른 보기에는 걸어가는 한송이 자주색 라일락 같았다. (아름다운 여자는 모두 하느님이 직접 손으로 만든 예술품이다. 나는 생각했다.) 이후에 조용한 한 작은 까페에 들어가서 술을 한잔 시켜놓고 볼펜과 원고지를 꺼내 이날 하루의 글빚을 갚을 작정이었다. 방금 전에 절색의 여인을 보았던 터라 펜으로 묘사하는 반금련과 조유 씨가 모두 그런 모습으로 바뀌어서 일단 쓰기 시작하니 술술 써내려가게 되었을 뿐만 아니라 제법 신들린 듯한 필치가 나왔다.

―여기서 자네를 만나게 될 줄은 몰랐군.

고개를 들어 보니 예전 충칭 시절 신문사의 옛 동료였다. 이 친구는 성이 선이고 이름이 자바오였다. 이전에 충칭에서 뉴스를 담당하면서 윌리스가 중국을 방문했을 때 특집기사를 쓴 적이 있는데 상당히 훌륭했었다. 당시 그는 곱상한 얼굴이었다. 지금은 그 또한 중년이 되어 웃을 때면 눈가에 잔주름이 아주 선명했다. 우리는 아주 오랜 세월 만나지 못했다. 비록 둘 다 홍콩에 있기는 했지만. 그는 뚫어지게 나를 살피며 내 얼굴에서 주름을 찾아내고자 했다.

―말해보게. 자넨 무얼 하고 있나?

─글을 팔아 살고 있네.

　　─대단하네, 대단해.

　　─글쟁이인데 뭐가 대단한가?

　　─홍콩의 몇몇 다산 작가들은 매일 만여자를 쓰는데 수입이 괜찮다더군. 듣자 하니 누군가는 자가용을 탈 뿐만 아니라 양옥집도 샀다더군.

　　─그건 극소수 몇이지.

　　─자넨 지금 몇군데 신문에 쓰고 있나?

　　─네군델세.

　　─적은 편이 아니군. 최소한 생활에는 전혀 문제가 없겠군.

　　─그렇지도 않네.

　　─자넨 혈혈단신인데 매달 천 위안 수입이 어찌 부족하단 말인가?

　　─그런 문제가 아닐세.

　　─설마 다른 어려움이 있단 말인가?

　　─홍콩에서 글을 파는 건 창녀가 웃음을 파는 거나 다름없다네. 손님의 환심을 얻지 못하면 원고료를 벌 수 없네.

　　선자바오는 비감에 젖어 한숨을 내쉬면서 난세에 살아갈 수 있는 것만 해도 행운인데 어찌 다른 걸 논하겠느냐고 했다. 그다음엔 내가 그에게 근황을 말해달라고 했다. 그는 이미 업을 바꾸어 사업을 하고 있다면서, 재작년에 자금을 모아 몇몇 친구들과 함께 플라스틱 공장을 세웠고, 전적으로 일본 플라스틱 인형 모방품을 만들고 있는데 사업이 제법 괜찮다고 했다.

　　─작년에 삼십여만 위안을 번 덕분에 기계를 좀더 들여놓은 것 외에도 공장의 모든 직원들에게 연말에 오개월에 해당하는 보너스

를 나눠줄 수 있었다네.

—축하하네.

—다음 달 초에 일본을 한바퀴 돌고 올 텐데, 새 견본도 가져오고 일본의 접착테이프와 기기도 들여올 작정이라네.

—왜 꼭 일제를 사려고 하는가?

—싸거든, 값이 싸.

—그런데 자네 아직 기억하나? 왕년에 우리가 충칭에 있을 때 일본기가 죄 없는 동포들을 얼마나 많이 죽였는지 말일세. 그건 우리가 직접 눈으로 목격한 일일세. 이런 비통한 사실을 자넨 완전히 잊었단 말인가?

선자바오는 우스워 허리를 펴지 못하더니 나더러 세상에서 첫째가는 바보라고 했다. 내가 그의 말뜻을 알아듣지 못하자 그가 말했다.

—자네는 가우롱에서 페리를 타고 홍콩 섬으로 건너갈 때, 특히 밤에, 틀림없이 바닷가 건물에 있는 상업 광고판들을 보았을 걸세.

—그랬지.

—자넨 그 광고판들 중에 일본 상품이 백분의 칠십을 차지한다는 걸 아나 모르나?

—정말 두려운 일일세!

—두렵긴 뭘? 홍콩에 얼마나 많은 장사꾼들이 일제를 팔아 떼돈을 벌었는데.

—우린 지식인이잖나? 우리가 이익만 추구하는 그런 무지한 장사꾼들처럼 팔년간의 그 비통한 경험을 모조리 잊을 수는 없네.

—왜 안되나? 달리 말하자면, 일본은 이제 민주국가이고 과거의 전범들도 모두 처벌받았으니 앞으로는 더이상 이웃 나라를 침

략할 리가 없네.

─나는 아주 회의적일세.

─이건 사실이네. 의심할 필요가 없네.

─내 생각에 그들의 사무라이 정신은 여전히 그대로일세.

선자바오의 얼굴 표정을 보니 그가 나의 관점에 동의하지 않는다는 걸 알 수 있었다. 하지만 어쨌든 우리는 오랜 세월을 함께한 옛 친구여서 설혹 의견이 다르다 하더라도 얼굴을 붉힐 정도는 아니었다. 사실 동남아 지역 전체에서 싱가포르의 화인들을 제외하면 아직까지 과거의 그 핏값을 기억하고 있는 사람은 아주 적었다.

말이 어긋나자 선자바오는 담배꽁초를 재떨이에 비벼 끄고 급하게 샌드위치를 먹더니 지갑을 꺼내 계산을 한 후 억지웃음을 지으며 가버렸다.

선자바오가 간 후 나는 계속해서 원고를 썼다. 신문사 네곳의 연재원고를 모두 다 쓰니 마음속 숙제를 해결한 것 같았다. 집으로 돌아오니 레이 씨네 할머니가 긴장한 기색으로 내게 물었다.

─걱정되어 죽을 뻔했다, 신민아. 너 왜 어젯밤에 안 돌아왔니?

불쌍한 노친네가 또 나를 아들로 여겼다. 내가 대답하기도 전에 그녀는 비척비척 주방으로 가서 연밥용안쑤프를 들고 나와 부들부들 손을 떨며 내 앞에 내려놓더니 나더러 먹으라고 했다.

뜨거운 용안쑤프를 먹은 뒤 옷을 벗고 침대로 올라갔다. 나는 한바탕 꿈을 꾸었다.

32

나는 아주 커다란 거울 속으로 들어간다

거울 속에서 또다른 세계를 만난다

이 세계는 지금 우리가 사는 세계와 아주 비슷하면서도 우리가 사는 세계가 아니다

이 세계에는 내가 존재한다

하지만 내가 아니다

이 세계에는 당신이 존재한다

하지만 당신이 아니다

이 세계에는 그가 존재한다

하지만 그가 아니다

이 세계는 마치 팔괘진처럼 사람들이 그 속에서 자기를 찾아헤매는 기이한 세계다

이 세계에서 연애는 쌍방의 일이 아니라 각자 자기를 사랑하는 것이다

이 세계에서 사람들은 자신의 관자놀이에서 시간의 발자취를 볼 수 있다

이 세계에서 백발과 주름은 가장 증오스러운 두가지다

이 세계에서는 오직 눈만이 가장 진실하고 그밖의 것은 모두 그림자다

이 세계에서는 사람들마다 영혼이 없다

나는 오히려 영혼이 없는 사람이 되어 이 세계에서 유유자적하며 세월을 보내면서 기쁨도 모르고 근심도 모르는 채 온종일 두 눈

으로 또다른 나와 또다른 세계를 관찰하고 싶다

33

깨어나니 천장의 채색 도형들이 홀연 노란색이 되었다가 홀연 녹색이 되었다가 또 홀연 노란색과 녹색이 교차되었다가 했다. 창문을 쳐다보니 이미 밤기운이 둘러싸고 있었다. 침대에서 일어나 창가로 가서 내려다본 후에야 알게 되었다. 거리 맞은편 사층 건물의 옥상에 아주 커다란 네온사인 광고판이 새로 설치되어 있었던 것이다. 장사꾼들은 파고들지 않는 곳이 없다. 오래지 않아 신선감이 사라지고 나면 나는 틀림없이 이 총천연색 빛의 침략을 증오하게 될 것이다. 하지만 지금 나는 이 갑작스러운 활발한 분위기가 반갑다. 나는 어린아이가 만화경을 보는 것 같은 마음으로 이 새로운 광고판을 감상했다.

누군가가 문을 두드렸다. 레이 씨네 할머니였다.

―전화야. 할머니가 말했다.

나는 얼른 응접실로 가서 전화기를 들었다. 알고 보니 막호문이었다. 그는 나더러 '란훙꼭'에서 얌차를 먹자고 했다.

막호문을 만나 첫번째로 든 인상은 그가 말랐다는 것이었다. 물을 필요도 없었다. 틀림없이 『전위문학』의 부담이 너무 커서 숨도 못 쉬는 것이리라. 『전위문학』을 얘기하면서 그가 말했다.

―이미 제2호의 인쇄에 들어갔는데 창작 분야에서 아직 괜찮은 원고를 찾지 못했어요.

―그러게, 모두들 저속한 글이나 쓰고 있겠지.

—이대로 가다간 수준이 갈수록 낮아져서 이 잡지를 창간한 의의가 완전히 사라지고 말겠어요.

　—그렇지도 않네. 내가 말했다. 사실 지금 이곳에서 독창성을 갖춘 작품을 찾는 것이 확실히 퍽 어렵긴 하지. 하지만 번역 분야는 그래도 창간호의 수준을 유지할 수 있으니 잡지 자체는 그래도 긍정적인 의의를 유지할 수 있을 걸세. 창간호의 판매량은 어떤가?

　—아주 나빠요.

　—어느 정도로 나쁜데?

　—싱가포르와 말레이시아 지역에 천권 정도 보냈는데 그쪽 대리상의 편지로는 많아봐야 서른권쯤 팔릴 거라더군요. 다음번에 책을 보낼 때는 백권이면 충분하다면서요.

　—백권?

　—백권밖에 안된다면서 대리상은 또 몇가지 요구사항을 내놓았어요.

　—무슨 요구?

　—첫째, 표지는 계속 이런 수수한 스타일을 유지하면 안되고 코팅 인쇄가 어려우면 최소한 삼색 인쇄는 되어야 한다, 둘째, 내용면에서 번역문을 줄이고 장편 연재를 몇개 추가해야 한다고요.

　—장편 연재?

　—독자들은 단편소설을 좋아하지 않으니 판매부수를 늘리고 싶으면 장편 연재를 추가해야 한다는 겁니다.

　—괜찮은 단편소설을 찾기도 쉽지 않은데 무슨 방법으로 수준 있는 장편소설을 찾는단 말인가?

　—대리상이 말하는 장편소설은 우리가 생각하는 장편소설이 아니죠. 그 사람이 원하는 건 장헌쉐이식의 장편소설입니다.

——장헌쉐이의 것들은 원앙호접파에 속하는 건데 어떻게 문예 작품이라고 할 수 있겠나?

　　——대리상의 생각에는 무협소설도 문학의 한 장르인 거죠. 얼마 전에 누군가가 무슨 '무협문학'을 제창하기도 했잖아요?

　　——자네 생각은 어떤가?

　　——두말할 나위가 있나요? 만일 『전위문학』이 판매부수 때문에 원앙호접파 소설을 실어야 한다면 그게 어떻게 '전위'겠어요?

　　——싱가포르와 말레이시아 외에 다른 지역의 판매상황은 어떤가?

　　——필리핀의 대리상이 편지하기로는 제2호는 열권만 보내면 된다는군요. 방콕 쪽은 앞으로 호마다 세권만 보내면 된다고 하고요. 말로는 이 세권도 이쪽 총대리상의 얼굴을 봐서 받는답니다.

　　——이곳 홍콩은?

　　——홍콩 상황은 조금 나은 편이지만 그래도 백권이 넘지 않아요.

　　——전부 합치면 이백권도 안되는 건가?

　　——그렇죠.

　　——그럼 제2호는 몇권이나 찍을 작정인가?

　　——오백권요.

　　——판매부수가 겨우 이백인데 왜 오백이나 찍나?

　　——오백을 찍으나 이백을 찍으나 드는 돈은 별 차이 없어요. 사실 이백권을 찍는 것과 천권을 찍는 것도 그렇게 크게 차이가 나는 건 아닙니다. 그러니 판매부수는 처량할 정도로 적지만 그래도 오백권은 찍고 싶습니다. 제2호의 판매부수가 조금이라도 늘기를 바라는 거죠. 보아하니 실현되기 쉽지 않은 희망이기는 하지만 말이죠. 만일 제2호의 판매부수가 창간호와 마찬가지라면 여분의 책은 보관했다가 합본을 만들어야죠.

—호문, 우린 오랜 친구이니 내 몇마디 솔직한 말을 해도 괜찮
겠나?

　　—그럼요.

　　—만일 잡지가 매호 겨우 백권만 팔린다면 정력과 금전을 낭비
할 필요는 없네.

　　—아니죠, 아닙니다. 한명이라도 충실한 독자가 있다면『전위
문학』은 절대로 계속 내야 합니다! 언젠가 경제적 능력이 안되어
그렇게……

　　호문은 ‘휴간’이라는 말을 꺼릴 정도였으니 그 굳센 마음을 충
분히 알 수 있었다. 나는 감히 더이상 반대의견을 제기할 수 없었
는데 그의 생각과 행동이 모두 옳았기 때문이다. 나 자신에 대해
말하자면 나는 문학의 도망병이므로 강인한 투지를 가진 병사더러
물러서라고 말할 자격이 없었던 것이다.

　　호문에게 정신적 감화를 받아서 나는 스스로 자진하여 시간을
내『전위문학』에 단편소설을 한편 쓰겠다고 말했다.

　　호문은 아주 흥분했다.

　　다만 한가지 질문을 했다.

　　—발표 때 필명을 뭐라고 하실 건가요?

　　—물론 내가 여태껏 써온 필명이지.

　　—하지만 지금 선생님은 바로 그 필명으로 신문사 네곳에 황색
연재를 하고 계신데요?

　　—이 점에 관해 나는 자네처럼 그렇게 진지하진 않네. 내 생각
에 필명은 단지 하나의 기호일 뿐일세. 독자들이 필명만 보고 글을
보지 않을 리는 결코 없을 걸세. 포크너도『소리와 분노』를 쓰기 전
에 많은 정력을 낭비하면서 일반 독자의 취미에 영합하려고 통속

소설을 몇권 쓴 적이 있네. 자신의 재능이 유행작가 부류와는 다르다는 걸 안 후에야 『소리와 분노』를 썼고 결국 비평계로부터 일제히 호평을 받으며 노벨문학상을 받게 되었지. 그외에 왕년의 무스잉도 같은 필명으로 스타일이 전혀 다른 두종류의 소설을 동시에 발표했는데, 한종류는 통속 형식의 『남북극』이고, 다른 한종류는 신감각파 수법으로 쓴 『공동묘지』와 『백금의 여체 조각상』이네. 장톈이에 대해 말하자면 초기엔 역시 원앙호접파 소설을 적잖이 썼다네. 그러니 『전위문학』은 그런 걸 고집해서는 안되네. 사실 오늘날 홍콩의 문예 종사자들은 거의 열에 아홉은 상업적 글을 쓴 적이 있네. 우리는 작품 자체가 가진 가치를 중시해야지 사소한 것에 집착해서는 안되네.

호문은 두 눈을 동그랗게 뜨고 나를 쳐다보았는데, 여전히 내 말을 미심쩍어하는 것 같았다. 짐작건대 그는 『반금련, 집주인 여자가 되다』를 쓴 사람이 『전위문학』에 문예 창작품을 발표하는 걸 바라지 않는 것 같았다.

나의 관점은 그와 달랐다. 중요한 건 작품 자체라고 나는 생각했다.

하지만 호문이 이렇게까지 선입관을 가지고 있으니 나는 구태여 그와 논쟁할 필요가 없다. 사실 내가 분연히 『전위문학』에 단편소설을 쓰겠다고 한 것은 전적으로 호문의 그 뚝심에 감화되었기 때문이다. 내가 통속글을 쓰면서 사용하는 필명으로 『전위문학』에 작품을 발표하는 걸 기왕에 그가 반대하니 나도 이참에 그만둘 수밖에 없다. 나는 이미 문학의 도망병이 되기로 결심했는데 그 속에 다시 끼어들 필요가 뭐 있겠는가? 그래서 내가 말했다.

─이 몇년간 생활을 위해서 통속글을 적잖이 썼는데 뭔가 진지

하게 써보고 싶다 하더라도 마음 같지는 않을 것 같군.『전위문학』
의 분량을 축내느니 그냥 있는 게 낫겠군.

호문이 고개를 저으며 말했다.

—선생님의 창작능력에 대해선 절대적으로 신뢰합니다. 문제
는『반금련, 집주인 여자가 되다』에서 사용한 필명으로 순문예 작
품을 발표하는 걸 찬성할 수 없다는 겁니다.

—기왕에 그렇다면 그냥 그만두세.

막호문은 탄식으로 모든 걸 설명했다. 나는 종업원에게 술 한잔
을 시켰다. 이런 상황이 되면 술만이 진정한 친구였다. 우리는 더이
상 말을 나누지 않았다. 마치 침묵 속에서 무언가 찾아내기를 바라
는 것처럼. 두어잔 들이켜고 나서 막호문은 종업원에게 계산서를
청하면서 인쇄소에 가봐야 하니 먼저 일어나겠다고 했다. 나는 곧
비할 바 없는 공허감을 느껴서 사방을 한번 둘러보았다. 손님들은
많았지만 나는 너무나 고독했다.

문득 옝로우가 생각났다. 몸에 지니고 있는 현금이 얼마 되지 않
았다. '란훙꼭'을 나서서 원고료를 가불하려고 한 신문사로 갔다.

책임자는 고개를 가로저으며 어쩔 도리가 없다고 했다. 나는 아
주 화가 나서 분연히 그 신문사에서 나와 다른 신문사로 갔고, 원
고료 이백 위안을 가불하여 택시를 타고 완자이로 갔다.

옝로우는 나를 보자 내가 화난 것 같다고 했다. 나는 부인하지
않았고, 옝로우는 자신이 총명하다고 자랑했다. 사실 그녀는 잘못
안 것이다. 그녀는 내가 그녀에게 화를 내고 있는 줄 안 것이다.

나는 그녀더러 나가서 술 한잔하자고 했고, 그녀는 첫마디에 승
낙했다.

어느 동꽁 레스또랑에서 소금구이통닭을 먹는데 옝로우가 고개

를 젖혀 브랜디 반잔을 단숨에 마셔버렸다. 그녀의 주량은 그리 센 편이 아닌데 갑자기 이렇게 주흥이 오르다니 이유가 없을 리 없었다. 나는 그녀에게 반잔을 따라주었다. 그녀가 말했다.

—다음 달에 전 관둘 거예요.

—딴 일을 하려고?

—아뇨.

—틀에 박힌 생활이 지겨워서?

—아뇨.

—그것도 아니면 왜 갑자기 그만둬?

—시집가요!

—누군데? 상대가 누구야?

—한 젊은 손님인데요, 선생님은 본 적이 없어요.

'젊은'이라는 이 두 글자가 마치 화살 두대처럼 내 마음에 꽂히며 나를 쓰라리고 아프게 만들었다. 나는 술잔을 들어 단숨에 비워버렸다. 마음이 삼대처럼 어지러웠지만 아무 말도 하지 못했다. 엥로우는 내가 술에 취했다고 했다. 나는 고개를 내저었다. 엥로우는 가느다란 집게손가락으로 내 얼굴을 콕콕 찌르면서 내 얼굴이 무대 위의 관우처럼 붉어졌다고 했다. 나는 내가 아주 흥분했다는 걸 알고 있었다. 하지만 엥로우는 술 때문에 그렇다고 생각해 나는 실망하지 않을 수 없었다. 엥로우가 나의 감정을 전혀 이해하지 못했기 때문이다.

—집안의 부담이 가볍지 않을 텐데? 춤을 그만두면 그 사람들 생활비는 누가 부담하나?

—그 사람들 때문에 평생 시집 안 갈 수는 없죠!

—그 사람들도 살아가야 하잖아.

─그건 그 사람들 사정이죠.

말투로 보니 옝로우는 그녀의 부모에 대해 상당히 불만이었다. 나는 이리저리 물어보고 나서야 옝로우가 자신의 혼사 때문에 노름을 좋아하는 아버지와 다퉜다는 걸 알게 되었다.

옝로우는 소나무 가지처럼 고집이 셌다. 일반적인 정리에서 보면 그녀의 반항은 당연한 것이자 필연적인 것이었다. 하지만 나로서는 너무나 갑작스러운 일이라서 찬물을 뒤집어쓴 것 같았다. 나는 줄곧 옝로우가 내게 특별한 호감을 가지고 있는 줄 알았는데 이제 보니 그게 아니라는 것이 증명된 것이다. 나와 옝로우 사이의 감정이란 침 묻힌 손가락으로 가볍게 건드리기만 해도 뚫리는 얇은 종잇장이나 마찬가지였다.

34

나의 감정에 염증이 생겨서 빨리 치료해야 했다. 술이 특효약인지라 나는 거듭해서 독주를 들이켰다.

옝로우의 눈은 참으로 아름다웠다. 한밤의 속삭임은 여전히 잊을 수 없었다. 나는 이제 그녀를 잃어버리게 되었다. 소매치기가 내 호주머니에서 돈을 훔쳐가버리듯이. 사랑과 돈은 둘 다 중요한 것이다. 돈을 잃어버리는 것도 아쉬운 일이지만 사랑을 잃어버리는 것은 그보다 훨씬 비통한 일이다.

한잔. 두잔. 석잔. 넉잔……

눈동자가 별로 바뀌고, 작디작은 공간에서 군무를 춘다. 북풍이 솜옷을 벗겨낼 때 광증이 꽃잎처럼 자란다.

어디선가 노랫소리가 들려온다. 누군가가 지드의 『위폐범들』을 찾고 있다. 시대가 달라졌다. 화가들은 자신을 다스려야 한다. 너무 적은 색깔로 내면세계를 표현해서는 안된다. 햇빛 아래의 사물만이 그렇게 많은 저속한 색깔을 가질 수 있다. 옝로우도 저속하다. 그녀의 입술은 아주 붉게 칠해져 있다.

─더 마시면 안돼요.

(여자의 목소리다. 물론 옝로우다. 하지만 옝로우는 나를 배신했고, 나의 감정에 상처를 입혔다. 나는 필히 그녀의 면전에서 나 자신을 학대함으로써 그녀를 난처하도록 만들어야 한다.)

나는 술잔을 들이켰다.

그녀가 종업원에게 더이상 술을 가져오지 말라고 했을 때 나는 지폐를 탁자 위에 내던졌다.

한잔. 두잔. 석잔.

─더 마시면 안돼요.

(말투에 꾸짖는 듯한 느낌이 들어 있다. 나는 알아챌 수 있다. 하지만 나는 필히 그녀의 면전에서 나 자신을 학대함으로써 그녀를 난처하도록 만들어야 한다.)

눈물은 선두 부대이고 폭풍 같은 흐느낌이 그 뒤를 따른다. 목자가 길을 잃은 것인가 아니면 어린 양떼가 길을 잃은 것인가? 갑자기 72가 생각난다. 이 72는 남색이다. 내가 남색을 좋아하기 때문이다.

72는 선풍기처럼 계속 돌아가고, 풍경을 구경하는 눈으로 바라보는데 풍경은 그를 비웃는다.

전차가 노래한다. 네온사인이 강렬한 빛으로 행인의 주목을 강요한다. 파리가 내 콧잔등에 앉아 있지만 그래도 봄밤은 춥다. 약간의 용기가 필요하다. 여름 동물이 어떻게든 한겨울을 견디는 데는.

꿈이 깨져버렸다.

꿈은 성벽이 없는 성이다. 꿈은 오랑우탄이 그려내는 소묘다. 꿈은 신화의 아들이다. 꿈은 환상의 파편이다. 꿈은 허망하다.

생각은 형태가 있을까? 만일 있다면 문자로 그것의 탈바꿈을 표현할 수 있을까?

문자는 하나의 언어다. 그런데 언어는 생각의 노예다.

어떤 의미에서 생각의 범위는 대기보다 더 크다. 작은 칼로 생각을 한조각 잘라 시험관에 넣고 그것의 조직으로부터 무한대를 알아낸다.

생각은 한계가 없다.

우주는 한계가 있을까?

있다. 우주의 한계는 각자의 마음속에 있다.

각자는 하나의 세계를 가지고 있다. 각자는 하나의 우주를 가지고 있다. 그 사람이 죽으면 세계는 사라진다. 우주도 사라진다. 우주라는 존재는 수수께끼가 아니다. 삶과 죽음 역시 수수께끼가 아니다. 전우주는 생각의 상자이다. 이 상자는 신의 장난감이다. 신은 우주의 경계 바깥에서 우주를 자신의 손바닥에 놓고 가지고 놀고 있다. 일곱살짜리 아이가 그의 장난감 병정을 가지고 놀듯이.

신은 인간의 마음속에 있다.

마음과 생각은 한쌍의 쌍둥이다. 우주는 가장 큰 것이면서 가장 작은 것이기도 하다. 그것은 생각의 상자다. 그것을 무한히 큰 것으로 상상할 때 그것은 무한히 큰 것이 된다. 그것을 무한히 작은 것으로 상상할 때 그것은 무한히 작은 것이 된다. 사고의 기구가 효용을 잃을 때 그것은 존재하지 않게 된다.

생각은 신이다. 생각은 조물주다. 생각은 우주다. 생각은 주재자다. 생각은 각자의 총사령관이다.

각자는 필히 생각으로 생각을 통제해야 한다.

지금 생각은 취했다. 생각은 궤도에서 벗어났다. 시든 풀잎처럼 어지러워 검은색 가운데서 검은색을 붙들고 동그라미 안에서 빙빙 돌고 있다.

나는 결국 나 자신의 웃음소리를 들었다. 그러나 그것은 진짜 깨우침은 아니었다. 그것은 일종의 우발적인 깨우침이었다. 폭죽처럼 나타났다 사라져버리는.

그다음 나는 한 여자의 목소리를 들었다.

──어떻게 이렇게까지 취했을까?

나는 엥로우인 줄 알았는데 목소리가 달랐다. 눈을 뜨고 보았지만 눈앞이 흐릿할 뿐이었다. 그 모습은 초점이 없는 사진과 너무나 똑같았다. 그리하여 나는 나 자신의 웃음소리를 들었다.

──엥로우, 날 떠나지 마. 내가 말했다.

대답이 없었다.

나는 어지러운 붉은색을 보았다.

하늘은 여전히 빙빙 돌고, 세상은 실종되었다. 눈앞의 모든 것이 영화에서처럼 페이드아웃된다. 몽롱하고, 모호하다. 외재적 진실은 이미 진실을 잃어버렸다. 생각은 여전히 혼란했다.

(흰색 양 한마리. 흰색 양 두마리. 흰색 양 세마리. 달이 지구에 선전포고를 한다. 가보옥이 처음으로 운우를 맛본다. 퀸스로드의 백화점. 도처에 빌딩이다. 속히 승선하세요와 홍콩문화.)

(병적인 밤. 마카오 장차 개경주 실시. 쎈트럴의 매립지 발전계획. 통속음악 가사에는 "나를 사랑해줘"와 "너를 사랑해"가 너무

많다. 조설근과 조이스가 겪은 것은 아주 비슷한 데가 있다. 조이스는 스위스에 있을 때 다른 사람이 기부해준 것을 받아 써야 했고, 조설근도 "온 가족이 죽을 먹고 술은 늘 외상"인 나날을 보냈다. 조이스의 『율리시스』는 도덕주의자의 비방을 받았고, 조설근의 『석두기』도 건륭 황제의 사촌이 원망과 비방의 글로 간주한 적이 있다.)

(훌륭한 글은 틀림없이 시대에 의해 발견될 것이다.)

(경주마 배치표 발표. 후스 서거 1주기. 금년 이월은 조설근 서거 200주기 기념이다. 칵테일, 말 위에서 노래 부르는 자. 누군가가 말한다. 모더니즘은 이미 사망했다고. 누군가는 오히려 높이 외친다. 모더니즘 만세라고.)

(연극은 끝났다. 회색. 소리가 아주 듣기 싫다. 햇빛은 돈이 필요 없다. 설탕을 넣은 맥주 한잔. 생각은 새장 안에 갇혀 있다. 호흡이 급박하다. 백 미터 달리기 선수는 노동을 실망으로 바꾼다. 다리. 홍콩과 가우롱 사이에는 철교가 있어야 한다. 강우량이 적다. 젊은 사람 둘이 퀸스로드에서 악수를 한다.)

(욕망. 그칠 줄 모르는 욕망. 이지와 문제. 여학생들이 단체로 처비 체커의 트위스트를 보러 간다.)

(처비 체커는 심각한 세기병 환자다. 침묵의 세대. 바닷물은 사랑스러울 정도로 남색이다. 왜 공포를 없애지 못할까?)

(예술은 아직 정점에 도달하지 못했다. 하지만 수구파들은 그 어떤 새로운 출발도 두려워한다. 누군가가 추상화는 비웃으면서 현에서 나는 소리는 높이 평가한다.)

(소금구이통닭. 인공위성에서 로켓이 발사된다. 사람들이 모두 미소 짓고 있다. 하느님의 손에는 당연히 배우 명단이 들려 있다.

우리는 이성적인 동물이다. 2 더하기 2는 5다. 틀렸다. 성인께서도 삼할은 잘못을 저지른다. 그날 점심때 그는 닭구이밥을 먹으러 횡단보도를 건너갔다.)

(희망, 허망, 절망, 재생의 희망. 이상이 커피색 양복을 입다. 공사장이 무너져 인부가 깔려 다치다. 홍콩의 물 비축량 65억 갤런에 불과. 눈에 놀라움이 가득하다. 한가지 주제의 탄생. 석기시대에 이미 양성의 전쟁이 있었다. 이상하네, 내가 어떻게 이런 어지러운 붉은색을 보고 있는 거지?)

35

─이상하네, 내가 어떻게 이런 어지러운 붉은색을 보고 있는 거지? 내가 물었다.

대답이다.

─한바탕 꿈을 꾼 거예요.

침대 옆에 서 있는 사람은 옐로우가 아니라 흰옷을 입은 간호사였다.

그녀는 웃고 있었다. 그녀의 웃는 모습은 아주 사랑스러웠다. 나는 그녀를 알지 못했고, 어떤 곳에 누워 있는지도 몰랐다. 창문으로 햇빛이 아주 환하게 나의 침대에 쏟아져 들어왔다. 내 마음속에는 한가지 의문이 떠올랐지만 그녀의 웃는 모습이 아주 사랑스럽다고 느낄 뿐이었다.

─옐로우는요? 내가 물었다.

─누구요?

―나하고 같이 술 마시던 여자요.

―죄송한데요, 저도 모르겠어요. 간호사가 말했다.

―제가 어떻게 해서 여기 누워 있는 거죠?

―경찰이 데려왔어요.

―경찰요?

―다치셨거든요.

―어떻게 다쳤는데요?

―누가 술병으로 머리를 때렸어요.

―누가요?

―저도 몰라요.

―틀림없이 옝로우야. 그래! 틀림없이 옝로우야! 어젯밤에 그녀와 내가 둥꽁 레스또랑에서 술을 마셨더랬지. 하지만 그녀가 왜 나를 술병으로 때렸을까?

―어젯밤에 의사 선생님이 여러 바늘을 꿰맸으니 지금은 푹 쉬셔야 해요.

―미안하지만 오늘 신문 좀 가져다주세요. 오분만 볼게요.

간호사는 잠깐 생각해보더니 뒤돌아서 병실을 나갔고, 잠시 후 신문을 들고 왔다.

'홍콩뉴스' 면에 흥밋거리 기사가 하나 있었는데 제목은 '댄서 옝로우 여걸의 위력 발휘, 술병으로 손님 머리를 때려'였다.

내용은 이랬다. "어젯밤 여덟시경 댄서 옝로우가 양복을 입은 한 안경쟁이 손님과 함께 어느 음식점에서 식사를 하며 양주를 마셨다. 처음에는 호호 하하 했으나 금세 말다툼으로 이어졌고, 결국에는 갑자기 옝로우가 발끈해서 술병을 들어 손님을 내리쳤다. 손님은 미처 피하지 못하고 머리가 깨져 유혈이 낭자했는데 상황이 아주 처참했다. 식당 측에서는 즉각 경찰을 불러 옝로우를 경찰서에 집어넣는 한편 다급히 구급차를 불러 손님을 병원으로 이송해서 치료를 받게 했다. 나중에 식당 측의 말에 따르면 두사람은 취한 뒤 언쟁을 시작했으며 원인은 알 수 없다고 한다.”

  (술은 좋은 게 아니야, 반드시 끊어야 해.—나는 생각했다. 하지만 옝로우가 경찰서에 구금된 후 어떤 처벌을 받게 되는지 모르겠다. 옝로우는 좋은 사람이니 그녀가 술병으로 나를 때렸다면 아무 이유가 없을 리 없다. 이유만 있다면 그녀를 용서해야 한다. 그렇지만 그녀가 술병으로 나를 다치게 했으니 경찰 쪽에서 그녀를 용서할까? 나는 어서 병원에서 나가 경찰서로 가서 모든 걸 설명해 옝로우의 죄를 줄여줘야 한다. 어젯밤에 옝로우도 술을 적잖이 마셨으니 틀림없이 취했을 것이다. 그러지 않았다면 절대로 이런 일은 일어나지 않았을 것이다. 그녀는 좋은 사람이다. 비록 다른 남자에게 시집가기로 결정하긴 했지만. 그녀가 왜 술병으로 내 머리를 때렸는지 모르겠지만 틀림없이 이유가 없을 리 없다.)

× × ×

  병원에서 며칠 동안 드러누워 있는 바람에 펜을 잡고 연재소설을 쓸 수가 없었다. 퇴원 후 한 신문사의 책임자가 내게 경고를 했다. 앞으로는 절대 원고가 끊겨서는 안되며, 설령 병으로 입원하더라도 안된다는 것이었다.

  이는 직업작가의 비애였다.

  홍콩에서 직업작가는 반드시 자신을 원고 쓰는 기계로 간주해야 한다. 만일 매일 일곱군데 신문에 일곱편의 연재를 한다면, 무협

이든 수필이든 또는 통속이든 옛이야기 다시 쓰기든 간에 이 기계
는 칠천자를 짜내야 하루의 일을 마치게 되는 것이다.

인간은 기계와 어쨌든 다르다.

인간에게는 감정이 있다.

하지만 홍콩에서 직업작가를 하려면 반드시 자신을 원고 쓰는
기계로 간주해야 한다. 기분이 안 좋을 때도 써야 한다. 병으로 쓰
러질 때도 써야 한다. 쓸 수 없을 때도 써야 한다. 꼭 해야 할 중요
한 일이 있을 때도 써야 한다.

홍콩에서는 모든 것이 다 상등품이지만 오직 독서만은 하등품
이다. 글을 상품 속에 포함시킨다면 가치를 묻지 말고 가격만 따질
일이다.

기계도 망가지는 날이 있는데 사람이 어찌 병이 나지 않는단 말
인가? 홍콩에서 직업작가는 병을 앓을 자유도 없다. 나는 아주 화
가 나서 결연히 그 신문사 책임자에게 그들에게 원고를 계속 써주
고 싶지 않다고 말했다.

그는 폭소를 터뜨렸다. 웃음소리가 아주 컸다. 나는 불끈해서 신
문사를 나왔는데 맨 처음 든 생각은 다름 아닌 술 마시는 것이었다.

나는 술을 마시고 싶다, 나는 술을 마시고 싶다, 나는 술을 더 많
이 마시고 싶다. 웃음소리가 사방을 둘러싼 벽처럼 나를 둘러싸고
나로 하여금 목전의 모든 것에 이성적으로 대응할 수 없도록 만들
었다. 나는 어느 까페에서 술을 마셨다. 그후 택시 기사와 몇마디
말을 나누었고, 그런 다음에는 다이아몬드처럼 반짝이는 두 눈동
자를 보게 되었다.

—선생님 또 취하셨네요. 그녀가 말했다.

—안 취했소. 내가 말했다.

—어쩌면 아직 안 취했겠죠. 하지만 더 마시면 안돼요.

—왜?

—제가 선생님을 어떤 곳으로 데려갈 테니까요.

—뭘 하려는 건데?

—제 딸이 선생님을 너무나 보고 싶어하거든요.

—당신 말은 당신 딸을 내게 소개시키겠다는 거요?

—바로 그 뜻이에요.

—얼마요?

—삼백요.

—난 아직 마권에 당첨되지 못했소.

그녀가 웃었다. 핏빛 입술과 대조되어 이빨이 아주 누렸다. (이 여자는 담배를 그렇게 많이 피워선 안돼. 나는 생각했다.)

갑자기 현기증이 느껴지더니 땅바닥이 천장으로 바뀌었다. 누군 가가 큰 소리로 나를 나무랐다. 세상이 만화경 같았다. 나는 웃었다. 그녀도 웃었다. 이리하여 나이가 아주아주 어린 여자애를 보게 되었다. 열네살을 넘었을 리가 없었다. 씨마레이와 옐로우보다도 어렸다. 나는 공포의 기색이 가득한 그 두 눈을 감히 마주 볼 수가 없었다. 마음속에 말로 표현할 수 없는 어떤 느낌이 들었다. 나가려 고 했지만 그 중년 여자가 붙들었다.

—난 돈이 없소. 내가 말했다.

—얘가 나이 어리다고 생각하지 마세요. 얜 틀림없이 선생님을 만족시켜드릴 거예요.

—알고 있소. 다만 내겐 그렇게 많은 돈이 없소.

—얼마나 있는데요?

나는 주머니 안에 있는 돈을 몽땅 털어냈다. 칠팔십 위안이었다.

그녀는 단번에 뺏어들고 방을 뛰쳐나가더니 방문을 닫아버렸다. 나는 온몸에 소름이 끼쳤지만 왜 그런지 알 수 없었다. 여자애는 침댓가에 가만히 앉은 채 고개를 숙이고 있었는데 구식 결혼식의 신부 같았다. 아주 난처했다. 공기가 응고된 것 같았다.

—너 몇살이니? 내가 물었다.

—스무살요.

(거짓말! 참으로 불쌍한 거짓말! 나는 생각했다.)

—너 자주 이런 일을 하니?

—이번이 처음이에요.

(거짓말! 참으로 불쌍한 거짓말! 나는 생각했다.)

—너 원해서 이러는 거니?

—아버지가 병이 났는데 약을 살 돈이 없어요.

나는 뒤돌아서 방문을 열고 고삐 풀린 말처럼 날듯이 밖으로 달려나갔다. 헛발을 디뎌 자빠졌는데 마음씨 좋은 행인 두사람이 나를 일으켜줬다. 마치 누군가에게 한대 맞은 듯이 아주 아팠다.

(여긴 사람이 사람을 잡아먹는 세계다! 여긴 추악한 세계다! 여긴 야수만이 살 수 있는 세계다! 여긴 무서운 세계다! 여긴 이성을 잃어버린 세계다!)

글이 상품으로 바뀐다.

사랑이 상품으로 바뀐다.

여자애의 정조도 상품으로 바뀐다.

그 뻔뻔한 중년 여자는 지도처럼 쭈글쭈글한 자신의 피부를 남자들이 좋아하지 않는다는 걸 알게 되었고, 자신의 매력이 사라진 걸 깨닫자 반쯤 취한 남자를 자신의 딸과 한방에 들여놓았던 것이다.

(아마도 이번이 처음은 아닐 것이다. 나는 생각했다. 아마도 이 여자애는 이미 화류병에 걸렸을 것이다. 이 얼마나 슬픈가? 화류병이 있는 미성년자라니.)

영화가 끝나서 불이 환해질 때처럼 갑자기 정신이 들었다. 술은 현실 도피의 교량이 아니다. 마주할 수 없을 만큼 현실이 추해질 때 술과 물은 아무 구별이 없게 된다. 그 가련한 두 눈은 한밤중의 별이 먹구름에 덮인 것 같았다. 그 죄악의 수용소에서 여자애는 원시적 자본을 사용하도록 강요받고 있었다.

하나의 거리. 오고 가는 자들은 모두 야수다. 웃음소리가 자기 자신의 귀에는 들어오지 않는다. 아무도 거울 속에서 자기 자신을 찾아내지 못한다.

쉰 목소리가 호외라고 외치는데 들어보니 경마일의 '전과戰果'였다.

주변에는 모두 눈에 거슬리는 것들만 있다. 마치 담쟁이 줄기처럼 나의 기분을 옭아맨다. 도망가고 싶지만 갈 곳이 없다. 결국 내 침대에 누워 있는 나 자신을 발견한다. 레이 씨네 할머니가 내 귀에다 대고 연이어 질문을 던진다. 중얼중얼, 막 새장 속에 갇힌 참새 같다. 내게는 수수께끼가 너무 많다. 답을 찾으려 하지만 결과는 더욱 혼란스럽다.

나는 울었다.

할머니도 나와 함께 울었다.

그 때문에 나는 눈물을 머금은 채 웃었다. 이 할머니는 사실 아주 우스꽝스럽다. 할머니가 말을 할 때면 목소리가 너무나 가냘파서 듣는 사람은 꺼져가는 촛불이 바람에 흔들리는 듯한 느낌을 갖게 된다.

그러자 할머니도 웃었다. 마찬가지로 눈물을 머금은 채.

─조용히 쉬게 해주세요. 내가 말했다.

할머니는 내게 몇마디 당부를 하고 나갔다. 나가면서도 얼굴은 여전히 걱정하는 표정이었다. 보기에는 어느 어머니가 뜻밖에 갑자기 상처 입은 자기 아들을 바라보는 것 같았다.

홀연 욕실에 데톨이 한병 있는 것이 생각났다.

그것은 순간적인 생각이었고, 불을 끈 다음 타인의 꿈속으로 들어가고 싶었다.

계속 살아간다는 것이 무슨 의미가 있는지 알 수 없었다. 하지만 살아 있는 사람 열 중에 적어도 아홉은 생존의 의미를 탐구하고 싶지는 않을 것이다. 왜 하필이면 번뇌를 자초하는가? 인생이란 원래 하느님이 내뱉는 한마디 거짓말인 것을.

36

오전 여덟시. 신문을 뒤적이다가 문예면에서 황색글 몇편을 보았다.

오전 아홉시 십오분. 술을 마시고 싶었지만 술병이 비어 있었다. 책상에 엎드려 신문 두군데의 연재소설을 썼다.

오전 열시 삼십분. 레이 씨네 할머니가 밖에서 돌아오며 편지함에 책 한권이 들어 있더라고 했다. 열어보니 『전위문학』 제2호였다. 나는 오랫동안 못 만난 옛 친구를 만난 듯이 금세 기분이 팽팽해졌다. 하지만 본문을 대략 한번 훑어보고 난 후 크게 실망하고 말았다. 막호문은 비교적 수준있는 창작을 찾아내지 못했으며 번역문 방면에서도 잘못해 낡은 것들을 골라 실었다. 한편은 디킨스의 리얼리즘적 수법을 논한 것이고, 다른 한편은 셰익스피어의 희극을 검토한 것이었다. 디킨스와 셰익스피어는 두말할 나위도 없이 세계문학사의 두 거장이다. 하지만 '전위'라는 제목을 붙인 문학잡지라면 당연히 그 제한된 지면 속에서 최신의 작품과 사조를 많이 소개해야 할 것이다. 사실 디킨스와 셰익스피어를 연구한 전문서적은 얼마나 많은지 모른다. 그러니 『전위문학』이 어쩌다가 한두편의 평론문학을 게재해본들 아무 역할도 하지 못할 것이다. 이런 식의 일처리는 분명 이 잡지의 창간 취지에 어긋나는 것이었다. 그러나 나는 이미 황색글이나 쓰면서 생활을 도모하는 사람이 되어버렸으니 당연히 호문에게 더이상 그 어떤 충고도 할 수 있는 자격이 없다. 나는 탄식하며 『전위문학』을 휴지통에 던져넣어버렸다.

낮 열두시 삼십분. '금마차'에서 러시아 정식을 먹었다. 식사를 하면서 옛날 상하이 샤페이로의 '디디스'와 '깝까스', 조국이 없는 그 백러시아인들이 어떻게 전통 요리법을 활용해서 중국인의 호기심을 이끌어내었던가를 떠올렸다.

오후 두시 삼십분. '호우와' 극장에서 영화를 보았다. 낡아빠진 영화였지만 여전히 원래의 빛깔을 잃지 않고 있었다.

오후 네시 삼십분. 이워스트리트에서 옛 동창과 마주쳤다. 그는 깜짝 놀라며 내게 언제 홍콩에 왔느냐고 물었다. 나는 십여년이 되었다고 대답했다. 그는 자신도 여기서 십여년을 살았는데 어떻게 한번도 나와 마주치지 않았을까 의아해했다. 그리하여 함께 분위기가 괜찮은 '송죽 까페'에 들어갔다. 그는 커피를 주문했고 나는 차를 주문했다. 그가 내게 담배 한대를 권했는데 싸구려 담배여서 입에 물고 피워보니 아주 매웠다. 근황을 물으니 그는 한 무역상점에서 잡일을 하고 있다고 했다. 나는 듣고 나서 한동안 할 말을 잊었는데, 일종의 처량한 기분이 들었다. (대학 졸업자가 생활을 위해 무역상점에서 잡일을 하다니. 이게 대체 어찌 된 세상인가? 어찌 된 시대인가?) 하지만 그는 그래도 웃었다. 그것도 아주 평온하게 웃었다. 그는 내 생각을 아노라고 했다. 그러면서 낙관적인 말투로 설명했다. 그의 설명에 따르면 대학 졸업자가 잡일을 하는 건 부끄러운 일이 아니다. 설령 인력거를 끌더라도 결코 부끄러운 일이 아니다. 중요한 것은 자신이 가난 속에서도 편안할 수 있느냐 없느냐, 자신의 욕망을 줄일 수 있느냐 없느냐, 담담하게 현실을 받아들일 수 있느냐 없느냐이다.

오후 다섯시 삼십분. 길모퉁이에서 옛 동창과 헤어졌다. 그의 뒷모습에서 나는 한 평범한 거인을 보았다.

오후 다섯시 삼십오분. 서점에 들어갔다. 누군가가 건륭 임자년에 정위원이 '상세하게 교열한' 제2차 목판활자 인쇄본 120회짜리 『홍루몽』을 몽땅 영인해놓았다. 이는 최근 출판계의 큰일로 찬양할 만한 일이었다. 만일 영리만 도모하는 일반적인 해적판 상인들도 이와 같이 좋은 일을 한다면 틀림없이 다음 세대에 아주 훌륭한 영향을 주게 될 것이다.

오후 여섯시 정각. 빅토리아 공원의 벤치에 앉아서 지는 해가 구름을 온통 붉게 물들이는 것을 지켜보았다.

오후 여섯시 사십분. 킹스로드를 따라 노스포인트 쪽으로 걸었다. 십년 전 노스포인트는 화장을 하지 않은 시골 처녀 같았다. 지금의 노스포인트는 농염하게 단장한 귀부인이다.

저녁 일곱시 십오분. '456 레스또랑'에서 화퉁주를 마셨다. 종업원이 특별히 새로 잡은 가리맛조개를 추천해서 한접시를 시켰다. 상하이를 떠난 후 지금까지 이미 십사년이 흘렀다. 십사년 동안 가리맛조개를 먹어본 적이 없었다. 연기 같은 옛일을 생각하다보니 전혀 가리맛조개의 산뜻한 맛을 느낄 수 없었다.

저녁 여덟시 십분. 어느 장난감가게 문 앞에 서서 쇼윈도우 안의 장난감을 구경했다. 동심이 아직 사라지지 않아서일까 아니면 너무 무료해서일까?

저녁 아홉시. 전차를 타고 완자이의 '손가락 댄스홀'로 가서 싸구려 사랑을 샀다. 나는 내가 옝로우를 찾아왔다는 걸 알고 있었다. 하지만 나는 거듭해서 나 자신을 속였다. 댄스홀에 들어선 후 마음속으로는 옝로우를 앉히고 싶었지만 입으로는 다른 댄서의 이름을 내뱉었다. 그 여자는 벙싯거리며 다가와 앉은 뒤 나지막한 소리로 내게 옝로우가 이미 댄서 일을 그만뒀다고 일러주었다. 나는 칼로 마음을 도려내는 듯하여 그 여자를 꼭 부둥켜안고 그녀를 옝로우처럼 대했다. 옝로우는 불쌍하면서도 사랑스러운 여자애였다. 그녀는 나의 동정을 받아들였다. 하지만 나의 사랑은 거절했다. 나에게 이는 한차례 잊을 수 없는 교훈이 되었다.

밤 열한시 삼십분. 나는 자칭 스무살에 불과하다는 한 나이 많은 댄서와 '동힝라우'에서 야식을 먹었다. 나는 배고프지 않았다. 하지만 종업원에게 술과 안주를 시켰다. 나는 이 나이 많은 댄서가 마음에 들지 않았지만 다섯시간을 사서 그녀를 데리고 나왔다. 그녀와 함께 춤출 때 나는 고독을 느꼈다. 악단은 소리로 사람들이 시간을 망각하게끔 만들려고 했다. 사람들의 감정은 연기에 포위되어 있었다. 갑자기 누군가가 가볍게 내 어깨를 쳤다. 고개를 돌려보니 새둥지 같은 머리 스타일을 한 씨마레이였다. 아주 오랜만이었다. 이 조숙한 여자애는 여전히 아주 검은 눈화장을 하고 있었다. 그녀는 자신의 부모가 친구 집에 마작하러 갔다고 말했다. 그녀는 자신이 이미 공부를 그만뒀다고 말했다. 그녀는 자신이 다음 달에 결혼한다고 말했다. 그녀는 자신이 아주 행복하다고 말했다. 그녀는 자신의 결혼식에 내가 참석하기를 바란다고 말했다. 이 점에 대해선 나는 솔직히 그녀에게 말했다. 나는 절대 참석하지 않을 것이라고. 그녀는 웃었다. 아주 교활하게 웃었다. 그녀는 야유하는 말투로 내가 쥐새끼처럼 담이 작다고 말했다. 나는 이 말이 모욕이라고 생각하지 않았다. 그녀는 아직 어렸기 때문이다.

37

"……원고청탁 편지는 벌써 받았지만, 단편소설을 제대로 한편 써서 보내고 싶었기 때문에 오늘에야 답장하게 되었습니다."

"영국에 온 후 영어로 「치파오의 변천」 「전족과 변발」 따위의 무의미한 글을 몇편 써서 이곳의 신문 잡지에 발표한 바 있습니다. 이러한 것은 다른 목적이 있어서가 아니라 그저 원고료나 받아볼 요량에서였습니다. 편지에서 제게 단편소설을 써달라고 했는데 중국어로 말할 기회조차 거의 없는데 중국어 글을 쓸 능력이 어디 있겠습니까? 다만 선생님이 펴내는 『전위문학』의 취지에 대해서는 전적으로 찬성하는 바입니다. 이에 용기를 내어 낡은 펜을 다시 잡고 이 단편소설을 써서 보냅니다. 펜을 들기 전에는 제법 큰 포부를 가졌더랬습니다만 쓰고 나서 보니 역량이 마음을 따라주지 않는다는 걸 알게 되었습니다. 이 작품에서 제가 택한 표현기법은 상당히 새로운 것이기는 하지만 그다지 성공적이지는 못합니다. 불합격이라고 생각하신다면 휴지통에 넣어버리셔도 무방합니다. 어차피 이는 하나의 시도일 뿐이니 게재되고 말고는 저에게 아무런 차이가 없습니다."

"영국에 있으면서 때때로 홍콩이나 남양 각지에서 막 이곳으로 유학 온 젊은이들과 만나 5·4 이래의 신문학에 대해 이야기를 나누곤 했습니다. 그들은 항상 지나치게 자기를 비하하면서 우리의 소설가들은 전부 백지를 내놓은 것이나 마찬가지라고 말하더군요. 이런 관점은 분명히 잘못되었습니다. 사실 수십년간 신문학의 소설 분야 수확이 비록 풍성하지는 않았지만 아무 성과가 없었던 것은 아닙니다.──특히 단편소설은 말입니다. 문제는 대부분의 뛰어난 단편소설이 독자들에게 간과되어왔다는 것입니다. 독자들의 간과와 끊임없는 전쟁으로 인해 단편소설이 멸실되어버린 속도는 사람을 놀라게 하는 것이었습니다. 신문 잡지에 게재되었다가 미처 책으로 묶여 나오지 못한 작품들은 말할 것도 없고 요행히 출판가의 눈에 든 작품들도 대개 일이천부 정도 찍히고는 절판되어버립니다. 작가에 대한 중국 독자의 성원이 결여된 것은 위대한 작품의 탄생을 저해할 뿐만 아니라 비교적 뛰어난 작품마저도 확산 또는 보존되지 못하게끔 만듭니다. 이런 이유 때문에 저는 늘 단편소설을 쓰는 것은 헛되이 기력만 낭비하는 일이라고 여겨왔습니다."

"그런데 탄식할 일이 이 한가지만은 아닙니다."

"만일 우리의 독자가 문학 분야의 성과를 감상할 수 없다면 외국 독자는 더더욱 그리할 도리가 없게 됩니다. 루쉰의 「아Q정전」은 여러 나라의 문자로 번역되었습니다만 구미의 독서계가 우리의 신문학에 대한 새로운 인식을 갖도록 만들지는 못했습니다. 그와 정반대로 이 소설이 사람들의 주목을 끈 정도는 린위탕이 번역한 『중국단편소설집』—'삼언'에서 고른 고전 단편소설 몇편—에도 훨씬 못 미쳤습니다. 외국인이 중국에 대해 관심을 갖는 것들은 언제나 남자의 변발, 여자의 전족, 아편, 작은 부인, 구식 혼례, 구식 사회제도, 전통적인 예교습속……인 것 같습니다. 그들은 이런 것들 말고 중국 남자들이 이미 변발을 잘라버리고 중국 여인들이 이제 더이상 전족을 하지 않는다는 사실을 받아들이지 못합니다."

"이런 여러 현상들은 뜻있는 사람들이 순문학 창작에 종사할 수 없게 만드는 주된 원인입니다."

"편지에서 항일전쟁 시기에 발표했던 저의 단편들이 상당히 뛰어나다고 말씀하셨지요. 선생님의 칭송에 감사드립니다. 다만 저로서는 그것들에 훌륭한 면이 있다고 생각하지 않습니다. 이것이 바로 제가 그것들을 보관하고 있지 않은 이유입니다."

"이 몇년 동안 영국에서 좋은 책을 적잖이 읽어서 소설의 향방에 대해서는 비교적 분명히 알게 되었습니다. 다만 잡일이 너무 많은데다가 아무런 고무도 없었기 때문에 지금껏 펜을 들어 시도해보지 못했습니다. 막상 선생님의 편지를 받고 나서 제가 느낀 희열은 사실 필묵으로 형용할 수 없을 정도였습니다. 아직 제가 완전히 잊힌 것은 아니었습니다. 최소한 선생님과 같은 벗이 아직도 저라는 존재를 기억하고 있었던 것입니다. 저더러 단편을 한편 써서 보내달라고 해서 저는 참으로 기뻤습니다. 저는 심지어 잠시 우표수집 취미를 멈추고 매일 밤 책상에 엎드려 원고를 썼습니다. 저에게 이 일은 이미 상당히 낯선 일이 되어 있었습니다. 글을 다 쓴 후 다시 읽어보고서야 너무나 오랫동안 버려두었다는 걸 알았습니다. 눈은 높은데 손이 따라가지를 않더군요. 제가 출중한 단편을 써낼 수 없게 된 것은 뜻밖의 일이 전혀 아닙니다. 이런 상황은 운동선수의 성적과 상당히 비슷합니다. 스무살 때 일 미터 팔십을 뛰어넘었던 사람이 십년 후 최소한 일 미터 육십은 넘을 것이라고 생각하지만 실은 일 미터 사십도 넘을 수 없는 거지요."

"이 단편은 실패작입니다. 하지만 그래도 저는 원고를 보냅니다. 이러는 것은 오로지 두가지 이유 때문입니다. 첫째, 비록 이것이 실패작이기는 하지만 제가 분명히 선생님의 말씀대로 단편을 썼다는 것을 선생님이 알아주시기를 바라기 때문입니다. 둘째, 이 실패작을 보내는 것은 아마 이런 것조차 앞으로는 제가 써낼 수 없을 것임을 알기 때문입니다."

"제게 스스로를 시험해볼 수 있는 기회를 주셔서 참으로 감사합니다. 솔직하게 말해서 어쩌면 저는 더이상 펜을 잡고 소설을 쓸 용기가 없을 것 같습니다만, 결코 이 때문에 문학에 대한 저의 관심이 사라지지는 않을 것입니다. 만일 훌륭한 작품이 있다면 저는 그래도 기꺼이 읽을 것입니다. 만일 『전위문학』을 부쳐주신다면 저는 커다란 흥미를 느낄 것입니다……"

편지는 여기서 끝났고 '루팅'이라는 서명이 있었다.

× × ×

루팅은 진지한 소설가로, 작품은 아주 적지만 작품마다 독특한 스타일과 수법을 가지고 있었다. 항일전쟁 시기에 그는 뛰어난 단편 몇편을 발표하였는데 대후방의 소인물들이 어떻게 대시대 속에서 생존을 도모했나를 썼다. 벗들은 그의 작품에 대해 모두 상당히 높은 평가를 내렸다. 심지어 어떤 이는 그의 성취가 선충원보다도 뛰어나다고 했다. 다만 루팅은 교육자로서 대부분의 시간을 교실에서 보내야 했던데다가 우표에 관한 지식이 대단히 풍부한 우표수집가이기도 했기 때문에 작품은 초라할 정도로 아주 적었다.

나는 늘 이런 생각을 했다. 만일 독자들이 루팅에게 더 많은 성원을 보내주었더라면, 또는 루팅과 같이 이렇게 뛰어난 작가가 전심전력으로 창작에 종사할 수 있었더라면, 틀림없이 그는 더욱 성공적이고 더욱 많은 작품을 내놓았을 것이라고. 근년에 들어 그는 좀더 합당한 삶을 찾아 부인과 자녀를 데리고 머나먼 영국으로 가서 선생 일을 하고 있다. 문학에 대한 그의 사랑은 우표수집과 비슷해서 좋은 우표 찾기 같은 것이었다. 그렇지만 그가 쓴 단편은 그토록 훌륭하니 그가 모은 우표 중에서 귀중한 것들이 적잖이 있는 것이나 마찬가지이다. 지금껏 독자들은 그에 대해 그다지 주목하지 않았는데 그 또한 이를 개의치 않았다. 그가 펜을 잡고 그나마 몇편의 단편을 쓴 것은 전적으로 일종의 오락으로서, 그 상황이 우표를 모으고, 레코드를 듣고, 심지어 영화를 보고 하는 것과 아무 차이가 없었기 때문이다. 바로 그렇기 때문에 애석한 것이다. 우리 이 나라에서는 얼마나 많은 천재가 매몰되어 그 능력을 발휘하지 못했던가? 오로지 이익을 탐하는 그런 작가들만이 외국에서 전적으로 중국의 골동품들을 팔면서 이를 통해 세상을 속이고 명예를 훔치며 자신의 호주머니를 채운다. 루팅이 영국에서 산 지 수년이니 아마도 이를 보고 샘도 났을 것이다. 그러지 않았다면 「치파오의 변천」「전족과 변발」 따위의 글을 쓰지 않았을 것이다. 루팅처럼 이렇게 재기있는 사람에 대해 말하자면 이런 식의 무의미한 글을 쓰는 것은 어쨌든 낭비가 아닐 수 없다. 나는 오히려 그가 조금이라도 시간을 내어 단편소설을 쓰길 바랐다. 다만 오랜 기간 버려

두어 다시 펜을 들게 되니 루팅은 "눈은 높은데 손이 따라가지 않았던 것"이다. 이 말은 그 스스로가 한 말이니 꼭 그렇게 믿을 수는 없어서 일단 그의 작품을 읽어보았다.

× × ×

루팅이 보내온 단편은 제목이 '황혼'으로 팔천자쯤 되었는데, 참신한 수법으로 한 노부인이 공원 벤치에 앉아 여자애 둘이 잔디밭에서 고무공을 가지고 노는 것을 찬찬히 지켜보는 모습을 쓰고 있었다.

소재는 상당히 일반적이었지만 표현수법은 아주 각별했다.

먼저 그는 짧은 몇분 사이에 일어나는 저녁노을의 천변만화하는 모습을 질리지도 않고 세세하게 묘사했다.

노부인의 어지러운 심정을 천변만화하는 저녁노을로 상징한 것이다. 노부인은 이미 나이가 들었지만 세상사에 여전히 짙은 미련이 남아 있는데 아름다운 황혼은 오히려 그녀에게 공포감을 불러일으킨다.

그녀는 고무공을 가지고 노는 데 넋이 빠진 여자애 둘을 바라보면서 석양이 비추는 가운데 그애들이 더욱 아름답다고 느낀다.

노부인도 어린 시절이 있었으며, 석양 아래에서 고무공을 가지고 놀았던 적이 있다. 하지만 그런 것은 이제 모두 추억이 되어버렸다. 그녀는 자신이 머잖아 세상을 떠나리라는 것을 알고 있었고 이 때문에 한가지 기이한 생각을 하게 된다.

그녀는 저녁노을의 천변만화가 미워진다.

그녀는 여자애들을 질투하게 된다.

그리하여 고무공이 연못에 빠지는 바람에 여자애 하나가 연못
가에 서서 소리내어 울자 노부인은 조용히 그 아이의 등 뒤로 가서
아이를 연못 속으로 떠밀어버린다.

아주 출중한 단편이었다. 소재도 새로울 뿐만 아니라 수법도 탁
월했다. 노부인의 심리 변화를 묘사할 때 루팅은 의도적으로 저녁
노을과 이를 대비하면서 노년의 상징으로 삼았는데, 세밀하면서도
깊이가 있었으며 절묘한 부분이 연이어 나와 무릎을 치며 감탄하
게 만들었다.

루팅은 편지에서 "이 단편은 실패작입니다"라고 했는데 사실은
맞는 말이 아니었다. 내가 보기에 이 작품은 5·4 이래 보기 드문 가
작이었다.

나는 극도로 흥분하여 즉시 루팅에게 답신을 썼다.

× × ×

"……보내주신 「황혼」을 잘 받았습니다. 보기 드문 가작이었습
니다. 선생님의 충실한 독자로서 경하를 드려야 하겠습니다. 『전위
문학』은 이미 2호나 출간되었는데 이곳의 문예 종사자들 다수가
저속한 글을 쓰는 쪽으로 전환하여 일정한 수준을 유지하는 게 쉽
지 않습니다. 지난 2호의 내용으로 볼 때 태도는 비록 진지하지만
이상과는 거리가 멉니다. 선생님의 「황혼」은 『전위문학』을 일류의
문학잡지로 만들 것입니다. 동시에 양식있는 문학사 집필자들이
언급하지 않으면 안되도록 만들 것입니다……"

× × ×

나는 참지 못하고 막호문에게 전화를 걸었다.

―루팅이 영국에서 단편을 보내왔네. 너무나 출중해서 즉각 자네에게 전하고 싶군.

―그러시죠.

―어디서 만날까?

―'간구'요.

―언제?

―지금요.

전화를 끊고 즉시 밖으로 나가 전차를 탔다. '간구'에 도착하니 호문이 나보다 먼저 와 있었다.

―이 작품은 아주 출중한 단편일세. 내가 말했다.

막호문은 원고를 받아들고 분량이 많지 않았기 때문에 그 자리에서 읽었다. 그가 읽고 나자 나는 흥분해서 그에게 묻는 듯한 눈길을 던졌다. 그는 원고를 서류가방에 집어넣은 후 담담한 말투로 내게 물었다.

―케이크 드시겠어요?

냉담한 반응이 나를 놀라게 만들었다. 그에게 물었다.

―이 소설이 어떤가?

―괜찮네요.

―괜찮다고? 이건 걸작일세!

내가 격해져서 목소리를 높이는 바람에 주변의 손님들이 깜짝 놀랐다. 하지만 호문의 얼굴에는 여전히 고양된 기색이라곤 없었다. 마치 나의 견해는 전혀 중시할 가치가 없다는 표정 같았다. 그 점에 대해선 나는 개의치 않았다. 사실 다른 사람이 나의 견해를

중시하든 말든 상관이 없었다. 문제는 뛰어난 작품이 나타났는데
도 호문과 같은 사람마저 알아주지 않는다면 앞으로 누가 순문학
창작에 나서려고 하겠는가?

문예에 대한 막호문의 감상력은 그리 높지 않았다. 그가 의연하
게 『전위문학』을 창간하고자 했던 것은 전적으로 한줄기 열정 때
문이었다.

뛰어난 작품은 대개 가격이 없다. 가격이 있는 작품은 대개 저
속하기 짝이 없다. 이것이 바로 무협소설은 잘 팔리는데 다이왕수
가 번역한 『'악의 꽃' 다이제스트』는 삼백부도 팔리지 못하는 까
닭이다.

호문은 『전위문학』을 펴내면 본전을 까먹으리라는 것을 분명히
알면서도 용기를 내어 꾸리고 있다. 이 용기는 물론 탄복할 만하다.
하지만 작품의 우열을 판별하지 못한다면 이 잡지를 꾸리는 의미
역시 그 때문에 사라지고 말 것이다.

그는 일류의 문학잡지를 꾸리고자 하는 각오를 가지고 있다. 그
렇지만 일류의 원고를 받아들고서도 그 뛰어난 점을 파악하지 못
하고 있다.

이는 서글픈 일이다. 『전위문학』이 널리 관심을 받지 못하는 것
보다 더 서글픈 일이다.

(진정한 문학가는 바로 이렇게 고독한 법이다. 나는 생각했다.
막호문 역시 고독한 사람이다. 하지만 그가 겪고 있는 고통은 루팅
보다는 훨씬 덜하다. 막호문은 아직 문학에 대한 열정이 있다. 그러
나 루팅은 이 한줄기 열정마저도 사라져버릴 것이다. 만일 내가 그
에게 원고를 부탁하지 않았더라면 그가 이렇게 바보 같은 일을 했
을 리 없다. 루팅은 고독을 달게 받아들이는 사람인데 하필 왜 나

는 그의 창작 열정을 부추겼을까?)

그리하여 나는 호문에게 말했다.

──루팅은 영국에서 산 지 이미 수년이어서 중국어로 글을 쓸 기회가 아주 적다네. 만일 자네가 보기에 이「황혼」이 수준에 못 미친다면 내가 그에게 되돌려줄 수 있도록 해주게.

호문은 약간 주저하더니 결국 서류가방을 열어서 루팅의「황혼」을 내게 돌려주었다.

나는 너무나 화가 나서 즉시 종업원에게 계산서를 가져오라고 했다. 그리고 말했다.

──다른 약속이 있어서 먼저 가겠네.

──저도 일이 있으니 함께 내려가시죠. 그가 말했다.

엘리베이터를 타고 아래로 내려와 쎈트럴 빌딩을 나선 후 길거리에서 호문과 헤어졌다.

나와 호문의 우의는 이로써 일단락을 고하게 되었다.

× × ×

집으로 돌아와서 제일 먼저 해야 할 일은 루팅에게 다시 답신을 쓰는 것이었다. 그에게 어떻게 설명해야 할지 알 수 없었다. 그저 사실대로 말할 수밖에 없었다.

"……작품을 받았을 때 저는 이미『전위문학』의 편집일을 그만둔 상태였습니다. 지금의 편집자는 문학에 대한 열정은 있지만 감상 수준은 상당히 낮은 젊은이입니다. 그는 자신의 모친으로부터 홍콩 돈 오천 위안을 받아 일편단심으로 뛰어난 문예잡지를 꾸리고자 합니다. 다만 그의 감상 수준이 퍽 낮기 때문에 잡지에 게재된 원고(제2호의 번역문 포함)는 다수가 이상에 부합하지 않습니다."

"홍콩이라는 곳은 일류의 문학작품을 낳기가 쉽지 않습니다. 일류의 문학잡지를 낳기도 쉽지 않습니다. 환경이 이러니 억지를 부릴 수도 없습니다."

"선생님의 「황혼」은 걸작입니다. 아주 오랫동안 저는 이런 뛰어난 단편소설을 본 적이 없습니다. 선생님께 경의를 표합니다."

"하지만 이렇게 뛰어난 작품을 이름은 '전위'라고 하지만 실제로는 상당히 뒤떨어진 문학잡지에 싣는 것은 그야말로 일종의 낭비입니다. 그러니 이 작품을 영어로 번역하여 영미의 문학잡지에 발표하시기를 건의합니다."

"저의 건의가 어쩌면 선생님의 의심을 불러일으킬지도 모르겠습니다. 하지만 우리의 이십여년간의 우의를 걸고 보증합니다. 제가 하는 말은 구구절절 모두 진실입니다. 홍콩의 문화적 분위기는 갈수록 쇠락하고 있습니다. 서점에는 그저 무협소설, 황색소설, '사십전 소설', 컬러 표지의 짝퉁 문예소설……뿐입니다. 이것들은 모두 상품입니다. 서점 주인은 모두 돈 버는 것이 목적입니다. 그들이 원하는 것은 오로지 상품뿐으로 진정한 문학작품은 아닙니다."

"저는 선생님의 걸작을 망가뜨리고 싶지 않습니다. 그래서 원고를 돌려보냅니다."

"끝으로 선생님이 조금이나마 시간을 내어 영어로 소설을 쓰시길 기대합니다. 선생님이 만일 이 방면에서 공을 들이신다면 틀림없이 국제 문단에서 한자리를 차지하실 수 있을 것이라 믿습니다……"

× × ×

편지를 부친 후 홀로 어느 까페에 들어가서 술을 마셨다. 나는 잠시라도 도피할 수 있기를 바라면서 후련하게 한바탕 마시고 싶었다.

38

첫 잔.

(누구는 조설근이 조옹의 유복자라고 한다. 누구는 조설근이 조부의 아들이라고 한다. 누구는 조부가 조인의 수양아들이라고 한다. 누구는 조설근의 원적이 랴오양이라고 한다. 누구는 조설근의 원적이 펑룬이라고 한다. 누구는 조설근이 건륭 27년 임오년 제야에 죽었다고 한다. 누구는 조설근이 건륭 28년 계미년 제야에 죽었다고 한다. 누구는 지연재가 조설근의 외숙부라고 한다. 누구는 지연재가 조설근의 숙부라고 한다. 누구는 지연재가 사상운이라고 한다. 누구는 지연재가 조설근 자신이라고 한다…… 조설근이 죽은 지 겨우 이백년인데 우리는 이 위대한 소설가의 생애에 대해 아는 것이 이렇게도 적다!)

둘째 잔.

(듣자 하니 전차회사 측에서 현재 삼층전차를 고려하고 있다고 한다. 듣자 하니 빅토리아 해협 위로 장차 철교가 등장할 것이라고 한다. 듣자 하니 횡단보도가 '육교'에 의해 도태될 가능성이 있다고 한다. 듣자 하니 사자산의 터널이 곧 관통되리라고 한다. 듣자 하니 정부가 더 많은 염가 가옥을 건설할 것이라고 한다. 듣자 하

니 찜싸쪼이의 바다를 매립할 것이라고 한다. 듣자 하니 내년에는 더 많은 관광객이 홍콩을 찾을 것이라고 한다. 듣자 하니 노스포인트에 소형 카페리가 생길 것이라고 한다. 듣자 하니……)

셋째 잔.

(신문학의 각 분야 중에서 신시는 고아다. 수십년 동안 어줍은 서생들의 온갖 조롱을 다 받아왔다. 5·4 이전에는 우리에게 백화시가 없었지만 5·4 이후에는 우리에게 백화시가 있다. 신시가 신시인 까닭은 그것이 곧 구시와 다르기 때문이다. 바로 그렇기 때문에 구시의 옹호자들은 우매하게도 신시를 풍차로 여기면서 돈 끼호떼의 창을 휘두르며 돌진한다. 장스자오 무리가 격파당한 게 벌써 역사가 되었는데 지금 와서 다시 한번 논쟁을 벌인다면 그건 낭비나 다름없다. 문제를 논하고 학문을 할 때 감정을 사용해서는 안된다. 의견이 서로 다르더라도 모두들 평온하고 온화하게 상대는 상대의 이유를 말하고 나는 나의 이유를 말한다면 결국에는 정확한 해답을 찾을 수 있을 것이다. 만일 문제를 토론하는 사람들이 계속 목소리를 높이면서, 무식한 여자가 동네방네 욕해대며 소매를 걷어붙이고 눈알을 부라리는 것이나 흉내내어, 문제의 해답은 찾지 않고 누구 목소리가 더 큰지 겨루면서 악악거리며 소리를 질러대고 얼굴을 붉힌다면, 설사 법정에 가더라도 무의미할 것이다. 과거에 우리는 분명 이런 식의 추태를 본 적이 있다. 지금은 비록 줄어들었다고는 하나 문제는 여전히 존재한다. 누구는 영어 좀 읽었다고 중국은 '서구화'하지 않으면 안된다고 하고, 누구는 사서오경 좀 읽었다고 나라를 구하는 길은 오로지 복고의 길뿐이라고 하는데, 사실 문제는 평범하기 짝이 없는 것으로 사람들이 상식을 가지고 해석하려 들지 않을 따름이다. 우리는 쌀밥을 먹는 민족

이니 사람들이 어려서부터 밥을 먹는 습관을 가지게 되어 바꾸기가 쉽지 않다. 그렇지만 우리는 자신이 쌀밥을 먹는 습관을 가지고 있다는 것 때문에 억지를 쓰며 빵의 영양 가치를 부정해서는 결코 안된다. 해답은 이토록 간단하며 그렇게 큰 힘을 들여 논쟁할 필요가 없다. 우리의 조상은 등잔불과 촛불에 익숙했지만 에디슨이 전등을 발명한 후 다른 나라에 전등이 생겨나게 되었고 우리나라에도 전등이 생기게 되었다. 이즈음 들어 우리는 모두 전등을 사용하면서 그것이 등잔불이나 촛불보다 더 밝고 더 편리하며 더 발전된 것이라고 인정한다. 만일 구시를 촛불이나 등잔불로 비유한다면 신시는 전등이 될 것이다. 신시는 신문학 각 분야에서 가장 취약한 고리로 현재 성장 중에 있다. 촛불과 등잔불을 특별히 좋아하는 복고파가 자신이 선호하는 기준에 의해 신시를 짓밟아서는 절대로 안된다.)

넷째 잔.

(여자가 아름다움을 위해 살아가는 것인가 아니면 아름다움이 여자 때문에 값이 높아지는 것인가? 우리의 이 사회에서 사랑은 일종의 상품이고, 여자는 남자라는 사냥꾼의 포획물이다. 여자. 여자. 여자.)

다섯째 잔.

(지옥에서 춤을 춘다. 12345. 일본 영화는 질과 양을 모두 갖추었다. 삼월의 안개. 거울 속에서 무언가를 보았다. 『서유기』는 리얼리즘 작품이다. 춘계 대경마. 칠레팀, 다음 달 홍콩에 올 예정. 상아공예와 목각공예. 임산부는 담배를 피우지 않는 것이 좋다. 상어지느러미조림. 포크너는 의문의 여지 없이 귀재이다. 나는 내가 고배당의 마권을 사게 되면 좋겠다.)

여섯째 잔.

(2 더하기 2는 5. 술병이 탁자에서 거닌다. 발 달린 생각이 공간에서 뒤쫓는다. 사방의 태양. 시간이 유행성감기를 앓는다. 차와 커피의 혼합물. 홍콩은 십삼월이 되면 눈이 내릴 것이다. 영혼의 교통신호등이 명멸한다. 눈앞의 모든 것이 왜 이렇게 흐릿하지?)

……째 잔.

자색과 남색이 교전상태에 들어간다. 눈. 눈. 눈. 무수한 눈. 심장박동이 아프리카 밀림 속의 북소리 같다. 자색이 연한 자색으로 바뀌고 그후 연한 자색이 남색으로 뒤덮인다. 그후 황금색이 된다. 황금색과 남색이 교전상태에 들어간다. 돌연 무수히 많은 잡색이 폭발한다. 세계가 극도의 혼란에 빠진다. 나의 느낌도 마비된다.

—취했군. 누군가가 말했다.

—아직 술값을 안 냈어.

—주머닐 뒤져봐. 돈이 없으면 파출소에 처넣어버려!

나의 몸이 뜬구름처럼 붕 뜬다. 너무나 간지럽다. 그 사람의 두 손이 나의 넓적다리를 더듬는다. 나는 웃음을 터뜨린다.

—공짜 술을 마시는 자는 아니군. 누군가가 말했다.

—얼마 있어?

—육십 얼마.

—술값 제하고 나머진 돌려줘.

—이상하네. 왜 이렇게 웃어대나 몰라.

—주정뱅이들은 모두 이래.

나의 두 다리는 완전히 기능을 잃어버렸다. 땅은 용수철 같았고 하늘은 새장 같았다. 모든 것이 초점을 잃어버렸고 정지해 있는 것은 아무것도 없었다. 나는 이 세상이 아주 우스웠다. 하지만 나는 눈물을 흘렸다. 동서남북을 구별할 수 없었고 밤인지 낮인지도 구별할 수 없었다. 태양은 달이나 마찬가지였다. (왜 이렇게 비가 오지 않지? 나는 생각했다.) 나는 비 오는 날이 좋았다. 나의 기분이 저조할 때면.

　―난 이 주정뱅이를 몰라욧!

　(여자 목소리군. 나는 생각했다.) 하지만 그녀가 누군지 알 수 없었다. 나는 시야가 흐릿했다. 흡사 반투명 유리 안경을 쓰고 있는 것 같았다.

　―이 양반이 차를 타고 이곳으로 오자고 하던데요. 누군가가 말했다.

　―하지만 난 이 주정뱅이를 몰라요! (아주 익숙한 목소리다. 그런데 나는 왜 이렇게 시야가 흐릿하지?)

　―난 안 취했어! 내가 말했다.

　―흥! 아직 안 취했다고? 몸도 제대로 못 가누면서!

　―난 진짜 안 취했다니까!

　나는 눈을 크게 뜨고 바라보았다. 그녀의 얼굴이 순간적으로 나타났다가 사라져버렸다. 하지만 나는 아주 똑똑히 보았다. 그녀는 젱라이라이였다.

　젱라이라이가 나의 애인은 아니라고 하더라도 최소한 그녀는 내가 한때 열렬히 사랑했던 여자다. 지금 그녀가 나를 모른다고 하다니 이게 무슨 말인가?

　―이봐요! 대체 집이 어디요? 누군가가 물었다.

　―나도 모르겠소.

　―집이 없어요?

　―있어요, 있어.

—어딘데요?

　　—모르겠소.

　　귓가에서 갑자기 웃음소리가 들려왔다. (누가 웃고 있는 거야? 누굴 보고 웃는 거지?) 웃음소리가 파도처럼 사방팔방에서 쏟아져나왔다. (웃음은 짙은 붉은색이다. 공포의 느낌이 들어 있다. 나는 무얼 기다리나? 기적인가 아니면 하느님의 구원인가?) 나는 전혀 나 자신을 도와줄 수 없었다. 마치 몽환의 세계에 드러누워 있는 것 같았다. 인생의 이면에 들어선 것 같기도 했다. 웃음소리가 여전히 귓가에서 끊이지 않았다. 흡사 파도처럼 밀려왔다. 해도 필요 없고 달도 필요 없었다. 손으로 과거의 연무를 가로막기는 했지만 실현 가능성이 없는 희망을 붙들 생각은 없었다. 나는 웃음소리의 침략을 받아들였다. 그것을 치욕이라고 느끼지는 않았다. 나는 현재 상황을 파악하려고 했다. 하지만 검고 반짝이는 두 눈이 갑자기 사라져버렸다. (내가 꿈을 꾸었나? 꿈속에서 두서없는 현실을 보았나?) 나는 아주 우스웠다. 그다음에는 네온사인이 행인들에게 추파를 던지기 시작했다. 나의 머리가 재봉틀의 바늘 아래에 놓인 천 조각처럼 극심하게 찔렸다. (이상하군. 내가 왜 인도에 드러누워 있지? 이 사람들은 왜 나를 둘러싸고 있지? 내가 무슨 일을 저질렀나? 나는 여기 얼마나 누워 있었나? 내가 왜 여기에 드러누워 있지?) 일련의 의문들이 내 머릿속에서 맴돌았다. 나는 억지로 몸을 일으켰으나 머리가 극심하게 아팠다. 나는 내가 취했다는 것을 알았다. 하지만 어디서 술을 마셨는지 알 수 없었다. 주변의 둘러싼 눈들이 수십개의 탐조등처럼 모조리 내게 집중되었다. (내가 원숭이 재주 피우기의 주인공이 되었군. 여길 벗어나야 해. 나는 생각했다.) 걸음을 떼자 시멘트로 된 인도가 새총으로 바뀌며 펄렁펄렁해져서 내 몸의 균형을 잡을 수 없도록 만들었다. (틀림없이 여기서 몇시간은 누워 있었을 거야. 그런데 내가 어떻게 여기까지 오게 된 거지?) 머리를 들어 사방을 둘러보고서야 비로소 그곳이 젱라이라이의 집이라는 것을 알았다. 그리하여 그 검고 반짝이는 두 눈이 떠올랐다. 내 마음속에는 말로 표현할 수 없는 어떤 감각이 느껴졌다. 머리를 내저으며 혼란한 생각을 가다듬으려고 했다. 나는 금세 그 말이 기억났다.

―난 이 주정뱅이를 몰라요! 그녀가 말했었다.

이보다 더 내 마음을 상하게 하는 말은 없었다. 나는 반드시 물어봐야겠다. 계단을 올라가서 초인종을 누르자 문이 조금 열렸다. 가정부 차림의 한 여자가 내게 물었다.

―누굴 찾으세요?

―젱라이라이를 찾소.

―나갔는데요. 안 계세요.

말을 마치자마자 문을 닫아버렸다. 나는 두번째로 초인종을 눌렀다. 안에서 마작 하는 소리가 들렸기 때문이다. 문이 열리고 안에서 남자가 나왔다. 바로 방직공장 사장이었다. 내가 본 적이 있는.

―누굴 찾소? 그가 물었다.

―젱라이라이 씨를 찾습니다.

―그녀는 이미 결혼했소. 앞으로 다시는 찾아와서 소란 피우지 마시오.

나는 부득부득 젱라이라이와 만나려 했다. 그는 얼굴이 굳어지더니 뒤돌아 문 안으로 들어가며 쾅 하고 문을 닫아버렸다. 나는 다시 두어번 초인종을 눌렀다. 하지만 이번에 문을 열고 나온 사람은 범 같은 사내 두명이었다.

39

한 신문사에서 나의 장편소설 자리에 다른 사람의 작품을 실었다.

며칠 후 다른 신문사에서 나의 장편소설 자리에 다른 사람의 작품을 실었다.

이럴 때 가장 필요한 것은 오직 한가지였다. 술.

술은 나에게 행복을 가져다주지는 못했다. 하지만 그것은 고통을 잊게 해주었다. 나는 두어차례 크게 취했는데 더 마시고 싶어서 보니 술병은 이미 비어 있었다.

술을 살 돈도 없었고 막호문에게 빌릴 용기도 없었다. 주벽이 도졌을 때 책상에 엎드려서 아이처럼 울었다. 레이 씨네 할머니가 나더러 왜 우느냐고 물었지만 나는 말하지 않았다. 나는 마음속 일을 그녀에게 털어놓을 수 없었다. 눈물만 흘릴 뿐이었다.

술이 없으면 쇠 우리 안의 사자처럼 온몸이 무기력할 만큼 답답했다. 할머니는 계속해서 나의 의중을 탐색했지만 내가 주벽이 발작한 줄은 알지 못했다. 나는 마음이 어지러운 끝에 문득 한가지 무서운 생각이 들었다. 방이 곧 쇠 우리라는 것이었다. 답답한 나머지 허둥대고 있었는데 필히 좀 나돌아다녀야 했다. 아직 몸에는 금촉으로 된 파커 51을 지니고 있었다. 전당포에 들어가서 십오 위안에 맡겼다. 그런 후에는 브랜디 한잔이었다.

술잔을 드는데 손이 떨렸다. 그 한모금은 진정제나 다름없었다. 긴장된 감정이 마침내 누그러졌다.

나는 누구에게 화를 내고 있는 걸까?

나 자신이었다.

나는 나 자신을 너무 무능하다고 나무랐다. 이런 현실 환경에 적응하지 못하다니. 나는 순문예가가 되려고 노력해보았지만 굶어죽을 뻔했다. 생활을 위해서 저속한 글을 적잖이 써보았지만 거듭 병이 나서 편집자를 화나게 만들었다. 편집자의 행동은 옳았다. 나는 나 자신을 나무랄 수밖에 없었다.

앞으로 어떻게 살아가야 하나?

답을 찾을 수 없어서 종업원에게 다시 한잔을 시켰다. 나는 감히 생각을 이어나갈 수 없었다. 그저 술로 자신을 마취시킬 수밖에. 내게는 겨우 십오 위안만 있을 뿐이었으니 모조리 술로 바꾸어 마셔도 취할 턱이 없었다. 계속 생존하는 것이 무슨 의미가 있는지 나는 알 수가 없었다. 나는 죽음을 생각했다.

40

바다는 함정이다.

바다는 남색의 항아리다. 바람이 스쳐지나가면 바닷물은 오랜만에 다시 만났다는 인사말을 나눈다. 대형 화물선이 수천명의 생명을 태우고 조심조심 레이위문 해협에 나타난다. 누군가 흥분해서 눈물을 흘리는데 꼭 슬퍼서 그런 것은 아니다.

너무나 많은 빌딩들이 어수선한 느낌을 준다.

어선은 실망을 안고 돌아가고, 페리는 교량의 청사진을 가장 두려워한다. 모든 것은 실증을 요구하지만 사실 모든 실체는 존재하지 않는다.

보수파는 여전히 소야곡을 사랑한다.

추상화를 모르는 사람들은 캔버스에 남색을 발라놓기만 하면 바닷물의 이미지를 만들어낼 수 있다고 생각한다. 이는 본디 슬퍼할 것도 없는 일이다. 슬픈 일은 추상화를 어설프게 아는 사람들이 추상화에 대해 떠들어대고 있다는 것이다.

삐까소에게 이미지의 표현을 요구하면 우리는 수많은 내재적인 기둥을 보게 된다.

좋은 시란 결코 글자의 누적이 아니다. '다섯번째 계절'과 '열세번째 달'을 쓰는 형편없는 시인이 너무도 많은데, 자궁에서부터 신기함을 찾는답시고 한데 모여 결국은 문단에서 무리를 이룬다.

바다는 함정이다.

바다는 남색의 항아리다. 이때 바다에 뛰어들려는 생각은 이미 사라지고 나는 풍경의 감상자가 된다.

타오르는 불꽃은 부채를 필요로 한다. 세번째의 눈은 잘려나간 머리카락을 본 적이 있다. 재채기를 해보라. 우주의 눈은 감정이 어떻게 파편화되는지를 바라보고 있다.

생각의 숲 속으로 들어가면 소리 없는 호흡을 듣게 된다. 친구여, 그대가 고독할 때면 호흡조차 소리가 나지 않는다.

과거를 잊어버릴 수가 없다.

과거의 갖가지 일들이 젖은 옷처럼 나의 생각에 들러붙어 있다. 고향의 맷돌 설떡, 고향의 외설적인 노래. 어느날 나는 옛집 문 앞의 흙색을 다시 보게 되리라.

나는 희망의 문을 열고 싶지만 안타깝게도 열쇠가 없다.

우리는 줄곧 문학을 중시해왔다. 우리의 조상들도 그랬다. 하지만 지금에 이르러 우리는 『금병매』의 작가가 누구인지, 『성세인연』의 작가가 누구인지, 『속 금고기관』의 작가가 누구인지 확정할 수가 없다.

마음이 식어버렸다. 희망은 얼음이 되어버렸다. 바닷물은 남색이지만 나에게 혐오감을 준다. 자살은 겁쟁이의 행위라고 한다. 하지만 그래도 용기가 필요하다.

지혜는 유성의 한순간처럼 쌀쌀하면서도 곱다. 찻잔의 무늬는 물론 예술이 아니다. 나는 당나라 시에 능통한 사람이 길가의 광고판에 넋을 잃고 있는 것을 본다.

갑자기 '홍콩의 소리'라는 한 레코드판의 제목이 떠오른다.

두 미국 해군이 길에서 큰 소리로 웃어젖힌다.

—마리아가 멕시코시티로 갔다며?

—그래.

—정말 아깝군. 그날밤 내가 술을 조금만 덜 마셨더라도 그녀가 그 멕시코 친구에게 시집가진 않았을 텐데.

—그래, 그날밤 자넨 그렇게 많이 마시지 말았어야 했어.

—지금 어디로 가는 거야?

—자노티!

—최고급 스테이크를 먹게?

—까맣고 빛나는 두 눈을 보려고.

다시 한번 귀를 자극하는 웃음소리다. 마치 갑자기 커다란 꽃병을 내동댕이치는 듯하는.

어둠이 사방을 뒤덮고 네온사인이 작부처럼 원색의 색깔로 행인의 눈길을 유혹한다.

옛것은 철거되고 새것은 아직 건축 중이다. 홍콩 1963. 젊은이들은 모두 야간경기를 보러 써던 운동장에 간다.

촌원까이의 시끌벅적함. 고약 파는 사람은 벌써 목이 쉬었다. 사람. 사람. 사람. 도처에 사람이다. 어깨와 어깨가 부딪힌다. 깡통 속의 정어리와 다름없다. 머리를 길게 땋은 가정부 소녀가 갑자기 놀라 소리를 지른다. 누군가가 자기 엉덩이를 꼬집었다는 것이다. 그리하여 웃음소리가 파도처럼 인다.

누군가가 'R 라디오'를 아주 크게 틀어놓는다.

"……키스해줘요, 내 얼굴에 키스해줘요, 사랑의 징표를 남겨주세요……"

비좁은 거리에 오래된 홍콩 냄새가 넘쳐난다. 외국인이 사진기를 들고 대상을 사냥하면서 그것을 까사블랑까의 어두운 골목으로 여긴다.

단팥죽. 연밥차. 새우만두국수. 일본 육탄댄스 공연. 요정의 싸움. 한 세트에 5위안. 두 남자가 벌이는 계단에서의 사랑. 제1그룹 경주마 단거리 경주. 사회풍조를 어떻게 구제할 것인가? 옥탑방에서 누군가 도색영화 상영.

—어디 가?

—호페이판의 「작년 오늘밤의 달콤한 꿈」을 보러 '중앙'에 가.

—표는 샀어?

—샀어. 넌?

—액션영화를 보러 '홍콩'에 갈 거야.

불타는 홍련사, 표산신학검, 선학신침, 청궁검영록, 흡혈신편, 사조영웅, 여도적 황앵, 아미검협전, 강호기협전, 철선자, 천산신원, 청령 팔여협, 침검비룡전, 원앙검, 검기천문록, 쌍룡연환구, 태을십삼장, 검절천경, 마협쟁웅기, 대도 왕오……

여남은살짜리 어린애들도 무협소설을 본다.

누가 뒷골목에서 나오더니 내 뒤를 따라오며 금방 시골에서 온

'신품'이라면서 내게 흥미가 있느냐고 묻는다. 나는 어깨를 으쓱하며 두 팔을 들었다. 이곳은 상업사회니 여자도 물품이 된다.

가스등이 커다란 짐승의 눈알 같다. 길거리 음식점의 쇠고기 냄새가 덮쳐온다. 나는 뭔가 먹어야 해서 오십전을 주고 소내장탕 한 그릇을 샀다. 피부색이 까무잡잡한 두 중년이 막짠와가 하산한 이야기를 나누고 있었다. 하나는 막짠와가 그래도 홍콩에서 가장 걸출한 레프트윙이라고 하고 하나는 남와팀에 말하기 곤란한 속사정이 있을 것이라고 했다. 두사람 모두 충동적이어서 목덜미의 핏줄이 지렁이처럼 꿈틀거렸다. 내가 소내장탕을 다 먹었을 때 그들은 싸우기 시작했다. 처음에는 모두들 놀라다가 나중에는 그들이 한데 뒤엉켜 땅바닥에서 이리 구르고 저리 구르는 걸 보면서 아주 황당하다고 느꼈다. 누군가가 큰 소리로 말했다.

―주정뱅이들 하는 짓이라니!

구경꾼들이 일제히 웃음을 터뜨렸다.

(주정뱅이들은 현실 생활에서는 모두 어릿광대다. 나는 생각했다.)

그런 다음 한 낡아빠진 나무계단을 올라갔다. 초인종을 누르니 문의 작은 창이 조금 열렸다.

한쌍의 눈, 판결을 내리는 듯한 한쌍의 눈.

―누굴 찾으세요?

―여자애를 찾소. 열대여섯살에 웃으면 왼쪽 뺨에 보조개가 있는.

―이름이 뭔가요?

―모르겠소. 하지만 전에 이곳에 온 적이 있소. 걔 엄마가 나를 데리고 왔었소. 걔 엄마는 늘 바닷가에서 남자를 찾소.

─아, 그 사람들은 이사했어요!

말이 끝나기도 전에 '탕' 하는 소리와 함께 조그만 창문이 닫혔다. 나는 탄식을 했고, 맥이 빠져 내려왔다. 거리로 나온 후에야 이제 막 꿈에서 깬 듯 자신을 나무라기 시작했다. 내게는 겨우 잔돈 몇푼이 있을 뿐인데 걔를 찾아서 뭘 하려고? 잠시 생각해보았지만 자신의 행동을 정당화할 이유를 댈 수가 없었다.

만사가 모두 귀찮았다. 단지 속세를 떠날 용기가 없을 뿐이었다. 바로 그 때문에 나보다 더 불쌍한 그 여자애를 보고 싶었던 것이다.

퀸스로드이스트에 이르자 모퉁이를 돌아 남쪽으로 걸었다. 모리슨힐로드, 레이턴로드, 리가든로드를 거쳐 코즈웨이베이에 도착했다.

이워스트리트 입구에서 눈먼 거지를 보았다. 나는 그가 나보다 더 불쌍하다고 여겨 분연히 지니고 있던 잔돈을 깡그리 그에게 주었다.

집으로 돌아오니 세면실에 있는 '데톨' 병이 눈에 띄었다.

41

기이한 느낌이었다. 취한 것은 아니고 단지 정신이 맑지 못할 따름이었다.

고통이 괴롭히는 것을 견딜 수 없었다.

고통 말고 다른 감각은 존재하지 않는 것 같았다. 날카로운 부르짖음을 들은 것 같은데 내 눈으로 그 해답을 찾을 수가 없었다. 나는 딴 세상에 가 있었다. 과거도 없고, 미래도 없고, 하늘도 없고, 땅도 없고, 흐리터분한 것이 온통 안갯속이었다. 다리를 움직일 필요가 없었다. 몸이 풍선처럼 공중에서 흔들거렸다.

무슨 소리라도 듣기를 갈망했지만 기이한 정적뿐이었다. 그 정적은 칼로도 잘라내지 못하는 고체 같았다.

정적이 나를 포위했다. 정적은 이 세상에서 가장 무서운 것으로 변했다. 도망가려 했지만 사방은 허허롭게 그저 안개뿐이었다.

혐오스러운 안개가 명주실처럼 얽어매고 있었다. 이런 속에서 영원히 살 수는 없었다. (설마 이것이 사후의 세계란 말인가? 설마 사후의 상황이 이렇단 말인가? 아니야, 아니야. 나는 아직 죽지 않았어. 사람이 죽기 전의 상황과 태어나기 전의 상황에 차이가 있을 리 없어.) 그뒤 나는 흐릿한 빛무리를 보게 되었다. 그리 또렷하지 않았지만 그것이 빛이라는 것은 알 수 있었다.

이 일말의 빛이 사라지자 안개도 보이지 않았다. 정적. 정적. 끊임없는 정적. 무서운 정적. 얼음 같은 정적.

(……)

생각의 진공. 감각이 갑자기 마비되어버렸다. 나는 나 자신이 여전히 존재하고 있는지 알 수 없었다. 사실상 생각의 능력을 완전히 상실해버렸다.

암흑. 암흑. 암흑. 끝도 없고 한도 없는 암흑.

갑자기 아주아주 가는 소리가 들렸다. 그것이 무엇인지 알 수 없었지만 그건 소리였다.

나의 사고기관이 마침내 기능을 회복했다. 나는 내가 여전히 존재하고 있음을 알게 되었다. 힘겹게 눈을 떠보았지만 여전히 흐릿할 뿐이었다.

—깼어! 깼어! 이 사람 안 죽었어!

아주, 아주, 아아주 가는 소리가 머나먼 곳에서 들려왔다. 그러면서 또 아주 가까웠다. 나는 눈을 깜빡였다. 안개가 걷혔다.

나는 자애로운 그리고 주름이 가득한 얼굴을 발견했다. 레이 씨네 할머니였다.

기이한 세상을 맴돌다가 현실로 되돌아온 것이다.

현재는 추악하지만 어쨌든 영원의 정적보다는 재미있다. 나는 정적이 두려웠다. 자신의 아둔함에 대해 후회가 없을 리 없었다.

―괴로워하지 마라. 할머니가 말했다. 세상에 해결하지 못할 일은 없단다.

―그래요, 그래. 이 세상은 아름다운 겁니다.

―신민아, 넌 똑똑한 앤데 왜 그런 바보짓을 했니?

(불쌍한 할머니, 이 순간에도 나를 신민으로 여기는군. 하지만 내가 과연 그녀의 아들이 아니라고 말해줄 수 있을까?)

―내가 네 마음 다 안다. 그녀가 말했다. 이건 요 몇년간 내가 모은 돈이란다. 가져다 쓰려무나.

(내가 과연 그녀의 보시를 받아들일 수 있을까? 그녀를 나의 어머니로 여길 용기가 없다면 그녀의 보시를 받아들일 수는 없다.)

―앞으론 그렇게 술을 많이 마시지 마라!

(내가 무슨 말을 할 수 있을까? 이렇게 마음 착한 할머니에게 내가 무슨 말을 할 수 있을까? 그녀는 엄청난 충격을 받아서 정신 이상이 된 사람이지만 내 입장에서 보면 그 누구보다도 정상이다. 그녀 말고는 그 누구도 내게 관심이 없다. 더이상 그녀를 속여선 안된다. 만일 내가 술을 끊겠다고 한다면 반드시 약속을 실천해야 한다.)

―다시는 절대로 술 안 마실게요! 내가 말했다.

이 말을 듣자 그녀는 고개를 들고 눈물을 머금은 채 미소를 지었다.

그녀는 정말 내게 잘해주었다. 꼬박 하루를 병상 옆에서 지켜주었다. 그녀의 나이가 많은 걸 생각해 돌아가서 쉬시라고 했지만 그녀는 그러려고 하지 않았다.

'데톨'을 마시기 전에 나는 이미 내가 모든 걸 잃어버렸다고 생각했다. '데톨'을 마시고 난 후 나는 마치 잃어버린 그 모든 걸 되찾은 것 같았다.

나는 술꾼이다. 하지만 할머니는 나를 세상에 둘도 없는 보물로 생각한다. 할머니는 정신이 이상한 분이지만 나는 그녀에게서 크나큰 따스함을 느낀다. 병원에서 사흘을 보낸 후 집으로 돌아왔다. 할머니는 거듭해서 나더러 술을 마시지 말라고 했다. 술은 본성을 어지럽히니 많이 마시면 꼭 흉사를 일으킨다는 것이다. 그녀는 삼천 위안을 내게 주면서 일단 견뎌보라고 했다. 나는 마음속으로 말할 수 없이 난감했지만 결국 그녀의 뜻을 받아들일 수밖에 없었다. 그날밤 나는 레이 선생과 함께 아래에 있는 차찬텡으로 가서 잠시 이야기를 나누었다. 나는 삼천 위안을 그에게 돌려주었지만 그는 고개를 내저었다.

─상황이 안 좋으시니 일단 받으시지요. 그가 말했다.

42

머리를 맑게 유지하는 것은 좋은 일이다. 아침 일찍 일어나 빅토리아 공원에 가서 바다를 보고, 가우룽의 마천루를 보고, 나비들이 얼마나 즐겁게 이리저리 날아다니는지를 보았다. 어둠이 차츰 짙어지자 주벽이 도지기 시작하면서 온몸에 힘이 없어졌다. 앉아 있어도 안되었고 서 있어도 안되었다. 신경이 극도로 예민해져서 풍선처럼 되었다. 커질 대로 커져서 조금만 더 불면 금세 폭발해버릴 것 같았다. 성냥불을 켤 때 내 손이 무서우리만치 떨렸다. 그리하여 나는 한 까페에 들어가서 종업원에게 커피를 한잔 시켰다. (커피로는 갈증을 해소할 수 없어. 나는 생각했다.) 마귀가 나를 향해 손짓했다. 그건 일종의 자석 같은 힘으로, 야만적인 감정을 요구했다. 나는 은방울 같은 웃음소리를 들었다. 어디선가 본 듯하면서도 낯선 두 눈이었다. 나는 또다시 '손가락 댄스홀'의 어둠속에서 신기한 것을 찾고 있었다. 오로지 새로운 자극만이 술을 대신할 수 있을 것이라고 여기면서. 하지만 지나치게 적나라한 감정에는 신비감이 결여되어 있다. 한겹의 망사를 사이에 두고서야 사람과 사람 사이의 관계에 아련한 아름다움이 있게 되는 법이다. 나는 술을 마시고 싶었다. 나는 그래도 힘껏 술의 유혹에 저항했다. 댄스홀을 나서니 갈 곳이 없었다. 감히 술집의 문 앞을 지나갈 수는 없었다. 결국 퀸스로드에서 아이쇼핑을 했다. 나는 세기병 환자였다. 나는 너무나도 약속의 배신자가 되고 싶었다. 나이트클럽의 등불은 내일의 것이었고, 남미에서 온 육체는 남자 손님들의 피를 더욱 빨리 돌게 만들었다. 술. 술. 술. 탁자마다 술이 있었다. 취해서 영원히 깨지 않을 듯이 비틀거리는 쌕소폰의 소리는 술기운을 담고 있었다. 술. 술. 술. 손님들마다 손에 술이 들려 있었다. 오로지 나만 배신자였다. 내 앞에는 커피 한잔이 놓여 있었다. 무지개색 불빛이 흐트러지더니 놀라 흩어지는 새떼가 되었다. 남미에서 온 육체가 박수 소리 속에 사라졌다. 나는 꿈을 좇는 사람이다. 꿈속에서 술의 농익은 맛을 붙잡고자 했다. 막상 말을 하자니 해석하기가 쉽지 않다. 나는 나 자신에게 선전포고를 했다. 나의 심정은 아주 복잡했다. 문득 어제는 이미 지나가버렸다는 한마디 통속적인 말이 생각났다. 사실은 내일도 별로 좋을 건 없다. 내일도 틀림없이 어제가 될 것이다. 술. 술. 술. 술기운이 담긴 미소가 사람을 가장 유혹한다. 술기운이 담긴 박수 소리가 탁탁탁탁 내 마음을 두드린다. 나는 나이트클럽을 나와서 밤바람으로 나의 이 곤혹스러움을 날려보내야 했다. 전차에 앉아서 까뮈의 명언을 생각하며 실소를 했다. 이 프랑스의 지자知著가 한마디 농담을 하자 백명의 중국 시인이 앞다투어 인용했다. 인류의 대다수는 우매하여 저속한 익살극 속에서 삐에로를 연기한다. 지금은 병적인 세기요 책을 읽는 사람들은 모두 불건전하다. 나는 졸렸다. 거리의 바람이 세차게 차창에 부딪쳤지만 승객들의 입이 뿜어내는 푸른 연기를 날려버리지는 못했다. 캐멀 담배. 론슨 라이터. 연회색 바탕에 붉은색 도안이 수놓인 넥타이. 검표원이 계속해서 손등으로 입을 가리며 하품한다. 어쩌면 지금 깊이 잠들어 있는 아들내미와 딸내미를 생각하고 있는지도 모를 일이다. 술. 술. 술. 술을 마시지 않으니 이 다채로운 도시마저도 무미건조했다. 달빛은 은빛이고 밤거리는 고요했다. 스토어에 들어가 담배 한갑을 사면서 몇줄로 늘어서 있는 양주를 보았었다. (이렇게까지 자신을 학대할 필요가 있을까? 나는 생각했다.) 그리하여 다시 스토어에 들어갔다. (안돼, 안돼! 절대로 이러면 안돼! 나는 생각했다. 레이 씨네 할머니는 나의 목숨을 구해주었고 저축한 돈까지 몽땅 내게 주었다. 만일 내게 조금이나마 인간성이 남아 있다면 다시는 술을 마셔선 안된다.) 그리하여 스토어에서 나왔다. 밤이 점차 깊어가자 사방이 더욱 조용해졌다. 나의 구둣발 소리가 너무 커서 나 자신도 놀랐다. (목말라 죽겠군. 나이트클럽에 가서 몇잔 마시는 게 낫겠어. 그녀는 알아채지 못할 거야. 나는 생각했다.) 그리하여 몇잔 마실 작정으로 몸을 돌려서 나이트클럽으로 갔다. 나이트클럽 문 앞에 도착한 후 나는 또 머뭇거렸다. (아니야, 아니야. 그녀를 속일 순 없어. 나 자신을 속일 수는 있어도 절대로 그녀를 속일 순 없어. 그녀는 마음씨 좋은 노인네야. 그녀의 정신이 비록 이상하긴 하지만 그래도 그녀는 마음씨 좋은 노인네야. 나 자신을 속일 수는 있어도 절대로 그녀를 속일 순 없어!) 그리하여 다시 몸을 돌려 집 쪽으로 걸음을 옮겼다. 달빛은 은빛이고 밤거리는 고요했다. 아주 갈증이 났다. 몸에는 술을 살 돈도 충분했다. (나는 필히 나 자신을 억제해야 해. 술의 노예가 되어선 안돼. 그런데……만일 나 혼자 나이트클럽에 가서 한구석에 자리 잡고 있는다면 그녀가 알 리 없어. 자신을 학대할 필요가 있을까? 술은 특별한 힘을 가지고 있어. 술맛을 못 본 지 오래되었어. 지금은 술 마시기에 좋은 시간이야. 자신을 학대할 필요가 있을까? 인생이란 바로 그런 것이야. 너무 진지하면 자신만 고생이지. 좀 바보스러운 것이 나아! 술은 독약이 아니야. 두려울 게 없어. 내 마음이 이렇게도 엉망이니 이때 몇잔 마시지 않으면 분명 답답해서 병이 날 거야. 난 반드시 나 자신을 생각해야 해. 할머니가 내게 그토록 잘해주기는 하지만 어쨌든 내 친어머니는 아니야. 사실 내 친어머니라고 하더라도 꼭 그 말을 들어야 하는 건 아니지. 나는 나야. 다른 사람이 나를 지배할 수는 없어. 술 생각이 나면 통쾌하게 마시는 게 당연해.) 이렇게 생각하다 보니 나는 또 나이트클럽 문 앞에 서게 되었다. 나는 진짜 큰 결심을 하고서 문을 열고 들어가 한쪽 구석자리를 찾아 앉았다. 술. 술. 술. 한잔. 두잔. 석잔. 넉잔. 다섯잔. 나는 마치 멀리서 찾아온 오래

못 만난 친구를 만난 것 같았다. 나는 아주 행복했다. (술은 나의 좋은 친구야. 술처럼 이렇게 나를 잘 이해할 수 있는 친구는 없어!) 한잔. 두잔. 석잔. 나는 고독하지 않았다. 내게는 술이 있었다. 술은 일종의 증명이었다. 그것은 내가 아직 존재하고 있음을 확신시켜 주었다. 그리하여 나는 만족을 얻었고, 모든 것이 그렇게도 조화롭게 되었다. 사람들이 '으깬감자춤'을 추었다. 마치 비둘기떼처럼 보였다. 벽면에 추상적인 선들이 그려져 있었는데 여러번 보니 무슨 그림인지 알 수 있었다. 나는 상상했다. 무지개 모양의 다리가 하나 있으며, 다리 오른쪽에서는 남자가 달려오고 다리 왼쪽에서는 여자가 달려오는데, 마지막에 다리 위에서 서로 만나려는 순간 하늘에서 음악 소리가 들려온다. 너무나 아름다웠다. 비록 한순간에 사라져버린 생각이지만. 나는 오렌지색 입술이 유리잔 가장자리에 달라붙어 있는 것을 보았다. 제비가 물을 스치는 듯한 그 가벼운 미소는 마치 언젠가 본 것 같았다. 나는 사라져버린 생각을 붙잡을 수 없었다. 모든 것은 그렇게 쉽사리 사라져버렸다. 즐거움도 사라질 것이다. 고통도 사라질 것이다. 이 여인의 아름다움은 글자가 없는 시나 다름없어서 '문자유희'보다 훨씬 훌륭하다. 나는 안데르센의 왕국으로 들어가 재즈음악의 소음 속에서 천진난만함을 찾고 싶었다. 귀를 찌르는 관악기 소리, 그리고 아프리카 밀림의 북소리가 함께 합쳐져서 이성을 공격하고 있었다. 모든 것이 계속되는데 어두운 밤에 갑자기 찬란한 꽃구름이 나타났다. 나의 이마에서 땀이 배어나왔지만 그녀의 웃음소리는 아주 히스테릭했다. 강렬한 열기가 나의 내면에서 타오르면서 동시에 자유를 얻지 못하고 새장 속에 갇혀 있는 것 같았다. 나는 해답을 찾고 싶었지만 인생의 오묘함을 깨칠 수 없었다. 역시 술이나 더 마시자. 술은 기차다. 정신없는 서두름 속에서도 출발점에서부터 종점까지 나를 데려다준다. 그리하여 나는 너무 많은 불빛이 싫었다. 사실은 너무 많은 눈길이 싫었다. (이곳은 불결한 곳이야. 나는 생각했다.) 그녀의 피부색은 그렇게도 희지만 불결한 생각을 당의로 감싸고 있을 뿐이다. 모든 것이 불결하다. 이곳의 음악조차도. (벽 모서리에선 어쩌면 호기심 많은 거미가 인류의 광기를 엿보고 있을 수도 있어.) 감정이 옷을 벗어버리면 그 어떤 것으로도 그것의 치부를 가릴 수 없다. 젊을 때는 웃음이 일종의 힘이다. 나이가 들면 흰머리는 일종의 풍자다. 중년에게만 술이 좋은 친구가 된다. 시계는 이미 멎었다. 드러머의 얼굴은 여전히 그렇게도 건강하다. 누가 아직도 강남의 살구꽃과 봄비를 기억하랴? 누가 아직도 작은 강의 발로 젓는 배를 기억하랴? 어느 가을날 저녁 사자산 아래의 절에서 저녁 종소리가 댕그렁 울리고 수풀 속의 새들이 일제히 놀라 날아올랐다. 나는 절의 종교적 분위기를 동경했지만 보살의 인도에 따라 현실의 고난에서 벗어나지는 못했다. 나중에 나는 담배 피우는 법을 배웠다. 나중에 나는 댄스홀에 가서 싸구려 사랑을 사는 법을 배웠다. 나중에 나는 은막에서 어린 시절의 꿈을 찾는 법을 배웠다. 나중에 나는 거짓말하는 법을 배웠다. 나중에 나는 술 마시는 법을 배웠다. 술은 내게 컬러풀한 세상을 가져다 주었고 텅 빈 공백을 가져다 주었다. 그 당시 내 나이는 스무살을 갓 넘었었다. 샤페이로의 오동나무. 알베르애버뉴의 상하이 중앙운동장. '디디스'의 애저구이. 쉰이 넘은 백러시아 여인. 조계 외곽도로의 도박장. '이원타이' 댄스홀의 육체 전시회…… 모두가 매력적이지만 그래도 술보다는 못했다. 그녀는 염세적 느낌을 지닌 댄서였다. 그녀는 나의 눈을 좋아한다고 했다. 그후 우리는 되는대로 약속을 했다. 제스필드

파크의 큰 나무 아래서였다. 나는 그녀가 거짓말에 뛰어난 입을 가지고 있는지도 모르고 그녀의 노예가 되기를 원하면서 나의 모든 것을 그녀에게 바쳤다. 그녀는 나를 데리고 늘 '홍창싱'에 술 마시러 갔다. 나는 단 한번도 취한 적이 없었다. 나는 거듭해서 나의 주량을 과시했고 그녀는 눈웃음을 지으며 내게 말했다. 언젠가는 술에 취할걸요라고. 제법 시간이 흘렀고, 아닌 게 아니라 나는 취했다. 그것은 그녀가 춤을 접었을 때였다. 그녀가 면화왕에게 시집가기로 했다는 것을 알았을 때 나는 혼자 '홍창싱'에 가서 방향도 가리지 못할 정도로 취해버렸다. 그 당시 내 나이는 스무살을 갓 넘었었다. 그때부터 술은 여권이 되어 종종 나를 또다른 세계로 데려다주었다. 내가 꼭 공백상황을 좋아하는 것은 아니다. 다만 그보다는 추악한 현실을 증오할 뿐이다. 한동안 나는 습관적으로 안개 속의 충칭에서 배갈을 마셨다. 한동안 나는 습관적으로 빗속의 고향에서 황주를 마셨다. 한동안 나는 거의 매일 찜싸쪼이의 작은 까페에서 위스키를 마셨다. 그러다가 나는 한 무지하고 허영에 찬 여자를 만났다. 나는 그녀가 아주 선량한 줄 알았다. 그녀는 나더러 술을 끊으라고 했다. 나는 술을 끊었다. 그후 우리는 함께 지냈다. 나는 그녀가 한없이 환상을 추구하는 것을 발견했다. 누군가는 그녀가 아편쟁이 퇴물 구극배우에 의해 망가졌다고 했다. 누군가는 그녀가 자신의 젊음을 이용해 노인을 유혹했다고 했다. 어쨌거나 모두 추악한 일이었다. 나는 술이 생각났다. 내가 그 여자를 떠난 뒤였다. 비극이 희극으로 바뀔 리는 없었다. 술은 제초기처럼 길에 난 가시덤불을 모두 제거해버렸다. 다만 내 마음은 경쾌한 '장미의 시절'에서 우울한 '회색의 계절'로 바뀌어버렸다. 친구들은 나더러 바보라고 했고 나는 승복하지 않았다. 나는 종종 나 자신에게 말했다. 언젠가 나는 잃어버린 원천을 되찾을 것이라고. 아주 여러차례 나는 성을 재건하고자 했다. 비가 억수같이 쏟아질 때면 힘을 술잔에 쏟아부었다. 사냥꾼의 총알은 명중하지 못했다. 들오리는 여전히 공중에서 날아다녔다…… 이런 것들은 모두 흘러가버린 일들이다. 디테일한 것들을 떠올리려고 하니 아주 어렵다. 옛일은 길거리의 행인들이나 마찬가지다. 마주치자마자 사라져버린다. 태양만이 사라졌다가 다시 나타난다…… 인간의 길은 절대로 원이 아니다. 시작과 끝이 단지 한 직선의 두 점일 뿐이다. 나는 제법 담력깨나 있는 사람이어서 한때는 이 직선 위에서 춤을 춘 적도 있는데, 몇 차례 놀란 다음에는 쥐처럼 겁을 먹게 되었다. 세월은 물처럼 흘러갔다. 세월은 날개가 달린 새처럼 머나먼 곳으로 가버렸다. 나는 수많은 희한한 일들을 보았다. 태양 아래에 선 사람에게 그림자가 없을 수도 있다. 눈알에서 손이 뻗어나오는 흰 얼굴의 도사, 굶주림을 견디다 못해 자신의 영혼을 마귀에게 팔아치운 학자, 심장이 없는 역도선수, 진심으로 행동하는 여자 배우…… 이 모든 것들은 기억 속의 불꽃으로 어쩌다가 나타나 특이한 정취를 자아내기도 한다. 그렇지만 기억 속에는 이런 특이한 정취의 불꽃만 있는 것은 아니다. 그와 반대로 대부분은 오히려 극도로 냉혹하고 무정하다. 나는 술을 마시지 않을 수 없다. 나는 나 자신을 찾아헤매고 싶지 않다. 늘 알 수 없는 세계에 머무르는 한이 있더라도. 나의 파트너는 보아하니 아주 재미있는 여자였다. 나는 그녀의 성이 무엇인지 이름이 무엇인지 몰랐다. 그녀가 어떻게 나와 함께 있게 되었는지는 더더욱 몰랐다. 나는 백 위안을 그녀에게 주었다. 그녀는 아주 요염하게 웃었다. 나는 종업원에게 계산서를 달라고 했다. 집으로 돌아가 잠으로써 나 자신을 잊고 싶을 뿐이었다. 나는 이렇게 하는 것이 아마도 내게 조금은 좋으리라고 생각했다. 잠에서 깨어났을 때 나는 그녀가 여전히 내 옆에서 자고 있는 것을 발견했다. 나는 이렇게 되기를 바라지 않았다. 하지만 나는 이렇게 하고 말았다. 나는 침대에서 내려왔고 호텔의 종업원에게 이십 위안을 주었다. 밖으로 나오니 눈을 뜨지 못할 정도로 햇빛이 쏟아졌다. 나는 햇빛이 싫었다. 그것이 나의 적나라한 욕심을 응시하고 있었기 때문이다. 한두번이 아니었다. 나는 술에 취해 몽롱한 상태에서 여급들에게 싸구려 사랑을 사곤 했다. 나는 늘 후회했지만 또 늘 가소로웠다. 나는 나 자신을 나무라야만 한다. 술로 자신의 방종을 조장해서는 안된다. 술로 자신의 감정을 방임해서는 더더욱 안된다. 사실 이런 행동으로는 아무것도 얻을 수 없을 뿐만 아니라 정신적 경련마저 불러일으킬 것이다. 날씨가 아직 따뜻해지지 않아서 옷깃을 세우고 두 손을 주머니 속에 넣었다. 시멘트로 된 인도를 따라 집으로 돌아가면서 신문 가판대를 지날 때 습관적으로 쳐다보다가『전위문학』제3호를 발견했다. (막호문은 고집 센 바보로군. 나는 생각했다.) 문학에 대한 나의 열정이 아직 완전히 사라진 것은 아니었다. 하지만 나는 목차조차도 보고 싶지 않았다. 나는 도금한 영혼이 되고 싶지 않았지만 흑색이 나의 마음을 점령할까봐 두려웠다. 누구는 지혜가 하느님의 선물이라고 생각하지만 나는 이런 생각에 반대한다. 나는 지혜란 마귀가 만들어낸 알약으로 많이 먹을수록 번뇌도 많아지는 것이라고 생각한다. 이리하여 한 친구가 떠올랐다. 이 양반은 아주 부지런한 친구로 조설근이『홍루몽』을 쓴 시간의 두배를 들여서『홍루몽』에 대한 지연재의 평가를 연구했다. 그는 지금 오십여세인데『춘류당 시고』를 읽으며 탐험가가 보물을 찾은 것보다 더 큰 희열을 느낀다. (이는 정말 비참한 일이야. 마귀의 알약을 아주 많이 먹은 사람이야.) 나 자신은 깨달았을까? 이 문제는 대답하기가 아주 어렵다. 하지만 현재의 이런 상황에서는 역시 술의 마력이 더 크다. 집으로 돌아오니 레이 씨네 할머니가 어깨를 들썩이며 울고 있었다. 나는 그녀에게 왜 우느냐고 물었다. 그녀는 왜 밤새 귀가하지 않았느냐고 내게 물었다. 내가 한숨을 쉬자 그녀는 큰 소리로 통곡했다. 나는 여자가, 특히 나이 많은 부인이 우는 걸 늘 싫어했다. (내겐 나의 자유가 있어. 그녀가 나를 단속할 이유가 없어. 그녀가 비록 내 목숨을 구해주고 내게 돈까지 주었지만 내게는 나의 자유가 있어. 내가 무얼 하고 싶어하든 간에 그녀가 간섭할 수는 없다고! 내가 밖에서 밤을 보내고 싶으면 그건 나 자신의 일이야. 내가 술을 마신 것은 술을 마셔야 했기 때문이야. 내가 여자와 논 것은 여자와 놀아야 했기 때문이야. 그녀는 레이 씨 성을 가진 할머니일 뿐이야. 나와는 아무 관계도 없어. 나의 행동을 구속할 이유가 없다고!) 그리하여 나는 물러나왔다. 할머니는 더욱더 슬프게 울었다. 목소리가 먹을 따는 어미닭처럼 갈수록 날카로워졌다. 나는 이런 소리가 듣기 싫어서 밖으로 나와버렸다. 햇빛은 여전히 아주 맑고 아름다웠다. 아주 좋은 날이었다. 그러나 내 마음속에는 여전히 비가 내리고 있었다. 이름 모를 애수를 떨쳐버릴 수가 없었다. 얌차집으로 들어서기 직전에 참지 못하고서 신문 가판대에서 『전위문학』을 한권 샀다. 나는 감히 술을 마실 수도 없었고 할머니를 생각하기도 싫었다. 얌차집의 이층에 앉아 푸얼차 한주전자와 딤섬 두접시를 시켰다. 그런 다음 손에 든 잡지를 펼쳤다. 나는 '시' 특집을 보았는데 행을 나눈 방식이 상당히 신선했다. 하지만 그건 한무더기 문자유희일 뿐이었다. 작가는 문자를 기교적으로 운용하여 이미지를 표현해내지 못했고, 결과적으로 의미도 없고 핵심도 없는 활자의 무더기가 되어버리고 말았다. 문학작품에서 독창성이 중요하다는 것은 문학을 사랑하는 사람이라면 모두가 아는 바이다. 하지만 독창성은 반드시 충분한 해석을 갖추고 있어야 한다. 근년 들어 소수의 뛰어난 시인들의 노력으로 한줄기 새로운 길을 찾아낸 듯 보였다. 그리하여 모두들 기대하면서 머지않은 장래에 위대한 시를 읽을 수 있을 것이라고 생각했다. 그런데 뜻밖에도 진주가 나오자마자 물고기 눈알이 밀물처럼 쏟아져나왔다. 독자들은 너무나 많은 시간과 정력을 허비하게 되었고, 문자유희 식의 '시작품'은 여전히 끊이지 않고 있다. 계속 진행된다면 신 '시'라는 문자는 언젠가는 만화경 속의 채색유리 조각이 되어버리고 말 것이다. 『전위문학』 제3호에는 제법 많은 분량으로 페퇴피시 특집이 실렸는데 의도는 좋았지만 효과는 정반대였다. 문자유희 또는 활자의 무더기도 신시라고 할 수 있다고 한다면 신시는 이미 Dead End에 도달하고 만 것이다. 만일 한두사람이 글자를 가지고 논다면 그건 재앙이라고 할 정도는 아니다. 걱정스러운 것은 문자유희 식의 신시가 이미 일종의 유행이 되어버렸다는 것이다. 나는 막호문이 왜 이런 특집을 실었는지 이해할 수 없었다. 다른 분야에서 이상적인 원고를 찾지 못해서일까? 그래서 나는 번역 부문을 펼쳐보았는데 전과 다름없이 낡은 자료들만 있고 새로운 것은 없었다. 창작 분야도 제2호와 마찬가지로 충실하지 못했다. 세편의 단편소설 모두 표현방식이 아주 진부해서 거의 5·4 초기의 작품 같았다. 그 때문에 나는 막호문이 사뭇 염려되었다. 막호문이 그의 모친의 저축을 낭비하고 그 자신의 시간과 정력까지 낭비하면서 이런 이름만 있고 실질은 없는 『전위문학』을 꾸린다는 것은 실로 안타까운 일이었다. 나는 자신의 앞날을 한번 헤아려보아야 했다.

생활을 위해 나는 저속한 길을 택했다. 홍콩에서는 상품을 쓰면 생활의 안정과 바꿀 수 있지만 결국엔 무의미한 짓이다. 나는 고정적인 직업을 찾아야만 한다. 비록 결코 쉽지는 않겠지만. 나는 차를 한잔 마신 후 얌차집에서 나왔다. 딱히 갈 곳이 없어서 아무런 목적도 없이 걸음을 옮겼다. ……나는 한마리 개미였다. 좁디좁은 곳에서 맴돌면서도 그곳이 좁은 줄을 모른다. 개미는 먹을 것을 찾으려는 것이고, 또 놈의 생존력은 지극히 강하다. 나는 실소를 했다. 나 자신의 멍청함이 천부적인 것으로 느껴졌다. '글로스터'로 들어가서 위스키를 시켰다. 오로지 술만이 완벽한 것이다. 술은 주재자다. 술은 신이다. 술은 방랑자의 벗이다. 나는 인생의 궁극적 목적을 탐구할 수가 없다. 내게는 술을 마시는 것이 아주 중요한 일이다. 그러나 술은 공기와 햇빛이 아니다. 그것은 살 수 있는 돈을 필요로 한다. 술을 마시기 위해서 어쨌든 나는 돈을 마련해야 한다. 안 그러면 할머니가 내게 준 돈을 다 써버리고 난 후 어떻게 생활할 것인가? 나는 출판사 사장인 친씨푸가 생각났다. 그는 저속한 문화상인이다. 남의 저작을 도용해 일떠서서 지금은 엄연한 대출판가가 되었다. 과거에 나는 그에게 나의 소설을 사달라고 한 적이 있는데 그는 입을 삐죽이며 고개를 외로 꼰 채 설사 인세를 요구하지 않는다 하더라도 이런 소설은 출판하고 싶지 않다고 했다. 얼마나 가증스러운 놈인지 모른다. 하지만 나는 바로 이런 순간에 그를 떠올렸다. 나는 친씨푸를 인간으로 간주했지만 그는 인간이 아니었다. 나는 그가 내게 편집일을 맡겨주기를 기대했지만 그는 입을 삐죽이며 고개를 외로 꼰 채 생각할 필요도 없다는 표시를 했다. 나는 나의 상황이 상당히 곤궁하다고 말했다. 그는 자신이 가장 겁내는 것이 문예라고 했다. 나는 내가 무협소설을 쓸 수 있을 뿐만 아니라 황색의 옛이야기 다시 쓰기도 할 수 있다고 했다. 그는 웃었다. 그는 '쓸 수 있다'와 '잘 팔린다'는 서로 다른 일이라고 했다. 그는 무협소설을 쓸 수 있는 작가는 백명도 찾을 수 있지만 '잘 팔리는' 작가는 한명도 찾기 어렵다고 말했다. 나의 시야가 갑자기 흐릿해졌다. 알량한 일말의 자존심을 지키기 위해서 곧바로 물러날 수밖에 없었다. 두채의 고층빌딩 사이에 서 있자니 더더욱 왜소하게 느껴졌다. 모든 정지된 사물에는 합리적인 안배가 있다. 오직 인간의 행위만 늘 부조리하다. 감정은 어쨌든 승강기와는 다르다. 그것이 아래로 가라앉을 때는 물체와 마찬가지로 속도가 달라진다. 삼월의 바람은 여전히 비수처럼 내 얼굴을 긁었다. 나는 다시 술을 마시러 갔다. 나는 한 취한을 만났는데 그는 내가 그의 눈을 훔쳤다고 우겼다. 나는 그가 아주 우습게 느껴졌지만 나 자신에 대해 연민이 전혀 없을 수는 없었다. (그는 거울이야. 나는 생각했다. 내가 술에 취하면 나 또한 다른 사람의 눈을 뺏을까?) 사람들의 얼굴. 사람들의 웃음. 오로지 술 석잔이면 흐릿함 속에서 모든 것이 '페이드아웃'되어버린다. 이성은 씻어낼 수 있지만 술만 가지고서는 영원히 깨끗하게 씻어낼 수 없다. 유리창에 서린 김이 현실을 꿰뚫어볼 수 없도록 만든다. 귓가에 전해져오는 냇 킹 콜의 자석 같은 목소리가 허공에 아름다운 장식을 만들어준다. 그 취한이 아직 가지 않고 입을 헤벌리며 이 세상에는 비타민이 너무 많다고 우긴다. 나는 우습게 느껴졌다. 아직 정신이 맑았기 때문이다. 이는 길고 긴 열차다. 열차에 탄 승객이라고는 나 하나뿐이다. 기차 바퀴가 철로 위를 구르면서 단조로운 소리를 낸다. 처음으로 나는 적막이 한마리 두려운 야수임을 깨달았다. 나는 시간이 미워서 포크로 반나절을 결딴내고자 했다. 신은 아주 각박해서 더 일찍 밤의 장막을 내리려고 하지는 않았다. 다시 한잔. 그것은 내게 가장 필요한 것이었다. 벽에 바퀴벌레가 붙어 있었다. 하지만 녀석은 교활한 놈 같지 않았다. 픽! 누군가가 나막신으로 녀석을 때려죽였다. 생명이란 이런 것이다. 수만가지 희망을 가지고 있다고 하더라도 이렇게 가벼운 일격을 견뎌내지 못한다. 아인슈타인이 사후의 진실을 탐구하기 위해 자살했다고 그 누가 믿겠는가? 요정들은 모두 삼장법사의 육신을 먹으면 장생불로한다고 알고 있었다. 하지만 오히려 삼장법사 자신은 그의 최후를 피할 도리가 없었다. 우리는 꼭 행복을 추구해야 할까? 쇼펜하우어처럼 총명한 사람들도 이 문제에 답할 수는 없다. 그렇지만 세속적인 시각에서 보자면 행복하지 않은 사람은 속세에 그다지 연연해하지 않는 법이다. (그러니 한잔 더하자.) 나는 나의 눈이 누군가에게 도둑질당했다는 것을 발견했다. 나는 울었다. 나는 종업원에게 눈을 뺏겼다. 종업원이 웃었다. 다른 손님들도 웃었다. 웃음소리가 쏟아지는 화살처럼 사방팔방에서 나의 귀로 쏟아졌다. (정말 무섭다! 정말 무서워! 여길 나가야 해.) 가로등도 웃고 있었다. 나는 피할 곳을 찾을 수 없었다. 앞쪽에 전차 정거장이 있고 아주 가까웠지만 너무나 아득한 것 같았다. 웃음소리가 파도로 바뀌었다. 나는 언제든지 익사할 가능성이 있었다. 나는 큰 소리로 부르짖었다. 하지만 아무 소용이 없었다. 나는 인생이란 무대의 삐에로로 변해버렸다.

43

내가 눈을 떴을 때 창문턱에는 자기 꽃병이 하나 놓여 있었고 꽃병에는 약간 시든 장미꽃이 한송이 꽂혀 있었다. 꽃송이는 아침 바람 속에서 기운 없이 흔들리고 있었다.

(술에 취하지 않았더라면 창문 닫는 걸 잊진 않았을 것이다. 나는 생각했다. 그런데 누가 나를 집으로 데려다주었을까?)

기억은 반투명 유리처럼 어렴풋하게 윤곽뿐이었다. 있는 힘을 다해 생각한 다음에야 누군가가 나막신으로 벽에 붙어 있던 바퀴벌레를 때려죽였던 일이 생각났다. 그것 말고는 아무것도 생각나지 않았다.

햇빛이 너무나 좋았다. 어린 학생들이 맞은편 옥상에서 종이비행기를 날리고 있었다. 일요일 아침이라 교회의 축복의 종소리가 평화로운 분위기를 자아내고 있었다. 나는 한바탕 꿈을 꾸었는데 두 직선이 교차하는 꿈이었다.

얼마나 황당한 꿈인가. 얼마나 황당한 현실인가. 나는 황당한 사람이다.

일어나야 할 시간이었다. 갑자기 참새 한마리가 나타나 나의 호기심을 자극했다. 나는 무리를 잃어버린 이 작은 새가 어떻게 우아한 자세로 창문턱에서 춤을 추는지 감상했다. 초등학교에 다닐 때 학예회에서 「참새와 아이」를 공연했던 일이 생각났다. 그건 아주 오래전의 일이었다. 하지만 지금 생각해봐도 여전히 얼굴이 붉어진다.

참새는 창문턱에서 뭔가를 먹고 있었다. 창문턱에는 시든 꽃잎이 하나 있었다. 나는 아침 바람이 세지면 꽃잎이 더 많이 떨어질까봐 염려되었다. 참새가 꽃잎을 모이로 여길 만큼 멍청할 리는 없지만.

—악……

날카롭게 부르짖는 소리가 들려왔다. 참새가 놀라 날아가버렸다. 나는 본능적으로 침대에서 뛰어내려와 방문을 열고 다급히 나가보았다. 레이 선생 부인이 넋이 나간 채 할머니 방문 앞에 서 있었다. 레이 선생 부인은 놀란 눈을 하고서 두 손으로 입을 가리고 있었다.

할머니의 방문 앞으로 가보았다가 참으로 처참한 장면을 보게 되었다. 할머니는 침대에 드러누운 채 왼손으로 칼을 쥐고 오른손의 동맥을 그어버렸고, 새하얀 침대보에도 피, 방바닥에도 피였다.

레이 선생은 할머니의 몸에 엎어져서 하염없이 흐느꼈다.

조심조심 걸어들어가서 손을 뻗어 할머니의 이마를 짚어보았다. 얼음처럼 차가웠다. 이 자애로운 할머니는 이미 속세를 떠나버린 것이다.

—어찌 된 거죠? 내가 물었다.

레이 선생은 아주 애통하게 울면서 나의 말에 대답하지 않았다. 나는 응접실로 나와 레이 선생 부인에게 물었다.

—어찌 된 겁니까?

—어젯밤에 선생님이 술에 취해 돌아오셨어요. 어머니께서 그렇게 술을 많이 마시면 안된다고 나무랐더니 선생님이 화를 내며 소리를 질렀어요.

—제가 뭐라고 했는데요?

—신민도 아니고 아들도 아니라고 했어요.

—할머닌 어쩌셨는데요?

—어머니는 눈물을 흘렸지만 화를 내진 않으셨어요. 어머니께서 목소리를 심하게 떨면서 말씀하셨어요. 신민아, 너 또 왜 이렇게 술에 취했니?

—전 뭐라고 그랬는데요?

　—두 눈을 부릅뜨고는 일부러 어머니와 싸우려고 작정한 것처럼 소리를 질렀어요. 미친 할멈이라니, 신민이 어쩌고저쩌고하지 마쇼. 귀 아파 죽겠네. 눈 닦고 똑똑히 보쇼. 내가 대체 당신 아들인지 아닌지.

　—나중엔요?

　—어머니께서 우시더군요. 손발을 구르며 통곡하셨어요. 우린 온갖 말로 어머니를 위로했지만 아무 소용이 없었어요. 어머니는 불효자를 낳았다면서 살아갈 이유가 없다고 하셨어요. 우린 노인네가 넋두리하는 걸로 치부했죠. 어머니가 칼로 당신의 동맥을 자를 것이라고는 생각지도 못했어요!

　어젯밤의 일이었다. 내가 술에 엉망으로 취해서 악랄한 말로 한 자애로운 노인네를 살해한 것이다. 그녀는 줄곧 내게 그렇게도 잘해주었는데 나는 이렇게 잔인한 짓을 한 것이다. 나는 할머니의 침실로 들어가서 그녀에게 용서를 빌어야만 했다. 하지만 나는 그렇게 할 용기가 없었다. 나는 나 자신을 불쌍하게 여기기 시작했다. 고아처럼 홀로 방 안에 틀어박혀 한없이 눈물만 흘렸다. 나의 사고 체계가 갑자기 고장나버렸다. 사실 또 무슨 생각을 할 필요가 없기도 했다. 하지만 정신이 맑을 때 이런 상황이 벌어진 것은 처음이었다. 나는 그저 눈물 젖은 눈으로 창문턱에 놓인 꽃병과 꽃병 속에 꽂힌 시들기 시작한 장미꽃만 바라보았다. 할머니는 소박한 분이었지만 장미꽃을 좋아했다. 나는 거듭 기도하면서 영혼이 평온함을 얻기를 바랄 뿐이었다. 오전 내내 나는 망연자실한 채 창문 앞에 앉아 있었다. 귓가에서 누군가가 나를 '신민아' 하고 부르는 소리가 들렸는데 아주 먼 곳에서 나는 것 같기도 하고 아주 가까운 곳에서 나는 것 같기도 했다. 만일 내가 '레이신민'이었다면 차라리 행복했을 것이다. 인간관계란 늘 이렇게 기묘한 것이다. 피는 어느정도 감정의 접착제 같은 것이다. 원래 한 정신병 환자의 자살이 이런 엄청난 비통을 불러일으킬 리는 없다. 하지만 왜 나는 계속 이곳에 멍하니 앉아 있는 것일까? 그 한송이 장미꽃은 시들어가고 있어서 이미 감상할 가치를 완전히 잃어버린 터였다. 나는 나 자신의 감정을 설명해줄 수 있는 어떤 것도 생각해낼 수 없었다. 한송이 시들어가는 꽃을 보며 안타까움만 느낄 뿐이었다. 나는 뚫어져라 그것을 바라보면서 자신의 감정이 대상을 잘못 선택한 건 아닌지 의심했다. 나는 나 자신을 이해할 수 없었다. 그저 마음만 초조하고 불안할 뿐이었다. 나의 이성은 방금 전 소금물에 절여진 터여서 나를 현재의 상황에 적응할 수 없게 만들었다. 나는 이사를 해야 했다. 그래야 모든 고통의 기억에서 아마도 벗어날 수 있을 것이다.

그날 오후 나는 일기에 이렇게 한마디 썼다. "오늘부터 술을 끊으리라." 하지만 저녁 무렵 나는 한 까페에서 브랜디 여러잔을 마셨다.

취했지만 취하지 아니한 '술꾼'

1. 작가 류이창과 이주자의 도시 홍콩

류이창(劉以鬯)은 1918년 상하이에서 태어나 1941년에 상하이의 쎄인트존스 대학을 졸업했다. 그해 겨울 일본이 태평양전쟁을 일으키고 상하이를 점령하자 중국의 임시 수도인 충칭으로 피난했다가 일본이 항복한 후 다시 상하이로 돌아왔다. 그뒤 자신이 설립한 출판사가 어려움에 처하게 되면서 만 30세이던 1948년에 돌파구를 찾아 홍콩으로 갔고, 중간에 잠시 싱가포르에서 체재하기도 했지만 그길로 지금까지 60여년간 홍콩에서 살고 있다. 말하자면 류이창 역시 『술꾼』의 주인공과 마찬가지로 외지에서 홍콩으로 이주한 사람이다.

　홍콩은 원래부터 이주자의 땅이었다. 1841년 홍콩은 인구가 7450명에 불과한, 향나무 반출용 집하장이 있는 조그만 규모의 항구 겸 어촌이었다. 그래서 지명도 '향나무의 항구' 또는 '향기 나는 항구'라는 뜻의 '홍콩(香港)'이었다. 그런데 영국이 식민통치 목적으로 본격 개발한 이래 외지로부터 노동자와 가정부 등 지속적으로 많은 인구가 유입되었다. 이리하여 백년 후인 1941년에는 이미 인구 160여만명의 대규모 도시로 성장했고, 다시 오십여년이 지난 후 중국으로 귀속되던 1997년에는 인구 660여만명의 세계적인 현대적 메트로폴리스가 되었다.[1]

　20세기 중반까지만 해도 홍콩에 거주하던 사람들은 대체로 자신을 홍콩인이라기보다는 출발지였던 광저우·차오저우·산터우 등 다른 어떤 지역에 속하는 사람으로 여겼다. 그것은 당연한 일이었다. 절대 다수의 사람들은 홍콩에서 성공 또는 실패를 하면 언제든지 출발지로 되돌아갈 작정이었다. 예컨대 1895년에 흑사병 유행과 식민정부의 주거정책 등으로 인해 2만여명의 주민이 일시에 홍콩을 떠난 일이 있었다. 또 군벌전쟁·북벌전쟁·중일전쟁·국공내전 등 중국대륙에서 사회적 변동이 일어나거나 마무리가 될 때마다 수시로 대규모의 인구 이동이 있었다.

　이러한 상황은 1949년 이후 중화인민공화국이 수립되고 냉전체제하에 중국과 홍콩의 내왕이 거의 단절되면서 완전히 달라지게 된다. 어느정도 인구 유입은 있었지만 기본적으로는 홍콩에서 출

---

1 물론 그뒤에도 인구 증가는 멈추지 않아서 2013년 말에는 720여만명이 되었다. 김혜준 「『我城』(西西)의 긍정적 홍콩 상상과 방식」, 『중국어문논총』 제56집, 서울: 중국어문연구회 2013, 251~76면.

생하고 성장한 사람이 주류를 이루었으며 이들은 윗세대와 다른 인식을 갖게 된다. 즉 윗세대가 가족이나 친지의 초청, 정기적인 고향 방문 등을 통해 계속해서 중국대륙과 혈연적·지연적·문화적 관계를 유지해온 것과는 달리 이 새로운 유형의 거주자들은 점차 자신을 홍콩에 속하는 사람으로 인식하기 시작한 것이다. 이런 인식은 특히 1960년대 중국의 문화대혁명과 홍콩의 반영폭동이라든가 1970년대 홍콩의 경제적 비약을 거치면서 점점 뚜렷해졌다. 그리고 1980년대 들어 1997년 홍콩의 중국 귀속이 가시화되자 확실하게 표출되었다. 요컨대 20세기 후반 홍콩 거주자들은 집단 정체성의 측면에서 자신을 중국인이 아니라 홍콩인으로 간주하게 된 것이다. 이런 점들은 문학작품에서도 그대로 표현되었는데, 예컨대 류이창의 『술꾼』은 홍콩인이라는 정체성이 배태될 무렵의 모습을, 한글로도 번역되어 있는 시시(西西)의 『나의 도시(我城)』(1979)와 예쓰(也斯)의 『포스트식민 음식과 사랑(後殖民食物與愛情)』(2009)은 그 이후의 상황을 아주 잘 보여준다.

2. 현실 적응과 이상 추구

장편소설 『술꾼』의 외형적인 스토리는 비교적 간단하다. 주인공인 화자는 단신으로 고향 상하이를 떠나 여러 곳을 전전하다가 홍콩에 도착한 이주자이다. 그는 본디 순문학 작가로 현대 중국문학(5·4 신문학) 및 서양문학에 대해 풍부한 지식과 예리한 시각을 가지고 있다. 특히 무엇보다도 문학의 예술적 가치와 지식인의 사회적 책임을 강하게 인식하고 있다. 그러나 이주자의 도시이자 상업적 대도시인 홍콩의 현실은 이러한 그의 능력과 사고를 유지할 수 없도록 만든다. 그는 생활을 위해 자신의 바람과는 달리 무협소설을 쓰게 되고, 나중에는 이른바 '황색글'인 색정소설까지 쓰게 된다. 그리고 현실 적응과 이상 추구의 모순 속에서 분노·번뇌·갈등·방황하면서, 술로써 자신을 마취시키며 전형적인 알코올중독자의 행동을 하게 된다.

그런데 이런 이야기 속에서 우리가 되풀이해서 보게 되는 것은 이상과 현실, 이성과 감정, 도덕과 본능 사이에서 동요하면서도 끈질기게 삶의 의미를 질문하고 사회의 부조리를 비판하는 어느 지식인의 나약하지만 처절하리만치 치열한 모습이다. 그의 이러한 모습은 마치 루쉰의 「광인 일기」에서 미쳤지만 미치지 아니한 광인과, 굴원의 「어부사」에서 뭇사람은 다 취했지만 나 홀로 깨어 있는 굴원을 합쳐놓은 것 같은 모습이다. 다시 말해 이 소설의 주인공인 '술꾼'은 취했지만 취하지 아니한 홀로 깨어 있는 사람인 것이다. 그는 '돈이 모든 것의 주인'이며 '사람이 건물에서 뛰어내리는' 곳인 홍콩, '상인들이 마음대로 해적판을 찍어내며' 진지한 작가를 '글 쓰는 기계'로 만들고 마침내 사회의 '기생충'으로 만드는 홍콩을 신랄하게 비판한다.

소설의 곳곳에 삽입되어 있는 여러 작은 사건들은 그의 이러한 비판을 상당히 설득력 있게 만든다. 그는 정당한 평가를 기대하지만 모위·친씨푸·레이융씸 등은 오로지 이익만을 도모할 뿐이다. 그는 애정을 욕구하지만 젱라이라이·씨마레이·엥로우·웡씨댁 등과의 관계는 금전 아니면 육욕이 핵심이다. 그는 공감을 원하지만 그를 존중하고 아끼는 막호문과 레이 씨네 할머니조차도 그를 진정으로 이해해주는 것은 아니다. 그가 보기에 그의 주변에 존재하고 발생하는 이런 모든 부조리한 현상과 행위는 홍콩이라는 도시가 인간의 관념에서부터 사회의 씨스템에 이르기까지 철저하게 자본주의화 내지 상업화되었기 때문이다. 그러므로 그는 일종의 수난 속의 선지자로서 '사람이 사람을 잡아먹는 사회'인 이 도시를 비판할 수밖에 없다.

3. 이주자의 도착과 정착

주인공인 '술꾼'이 이렇게 홍콩을 금전만능적인 사회라고 비판하는 밑바탕에는 자본주의적 대도시의 발달과 그에 따른 인간의 소외라는 문제 외에 아마도 또다른 어떤 요소가 작용하고 있는 것으로 보인다. 즉 오늘날의 관점에서 볼 때는 당시에 작가가 의식을 했든 안했든 간에 지금 막 도착한 이주자들이 겪게 마련인 사회 주변부에서의 고투가 작용하고 있는 것으로 보인다. 그것은 무엇보다도 화자가 과거에 국제적 상업도시였던 상하이라는 동일한 혹은 유사한 사회 상황 속에서 생활해본 경험을 가지고 있었기 때문일 것이다.

작품 속 화자인 '술꾼'은, 실존하는 관찰자로서의 작가 류이창과 마찬가지로 상하이 출신이면서 싱가포르에서도 일시 거주한 적이 있다. 특히 상하이는 화자(및 작가)가 떠나오기 전에 이미 홍콩보다 훨씬 더 상업화한 국제적인 대도시였다. 따라서 화자가 상하이를 마치 잃어버린 이상향처럼 간주하고 홍콩을 저주받은 악마의 도시로 간주하는 것은 고향 상하이와 이향 홍콩이라는 요소를 제외한다면 이해하기 어려운 모순적인 태도이다. 화자가 거듭 "홍콩은 정말 이상한 곳"이라고 하면서 홍콩을 비판하는 것은 상업화하는 사회 속에서 문화적 품위를 유지하고자 하지만 현실적으로 그것이 불가능한 어느 지식인의 몸부림을 보여주는 것임이 틀림없다. 그러나 다른 한편으로는 이주자가 과거 출발지에서 가지고 있던 자신의 위치를 상실하고 현재 도착지에서 새로운 위치를 찾기 위해, 그것도 주류사회에 편입되지 못하고 주변부에서 분투·노력하거나 분노·좌절하는 모습이 어느정도 담겨 있는 것도 사실이다.

이런 점은 화자인 '술꾼'이 비교적 이분법적으로 사람들을 바라보는 데서도 나타난다. 그는 젱라이라이, 찌우찌유, 친씨푸, 씨마 부부, 모녀 매음을 권하는 중년 여자 등 홍콩의 기존 거주자들이 처음부터 오로지 이익만 추구한다고 여긴다. 반면에 모리배나 다름없이 된 영화감독 모위, 일본과 사업을 하는 선자바오, 무역상점에서 잡일을 하는 대학 동창 등 외지에서 온 이주자들은 예전에는 그렇지 않았는데 홍콩에 와서 달라졌다고 본다. 즉 그들의 이러한 변화는 홍콩이라는 도시 때문이라는 것이다. 그런데 한걸음 더 나아가서 본다면 바로 이런 이주자들의 변화는 화자를 포함한 그들 새로운 이주자들이 장차 어떤 형태로든 홍콩에 정착하게 되고 이로써 홍콩에 속하는 사람으로 바뀔 가능성을 보여주는 것이라고 할 수도 있다. 이는 레이 선생 부부의 현실 수용적인 태도, 레이 씨네 할머니의 정신이상과 자살, 화자의 자살 시도와 소생에서도 마찬가지로 나타난다. 이를 화자에 국한해 말해보자. 화자가 자살하려고 한 것은 통속소설에서 순문학 작품으로, 이향에서 고향으로, 홍콩에서 대륙으로 되돌아가고 싶다는 갈망이다. 그렇지만 레이 씨네 할머니와는 달리 그가 자살을 시도했다가 다시 살아난 것은 이러한 갈망이 실현 불가능하다는 것을 의미하며, 또한 그 갈망에 대한 포기 내지 도착지인 홍콩에서의 적응을 전제하는 것이다. 이런 면에서 본다면 이 작품의 화자인 '술꾼'은 지금 당장은 '홍콩을 대표하는' 중국 작가와 '중국을 대표하는' 중국 작가 사이에서 혼란을 느끼지만, 어쩌면 작가인 류이창이 훗날 그리되었듯이 언젠가 홍콩을 대표하는 홍콩 작가가 될지도 모를 일이다.

4. 중국권 최초의 '의식의 흐름' 작품

독자들은 어쩌면 『술꾼』의 일부 사건이나 장면에서 상당히 리얼한 내용과 묘사에 주목할 수도 있을 것이다. 예를 들어 수시로 술 마실 핑계를 찾고, 술을 마시기 위해 돈을 꾸고, 거짓말을 하고, 허세를 부리고, 환각에 시달리고, 주정을 부리고, 폭력에 휘말리고, 술을 끊으려고 애쓰고, 금단현상에 시달리고, 다시 술을 마시는 등 술꾼의 갖가지 행동이 그것이다. 또 화자가 경험한 20세기 전반 중국의 사회적 격변, 특히 전쟁 중에 겪은 개인적인 체험이 마치 사실적인 영화 장면처럼 펼쳐지는 것도 그러하다. 그렇지만 이 소설의 진정한 가치는 이러한 리얼리즘적인 요소에 있다기보다는 실은 중국권 최초로 '의식의 흐름' 수법 시도라는 모더니즘적인 실험을 비교적 성공적으로 이루어냈다는 데 있다. 이는 마치 어떤 투수의 직구가 매우 뛰어나더라도 직구 그 자체보다 슬라이더나 체인지업을 효과적으로 보조하기 때문에 더욱 빛나는 것과 유사하다.

이 작품 속에서도 반복적으로 거론되는 조이스, 울프, 포크너라든가 프루스뜨와 같은 여러 작가들은 일찍이 다양한 방식으로 인간 외부의 외재적 진실이 아니라 인간 내부의 내면적 진실을 탐구하고자 노력했다. 이는 두차례의 세계대전을 거치면서 이성이라는 수단으로 세상을 일목요연하게 파악할 수 있다는 믿음이 붕괴되면서 대두된, 현실의 불가해성을 표현하고자 하는 노력의 일환이었다. 전통의 맹목적인 답습이 아니라 창조적인 문학을 추구하던 작가 류이창은 자신이 담당하던 신문의 문예면을 활용하여 이런 새로운 사조와 작품을 집중적으로 소개하는 한편 그 스스로 자신의 창작에서 이를 적극적으로 시도했는데, 가장 대표적인 성과 중의 하나가 바로 이 작품이다.

홍콩 출신인 웡겡파이(黃勁輝)에 따르면,[2] 『술꾼』에 사용된 모더니즘적 표현수법은 모두 여섯가지 유형이다. (1) 제1장 첫 부분처럼 시적인 표현, (2) "거울 앞에 서서 나는 한마리 야수를 보았다"(44면)와 같은 데서 보듯 이미지의 표현, (3) 제6장처럼 아예 문장부호가 없거나 제8장 첫머리처럼 마침표로 구분한 꿈속 장면의 표현, (4) 각종 예술작품의 내용과 문구를 활용한 상호텍스트적인 표현, (5) 곳곳에 괄호로 감싸놓은 내적 독백 식의 표현, (6) 제4장에서 26차례나 반복되는 "바퀴는 쉬지 않고 돈다"라는 구절하에 각각의 장면들을 상호 연계시켜서 제시한 데서 보듯이 주로 같은 문구의 반복 다음에 엮어내는 몽따주적인 표현 등이 그것이다. 그런데 여기서 중요한 것은 작가가 이런 표현수법들을 사용했다는 사실이 아니다. 중요한 것은 이런 수법을 통해서 작중의 각종 인물이나 사건이 아니라 주인공 화자의 '의식의 흐름'을 효과적으로 보여주고 있다는 점이며, 더구나 작중에서 방황하고 갈등하는 화자의 사고 및 행동, 즉 작품의 내용과도 잘 어우러진다는 점이다.

---

2 黃勁輝 『劉以鬯與現代主義從上海到香港』, 山東大學博士學位論文 2012.

사실 엄밀하게 말하자면 중국권에서『술꾼』에 앞서 초보적이나마 '의식의 흐름' 수법을 시도한 작품이 전혀 없었던 것은 아니다. 그렇지만『술꾼』은 이를 본격적으로 시도했고 또 비교적 성공적으로 이루어냈을 뿐만 아니라 당시 홍콩과 타이완의 모더니즘 문학이 활성화되는 데 상당한 영향을 미쳤으며, 나중에 1980년대 중국 대륙에서 모더니즘 작품이 등장하는 데도 그 영향력이 적지 않았다. 그런 점에서 본다면『술꾼』이 '의식의 흐름' 수법을 사용한 중국권 최초이자 성공적인 작품이라고 평가하는 것은 확실히 타당성이 있다.

　물론 류이창의 문학적 성과는『술꾼』한편에만 그치는 것은 아니다. 그는 이 작품의 화자와는 달리 술을 마시지 않았으며 무협소설이나 '황색글'을 쓰지도 않았다. 하지만 그는 편집일을 직업으로 하면서 수십년 동안 나머지 시간에 하루 평균 7, 8천자, 심지어 1만 2천자까지 원고지를 메워나갔다. 그리하여 한편으로는 '남들을 즐겁게 하기 위해서'『바걸(吧女)』등 애정소설 위주의 통속소설을 다수 창작하면서, 다른 한편으로는 '자기 자신을 즐겁게 하기 위해서' 누보로망의 관점과 방식을 도입한다든가 하며『절 안(寺內)』『1997(一九九七)』『교차(對倒)』등 실험적인 순문학 작품의 창작을 계속해나갔다. 당연한 말로 순문학이든 통속문학이든 간에 그의 창작은 주로 홍콩의 도시생활을 표현해내는 데 초점이 맞추어져 있고, 이와 같은 그의 스타일은 많은 사람들에게 영향을 주었다. 예를 들면,『술꾼』처럼 그의 작품에는 홍콩의 지명, 거리 풍경, 음식점, 사회 상황, 뉴스 등이 수시로 등장하는데 이처럼 홍콩의 도시적 면모와 분위기를 이미지화하는 방식은 그가 직접 배출한 시시·예쓰 등 많은 후배 작가라든가 그로부터 영감을 받아「화양연화」

「2046」등을 제작한 왕자웨이와 같은 영화감독에게까지 이어졌다.

5. 작가의 의도와 감사의 말

『술꾼』을 옮기면서 작가의 의도와 그 결과를 최대한 살리고자 노력했다. 또 가능하면 원래의 문장부호나 표현을 그대로 유지하려고 애썼으며, 따라서 아예 문장부호가 없는 부분이라든가 대화에서 따옴표 대신 사용한 이음줄과 같은 부호, 또는 작가가 의도적으로 사용한 물음표와 같은 특정한 문장부호 역시 그대로 두었다. 그러다보니 한글로 바꿀 때 생경하거나 어색한 문장이 없지 않았다. 예컨대 "반짝이는 두 눈동자가 나타났다"(25면) "열일곱살짜리의 욕망이 소나무보다 더 노숙하다"(132면) 따위의 구절이 그러하다. 그러나 이 소설이 1960년대 초의 작품이고 문학사적 의미가 크다는 점을 고려해서 굳이 모든 것을 일괄적으로 21세기 초인 지금의 한국어 표현으로 바꿀 필요는 없으리라고 생각했다.

또 이 작품이 홍콩소설이라는 특수성을 고려하여 홍콩의 지명, 인명 및 기타 여러 어휘나 표현을 한글로 바꾸는 데 특별한 주의를 기울였다. 예컨대 중국어 발음은 국립국어원의 외래어 표기법에 따라 표기했지만 홍콩의 지명은 가능하면 영어식으로 표기했고, 홍콩 사람의 이름은 홍콩 발음(광둥어 발음)으로 표기했다. 같은 차원에서 작가가 직접 알파벳으로 표기한 것들은 한글로 바꾸지 않고 그대로 두었다. 이 때문에 애초 오자였을 것으로 짐작되는 'Rod Stering'(24면)과 같은 사람 이름조차 'Rod Serling'으로 고치지 않고 원래대로 두는 점을 양해해주기 바란다.

이 책을 출간하는 과정에서 감사해야 할 사람들이 많이 있다. 우선 이 작품을 창작하고, 한글판 출간을 허락해준 작가 류이창 선생과 그의 부인 로푸이완(羅佩雲) 여사에게 감사한다. 류이창 선생은 올해 96세의 고령인데도 불구하고 여전히 건강하게 여러 활동에 참가하시는 걸로 알고 있는데 앞으로도 오래오래 그리하시기를 빈다. 옮긴이를 대신해서 작가 부부와 연락을 취하고 한글판 저작권을 주선해준 홍콩의 젊은 한국 전문가인 찬박메이(陳栢薇)에게 감사한다. 이 책의 한글판 출간을 추천해준 서강대의 이욱연 교수와 이를 받아들여준 창비세계문학 기획위원들께 감사한다. 옮긴이와 함께 타이완·홍콩 문학 및 화인 화문 문학의 연구와 번역에 전념하고 있는 현대중국문화연구실(http://cccs.pusan.ac.kr/)의 청년 연구자들에게 감사한다. 그들의 변함없는 신뢰와 무언의 격려가 아니었더라면 옮긴이의 개인적인 사정으로 인해 이 책의 출간은 훨씬 늦어졌을 것이다. 끝으로 그 누구보다도 이 책을 선택하고 읽어줄 미래의 독자 여러분에게 특히 감사한다. 만일 이 번역에서 원문의 훌륭함이 충분히 드러나지 못한 부분이 있다면 이는 전적으로 옮긴이의 책임이며, 독자 여러분의 이해와 더불어 아낌없는 질정이 있기를 기대한다.

2014년 7월 15일

김혜준(부산대 중문학과 교수)

작가연보

1918년   12월 7일 상하이에서 출생. 본명은 류퉁이(劉同繹). 원적은 저장
          성 전하이(浙江鎭海). 부친은 황푸 군관학교의 영어 번역관을 역
          임한 바 있으며 중일전쟁 중에 사망함. 상하이의 36초등학교와 다
          퉁 대학 부속 중고등학교를 졸업함. 중학교 시절부터 문학 동아
          리에 가입하여 습작을 했고, 고교 시절인 1936년에 이미 정식으
          로 단편소설 「방랑하는 안나 프로스끼(流亡的安娜·芙洛斯基)」를
          『인생화보(人生畫報)』에 발표함.

1937년   봄에 고교를 졸업하고, 가을에 쎄인트존스 대학에 입학하여 철학
          및 정치를 전공함.

1941년   여름에 쎄인트존스 대학을 졸업하였고 겨울에 태평양전쟁이 발

발하자 상하이를 떠나 충칭으로 감.

1942년 봄에 충칭에 도착했으나 직업을 찾지 못해 친척이 경영하는 철공
    장에 머무름. 얼마 후『국민공보(國民公報)』문예면의 편집일을
    하게 됨. 이후 거의 평생을 신문·잡지의 문예 편집일에 종사함. 수
    개월 후『소탕보(掃蕩報)』의 라디오 방송 청취 업무도 겸함.

1944년 『국민공보』문예면 편집일과『소탕보』문예면 편집일을 겸함.

1945년 겨울에 상하이로 돌아온 후『소탕보』에서 이름이 바뀐『화평일보
    (和平日報)』의 전신 담당 주임 겸 문예면 주필이 됨. 수나라 양제
    의 황음무도를 묘사한 단편소설「서원의 이야기(西苑故事)」라든
    가 수필「풍우편(風雨篇)」등을 발표하는 등 창작도 계속함.

1946년 『화평일보』사직 후 화이정문화사(懷正文化社)라는 출판사를 설
    립해 신문학 작품을 출판함. 시「초여름(淺夏)」등을 발표함.

1948년 금융 위기로 화이정문화사가 거의 폐업상태가 되자 상하이를 떠
    나 단신으로 홍콩으로 감. 친구의 소개로『홍콩시보(香港時報)』
    문예면의 편집을 맡음. 장편소설『잃어버린 사랑(失去的愛情)』
    출간.

1951년 단편소설집『천당과 지옥(天堂與地獄)』출간. 우언, 의인화 수법,
    상호 연계된 구성 등을 시도한 실험적인 작품이 다수였음.『성도
    주보(星島周報)』의 편집주임 및 잡지『웨스트포인트(西點)』의 편
    집장을 맡음.

1952년 홍콩을 떠나 싱가포르로 감. 6월부터『익세보(益世報)』의 주필 겸
    문·예면 편집을 담당함. 통속소설『두번째 봄(第二春)』『눈은 그치
    고(雪晴)』와『용녀(龍女)』를 잇달아 출간함.

1953년 『익세보』폐간 후 7월부터 쿠알라룸푸르의『연방일보(聯邦日報)』
    편집장을 맡음. 그후 차례로『중흥일보(中興日報)』편집주임,『철

보(鐵報)』주필, 『신역보(新力報)』편집 등을 맡음. 이 시기에도 단편소설, 수필, 영화평 등을 계속 발표함.

1956년   자신보다 17세 연하인 발레리나 로푸이완(羅佩雲)과 알게 되어 이듬해에 부부가 됨.

1957년   통속소설 『싱가포르 이야기(星嘉坡故事)』출간. 싱가포르를 떠나 홍콩으로 돌아와서 다시 『홍콩시보』의 문예면 편집을 맡음. 이후 수십년간 부족한 생활비를 통속소설 연재와 번역 수입으로 보충했는데, 홍콩의 박한 원고료로 인해 하루에 7, 8천자, 심지어 1만 2천자까지 쓰는 등 분량 채우기에 치중함. 다만 그런 와중에도 '남들을 즐겁게 하기 위해서'가 아니라 '자기 자신을 즐겁게 하기 위해서' 진지한 태도로 순문학 작품을 창작하여 후일 『술꾼(酒徒)』『절안(寺內)』『1997(一九九七)』『교차(對倒)』등을 발표함. 한편 자신이 편집하는 『홍콩시보』의 문예면 등을 활용하여 서양의 모더니즘 문예사조와 작품을 집중적으로 소개함으로써 홍콩문학 및 타이완문학에 상당한 영향을 줌.

1958년   통속소설 『꿈의 거리(夢街)』출간.

1959년   통속소설 『사련(私戀)』출간.

1963년   전해 10월 18일부터 이해 3월 30일까지 『성도만보(星島晚報)』에 연재했던 장편소설 『술꾼(酒徒)』을 10월에 출간함. 이 소설은 이후 홍콩, 타이완, 중국대륙 등지에서 모두 여덟차례에 걸쳐 반복 출판됨. 후일 '100년 100종 우수 중국문학도서'(인민문학출판사 등 주관), '20세기 중문소설 베스트 100'(『아주주간(亞洲週刊)』주관) 및 '20세기 홍콩소설 베스트 100'(홍콩 펜클럽 주관)에 선정됨. 이 작품의 일부 내용을 왕자웨이(王家衛) 감독이 창의적으로 운용하여 영화 「2046」(2004)으로 제작한 바 있고, 그뒤 프레디

윙(黃國兆)이 원작에 충실한 영화「술꾼(酒徒)」(2011)을 제작한 바 있음. 이와는 별도로 류이창의 다른 많은 소설 역시 영화로 제작되기도 함. 3월부터『쾌보(快報)』문예면의 편집을 맡음.

1964년   장편소설『담장(圍牆)』출간.

1974년   조이스 캐럴 오츠(Joyce Carol Oates)의『지상낙원』(*A Garden of Earthly Delights*) 중국어판 번역 출간.

1977년   중단편소설집『절 안(寺內)』출간. 문학평론집『돤무훙량론(端木蕻良論)』출간.

1979년   장편소설『도자기(陶瓷)』출간.

1980년   소설·산문·평론합집『류이창 선집(劉以鬯選集)』출간. 재클린 쑤전(Jacqueline Susann)의 소설『인형의 계곡』(*Valley of the Dolls*) 중국어판 번역 출간.

1981년   9월에『성도만보』의 문예 주간지『대회당(大會堂)』을 창간해 편집장을 맡음.

1982년   문학평론집『나무도 보고 숲도 보고(看樹看林)』출간. 아이작 씽어(Isaac Singer)의『영지』(*The Manor*) 중국어판 번역 출간.

1984년   중단편소설집『1997(一九九七)』출간.

1985년   문학평론집『짧은 두레박줄(短綆集)』출간. 중단편소설집『봄비(春雨)』출간. 월간『홍콩문학(香港文學)』을 창간한 후 2000년 6월까지 편집장을 맡음. 2014년 현재 타오란(陶然)이 편집장을 맡고 있는 이 잡지는 홍콩 작가는 물론이고 세계 각지의 중국계 작가들이 적극적으로 호응하여 홍콩문학뿐만 아니라 화인화문문학(華人華文文學) 분야의 중요한 문학지가 되었음.

1988년   홍콩작가연합회(香港作家聯會) 창립 이후 현재까지 명예회장을 맡고 있음.

1991년	소설·시·산문·평론합집 『류이창권(劉以鬯卷)』 출간.
1993년	장편소설 『섬과 반도(島與半島)』 출간.
1994년	중단편소설집 『검은색 속의 흰색, 흰색 속의 검은색(黑色裏的白色白色裏的黑色)』 출간. 소설집 『류이창 실험소설선(劉以鬯實驗小說選)』 출간.
1995년	중단편소설집 『바퀴벌레』(*The Cockroach and Other Stories*) 영어판 출간. 중편소설집 『류이창 중편소설선(劉以鬯中篇小說選)』 출간. 장편소설 『그에겐 예리한 칼이 있었다(他有一把鋒利的小刀)』 출간.
1997년	수필집 『새우 보기(見蝦集)』 출간.
1998년	소설·수필합집 『용수염 설탕과자와 찐 사탕수수(龍鬚糖與熱蔗)』 출간.
2000년	장·단편소설집 『교차(對倒)』 출간. '교차(對倒)'란 원래 우표수집 용어로, 아래위가 서로 반대방향으로 잘못 인쇄된 연속 두장의 우표를 가리킴. 서로 연결된 상태에서만 희귀성이 있으며, 분리된다면 각각 평범한 우표에 불과하게 됨. 작가가 이런 제목을 붙인 것은 이 작품의 내용 및 형식과 관계가 있는데, 1970년대를 배경으로 하여 상하이에서 이주해온 중년 남자와 홍콩에서 태어나 자란 소녀라는 평범한 두사람의 일상적인 이야기를 상호 교차하여 서술하고 있음. 작가 자신은 사실 『술꾼』보다 『교차』를 더 높이 평가함. 이 작품의 일부 내용을 왕자웨이 감독이 창의적으로 운용하여 영화 「화양연화(花樣年華)」(2000)로 제작한 바 있음.
2001년	중단편소설집 『가버린 나날(過去的日子)』 출간. 꽁뜨집 『잘못 걸었어요(打錯了)』 출간. 중단편소설집 『류이창 자선 소설집(劉以鬯小說自選集)』 출간. 7월에 홍콩문학의 발전에 기여한 공로로 홍

콩특별행정구 정부로부터 명예훈장 받음. 소설·산문·극본·평론 합집『시 아닌 시(不是詩的詩)』출간.

2002년   평론·수필합집『홍콩문학 방담(暢談香港文學)』출간.

2003년   단편소설집『구름이 많으면 비가 온다(多雲有雨)』출간. 장편소설『교차』(Tete-beche) 불어판 출간. 산문집『그의 꿈과 그의 꿈(他的夢和他的夢)』출간.

2005년   단편소설집『낯선 땅·낯선 풍경·낯선 감정(異地·異景·異情)』출간. 중단편소설집『모형·우표·도자기(模型·郵票·陶瓷)』출간.

2007년   평론·수필합집『새로 엮은 옛글(舊文新編)』출간.

2009년   소설집『류이창 소설선(劉以鬯小說選)』출간. 11월에 홍콩 개방대학(香港公開大學)에서 명예문학박사 학위를 받고 명예교수로 추대됨.

2010년   단편소설집『열대의 비바람(熱帶風雨)』출간. 단편소설집『캄퐁—마을(甘榜)』출간.

2011년   홍콩특별행정구 정부로부터 자형화 동성 훈장(銅紫荊星章) 받음. 장편소설『바걸(吧女)』출간.

2014년   96세인 현재 청력이 다소 떨어지기는 했지만 비교적 건강하며 종종 출판기념회, 언론 인터뷰 등에 참석하고 있음.

고전의 새로운 기준, 창비세계문학

오늘날 우리는 인간의 존엄과 개성이 매몰되어가는 시대를 살고 있다. 물질만능과 승자독식을 강요하는 자본주의가 전지구적으로 확산되면서 현대사회는 더 황폐해지고 삶의 질은 크게 훼손되었다. 경제성장만이 최고의 선으로 인정되고 상업주의에 물든 문화소비가 삶을 지배할수록 문학은 점점 더 변방으로 밀려나고 있다. 삶의 본질을 성찰하는 문학의 자리가 위축되는 세계에서는 가진 자와 못 가진 자 할 것 없이 모두가 불행할 수밖에 없다.

이 시대야말로 인간답게 산다는 것의 의미가 무엇인지 근본적인 화두를 다시 던지고 사유의 모험을 떠나야 할 때다. 우리는 그 여정에 반드시 필요한 벗과 스승이 다름 아닌 세계문학의 고전이라는 점을 강조한다. 고전에는 다양한 전통과 문화를 쌓아올린 공동체의 경험이 녹아들어 있고, 세계와 존재에 대한 탁월한 개인들의 치열한 탐색이 기록되어 있으며, 새로운 세상을 꿈꾸는 아름다운 도전과 눈물이 아로새겨 있기 때문이다. 이 무궁무진한 상상력의 보고이자 살아 있는 문화유산을 되새길 때만 개인의 일상에서 참다운 인간적 가치를 실현하고 근대적 삶의 의미와 한계를 성찰하는 지혜를 얻을 수 있을 것이다.

'창비세계문학'은 이러한 문제의식에서 출발한다. 세계문학의 참의미를 되새겨 '지금 여기'의 관점으로 우리의 정전을 재구성해야 할 필요성이 그 어느 때보다 절실하다. '정전'이란 본디 고정된 목록으로 존재하는 것이 아니라 그때그때 주어진 처소에서 새롭게 재구성됨으로써 생명을 이어가는 것이다. 우리는 먼저 전세계 문학들의 다양성과 차이를 존중하면서 국가와 민족, 언어의 경계를 넘어 보편적 가치에 기여할 수 있는 가능성에 주목하고자 한다. 근대를 깊이 성찰한 서양문학뿐 아니라 아시아와 라틴아메리카, 중동과 아프리카 등 비서구권 문학의 성취를 발굴하고 재평가하는 것 역시 세계문학의 지형도를 다시 그리려는 창비의 필수적인 작업이 될 것이다.

여러 전집들이 나와 있는 세계문학 시장에서 '창비세계문학'은 세계문학 독서의 새로운 기준이 되고자 한다. 참신하고 폭넓으면서도 엄정한 기획, 원작의 의도와 문체를 살려내는 적확하고 충실한 번역, 그리고 완성도 높은 책의 품질이 그 기초이다. 독서시장을 왜곡하는 값싼 유행과 상업주의에 맞서 문학정신을 굳건히 세우며, 안팎의 조언과 비판에 귀 기울이고 독자들과 꾸준히 소통하면서 진정 이 시대가 요구하는 세계문학이 무엇인지 되묻고 갱신해 나갈 것이다.

1966년 계간 『창작과비평』을 창간한 이래 한국문학을 풍성하게 하고 민족문학과 세계문학 담론을 주도해온 창비가 오직 좋은 책으로 독자와 함께해왔듯, '창비세계문학' 역시 그러한 항심을 지켜나갈 것이다. '창비세계문학'이 다른 시공간에서 우리와 닮은 삶을 만나게 해주고, 가보지 못한 길을 걷게 하며, 그 길 끝에서 새로운 길을 열어주기를 소망한다. 또한 무한경쟁에 내몰린 젊은이와 청소년 들에게 삶의 소중함과 기쁨을 일깨워주기를 바란다. 목록을 쌓아갈수록 '창비세계문학'이 독자들의 사랑으로 무르익고 그 감동이 세대를 넘나들며 이어진다면 더없는 보람이겠다.

2012년 가을
창비세계문학 기획위원회
김현균 서은혜 석영중 이욱연 임홍배 정혜용 한기욱

창비세계문학 38

술꾼

초판 1쇄 발행/2014년 10월 30일

지은이/류이창
옮긴이/김혜준
펴낸이/강일우
책임편집/권은경·김성은
펴낸곳/(주)창비
등록/1986년 8월 5일 제85호
주소/413-120 경기도 파주시 회동길 184
전화/031-955-3333
팩시밀리/영업 031-955-3399 편집 031-955-3400
홈페이지/www.changbi.com
전자우편/lit@changbi.com

한국어판 ⓒ (주)창비 2014
ISBN 978-89-364-6438-7 03820